武·汉·知·青·回·忆·录

我们曾经年轻

为一代人立言，不是由局外人，
而是由我们自己来评说自己的历史。

董宏猷　主编

中国知青文库
生命之歌

武汉大学出版社
WUHAN UNIVERSITY PRESS

图书在版编目(CIP)数据

我们曾经年轻/董宏猷主编．—武汉：武汉大学出版社，2013.5
中国知青文库生命之歌
ISBN 978-7-307-10696-3

Ⅰ.我…　Ⅱ.董…　Ⅲ.回忆录—中国—当代　Ⅳ.I251

中国版本图书馆CIP数据核字(2013)第079486号

责任编辑：聂勇军　　责任校对：刘　欣　　版式设计：马　佳

出版发行：武汉大学出版社　(430072　武昌　珞珈山)
(电子邮件：cbs22@whu.edu.cn 网址：www.wdp.com.cn)
印刷：武汉中科兴业印务有限公司
开本：880×1230　1/32　印张：14.375　字数：323千字
版次：2013年5月第1版　　2013年5月第1次印刷
ISBN 978-7-307-10696-3　　定价：26.00元

谨以此书

献给

活着和死去的知青伙伴们
以及
他们的父母、亲友、老师
他们所眷恋的父老乡亲
他们生命历程中的爱护者关注者
他们生命的延续——
所有知青的孩子们

总　序

叶　辛

40 多年前，中国的大地上发生了一场波澜壮阔的知识青年上山下乡运动。“波澜壮阔”四个字，不是我特意选用的形容词，而是当年的习惯说法，广播里这么说，报纸的通栏大标题里这么写。知识青年上山下乡，当年还是毛泽东主席的伟大战略部署，是培养和造就千百万无产阶级革命事业接班人的百年大计，千年大计，万年大计。

这一说法，也不是我今天的特意强调，而是天天在我们耳边一再重复宣传的话，以至于老知青们今天聚在一起，讲起当年的话语，忆起当年的情形，唱起当年的歌，仍然会气氛热烈，情绪激烈，有说不完的话。

说“波澜壮阔”，还因为就是在“知识青年到农村去，接受贫下中农的再教育，很有必要”的指示和召唤之下，1600 多万大中城市毕业的知识青年，上山下乡，奔赴农村，奔赴边疆，奔赴草原、渔村、山乡、海岛，在大山深处，在戈壁荒原，在兵团、北大荒和西双版纳，开始了这一代人艰辛、平凡而又非凡的人生。

讲完这一段话，我还要作一番解释。首先，我们习惯上讲，中国上山下乡的知识青年，有 1700 万，我为什么用了 1600 万这个数字。其实，1700 万这个数字，是国务院知青办的权威统计，应该没有错。但是这个统计，是从 1955 年有知青下乡这件事开始算起的。研究中国知青史的中外专家都知道，从 1955 年到 1966 年“文革”初始，十多年的时间里，全国有100多万知青下乡，全国人民所熟知的一些知青先行者，都在这个阶段涌现出来，宣传开去。而发展到“文革”期间，特别是1968年12月21日夜间，毛主席的最新最高指示发表，知识青年上山下乡，掀起了一个前所未有的高潮。那个年头，毛主席的话，一句顶一万句；毛主席的指示，理解的要执行，不理解的也要执行，且落实毛主席的最新指示，要“不过夜”。于是乎全国城乡迅疾地行动起来，在随后的10年时间里，有1600万知青上山下乡。而在此之前，知识青年下乡去，习惯的说法是下乡上山。我最初到贵州山乡插队落户时，发给我们每个知青点集体户的那本小小的刊物，刊名也是《下乡上山》。在大规模的知青下乡形成波澜壮阔之势时，才逐渐规范成“上山下乡”的统一说法。

我还要说明的是，1700万知青上山下乡的数字，是国务院知青办根据大中城市上山下乡的实际数字统计的，比较准确。但是这个数字仍然是有争议的。

为什么呢?

因为国务院知青办统计的是大中城市上山下乡知青的数字，没有统计千百万回乡知青的数字。回乡知青，也被叫作本乡本土的知青，他们在县城中学读书，或者在县城下面的区、城镇、公社的中学读书，如果没有文化大革命，他们读到初中毕业，照样可以考高中；他们读到高中毕业，照样可以报考全国各地所有的大学，就像今天的情形一样，不会因为他们毕业于区级中学、县级中学不允许他们报考北大、清华、复旦、交大、武大、南大。只要成绩好，名牌大学照样录取他们。但是在上山下乡“一片红”的大形势之下，大中城市的毕业生都要汇入上山下乡的洪流，本乡本土的毕业生理所当然地也要回到自己的乡村里去。他们的回归对政府和国家来说，比较简单，就是回到自己出生的村寨上去，回到父母身边去，那里本来就是他们的家。学校和政府不需要为他们支付安置费，也不需要为他们安排交通，只要对他们说，大学停办了，你们毕业以后回到乡村，也像你们的父母一样参加农业劳动，自食其力。千千万万本乡本土的知青就这样回到了他们生于斯、长于斯的乡村里。他们的名字叫“回乡知青”，也是名副其实的知青。

而大中城市的上山下乡知青，和他们就不一样了。他们要离开从小生活的城市，迁出城市户口，注销粮油关系，而学校、政府、国家还要负责把他们送到农村这一“广阔天地”中去。离开城市去往乡村，要坐火车，要坐长途公共汽车，要坐轮船，像北京、上海、天津、广州、武汉、长沙的知青，有的往北去到“反修前哨”的黑龙江、内蒙古、新疆，有的往南到海南、西双版纳，路途相当遥远，所有知青的交通费用，都由国家和政府负担。而每一个插队到村庄、寨子里去的知青，还要为他们拨付安置费，下乡第一年的粮食和生活补贴。所有这一切必须要核对准确，做出计划和安排，国务院知青办统计离开大中城市上山下乡知青的人数，还是有其依据的。

其实我郑重其事写下的这一切，每一个回乡知青当年都是十分明白的。在我插队落户的公社里，我就经常遇到县中、区中毕业的回乡知青，他们和远方来的贵阳知青、上海知青的关系也都很好。

但是现在他们有想法了，他们说：我们也是知青呀！回乡知青怎么就不能算知青呢？不少人觉得他们的想法有道理。于是乎，关于中国知青总人数的说法，又有了新的版本，有的说是2000万，有的说是2400万，也有说3000万的。

看看，对于我们这些过来人来说，一个十分简单的统计数字，就要结合当年的时代背景、具体政策，费好多笔墨才能讲明白。而知识青年上山下乡运动中，还有多多少少类似的情形啊，诸如兵团知青、国营农场知青、插队知青、病退、顶替、老三届、工农兵大学生，等等等等，对于这些显而易见的字眼，今天的年轻一代，已经看不甚明白了。我就经常会碰到今天的中学生向我提出的种种问题：凭啥你们上山下乡一代人要称“老三届”？比你们早读书的人还多着呢，他们不是比你们更老吗？嗳，你们怎么那样笨，让你们下乡，你们完全可以不去啊，还非要争着去，那是你们活该……

有的问题我还能解答，有的问题我除了苦笑，一时间都无从答起。

从这个意义上来说，武汉大学出版社推出反映知青生活的“黄土地之歌”、“红土地之歌”和“黑土地之歌”系列作品这一大型项目，实在是一件大好事。既利于经历过那一时代的知青们回顾以往，理清脉络；又利于今天的年轻一代，懂得和理解他们的上一代人经历了一段什么样的岁月；还给历史留下了一份真切的记忆。

对于知青来说，无论你当年下放在哪个地方，无论你在乡间待过多长时间，无论你如今是取得了很大业绩还是默默无闻，从那一时期起，我们就有了一个共同的称呼：知青。这是时代给我们留下的抹不去的印记。

历史的巨轮带着我们来到了2012年，转眼间，距离那段已逝的岁月已40多年了。40多年啊，遗憾也好，感慨也罢，青春无悔也好，不堪回首也罢，我们已经无能为力了。

我们所拥有的只是我们人生的过程，40多年里的某年、某月、某一天，或将永久地铭记在我们的心中。

风雨如磐见真情，

岁月蹉跎志犹存。

正如出版者所言：1700万知青平凡而又非凡的人生，虽谈不上“感天动地”，但也是共和国同时代人的成长史。事是史之体，人是史之魂。1700万知青的成长史也是新中国历史的一部分，不可遗忘，不可断裂，亟求正确定位，给生者或者死者以安慰，给昨天、今天和明天一个交待。

是为序。

再　版　序

董宏猷

《我们曾经年轻》即将再版了。这是一件值得纪念的事情。

当这本“武汉知青回忆录”再次呈现在读者的面前，回忆录的作者们，大部分已经进入了老年。有的作者，已经永远地离开了我们。其中，就包括本书编委会的编委廖世昌先生，刘中桥先生。世昌先生不仅是我总工会的同事，而且，还是我中学的校友，当然，当他读高一的时候，我才是初一的新生。在我的印象中，他是一个清秀的斯文的高中生，住在汉口的老街巷中，离我家也不远。在本书的编辑过程中，世昌也是热心而认真的。遗憾的是，世昌与中桥再也看不到本书的再版本了。想起他们，想起书中那些离我们而去的朋友，我的心中充满了怀念。

《我们曾经年轻》初版本的编撰、出版过程，是一次难忘的人生旅程。在我的写作与编辑的生涯中，从来没有一本书像《我们曾经年轻》那样，有那么多的朋友因此而聚集在一起，而且，在书籍出版之后，还继续“我们”着，“年轻”着，成为志趣相投的同志与挚友。因此，这本回忆录，是整整一个团队的共同结晶。为了完成“武汉知青回忆录”这样一个宏大的工程，一批知青朋友组成了编委会。本书初版的编委会的编委是：方明、王心耀、刘中桥、刘晓航、孙军胜、余熙、李东、李勇、李家容、肖新富、周积明、胡发云、姜汉芸、赵林、郭齐勇、袁善腊、徐世立、杨卫东、揭书安、廖世昌、管康平、樊星、董宏猷。其中，方明、刘中桥、刘晓航、李家容、周积明、胡发云、姜汉芸、廖世昌、管康平、樊星、董宏猷等为执行编委。承蒙大家厚爱，推举我为主编。其实，给予我们大力支持的，是那些默默的幕后的朋友们。为了尊重历史，尽量反映武汉知青当年下乡的全貌，保留知青回忆录的原生态，我们在时间的纵线上，囊括了11年中首批下乡知青与最后一批下乡知青的回忆；在地域的宽度上，包括了武汉知青所到达的山区、平原、水乡、农场等。在回忆录的选取中，我们曾经收到过用铅笔写在小学生作业本上的稿件。因此，写作者的身份越是最普通的劳动者，越是受到大家的重视与青睐。同时，我们还邀请了一批不是知青的作家学者，撰写了如何看待知青的文章，力争从另外一个视角，来看待这场在20世纪延续了10年之久的将全国的青年强制迁徙到农村去的运动。在整个编辑出版的过程中，编委们都付出了无私的奉献。回想那些集体讨论、集体审稿的过程，心中至今仍感温馨。

有意思的是，因了这本书的编撰，派生出一个特殊的艺术团体：“武汉知青之友艺术团”，并且，组织排演了一台具有历史意义的晚会：纪念知青上山下乡三十周年大型歌舞晚会，主题就是：“我们曾经年轻”。晚会的主题歌《我们曾经年轻》，不仅在晚会上唱响，而且，随着岁月的流逝，逐渐传遍了全国，而且，还传唱到海外，成为中国知青的代表曲。直到今天，当《我们曾经年轻》的乐曲响起，两鬓斑白的老知青们，顿时就会青春焕发，热血沸腾，变成蓄着瓦片头的小伙子，扎着麻花辫的小姑娘。

其实，人生自古谁无青春？不论是我们的前辈，还是我们的后辈，无一例外，都会追忆逝去的青春。王蒙先生有过《青春万岁》的激情呐喊，赵薇女士刚刚执导了电影《致我们终将逝去的青春》。但是，从来没有哪一代人，会像中国知青那样，拥有如此相同的青春岁月，拥有如此相同的痛苦与磨难，以及生命与灵魂的炼狱。在人类历史的长河中，中国的知青事件，都将是一个独一无二的历史文本。而且，值得研究的是，这样一个无比庞大的经历各异的见识纷呈的甚至是相互对立的但却拥有“共名”的群体，对青春的留恋期亦或是自恋期竟然如此的漫长，几乎要用一辈子来咀嚼自己无法选择的青春，而且，随着这批人逐渐的老去，逐渐的消逝，这样的青春回忆便显得愈发的迫切。这是为什么？难道仅仅是这一代人顽强的生命的自恋与矫情吗？

这是一个需要回答的问题。

也是一个需要研究的问题。

迄今为止，关于知青，已经有够多的回忆，够多的文学作品、影视作品，对知青进行了各种各样的诠释了。而且，关于“青春无悔”与“青春要悔”的讨论，也一直在不间断地进行着。但是，我认为，迄今为止，关于知青的研究，远远没有穷尽。这是因为，在一个相当长的历史时期，“知青”奇怪地变成了“敏感”的词语，“知青”及其生发的那个时代，无形中成为一片潜藏着危险的沼泽，让研究者们走着走着便望而却步。当然，有一条小路，是留给研究者和写作者的，于是，这条被默许的小路，便成为我们今天所能见到的关于“知青”的诠释，包括理论的，以及艺术的。于是，久而久之，这条小路，极有可能会被视为“知青”的主流和全部诠释，而传之后世；而那丰富的原生态的汪洋大海一般的“沼泽”，则会被悄悄地遮蔽，消逝在历史的深处。因此，不论是对知青的简单化、粗鄙化甚至是妖魔化，都是我们今天还活着的知青所无法接受的。倘若我们任凭那些有意或无意的笔触在我们的脸上画个大花脸，而我们却沉默无语，那么，就意味着对大花脸的默认。这不仅是对尚且活着的知青的不公，同时，更是对那些死去的同学与战友的亵渎。因此，直面我们共同经历的那段历史，正视、反思、研究那段历史，更重要的是，在一个盛行戏说历史的时代，在一个习惯遗忘的国度，为我们的子孙后代，为人类的文明史，真实地记录、描述、建构中国的知青史，便成为我们的责任，成为历史赋予我们的重托。没有别的，因为我们曾经年轻，曾经有过那样的青春，而现在，我们还活着，尽管我们大多数已经白发苍苍，进入老年，但是我们无法逃避。因为我们看到的有关知青以及知青运动的种种介绍，尤其是各种文艺作品、文学作品所累积而形成的历史镜像，正在不知不觉中构造了关于知青生活的诸多印象和概念。不要小瞧这些印象和概念，即使是片面的，表面的，肤浅的，甚至是互相矛盾而混沌着的，多年以后——甚至就是今天，它们就是关于知青历史的标准答案，而这样的标准答案，将会提供给我们的孩子们以及子孙后代们。可是我们这些活着的人却对孩子们说，不！不是那样的！至今为止，关于知青是没有标准答案的！于是孩子们天真无邪地望着我们，问道，爷爷，奶奶，你们说说，知青究竟是什么样的呢？

孩子们需要我们回答。

未来需要我们回答。

历史需要我们回答。

于是，我们这些历史的当事人，不再年轻的见证者，用我们仍然燃烧着的青春激情，用我们历尽沧桑的理性精神，用我们敢于担当的历史责任感，开始了中国知青文化的研究。我们原生态的回忆、探讨，不是为了寻找或者建构一个标准答案，恰恰相反，我们用“吾将上下而求索”的行动，就是为了证明：关于中国知青的研究远远没有穷尽，我们求索的，不是对我们青春的粉饰或者改写，我们追求的，不是一个简单的答案，而是勇于正视自己过去的过程，这个过程比结果更为重要，哪怕这样的正视是痛苦的，甚至是需要付出各种各样的代价的。而敢于担当的历史责任感，正是无数革命先驱们共同的特点，共同的灵魂，也是我们这个时代最稀缺最需要的共识与精神。

今天大家见到的这个再版本，基本上保留了出版的原貌，增添了个别的新的篇章。感谢武汉大学出版社，给予本书再版的机会；谨以这样原生态的回忆录呈现给今天的读者，同时，用行动表明：武汉的知青，曾经有过的青春，时至今日，依然年轻。

2013年5月16日于汉口

难忘知青岁月（代序）

胡发云

三十年前，在那一次拔地而起的风暴中，数以千万计的少男少女，如蒲公英那白花花的绒伞，从一个又一个城市，被卷到遥远又陌生的边陲、大漠、平原、山乡……落在那些寂寞的泥土中——在那之前，他们中的许多人还在做着中国革命和世界革命的英雄梦、渺渺茫茫的读书梦或朦朦胧胧的爱情梦。他们得到了一个共同的、注定要属于历史的名字——知青。

武汉是我的故乡，是数十万后来成为知青的少男少女的故乡，是我们童年依偎嬉戏的地方，是我们少年读书成长的地方，也是我们被卷进那场风暴后兴奋、彷徨、痛苦或思考并且日夜与之相伴的地方。这儿有我们的父母、兄弟、姐妹、邻居、亲戚朋友、老师同学，有我们从小便熟悉的公园及我们曾在那儿做过童年游戏的街头巷尾老树古墙空地，还有我们的课桌、教室与操场……那一天，我们告别了这一切，告别我们熟悉的城市，熟悉的人生，去过一种艰苦的陌生的望不到头尾的农耕生活，用我们脆弱的肩，扛起突然降临的沉重命运。

因我们的离去，这座喧闹的城市一下变得冷清又衰老，像一场战争劫掠之后。

与许多大都市的同学们不同的是，我们不是集体地被搬到农场、林场、牧场或橡胶园中（这些，我们在近些年的小说、电影、电视剧中已读到了很多），而是被抛撒到社会的最底层——中国的农民之中，真正实践了那一句最高指示——“接受贫下中农的再教育。”一夜之间，我们失去了多年来生存其间的“集体”，变成了自耕自食的“自然人”。与地老天荒相守，与鸡鸣狗吠为伍。许多男孩子、女孩子，甚至是一个人，度着漫长的寂寞与劳苦。

紧接下来的便是与我们朝夕相伴的稻田棉田、水库水渠、鸡舍猪圈、土屋油灯、酷夏的烈日、寒冬的朔风、被雨水淋得发黑的草帽、被汗水浸出盐渍的衣衫、烟熏火燎的灶房和洗衣洗菜的水塘，还有劳累、困倦、饥饿，包括穷乡僻壤也不可逃避的政治争斗与倾轧，以及为生存而生出的算计、龃龉与纷争……当然，也有相互间温暖的关照、豪爽的招待，也有油灯下的苦读、田塍上的放歌、收获的欢乐，还有在那些苦难与艰辛中萌生出的惆怅又温馨的初恋……这一切凝成了我们那一段特殊的青春岁月，凝成了我们永远不可磨灭的一段生命史。

如今，当年的知青们，已经齐齐整整地走进了中年。我们的孩子们，也到了我们上山下乡的年纪，只是比我们那时更高大更健壮更漂亮。他们和她们大约永远也不会再回到我们当初那种岁月那样的情境中去了。他们是电视时代的产儿，是伴随着一批又一批我们少年时从来未想过，也从来未见过的高技术产品成长起来的；是听着各类情感放任的港台歌曲、看着各类光怪陆离的动画片或情节委婉的连续剧长大的；而我们当初的时髦物如尼龙袜、塑料雨衣、的确良衣裤之类，已被各类时髦新品种淹没得古旧又俗气了。两代人的生活，竟会如此不同。我们已不可能想象，如果让今天的孩子们也面临一次我们当初的命运会是什么样。惟其如此，我们的经历，便具有了历史的意义。这是不可重复的一代人的经历。惟其如此，我们希望将它记录下来，让更多的知青朋友们从这些真实的文字中重新读到自己年轻的故事，也让我们的儿女们多少了解一点父母们往昔的苦难与坚韧，遗失与追寻。

数十年过去了，这其中许许多多的日子我们都已淡忘，但那些个知青的岁月却没有忘却。随着年龄的增长，随着生活的变化，常常会愈来愈明晰地记忆起来——我想，即便是那段日子中品尝了最多苦难与孤寂的人，也没有忘记。那不是幸福，不是富足，也不是成功的顺遂与辉煌，那是一段难以言说的生命体验，是一段我们所学教又难以解说的歌。

数十年过去了，我们的生活已发生了许多变化。当年稚气未脱、身板骨还未长结实的小伙子，已发了福，谢了顶，花白了双鬓和掉落了几颗牙齿；当年嫩生生扎两个小羊角辫的小姑娘，脸上已悄然爬上了细密的皱纹，一头浓发也开始稀疏了。当年，这支一起靠劳动靠工分吃饭的“原始共产主义大军”，今天已散布到社会的各个层面，有的当了官员，有的做了学者，有的成为商人或企业家，更多的依然在做着这个社会中最平凡最本分的一些工作。有的富裕了，有的依然很困窘；有的很顺遂，有的一直坎坎坷坷；有的健康，有的已疾病缠身……但是，不管有多少的变化，我们都能找到一种最终的联结，那就是我们那么一致又那么刻骨铭心的经历，知青——是佩戴在我们这一代胸口的一枚共同的徽章。

这是在天安门广场那红海洋中流着热泪接受伟大领袖检阅的一代人。这是在黄土地、红土地、黑土地上终年耕耘而吃不饱饭的一代人。

这是接受再教育多年，怅然返城后却寻不到自己位置的一代人。

这是已过而立之年拖家带口又悄悄走进课堂的一代人。

这是人到中年又一次品尝变革的甜酸苦辣但童心不泯依然慷慨投身一试的一代人。

这是十七八岁集体走上“政治舞台”，到了四十七八岁却成了平平凡凡实实在在过日子的一代人。

他们曾以史无前例的热情塑造过中国历史上一种永远也不可能再现的特殊景观；

他们曾从红色乌托邦的云端被狠狠摔到冰凉坚硬的现实中；

他们曾认真庄严地干过许多神圣而荒唐的事；

他们经受了巨大的磨练，用脆嫩的肩扛起命运的闸门。

他们被误解过被冷落过，他们最珍贵的十年二十年青春岁月，在身不由己的忙乱中或孤寂中失落了，但他们很少怨天尤人或自怨自艾，舔舔伤口包扎一下接着去干该干的事。今天，他们中的许多人依然风华正茂如日中天，将成为两个世纪交接的圆点。更多的人则在平平常常地活着，宁静地迎接人生的一个新阶段。

他们还会老下去。他们终将告别这个世界。但他们以自己特殊的生命岁月凝成的青春塑像，会站立在这个世界上。

1995年12月“上山下乡”运动27周年记

目　　录

第一辑：满江红——66—68届知青的回忆

第一辑：满江红

——66—68届知青的回忆

九万里风鹏正举
风休住
蓬舟吹取三山去

——李清照《渔家傲》

永久的悔与无尽的念

郭齐勇

我很快就要由不惑之年跨入知命之年了，回首知青生涯，总免不了思绪万千，浮想联翩。我们这一代人有不同于上一代人和下一代人的生命历程和生命情调，有特殊的遭遇、坎坷、困惑与痛苦，有异代人难以理解的喜怒哀乐。我们属于充满激情和理想主义的一代，我们曾经盲目地然而却是真诚地拥有为理想、为国家、为他人英勇献身的精神，并付诸了实践。

反思过去，展望未来，我们一方面多少有些留恋那稚嫩的莽撞的苦斗，那蹉跎岁月的青春、热血和汗水的无私奉献，以及第二故乡的风土人情；另一方面，又为自己的思想蒙昧和“文革”氛围重压下的精神自戕、自我萎缩而汗颜，为自己后来经历了思想解放，并逐步摆脱教条主义的精神枷锁，觉悟到知识分子的自立之道和生命自我的飞腾超越而暗自庆幸。

原罪与救赎

我们生活在没有基督教文化背景的社会，实际上很难体验西方人的原罪感及其意义。我这里所说的“原罪”，是极左年代的所谓阶级原罪，即笼罩在所谓“阶级敌人”及其后代，尤其是知识分子头上的无形的紧箍咒——罪感意识，生而有罪的意识，父债子还的意识，低人一等的意识。

知识分子上山下乡运动的历史，远远早于“文革”。即使不谈1949年以前的革命中的类似行为，至少可推至50年代中后期和60年代前期。所有这些都是与青年知识分子的思想改造、自我革命联系在一起的。我个人早在“文革”以前，在1964年读高一和1965年读高二时，就已向学校提出过不再念书而奔赴农村或边疆务农的要求。记得汪子英校长、刘克刚主任（教务）专门与我谈过话，劝我打消此念，认真读书。我当时十分欣赏董加耕、邢燕子、侯隽等前驱者，决心以他们为榜样。然而在下意识里，这种要求却是与自己的“出身不好”有关系的。当时的一种内在痛苦，是渴望参加革命而因所谓“出身”问题和“海外关系”问题而不得参加革命的痛苦。这种阿Q的苦恼在我们班上（省重点学校的重点班，同学们多数是高等院校教职员工子女或城市工商业者的后代）特别突出。

1966年6月5日晚，我与班上最具革命敏感性的同学们，受北大、武大“文革”巨变的鼓动，给校党总支贴出了第一张大字报，强烈要求立即停止高三毕业班的备考复习而积极投身火热的文化大革命运动中去。次日形成了全校学生以请愿和大字报为主要形式的“六·六”运动。省市迅速派出了以一位资深的团省委副书记为首的工作组处理此事。后来我们才知道，我与冯达美、孙俊3人被工作组和党总支内定为“三家村”小反革命集团。

我们当时无疑是激进的左派，是毛泽东的十分幼稚且狂热的信徒。然而由于我们必须承受由父母带来的“出身罪”，而不得参与“革命”。因此，我们“革命”的动机首先为当局所怀疑，且视为异己分子，随之而起的以“红五类”为主体的红卫兵运动，不仅把我们排除在外，而且把我们（所谓“黑五类”）也作为斗争或准专政对象。历史往往无情地嘲弄历史的参与者，我们这些“先知先觉”的造反者很快被“后知后觉”的造反者所抛弃。历史的旋涡总是使中心滚进边缘，而边缘人物每每占据中心。

现在看来，十分可悲的是，我个人在这种局势下陷入到严重的精神自戕、肉体自虐的境况之中，陷入了偿还原罪的苦闷和折磨之中。这种精神奴役的创伤之深，是一般人很难理解的。而我们这种救赎之道，只能是自责、自虐，以及奴性十足地服从强大的他在力量的安排。尤其不能原谅的是，我竭力表白自己积极参加革命、接受改造，并努力自我改造，以至“脱胎换骨”的决心。例如，我曾经主动地天天打着赤脚到开水房为好几栋教学楼打开水；我这个连任几届的班主席（班长）给我们班的几任班主任老师刘乐芳先生、张丽华先生等写过大字报，揭发他们给青年学生推荐修养之类的“毒草”；我积极参加当局领导的批斗活动，特别是对许简老师《三言两语》的批判，记得我曾把许老师的写作背景与反修斗争联系起来，查阅报刊，上纲上线，写大字报说他抵制反修；我曾经追随红卫兵到珞珈山的几位同学（他们的父母是高级知识分子）家里去“扫四旧”，在唐小蓓同学家还高声指责她父亲唐炳亮教授，大约是声讨他这个已摘帽的

“右派”分子的罪行；1966 年暑假我在家中收到班上红卫兵的一封勒令信，让我集合祖父母、父母亲等全家人高呼“老子反动儿混蛋”等十几条口号，每条连呼几遍，我照办了，虽然痛苦至极，仍然造祖父母、父母亲、叔父母的反，勒令他们扫街，佩戴自辱的黑符号……在所谓“批判资产阶级反动路线”之后，我们这些“黑五类”也逐渐“咸与革命”了，我们参加的“红十月战斗队”，虽然是比较文雅的，但也做过蠢事。我记得我与几位同学在某年的大年除夕，还跑到“走资派”邓铁生书记家狠狠训斥了他一通。

这些不堪回首的往事，也许放在特定的“文革”环境中算不得什么。但“文革”过后，痛定思痛，深感当年在“左”的氛围中，自己的所思所言、所作所为，是何等地“左”，何等地有违人性啊！或许恰好因为自己有“黑五类”这顶帽子的限制，才没有走得更远。我们这一代人是在激进主义的熏陶下长大的，虽然在“文革”中，我对滥杀滥打无辜，“打砸抢抄抓”的无法无天状态深感恐惧，对给我们的师长的种种侮辱（如我校红卫兵给著名的女教师、化学权威张惟聪剃阴阳头及给一些老教师戴高帽批斗等）和杀伐（如我校著名数学教师陈邦鉴先生自杀等）深觉不公和不平，然总是以所谓革命的逻辑来说服自己，以毛泽东赞扬湖南农民运动 14 件大事的态度来对待所谓的“群众运动”。在这种麻醉剂下，我认同了街道一些不三不四的“群众”数度抄我自己的家，同时也竭力与家庭、尊长与“反动学术权威”的师长划清界限。

1967 年元月，由于苦闷、无聊，由于处于一种“被抛弃”的生存处境中，由于急想找到一个躲避残酷的现实和“罪恶”的家庭的地方，我与另几位“黑五类”同学王津新兄、吴炯珞兄、何峥生兄一道，打起背包，扒车到新疆去，请求加入新疆生产建设兵团。在我们的想象中，那里不仅是沙漠里的绿洲，也是理想的乌托邦之境。父母和兄长姐妹含泪送我远行，以家中仅有的一点钱为我买了行装。我们4人扒了数道火车，几经辗转，终于到达乌鲁木齐。然而由于国务院下令兵团不准招人，无论我们这些来自全国各地的青年学生如何苦苦哀求，兵团坚决不予通融。万般无奈，我们4人在乌市盘桓一周，不得不打道回府。

上述跪着造反、扭曲人生的心态和行为，虽然发生在“文革”的背景下，虽然当时我尚不足20岁，然至今我仍不能原谅自己，为自己的怯懦、无知、盲动，特别是伤害亲友、师长的行为而深深地负疚，深深地忏悔。

人性的复苏

1968年11月，我们在久待之后，终于第一批自愿下乡。我们班上的同学们虽几经斗争、分化，但大体上还能坐在一起，讲同学的情分。我与邱申新、陈世钟、彭淑念各带一队，奔赴天门县渔薪区和石河区的若干生产队安营扎寨。邱申新等同学（还有温庆余等）在“文革”中表现出少有的怀疑精神，常常能提出一些发人深省的问题，不像我等那样地信奉教条，那样地唯书（报）唯上。对于下乡，有一些同学是持有异议的。但我仍十分“革命”，心甘情愿地接受贫下中农再教育，真诚地希望通过劳动汗水的洗礼，改造自己的立场、观点和方法。我的确没有想到后来还会返城，的确属拼命苦干的扎根派。

当时的天门县是“山清水秀、人面桃花”的地方。从县城到渔薪，从渔薪到我们生产队（杨场公社金星一大队四小队），河水清澈透底，两岸绿树成荫。肤色白净的媳妇们和姑娘们喜欢穿着红红绿绿的漂亮衣裳在棉田锄草，煞是好看。她们老是嘲笑女知青们只穿黑色、蓝色的制服。但由于好大喜功的政策干扰，后来环境污染日趋严重，特别是汉北河挖通之后（我们都参加过挖掘汉北河），县河成了死水，据说今天已不忍闻睹了。水已污染，真不知“人面桃花”安在否?

中国农民是十分实在的一群人。他们对社会的种种限制，常常能做出俏皮的挖苦和消极的反抗。所以，在那“割资本主义尾巴”，限制农民种自留地，限制农民养家畜、家禽，成天在大田里集体劳作，甚至种什么、什么时间种、怎么种都一任上级发号施令的情况下，他们仍充分发挥了黑色幽默的天才。我们这群苦行僧或苦行尼在田里拼命干活，由于不得法（没有技巧），常常弄得十分狼狈。他们常常拿我们打趣，田野里充满了笑声。农民其实是十分善良的，笑归笑，帮归帮，他们总是善意地帮助我们，安顿我们的衣食住行，为我们做了房子，教我们一些干农活的技巧、方法，也包括偷懒的方法。他们常说的一句话是：“不要把一辈子的饭一口吃完了。”提醒我们爱惜身体。我们开始干活时总是弄得浑身上下脏兮兮的，而他们则暗示我们，身上干净才是最佳能手。

他们不仅纠正了我们的苦行主义，制止了我们的自虐自戕，也暗暗地纠正我们的斗争哲学。尤其是我们按教条主义的虚幻的所谓阶级分析，要去斗争“地富反坏右”时，他们总是巧妙地回避，把我们引向别的目标。而他们自己对所谓“五类”分子（其实很多是地主、富农的子女，或城里阶级斗争激化后遣返到乡下的资本家）则特别有人情味。在我们看来，“五类”分子是我们的敌人，而在他们看来，我们这些愣头青其实是“六类”分子，需要他们在生活上予以关照。在皂市白湖围垦时，早春时节，春寒料峭，“五类”分子要先跳到刺骨的水里作业，农民们总是想各种办法让他们早一点从水中起来。他们不仅制止我们蛮干，也教会我们在工地上如何抢饭吃。有所谓“一、二、三”的策略，即第一碗多盛快吃，第二碗少盛快吃，一定要抢盛第三碗，然后慢慢吃。

在乡下，我们真正体验了民间疾苦和我国农村文明程度的低下。天门处在鱼米之乡的江汉平原之中，可我们与当地人一样，常常是“三月不知肉味”，少有鱼肉吃，少有大米吃。吃得最多的是粟米、大麦米。大麦米的吃法是，先在锅里一炒，炒熟之后用水一煮，实际上无法煮烂（且烧柴本就缺乏）。如此煮成的大麦米，当地叫“qu米茶”（我至今不知这个“qu”是何字，疑是“浚”，又似不对），夏天基本上吃它。因为不能消化，拉出来也是整颗的大麦米。水利工地上每餐吃三两粟米，上面加上一斤胡萝卜。菜以腌菜、腐乳为主，都是自己做的。农村不仅“无吃”，也“无教”，特别是一些女孩子，根本不可能读书。我们四、五两队的知青办了一个识字班，在武汉买了一些识字课本和小学一、二年级课本，把孩子们（也有少数青年参加）编成不同程度的几个组给他们扫盲。此举深受孩子、青年和他们的家长的欢迎。我们也稍稍活跃了当地的文化生活。

由于我们与乡亲们相处甚洽，感情甚深，我们离开时，乡亲们都动了真情，流了泪水，送给我们鸡蛋等物品。乡下的生活使我们感受最深的是，我们懂得了仁爱、慈孝、信义和平等等保存在民间里的中国传统文化的基本价值，使我们的人性从“残酷斗争”“无情打击”

的“文革”氛围中渐渐复苏，渐渐体验到人与人之间情感的力量。那种斩断亲情、师生情和阉割人性之爱的所谓“阶级斗争”，其实是多么荒唐。我们头脑里充满着有悖人性的“斗争”、“专政”之类的教条，而乡土的生活却是充满温情的。农民虽然在应付上边的号令时表现出不少机巧或狡黠，但在日常生活中凸显的是淳朴。他们内在的价值指导，仍是孟子所说的：“恻隐之心，人皆有之；羞恶之心，人皆有之；恭敬之心，人皆有之；是非之心，人皆有之。恻隐之心，仁也；羞恶之心，义也；恭敬之心，礼也；是非之心，智也。仁义礼智，非由外铄我也，我固有之也，弗思耳矣。”民间生活把我们内在的四端之心启导了出来，教会了我们做人的根本。而这些耳濡目染体验到的仁义礼智信、善良、和平，与被天天灌输给我们的“无产阶级专政下继续革命”的“仇根”斗争“理论”，反差竟是那么强烈。现在想起来，我真是非常感谢天门乡下的父老乡亲们的关照，特别是对我们复苏仁爱之心、良知善性的切实启导。这些启导往往是无言的。从这个意义上说，我们接受的是无言的再教育，是实际的人生，是良心的复归。

现在乡亲们的生活不知怎样了，从前年来看我们的鄢元发叔口中得知，他们的生活遇到了新的麻烦，工业化与商业化的冲击是不可避免的，而执掌乡镇权柄的年轻后生，颇有点霸气十足、横行无忌了。天知道传统的价值观念在农村还有没有生根。弹指间，我们在乡下当知青的日子距今已 26 年了，我们仍然很怀念那一段艰苦然而却不乏温情的乡土生活。

多余的评价

红卫兵运动和知青运动是有着密切连带关系的事情。研究20世纪60—70年代的思想史、社会史、文化史，不能不研究极“左”思潮背景下的这两大运动。研究的视域和方法完全可以多元化，评价和诠释尺度不必也不可能统一。

我在乡下待的时间不长，只有一年半多一点，而且我待的地方，条件还算不错，民风也淳朴。因此我的体验和感受，与待得更长一些或更苦的地方的同学、亲友相比，也就颇不相同。在我被招到湖北省化工厂当工人之后，我的一些同学及我的妹妹，又在乡下生活了4年，有的甚至达8年。他们吃了不少苦头，特别是精神上的压力渐渐增大。新鲜感丧失后，物质文化生活的极度贫乏和单调亦成了大的问题，有的甚至受到来自政治、情感诸方面的摧残。

现在在洛杉矶教书的我班才女冯达美，在天门机械厂当工人多年，只是恢复高考后才得以返城。更苦的是书呆子黄颐同学，因高度近视，在乡下待了8年，尔后才抽回汽运站当搬运工，也是到恢复高考后才回武大。黄老弟该有四十六七了吧，赴美多年，闻刚刚考上美国一家最好的物理实验室读博士后。他的垂垂老矣的父母相互搀扶着散步时将这消息告诉我，言谈间似觉非常欣喜满足。这两位老人膝下再无别的子女，黄老弟的妻小也早已随他客居大洋彼岸。每每看到他父母的孤独无依，我不觉悲从心中来。龚一平同学也在乡下8年“抗战”，回汉后开过小小机动车，读了大学，现在在一家中学当娃娃头，40出头才有孩子，而仍面临着糊口之忧。孙俊同学还算顺利，在北京环卫局法制处工作，也是借大学毕业分配之机，在省教委前领导张树芝同志的关照下，才解决十多年两地分居的老大难问题。她的儿子又考回武大，读书很用功，而她自己已是一身疾病，形容憔悴了。我们班更多的老知青们仍在平凡的岗位上工作着生活着。

总的说来，知青下乡是国家在“文革”期间为解决城市劳动力过剩而不得已采取的举措，也是消解城市动乱源头之一的红卫兵运动的一种最佳方式。城市知识青年大批安置到本已劳动力过剩的农村中去，实际上是反现代化的流向。80 年代中期直至今天仍不熄灭的“民工潮”，即农业过剩人口大量涌入城市打工的流向，倒是现代化的正流向。“知青运动”与“民工潮”恰是相反的两极。

相比之下，“民工潮”比“知青潮”的社会震荡更为剧烈，也更有意义。

知青这一批人，年龄跨度有十多年之久。70 年代的中学生，我们不太熟悉。60 年代的中学生，实在是很苦的一代人。在他们长身体的时候，他们遇到物质生活的大饥荒；在他们长知识的时候，他们遇到精神生活的大饥荒。他们现已到中年，不少人成为各行各业的骨干，有一部分人面临新的失业危机的困扰。平心而论，“老三届”一代人是最具韧性的一代，最受磨练的一代，最有敬业精神的一代，他们给予这个社会的很多很多，而社会给予他们的却很少很少。老黑格尔说过，人不能脱离他的时代，正如不能脱离他的皮肤一样。朱熹老夫子也说过：“无所逃于天地之间。”我们总是处在理想与现实的撞击之中。我们只能以平常心情回首过去。从这个意义上来说，我们无怨无悔，我们的青春与血汗的奉献还是值得的。

就我个人来说，下乡的那一段日子是值得怀念的。虽然因出身问题仍十分自卑，但农民不因此而鄙弃反更亲近。我渐渐恢复了自信，特别是复活了仁爱之心。这段生活至少为我奠定了这么一个基础，即尽管我因为其他的缘故，在离开了农村又当了 8 年工人之后，于 1978 年 31 岁时有幸考入大学深造；尽管我现在于高校任教，但我的本根是平民。这不仅因为我的祖父、父亲只是武昌城边、巡司河畔的小小商人，更因为我有当普通农民、当普通工人的近十年的经历。现在我是一位平平实实、独立不苟的平民知识分子，决不沾染贵族习气，特别无意巴结权贵，依傍权势。我总是把自己当作一名知青，总希望不脱离此根，即中国文化的乡土之根。

中国的学问是生命的学问。儒释道三家的哲理，需要吾人切实地体验。我的生命的意义和价值在于默默地工作，为培养平民的后代尽心竭力，在社会需要时，不妨作狮子之吼，代表平民的心声和社会的良知。

郭齐勇：男，武汉市十四中 66 届高中毕业生，1968 年去天门县渔薪区杨场公社金星大队插队。

失却恐惧

廖世昌

那是一个初秋的下午，约摸三四点钟。一场大雨之后，天灰蒙蒙的。一头牯牛跟了我，正在我们9个知青居住的土屋左后方不远的土丘上歇息，牛绳被主人牵着在草坡上自由自在地溜达，享受着一天劳作之后的清闲。我也感到格外轻松，情不自禁地环顾四周，空气被大雨滤过，熟悉的村落、田畈全都显得清清爽爽。

忽然，出现了异样，我右边的景物变得模糊，视界一下缩小了许多。我本能地将头向右偏，模糊的景物又清晰了。直觉告诉我，莫非是右眼……我连忙闭上左眼，果然只是一片从眼皮透过亮的那种黑暗。我睁开左眼，又看见了景物。怎么回事？我又用手蒙住左眼，于是什么都不复存在。肯定了，我的右眼突然失明！我望着远方，轻轻地揉了揉右眼，远处似有雷声滚动。忽然，右眼一亮，豁然开朗，眼界又开阔了，又重新看见了灰蒙蒙的天、稀疏的村落和碧绿的田畈。这前后大约只有二三分钟的时间，我的右眼却经过了失明而又重见光明的历程。这种奇特的生理现象，我至今不知道是什么原因。而更使我感到奇怪的是，右眼失明的一瞬间，我竟然没有一丝一毫的恐惧。

时至今日，我才似乎找到了答案。正是农村那样一种生活，那种与自然十分贴近的生活，才不会使人产生人生的种种恐惧，特别是不会产生在都市生活中经常都会涌现出来的，甚至是莫名的恐惧。

都市生活，是处处会使人产生恐惧的。不要说一只眼睛失明，就是眼睛近视，由于不能及时地看清对面的人而打招呼，或者因此鼻梁上永远架上一副眼镜，就会给人带来一种人生的恐惧。这种恐惧也许更多的是忧患不安，忧患不安其实正是一种恐惧。

1968 年的那个冬日，即我下放到广阔天地去的第一天，恐惧感曾像一只无形的大手，牢牢地攫住我的心。

当满载我们这些首批下乡知青的卡车驶出校门，行驶在我的学校门前那窄窄的巷道时，我的眼泪滚落下来。那时还没有恐惧，那是一种依恋，一种难以割舍之情。汽车经过了整天的颠簸，把我们掩到一个陌生的，与城市全然不同的环境。我看见远处的农舍，看见高低不平的农田。冬日无力的太阳已经无影无踪，四周被雾一样的烟霭笼罩着，透出枯黄的色调，一种恐惧感立刻浸染我的心头。起先，我认为无论如何应该是如我们以前下乡劳动时，一层一层地有干部接待、寒暄、表示欢迎那样，而此时，突兀地就被甩到了这一片焦黄、没有一点生气的土地上，四周看不到除这辆卡车之外的一个人影。我感到悲凉，这悲凉中透着浓重的恐惧。

后来是随车的一个干部跑到村里去，找来一个矮墩墩的人，再后来就是把我们交给了他，他将我们领到村头一个禾场边的一间土屋里，让我们安顿下来。下放农村的第一天就这样开始和结束了。

好长一段时间，我内心总有一种恐惧感。就要在这里生活了，不认识的人，不懂的农活，不熟悉的环境；这里的人怎么样？农活学得会吗？在这里生活习惯吗？离开城市时，这些全然没有想过，现在，不容你不考虑了。

有一天，随我一起下放的妹妹去上农民家的茅厕，突然窜出一条黄狗，在她腿上咬了一口，她惊吓得哭着跑回来。大家赶忙拿出自己带的药品，给她消毒、止血、包扎。处理完了之后，好半天，大家都默不做声。晚上，我躺在被子里，偷偷地流下了眼泪。我没照顾好妹妹，我也对未来可能会发生什么产生了极度的恐惧。

春天来了，我慢慢播下种子。我主动虚心地向农民请教农活，干活时拿出吃奶的力气。晚上，有农民摸到我们土屋来，我也热情地招呼他们，慢慢地他们对我这个戴眼镜的知识青年也随便起来。我们逐渐学会了一些农活，用十分地道的当地方言与农民聊天。

一天，队长宣布我们几位知青每天的工分，男的由 0.7 升为 1，女的由 0.6 升为 0.8 时，我们内心里高兴了好几天。那种感受与今天加工资不一样，考虑的不是收入增加，而是觉得自己即将取得一个农民的资格。

秋天，一片金黄，我肩挑 130 多斤的两个装谷的麻袋，随着送公粮的长长的队伍在山丘中上下奔走。一路上一个挨一个，不得歇息，一气要跑十多里地。大家一个劲地吆喝，最前面的一位一换肩，后边几十人依次换肩，那情那景，使人只觉得壮美，且十分有意思。我跻身其间，平添了一种豪情。

已经记不清是怎么一回事了，一个没有月亮的深夜，我从老远的地方往队里赶。一路上，我平生第一次体验到“伸手不见五指”这个词的含义。我跌跌撞撞，凭着记忆、感觉摸索。远处偶尔传来一阵阵狗吠声，但我没有一点如今天在城市中深夜赶路，心中不停想着“月黑杀人夜”而内心紧张的感觉。突然，我绊到一个软软的什么东西，听到喘息，感觉是一团更黑乎乎的东西，它又悄无声息地走开了。我想肯定是一只狗伏在路当中，被我踢了一下，竟非常礼貌地让了道。我相反觉得好惬意。就在那时我开始发现，我的恐惧感已经完全失却，无影无踪了。

我开始对这里的一切产生眷恋，生活过得也有滋有味起来。有时收工后，我一起下放的女朋友（我后来的妻子）抱起一盆脏衣服，我乐滋滋地跟她一起到塘边去。路上，她养的小花猫在她前后蹦跳，十分快活。下雨天，全队歇工，女朋友要我去钓鱼，为她的猫咪改善伙食。我们拿了鱼竿，穿上雨衣，到河沟去碰运气。我从未钓过鱼，见她兴致勃勃的样子，我也十分兴奋。虽然不打窝子，但鱼钩上用的是她挖的蚯蚓，居然能钓到一些小小的鲫鱼。回到家，用菜叶裹好，放到灶里一煨，闻到焦煳味，赶快扒出来，那鱼还真香，猫咪早就扑了上去。

人也熟了，农活也熟了，乡土也熟了。当队长宣布我每天工分为1.3，同一般强劳力一样时，我觉得自己是个真正的农民了。记得我在农村时，体重始终只有九十几斤，十分瘦弱，居然能算上“强劳力”，这在刚下到农村时是不敢奢望的。这里的生存条件很差，只要你勤劳，只要你肯出力，都可以参与“竞争”的。

我觉得这世界上没有什么可恐惧的了。这里没有客套，没有防范，没有嫉妒，没有诡谲，没有奢望，没有懊丧。我习惯了，我满足了，有时回城探亲，竟好多天不适应城市的喧嚣。

终于还是抵挡不了都市的诱惑。不光是都市的诱惑，都市里有我所有的亲人，还有亲情的诱惑。

那天听说招工的人到公社来了，我赶紧往公社跑去。半路上，看见一位高高大大、头戴干部帽的人，不像是当地人，又无法断定。有办法了，我迎上去问："请问，几点钟了？"那人抬起手腕——果然有块表——他看了看，用湖南口音告诉了我时间。我从装扮和口音及时判断，此人一定是招工的。一问，果然来自武钢，要在咱们公社招工。我及时打听了不少情况。后来我曾想：我怎么这么聪明，这么会用心计？在农村两年整，好像从未用过什么心计，怎么一跟回城联系起来，人就起了变化？

临回城的前一天，是一位叫明海的青年农民挑了我的行李，步行40里路，一直把我送到区上。我万分感激，在餐馆里给他买了一碗杂烩汤和几块锅盔。他大口吃喝，也没有多的话，看着他憨厚的样子，我发觉有些舍不得他们。

回城了，又是汽车一路颠簸。这一天没有恐惧，恐惧失却了。我在车上想起我以前乘船回家探亲写的那首小诗：

长堤好做伴，
急流正称心。
归意向闹市，
回眸是绿村。

我向城市叫着：我回来了！我又向农村眺望着，心中有说不出的滋味。

廖世昌：男，武汉市第十四中学66届高中毕业生。1968年11月下放到湖北天门县石河区雷城公社八大队五小队。

草原之夜的暴风雨

张雁滨

夏季的内蒙古草原，绿草如毡，繁花遍野，畜群如云。牧民们穿红着绿，腰间系着五彩的丝绸带，在绚丽的阳光下，色彩斑斓耀目。少男少女们身着象征纯洁的滚着金银花边的白色蒙袍，骑着上了膘肥的骏马，唱着雄浑高昂的牧歌，牧放着白云般的羊群。那情那景充满诗情画意，令人心旷神怡。

然而，夏日草原瞬息万变的气候，却如同孩子的脸，说变就变，一会儿灼日炎炎，转瞬寒风冰雪，令你感到那博大无垠的草原上大自然不可抗拒的魔力。草原之夏的温差悬殊，中午气温接近内地，有时高达摄氏三十八九度，晚上气温骤降，冷得需烤火。在那常年不用的枯井里，严冬给暑夏留下的冰雪经年不化，可作天然冰箱使用。草原的夏真是“早穿皮袄午穿纱，围着火炉吃西瓜”。

那是1970年的仲夏，那天夜里，我给多格拉老爹的羊群下夜（下夜：当时内蒙古牧民游牧，无羊圈，夜里靠人守护羊群）。当晚，我只穿了件棉袄，没有披皮袍子，一夜过来，冻得我手脚麻木，当天边露出晨曦、星星寥落的时候，我将开始起身走动的羊群交给了放牧的多格拉老爹，伸展了一下冻硬的腰身，踏着清晨的露珠儿，向我们知青的蒙古包走去。

远远地就看见，张华把知青包的羊群赶出了营盘（营盘：蒙古包驻扎的地方，羊群夜里卧睡在蒙古包旁，形成了一个圆形无栏“圈”），向白音乌拉山的方向游动。我迎了过去，帮她把羊群赶到白音乌拉山脚下的一条小溪流旁。

这条小小的溪流，别看它又细又小，像内地城里马路边上的排水沟，它的源头可真不小，直通着乌拉盖尔河。乌拉盖尔河是这一带最大的水泡子，本地人叫它水泡子真是委屈了它，那实际上是一个大湖泊，方圆几十里的水面，靠岸密密地长满芦苇，水泡子里还可以成船地打上鱼来。绕着白音乌拉山的这条小溪流，就是从相隔百里之遥的乌拉盖湖流淌过来的湖水。清澈见底的小溪水曲曲弯弯绕了几百里，它究竟有多长，在何处消失，那就不得而知了。我们知青的营盘就扎在靠近白音乌拉山下的这条小溪百十米远的地方，打水、饮羊、饮马都很方便。

我帮着张华把羊群驱赶到小溪旁，羊儿望见了溪水，兴奋地“咩咩”叫着，簇拥着涌向溪边，埋头酣饮。一会儿喝足了水的母羊与小羊们相互呼叫应答，高高低低的“咩咩”声在溪边欢快地传布着。我和张华将羊儿一只只赶过小溪，溪水很浅，有的地方盖不过脚面。我站在溪边，望着溪对面的她手牵着懒洋洋的海勒金马，赶着羊群上了白音乌拉山，然后转身向我们营盘走去。

我整整一夜不曾合眼，头昏昏的，眼皮重重的，真想倒头就睡。我撞进蒙古包，拨燃了炉里的牛粪火，热上茶，想暖暖冰冷的身体。几乎是同时，牧业班长巴特尔大叔就出现在蒙古包的门口，催魂儿似的说："连长来了，他要求下夜的人同样要做剪羊毛的活儿，叫你快去剪羊毛。"

我真是累极了，真想休息一会儿，哪怕让我打个盹儿也好呀！多格拉老爹的羊都是新疆改良种，娇气十足。这种羊毛厚，怕热，又怕蚊子咬，不站盘，一点小风就迎着风跑，稍不慎打个盹，羊群就会跑掉，成了狼的美餐。牧业连队没有钱买那么多木头将羊圈住，只得靠人工拦住那些拼了命要纳凉的羊群。为了得到点凉风，那些毛茸茸的家伙们不怕鞭子，前赴后继，真是些"开顶风船的角色"。给羊下夜是夏季草原上最苦的活儿，所以牧民说"噶秋"。昨夜里，我不停地用套马杆子拦挡，羊们还是前呼后拥地迎风跑，我拼了命徒步来回地圈羊拦羊，一夜里恐怕已走了百十里路了，人生生地累了个半死，真想休息一下呀，连长却像个催命鬼，让班长来点着名儿要我去剪羊毛。我心里嘀咕着说："要是给连长他自己干活呀，哼！我就是不去，宁愿受他的处罚；可是，这不是给他连长个人干活，我来边疆就是支援边疆建设的，这是神圣伟大的事业，当然我要拍了拍胸膛，义不容辞，牧业队人手是太少了，活儿太多了，我不去谁去？再累也要顶住！"我自己勉励自己，摆出一副李铁梅前赴后继的姿态，大有少了我乌兰其里格（我的蒙古族名）地球就不转了的架势，急匆匆喝了口奶茶，吃了把炒米，在蒙古包里还未蹲热，就又拖着两条还未暖过来的腿，向离家半里路的临时羊圈走去。

早晨的天空晴朗朗的，牧民们把羊群圈进了用木栅栏围成的临时羊圈。我和几个牧民挤进羊群，先将自然脱松的羊毛抓下来，再动手将羊捆翻在地，用长长的羊毛剪子剪毛。

我抓住一只羊，在它的挣扎中将它四肢缚住放倒在地，从它腹部羊毛少的地方下剪子，慢慢向脊背剪过去，会剪毛的人剪出的毛是整张的，就像剥下的羊皮一样完整。我可以很骄傲地说，我已经达到了这个水准，羊毛剪得好，就像雕刻一件艺术品，整齐地留下新生的一层洁白的新毛。

天空忽然暗了下来，霎时伸手难见五指，我放开那只羊，走出羊圈，牧民们说要下雨了，纷纷将羊放回羊群，人们四散而去。浓浓的黑云朵在蒙古包上空浮动，那云低得好像与地连在一起，没有了天，一缕下垂的乌云像炊烟倒挂在厚厚的云层上，向下飘动，拂过蒙古包顶，一声霹雳震耳欲聋，向草原猛烈地砸了下来，天地被巨大的火柱接在了一起，天地合一了。顷刻之间，滂沱大雨向大地倾泻下来，不由分说将人们劈头盖脸地淋成了落汤鸡。幸好早晨我看见了天边的朝霞，记得“朝霞不出门”的谚语，聪明地穿了件雨衣，不然，我一定从里到外全泡在水中了。然而，橡胶雨衣在这狂虐的大自然中显得一筹莫展，狂风无情地将它掀起，倾盆的大雨冷酷地冲刷着万物，心存侥幸的我即刻被淋得里外透湿。回顾四周，一片白茫茫雨幕遮住视线，我只好站住不动，任大雨冲击。张华的身影闪现在眼前，还有一群“咩咩”乱叫的羊群！我心里打了个寒战，我好像看见张华那双被大雨淋得睁不开的眼睛，被淋湿的秀发散乱地遮住她宽宽的额头，她一双纤细小巧的手抓住马棒奋力地打那懒马的屁股，那马被她惯坏了，平日里她舍不得骑它，舍不得打它，宠得它膘肥体胖好吃懒做，只要它的主人骑它，一定懒洋洋地散步，决不会快跑一步。“养兵千日，用兵一时”，现在该它出力了，可是它懒惯了，任凭主人怎么敲打，绝不肯多迈一步。张华心慈手软肯定打不痛它的。我心里急切地喊：“张华呀，张华呀，我相依为命的朋友，你别急，你不要急，我一定来和你在一起。”

待雨稍小，辨得清方向，我便急匆匆跑回蒙古包，在门口的草地上找到我的白马，备好鞍，翻身上马，奔到小溪旁驻马而立，眼前的景象令我吃惊地睁圆了双眼，啊！好大的一条“黄河”！早晨那条涓涓细流的小溪不见了，在一场大雨中突然出现了一条大河，它足有几丈宽，溪水完全改变了平日那缓缓流淌的温和面孔，它翻滚着黄色的泥沙，像开了锅的沸水一般，沸腾着，跳跃着，怒吼着，向低洼处奔流而去，它变成了一条浩浩荡荡的黄河！

我看见了对岸山坡上被水围困的张华和她的羊群，心里焦急，眼望着面前滚滚的河水，此时根本摸不清它的深浅。急迫中，我想起，有人说过草原上凡长着四条腿儿的动物都是淹不死的，它们都有游泳的天性，而且无师自通。脑海里掠过电影里见过马在河里游泳的镜头，此刻我便毫不怀疑马的游泳能力，随即下了决心，我驱动坐骑，用双脚夹着大白马的肚子，一勒一松马缰绳，向马肚子狠狠地一夹，马儿一纵身跃入了滚滚的急流，马在水中只剩下了一个头，我的半截身体与马儿一起浸没在水里。马儿在水中勇敢奋力地向对岸游去，我紧紧地抓住它的鬃毛，努力地配合马儿的行动。

过了河，张华已向我迎了过来，她用赞赏的眼光看着自己的朋友，毫不掩饰地说：“你刚才的举动简直跟你软弱的性格形成了鲜明的对比，你真像一个女英雄，骑着马一下就跳进滚滚的激流，我为你捏了把汗，真怕你淹死了，如果马不会游泳，你穿着棉衣，就是会游泳也浮不起来，你会淹死的。”我得意地说：“咳，张华，你才看出来呀，只有刚才的举动才是我的天性。”

“从刚才的举动中，我看出来了，你的天性是勇敢的，跟我不一样，我的勇敢和刚强是硬逼出来的。”从张华的话里我猛然意识到了什么，是什么？自己也说不清，只有一点我感觉到了，我已经失去了自己的个性，我为什么会有这样的变化？此时此刻，此地此景，大自然的暴虐使我无暇思考这些。

天渐渐黑了下来，张华和我奋力想把羊群在天黑前赶过河。我们做了一切尝试：我们先找到一处缓坡，估计水不很深，我们赶着头羊，驱使它们先过河。可是几只领头羊失去了往日的威风，它们死活不肯率先横渡，它们在滚滚的急流前退却了。我对张华说：“张华，你先看住羊群，我去前面看看有没有水面窄、羊群可以过得去的地方。”我骑马顺着河岸向下游走去，一眼望去，好一条大河，没个尽头，小溪流的影子再也瞧不见了。我失望地回来，两人无计可施，又求不到救兵，只好在山上过夜了。

夜幕降临，黑暗开始笼罩着大地。大雨停了，刮起了阵阵冷风，我被大雨淋得透湿，又骑马过河，半截身子浸在水里，彻底湿了个透。棉衣裤失去了御寒能力，硬邦邦地捆在身上，风一吹格外的冷，饥肠辘辘，想起张华还没吃饭，没必要让她也横渡一次“黄河”，湿透衣裤，我决定再次横渡去取些下肚的食物来。对于渡河我已不再畏惧，当马儿跃入水中的一刹那，心中有一种征服自然的自豪感。我带着一包炸果子和手抓肉跑上山，让张华对付咕咕叫的肠胃。

这一夜风雨交加，我咬住不停哆嗦的牙，在黑暗里和张华一起看守着羊群。在困难的时候，有一个伴儿真是一种幸福，让人忘却了寒冷与疲劳。

两个姑娘像羊群的保护神，一个站在西边，一个站在东头，压住阵脚，中间一群羊安静地站着，它们湿淋淋地个个垂着头，耷拉着耳朵，弓着腰肃立着，像在给谁开追悼会。

半夜，雨停了，闪闪的星星出现在黑黑的天穹，山坡上几声狼嚎打破了沉睡草原的宁静，接着，十几个不同声音的狼嚎相互呼应着，向羊群这边跑过来。这声音那么近，几乎就在耳根下。平日里听到草原的狼嚎声都那么远，这是我第一次这么近地听到了狼的嚎声。声音是那么大，变化多端，高高低低，有响亮的，有低沉的，有稚嫩的……这些嚎叫汇成一个声音，组成了野兽的大合唱，听来使人毛骨悚然。这是一个狼的家族！羊群扎在狼窝子旁边啦！

绵延十数里的白音乌拉山是个狼窝子，我早有所闻，这回真的身临其境，心中不免有些紧张。狼群前呼后应地接近了我们的羊群！我和张华的手心里都捏出了汗。面对豺狼当道，只有冷静地考虑对策了。“张华，快！快亮手电，狼怕灯光！”急迫中两人一齐打开手电筒，只见十几双绿森森的眼睛在黑暗里闪烁，它们离羊群只有十几米远，只有十几米远啊！一只狼入了羊群都会使羊肝脑涂地，更何况十几只狼，如果它们一齐冲过来就完了！

我们手里没有枪，没有棍，两个女孩子对付十几条恶狼……人一急，什么办法都想得出。张华说：“快叫，咱们乱叫，叫得奇奇怪怪，让狼不知道遇到了什么怪物，把它们吓跑！”我有一个草原上喊出来的大嗓子，这就是我们的武器了。我和张华放开喉咙，弯弯曲曲、长长短短地吊起嗓子来，怎么难听怎么喊，一会儿装大老虎，一会儿装狮子，一会儿又成了大灰狼，呜呜咽咽叫得鬼哭狼嚎。同时两个手电筒在黑暗中向狼群乱舞，简直像是一头张牙舞爪的大妖怪，把那一群狼吓得蒙了头，它们全部停止了嚎叫，静悄悄地站在那里，十几双绿眼一眨不眨。显然，在它们简单残暴的大脑中，出现了一个可怕的比它们更凶恶的魔鬼。它们是有大脑的动物，也知道害怕，估计它们的首领认定这个眼睛闪着光乱转，嗓门又大，叫声可怕的怪物本领比它们大，所以，在双方对峙了一阵之后，那打头儿的老狼一声长嚎向山下奔去，紧接着十几个声音前呼后应地叫起来，一起向同一方向奔走。

我和张华听着狼嚎声远去了，两人的精神才松弛了下来，停止了女高音比赛。一会儿在远处响起了狗叫声，张华说："狼群上巴特儿他们的营子去了。"

"你冷吗?""这还用说，牛粪全湿了，烤不了衣服。""咳，人要倒了霉呀，喝口凉水都塞牙缝。""再坚持一会儿天就亮了。"两个人你一句，我一句，断断续续地在寒风中唠唠叨叨，度过了一个漫长的黑夜。

天边终于发亮了，一抹朝霞染红了暗蓝色的天空。啊，太阳就要出来了！

奔腾的河水已经平静了下来，经过一夜的奔流，河面开始变窄了。张华要回去弄早点，今天她还要出去放羊。望着她的背影消失在晨曦中，我眼前突然一黑，身不由己倒了下去。

什么时候醒来，自己在地上躺了多久，我不知道，睁开眼睛，眼前是一片瓦蓝的天空，我仰卧在湿漉漉的草地上，身上一阵阵发冷。"羊呢?!"我猛地爬起来，"狼！羊群完了！"我惊出了一身冷汗，如果在我倒下的时候羊群跑掉了，被狼掏了，我们一夜的辛苦不都白费了吗！我的眼睛转向山头，转向远处的草滩，不知怎么天地却分不清上下。

在巡视360度之后，眼睛回到自己身旁，啊！啊！羊群，我的小羊乖乖，它们正静静地卧在我的身旁，它们站了一夜累了，刚刚卧下来休息。小羊轻轻地呼吸，大羊在慢慢地反刍……

啊，草原！草原之夏的又一天开始了。

张雁滨：女，北京中央美院附中学生，1967年10月随北京第一批知青，奔赴内蒙古锡林郭勒盟东乌珠穆沁旗满都宝力格牧场插队。

我曾与寓平君风雨同行

——纪念陈寓平烈士

黄景炎

我有幸曾与寓平君风雨同行。

27 年前，我们一起意气风发地到茫茫的鄂西北深山——房县宝石公社插队。令人意想不到的是，6 年后，当他有幸走出大山，迎接新生活时，死神却残酷地夺去了他年轻的生命。

今天，当我提笔为长眠在房县南山烈士陵园的寓平写这点纪念文字时，早已泣不成声。想不到 1971 年 7 月 20 日，正在中坝区中学任教的寓平赶回宝石公社为我送行，竟成了一次人生的诀别。

人是个怪物，当初在房县时焦灼地渴望返回武汉，悠悠岁月过去了 20 多年，渐知天命之年的我们，却时常怀念起房县连绵的群山，淙淙的山溪，敦厚淳朴的山乡父老。1993 年 9 月 6 日，应我们当年插队同学、现任房县税务局局长章寄汉的邀请，我和刘红果带着孩子一同重返第二故乡——房县。

一辆白色的面包车在迢迢的盘山公路上疾驰12个小时，抵达房县时已是万家灯火。第二天一早，我们相邀现仍在县城工作的几位武汉同学，去城南的烈士陵园扫祭寓平的墓。在当年跟随贺龙转战房县而牺牲的18位红军烈士墓后，在一片萋萋芳草中，我们寻到了寓平的坟墓，半人高的墓碑上镌刻着鲜红的字："陈寓平烈士之墓。"他已经在这里安息了20多年，只有苍天、高山和青松陪伴着他，偶尔林中的小鸟来和他喃喃细语。我们怀着无比悲痛的心情清扫了墓地的四周，燃起3炷熏香，烧了一些冥钱，含泪默默吟道：寓平，你孤零零地躺在这里20多年，今天，我们从武汉来看你来了……在烟雾和鞭屑灰烬中，我仿佛看到年轻、英俊的寓平笑着向我们款款走来……

我泪眼模糊，心中一阵阵悸动，我呼号着："寓平，你走时太年轻，刚25岁，人生的花季，你还没来得及孝顺父母，还没来得及享受人生……"望着满目青山，松柏葱郁，我不由得回忆起20多年前与寓平风雨同行的日日夜夜。1968年隆冬，我们华中农学院附中52位同学，坚决响应毛主席的伟大号召，毅然选择了到艰苦的山区去锻炼。离开武汉的那一天，武昌南站红旗如海，人流如潮，广播里一个劲地播放"到农村去，到边疆去，到祖国最需要的地方去"的歌曲，一场轰轰烈烈、史无前例的文化大革命还没结束，我们就要告别父母兄妹，离家远行，不知道陌生的远方是凶，还是吉。火车一声长鸣将要离站，整个站台上叫声、喊声、哭声汇成一片，但我们去房县的52个同学没有一个落泪，因为这是响应伟大领袖的号召，是我们自己的选择。

第二天早上火车徐徐开进丹江口时，3000 多军民冒着漫天大雪，手举语录本排着长队，敲锣打鼓地欢迎我们。他们不断高呼：向武汉知青学习！向武汉知青致敬！我们激动得热泪盈眶，背着行李，排着整齐的队伍，高唱着："我们年轻人，有颗火热的心，革命时代当尖兵。"雄赳赳、气昂昂地从欢迎的行列中穿过。

由于大雪纷飞、山路难行，我们在丹江口困守了几天。2 月 2 日清晨，领我们去房县的工宣队王师傅叫醒了我们，说今天无论如何要离开丹江口。早饭后，他领着我们来到丹江边，成排成排绑着防滑链的汽车停在江边，车头挂着毛主席的画像，车厢全部蒙上帆布篷子防冻，我和寓平等 20 多位同学挤上第 13 号车。

汽车翻越武当山，盘山公路被白雪覆盖，山舞银蛇，抬头仰望不见青天，低头望下不见崖底，在寂静的山林中，除了车队隆隆的声响外，看不见一个人影。后来听阅马场中学的一群初中毕业生说，当时看见这一景象都吓哭了，他们才十五六岁，昨天还是在母亲身边撒娇的孩子。

汽车开到房县大木区时，只见路两边站着一些个子矮小的农民，穿着土布衣裳。叫人看得难受的是有的农民脖子上挂着一个大瘤子，有的甚至两个，这是由于山区的水缺碘造成的。这时我们才真正醒悟，我们要去插队的地方恐怕不是军代表吹嘘的："天天都是白木耳煮稀饭，黑木耳遍地踩，1 个工分值 1 块 8 毛。"

面对此情此景，工宣队王师傅为了使我们振作起来，带头领唱："毛主席的战士最听党的话，哪里需要哪里去，哪里艰苦哪安家……"

雄壮的歌声伴着呼啸的山风，在山林间飞扬，一张张冻得红彤彤的脸，宛若燃烧的山火……

从房县县城到宝石公社整整花了3天时间，从中坝山顶通到队上的小路，在风雪中早已没有了踪影，我们19名知青全是坐在地上往下滑，鞋子里灌满了雪水，浑身都是汗水，想起来那时我们太年轻，对什么都不在乎。

在我们插队的中畈小队里，农民们住的是一面靠山、三面是石头垒砌的房子，床上一年四季垫的都是凉席，有的人家仅有一床破烂不堪的棉被。除了公社干部、小学教师穿的是缝纫机扎的衣裳外，农民们穿的全是用手一针一线缝制的土布衣，男的是对襟便服，女的是大襟便服。我们看了有一种恍若隔世之感。每年冬天，县政府总要拨一笔款子做一批救灾棉衣发下来，可是一到社员手里，冬天穿得好好的，春天一到，他们就把里面的棉花拆出来，成了夹衣，天气一热，又把夹衣拆开可以做两件单衣，这样年年发寒衣，年年满足不了需要。当年我穿的是一件灯芯绒上装，他们眼睛便盯住不放，用手摸着我的衣襟，羡慕地说："好排场啊，这是料子呀?"有的人家穷得一家人穿一条裤子，谁出门谁穿，不出门的就围坐在火塘边烤火。当然这都是20多年前的情景，现在那里早已发生巨变。

山区水田少，坡地多，种的是包谷、小麦，逢年过节才吃一顿米饭。有的生产队是高山队，耕作的土地离村庄十几里，干活得天不亮就起来，把麦粉用冷水一和，放在锅灶上用大火烧，然后丢在灶膛里让余火烤一烤，当地人叫"火烧馍"，即无盐，又无油，中餐就着山泉啃它充饥。还有一种干粮是将青包谷磨成水糊糊，用一种树叶铺在锅底，将包谷浆放在树叶上，里面包上菜，用大火烧，再丢在炉膛里烤，很可口。

第一年，我们点上4个男知青，2个女知青，天天出工，按工分值买粮，根本填不饱肚子。只得写信向家里要粮票，到公社粮站去买粮。头一年，公社按政策规定给每个知青配3两食用油，6个月后配给的油也断了，每天只得煮菜吃，心慌得连山都爬不动。即便如此，我们还从安家费中抽一点钱为村里最穷的人家去买盐。在我们知青点，6个人犹如一个大家庭，收支及每天的三餐都由文静的陈寓平和他的女友曾庆定负责，他们起早摸黑地干，没有半句怨言。

每年的冬季一到，队里的男劳力都要上山扛石头修河坝，这是一项累活重活，呼呼的山风刮在脸上像刀割的一般，肩上得扛块一百来斤的石头。寓平他们刚开始不得法，在陡坡上就像荡秋千，差点滚下崖，社员们告诉他们："抬石头要会喊号子、放步子，步子和号子不协调，就会摔跤。"寓平总是虚心地向社员们学习，无论是播种插秧，驱牛耕地，打场堆垛，他样样在行。第一年我们宝石公社4个知青点19名知青，被评为郧阳地区知青的先进集体和先进个人。

1970年夏季，在武汉知青中的招工开始了，这犹如在平静的湖水中丢下一颗石子，在广大知青的思想上引起不小的波动。第一次来中坝区招工的是房县商业局，我们所在知青点被招工4人，3男1女，女的是寓平的女朋友曾庆定。寓平平静地对她说："我来时就准备在山区扎根一辈子的，没想到还会招工，我们分开了不要紧，我们的心还是贴在一起的。"

第二批招工的是县教育局，要从知青中抽一批人去当教师。寓平被抽到中坝区中学任教。昔日热热闹闹的知青点，只剩下"黑五类"出身的我和其他几人。公社领导将剩下的知青集中在一起办了一个知青农场，派几名老农给我们当师傅，搞起白木耳实验，还取得了成功。直到1971年夏，我才历尽艰辛招工回武汉。临走那天，寓平特地从中坝区赶回来为我送行，没想到这一次却是我与寓平的诀别。

一年一季花开又花落，1974年春天，我在武汉惊悉寓平因见义勇为，为保护战友和群众与坏人搏斗而牺牲的噩耗。那年他刚25岁，我简直不敢相信这是真的。我们在武汉的同学闻讯后，赶到武昌大沙湖边的寓平家，去慰问他悲痛欲绝的父母和弟兄，才知道这一悲壮事件的详细经过。

1973年10月，房县教育局决定将陈寓平抽调到县教育局工作，当时他的女朋友曾庆定在县百货大楼工作，两人憧憬着即将开始的幸福的新生活。县教育局领导为了培养寓平的工作能力，决定派他参加县委组织的“批林整风”工作组下乡锻炼。寓平所在的工作组有3个人，组长是县供销社的聂传启，还有县水电局会计谢福永，他们被分到沙河区的班河公社联盟大队。

在很短的时间里，寓平通过访贫问苦，迅速地掌握了全大队队员的基本情况。他坚持和广大社员同吃同住同劳动，协助队里办起政治夜校，帮助社员们提高政治觉悟和文化水平。寓平的父亲是武钢技校的教师，经常给寓平寄去大量的学习材料，他如饥似渴地学习，经常通宵达旦地在灯下写出一篇篇结合本大队实际的革命大批判文章。

1973年12月31日，白天他参加了公社召开的工作队队员会议，在回大队的路上还与组长聂传启商量着来年如何抓好全队“批林整风”工作。

这天晚上，雪花飞舞，朔风呼啸，寒气袭人，寓平刚参加完大队召开的治安会议，劳累一天的他连脚都顾不上洗就疲惫地倒在床上睡着了，同挤在一排床上的还有聂传启和谢福永。

谢福永是混进工作组的坏人，有严重的经济问题，随着“清查”风声日紧，他惴惴不安，前天提出请假回城，实际上是要回家销毁他贪污的罪证。因为工作组工作太忙，聂队长没有准假，谢福永怀疑自己的罪行已经暴露，顿生残杀聂队长的念头。

夜深人静，丧心病狂的谢福永操起早已准备好的砍柴刀，狠命地向熟睡中的聂队长砍去，聂队长在剧痛中踹醒下睡在他脚头的陈寓平，借着堂屋里火塘中的亮光，寓平一下子惊醒了，看见了谢福永在杀人。他毫不迟疑地翻身下床，扑向凶手，想夺下他手中的刀，同时高声呼喊房东：“娄明秀，快来呀，老谢杀人了！”

谢福永挥刀向陈寓平砍去。此时的寓平，只穿着一身内衣裤，手无寸铁地与凶手扭打在一起，桌子踢翻了，板凳也倒了。谢福永像疯狗一般扑向寓平，砍断了他的右手掌，鲜血直涌，寓平忍着剧痛与凶手搏斗，最后终于夺下凶器，但不幸的是，当凶手又拿起一根扁担进行反扑时，退让的寓平不幸将右脚踏进身后的火塘，撞翻了吊在上面盛开水的瓦罐，将右脚烫伤。

谢福水拿着扁担步步后移，企图夺门逃跑，正碰见前来救人的刘金荣老奶奶，杀红了眼的凶手又举起扁担向刘金荣老奶奶砍去，正在危急之际，遍体是伤的寓平，大喊一声：“住手！”凶手放开刘金荣老奶奶，又转身扑向寓平。寓平由于失血太多，早已力不从心。凶手趁势把他打倒在地，又猛砍几刀，可怜的寓平已毫无抵抗能力，昏死在地上……

这时队里的干部群众从睡梦中披衣赶来，当场抓住了凶手谢福永，从地上扶起生命垂危的寓平。贫协组长、大队党支部王书记紧紧抱住鲜血淋淋的寓平，老泪纵横，命人回家取来一件新棉袄给寓平裹上。贫农张奶奶悲愤地喊道："娃儿呀，你不要走啊，等奶奶做一顿饭菜给你送行，也让我心里舒服呀！"

公社医院的朱医生虽经多方抢救，也挽回不了寓平的生命。在群众撕心裂肺的哭喊声中，寓平慢慢地睁开眼睛，突然盯住凶手谢福永，两眼射出愤怒的火焰，接着又将目光移到党支部王书记脸上，微微张开嘴，想说什么又无气力，终于带着无限的留恋合上了双眼。

当晚县医院派来救护车将他连夜送到县教育局一间空房里。第二天教育局领导找来寓平的女友曾庆定，向她询问了寓平的家庭情况，然后将她领到隔壁房间里，打开门一看，只见寓平静静地躺在担架上。她惊呆了，欲哭无泪，跌跌撞撞冲出房门，迎面碰上前来吊唁的一位同学，她不由得双腿一发抖，扑倒在地"哇"的一声大哭，用滚烫不尽的泪水倾吐她心中的酸甜苦辣，倾诉她对寓平君的深情。他们是青梅竹马、形影不离的恋人，现在他就这样匆匆而去了。

当寓平牺牲的噩耗传到我们插队的中贩小队时，还在地里干活的社员们全惊呆了。队长华福成泣不成声地说："多好的青年！当初他们6位知青从武汉来我们这穷山沟，不怕苦，不怕累，待我们如亲人一样，他们走了，我们一直总在想念他们……"

女社员高建兰哭着说："我丈夫长期在外搞三线建设，一次娃子生病，是寓平为我们请来医生，还为我们垫了医药费，我今生今世都要为他烧高香……"

寓平牺牲的噩耗传到他曾任教的麦浪坪小学，师生们嚎啕大哭。学校门前有一条湍急的河流，小学生每天上学得经过这条小河。每当多雨季节，河上的木桥常被泛滥的洪水冲垮。为了学生们的安全，寓平和其他几位老师每天早上都守在河边，护送学生们过河，他将自己从武汉带来的深筒胶靴让给女教师穿，自己只穿一双自编的草鞋，笑呵呵地背着娃娃们趟水过河，将他们一个个接来上课。他的学生们越哭越伤心，他们再也见不到陈老师了。

寓平生前的好友、同事们惊悉他的噩耗，从四面八方涌向县城，来见他最后一面；武汉的同学们为他净身整容。中共房县县委、县政府为他举行了隆重的追悼大会，数百个花圈摆满了会场内外，在刺骨的寒风中，留在房县的武汉同学抬着他的灵柩，将他安葬在城南烈士陵园的东坡上。

为了表彰陈寓平的英雄事迹，中共房县县委追授他“模范共青团员”光荣称号，根据寓平的生前要求，追认他为中共党员；向全县广大党员、团员及革命群众发出“向陈寓平同志学习”的号召。湖北省人民政府授予他“革命烈士”称号，1974 年 9 月，《湖北日报》、《长江日报》刊载了他英雄事迹的长篇通讯，还将他的事迹编写进湖北省初中语文教材。

根据广大群众的强烈要求和有关法律，罪大恶极的凶手谢福永被处决。被砍成重伤的聂队长在治疗后已恢复了健康。1992 年陈寓平烈士的墓迁到烈士陵园内，政府还举行了迁葬仪式，寓平的弟弟陈宽诚（现任武汉建筑集团二分公司总工程师）和仍在房县工作的同学们参加了迁葬仪式。

年年的清明节，总有一群群的学生抬着花圈来寓平的墓前扫祭。仍在房县工作的章寄汉等同学，每一个清明节都要来寓平墓前送一束鲜花，代表我们当年来房县的 52 个华农附中的知青表达哀思。

此时，我们站在南山上，俯瞰整个房县山城，青山依旧，绿水长流，在改革开放的春风吹拂下，这座号称房陵州的老城，也走出封闭、贫困，焕发了青春。在这块贫穷而又秀丽的土地上浸透着我们的好兄弟陈寓平的血，也有我们当年上千武汉知青的汗水。

寓平，今天我们带着孩子千里迢迢来看你，可我们再也见不到你的笑脸，再也听不到你的声音，今生我们再难以相聚。我咬开酒瓶的瓶盖，将我们满腔思念之情泼洒在你的坟上、碑前，我们仿佛听到你当年坚毅的声音："我既然来了，就不走了，在房县扎根一辈子！"

山谷似乎回应着你年轻的声音。

酒液如泉，泪花如雨，青春无价，青春无悔。

安息吧，寓平君！

黄景炎：女，华中农学院附中66届高中毕业生，1969年初去房县中坝区宝石公社插队。

只能使其颠簸，不能使其沉没

方　明

总觉得，沉溺于往事是一种消沉，一种衰老。正值中年，要做的事太多，要操的心也太多，“要愁哪得工夫”？

然而谈到知青，似乎便有所不同，总有那么多感慨，那么多涌动的不安。

知青生活仿佛是近50年生活的一个圆心，它是结束，又是开始和转折，所有的一切都由它归纳，又都由它派生。于是，便有了无尽的话题。

写自己，总是有几分尴尬。倒不是没有剖析的勇气，而是不知怎样把握。没有了距离感，总是顾此失彼，又难免粉饰或过多的自责。

我有个朋友，不妨谈谈他。或者干脆跳出自我，站远点儿，把我当作一个“朋友”，去审视，去批判，这样也许要客观公允得多。

他写日记。而中年的日子已没有了那么多新鲜感和“灼热的钢铁插入冰水般的尖锐记忆”，日记成了周记甚至是月记。但在红卫兵和知青时期，日记却是一丝不苟，每日必记的。

时隔近30年，他翻开尘封已久的日记本，不禁为自己当年的狂热和真诚震惊。特别是那本“文革”时的日记，是知青时补记的，而且是在水利工地上。记得那是1969年冬天，11个知青，在工地附近一个小村子驻扎下来，睡地铺，只垫有一层薄薄的稻草；干活，每天挑土百余担；饭管够，菜则只有腌萝卜。比在队里差远了，队里毕竟还有一张床，还有青菜吃。就这样，他仍是以一种难以遏制的狂热和真诚，就着如豆的油灯，每夜不辍，把3年来能回忆起来的每个日夜、每个场面、每个人物都如实记录下来。厚厚的一本，足有15万字。

但现在翻开这些日记，却怎么也揣摸不出当时的心态了。他说：“哪怕用再无情的批判眼光，也无法揭示那种执著，或说是迷惘了。”“不管是经历过还是没有经历过那种轰轰烈烈与冷冷清清、叱咤风云与平淡琐碎、豪气冲天和无奈无望相互交织的反差巨大的时代的人，都难以去定义那个时代以及与那个时代共生的精神世界。想用几句话来概括老三届一代人，几乎是徒劳的。”

我想，不论是从纵的还是横的方向去考察人类的历史，发生在中国的那场运动，以及置身其中的一代人，都是绝无仅有的。在短短的一两个月时间内，千百万青年一下子被推到了历史的前台。理想与领袖崇拜，信仰与政治参与意识，让他们充满了豪情，他们为能有机遇开创一个新时代而陶醉。然而，他们幼稚的眼睛，无法见到豪言壮语背后的虚伪和残酷，更无法理解严酷的政治斗争后面的阴暗心理。对领袖的绝对崇拜和信任燃烧起来的狂热，以远远超过他们前辈所能想象的程度，产生了一种疯狂膨胀的合力，将他们自己推向无法预知的前方。

我的朋友是他所在那个城市 1966 年至 1967 年几乎所有重大事件的参与者，甚至是组织者。在 1969 年冬季那些奇寒的夜里，他不时搓着被冻僵了的双手，在写出来的那些追补的日记中，所流露的仍是一些对“火一般的岁月”的依恋，这成了他自认为未混同于凡夫俗子并聊以自慰的精神食粮。

可悲之处在于，我的朋友及相当一部分与他有相同经历的青年，当时的内心世界，不是一个社会最为需要的建设和创造精神，相反，却是某种政治所需要的破坏精神，对经济、对文化、对他人、对自己都是这样。这就注定了这些青年在踏上历史前台的时候，必然成为悲剧角色。他们的可悲之处还在于，当他们所有的热情在一夜之间被瞬息万变的政治抛弃的时候，他们仍然以为自己在从事着神圣的伟业，仍然代表着一种方向。

当满载着当年红卫兵日后的知识青年的火车或汽车的笛声鸣响的时候，他们并没有意识到，自己的历史角色已发生了根本的转换，理想主义、浪漫主义、英雄主义，在农村的平淡、艰辛、琐碎中一日日消磨，所有引以自豪的东西，都随着那声悠长、凄凉的笛声消失得无影无踪。

我的朋友，因为是上一个轮次被运动否定的群众组织的头目，再加上一些那个年代难免的“莫须有”，他和同样有着这样那样原因的知青一样，被单个孤零零地抛向广阔天地，而不是像其他知青那样与同学、好友、亲属一起集体落户的。当集体户的知青们被敲锣打鼓地接走以后，我的朋友在区革委会空荡荡的礼堂的土台子上，打开了塑料布，铺上了薄薄的被褥，等着“分配”。他望着被烟熏得乌黑粗糙的房梁，和在房梁上窜来窜去的老鼠，想着自己的父母分别被关进了不同的“群专队”，作为走资派在接受监管，弟弟远在外省，妹妹在另一个县的农村，家中只有70岁的老祖母在枯守着被抄了7次已是家徒四壁的几间房子时，不禁悲从中来。

到半夜的时候，又有一个知青睡到了这个土台子上。后来才知道，这个知青的“家庭出身”是被各派群众组织都持否定态度的那一种，但我的朋友却和他成了莫逆之交。同是沦落天涯的两个经历和背景绝不相同的人，在以后的几年中抵足而眠、无话不谈。在礼堂土台子上的那个不眠之夜，我的朋友的朋友拿出一包饼干，一声不响地递给我的朋友。就这样，他们二人默默无语，紧裹着被子，坐了一夜。他们很响地嚼着那些不知放了多久的硬邦邦的饼干，望着窗外一点点亮起来。

西方一位哲人说过，人类忍受困苦的能力是无限的。而所有的苦难中，最难以忍受的不是物质的贫乏和环境的恶劣，而是精神上的绝望与无助，当二者无情地纠合在一起将你攫住时，苦难便到了极限。然而即使是这样，在经过不长的一段时间适应后，他们仍然能够调整出相应的心态和能力，我的朋友不仅没有沮丧和沉沦，反而变得开朗起来，而且又写起了日记。十几年后他说：“人其实和生活在山林中的野兽没有多大的区别，只要有基本的条件，就能生存下去。”

高尚或猥琐，辉煌或渺小，大气磅礴或无闻无奈，人可能会经历过其中每一种。但当他回首往事时，却宁愿淡忘所有的平凡和懦弱，而在自己所营造的氛围中，陶醉或留恋以往的辉煌。这虽然是一厢情愿的自我安慰，但它往往又能产生神奇的力量，在艰辛苦涩的日子里，给人一种支撑。

据我所知，在农村的那些日子里，他的精气神儿始终是劲儿劲儿的。仿佛那不是在无边的绝望中的挣扎，而仅仅是学生时代十天半月的下乡劳动锻炼而已。1969 年初的那场大雪使生产队断了炊，是他主动请缨，拉了一辆板车，踩着一尺深的积雪，顶着北风，往返 30 里，从区里拉回了 300 斤粮食。进村子时，他发现队长打着油布伞等在村口，见了他便一把抱住，拖到自己家里烤火。帮他脱半截腿已结了冰的裤子时，不禁老泪横流。也是在冬天，队里那匹花马在河滩上下了马驹，他脱下自己的棉大衣，裹住瑟瑟发抖浑身都是血和黏液的小马，硬是把它抱回了队里。派工在酒房里制烧酒，那是一间和电影《红高粱》里那间酒房一模一样的作坊。每天 120 担水，来回一趟 100 米，干了 5 个月，便又黑又瘦脱了形。挑着粮食和柴禾来换酒的四乡农民，问作坊师傅："你们又收了一个要饭的河南老乡当小工？"他看了看自己的赤脚和腰里系的草绳，只有苦笑。一次套骡子耕地，骡子的后腿绊了套，他忘了不能在牲口屁股后头轻举妄动的训诫，蹲在那头高大的黑骡后头解套，被飞起一脚踢个正着，脑袋肿得像个笆斗，半个月才消。

至于一连五六天白日割麦，晚上打场，每天只能睡两三个钟头；至于出"国家工"修公路，每天光着脚往返几十里；至于三伏天穿一身厚衣服在太阳底下打农药；至于过汉江拉芦苇，晚上只能睡在江边四面透风的棚子里，和受的那些大累一比，便成了小菜。

这些日子，我的朋友都过得有滋有味。他似乎故意用那些肉体上的困苦来折磨自己，从中获得快感，用以填补自己的无望，并为终能承受这些肉体上和精神上的双重压力而感受自己的生命力，但他又自我解嘲道：“这应该算是一种自虐。”

几乎每天收工后，他还要就着油灯，读那些在今天看来大可不必那么痴迷的《联共（布）党史》、《世界通史》以及《罪与罚》、《被侮辱与被损害的》、《苦难三部曲》等这些“残酷的天才”的大作。在他看来，只有这样做，才能算得上是生活，才能充分体现自己的人生价值。这给他的人生抹上了更浓的一笔悲剧色彩。

他有句格言：“不为做过的后悔，只为没有机会尝试的惋惜。”他始终觉得后悔和懊丧是脆弱的表现。在农村的几年中，失去的东西固然很多，但毕竟也得到了不少，笼而统之地称那些岁月“青春无悔”，显得勉强和做作。在那么长的一段时间内，没有教育，没有人格的尊严，甚至没有道德标准，怎能不悔?！投入到理想、信仰、崇拜上的狂热和真诚，竟全都受到了愚弄；对自然气壮山河的改造，最终却发现是对生态环境的破坏，回顾往事，有种一切都是荒唐的骗局的感觉。

但毕竟还是得到了一些，那就是耐受困苦的精神，或者说是顽强的心理承受能力。老三届知青可以说是被愚弄的一代人，但作为我们自身，在大多数人来说，却不愿愚弄自己，更不愿毁灭自己。从迷惘中走出来，便经历了一次灵与肉的炼狱。“哪怕给我再多的钱，我也不愿重复过去的经历；哪怕用再多的钱，也不能换取我过去的经历。”这就是千百万老三届、千百万红卫兵、千百万知青的人生哲理。

“一个伟大的人有两颗心，一颗心流血，一颗心宽容。”我们都是凡夫俗子，但不妨也使自己流血的心去宽容，再加上宽容后的振作。我的朋友活得很投入，很透彻。他曾用全副身心去体味广阔天地的辛酸苦辣。生活环境改变以后，仍是兴致盎然地接纳生活中的嬉笑怒骂。

从农村被招进工厂后，在8年中他干过钳、钻、刨、焊不少工种，后来又在工厂只给4天复习时间的苛刻条件下考上了大学，成为当年知青中的少数幸运儿。再后来，又被分配到了一个文化部门工作，数年间，在著述方面小有成就。

他自己却十分清楚，已经拥有的这一切，对他来说不仅仅是一个结果，走过来的每一步都印刻着挫折和坎坷的深深痕迹，只是他一面流血，一面又宽容和振作，始终没有倒下而已。在从农村抽调到工厂的前夕，在工厂的几次运动中，在报考大学的过程中，甚至参加工作以后，命运多次和他开了十分恶毒的玩笑，但出乎许多人的意料，他都站了起来。

法兰西共和国的国徽上有这样一行字："只能使其颠簸，不能使其沉没。"我们这代人，包括我这位经历十分独特的朋友，尽管坎坷了半生，但始终都没有沉沦。一次次沮丧，一次次振作；一次次死亡，又一次次复生。就是因为我们都有一种难以磨灭的精神，在我们心中始终都守着一块圣地。从这里面，总是有无穷无尽的精神力量源源不断地生成。

但近年来，老三届中的有识之士们忧郁地看到，长期以来，人们习惯的思维方式、道德准则，在商品交换、在流行的通俗文化、在无情的经济关系面前，往日的魅力和光彩已经暗淡；人与人的关系，更多地体现在利益原则上。新的一代人，没有了面对理想的执著，没有了对信仰的热情拥护，多是在对金钱的追求上寻求满足。物欲横流，仿佛成为时尚和不可抵御的趋势。

面对这一切，我们想到，现在需要的是重建一代人的信仰和人文精神，当然，这绝不是回首往事，“寻找失落的世界”，而是把曾由历史产生并造就了一代人的那种执著和真诚，加以提炼和升华，使其成为一种崭新的极富生命力的民族精神的养料。

方明：原名方向明。武汉市十四中67届高中毕业生，1968年11月到天门插队。

回望青春

朱德康

喜　报

记得1968年的10月至11月，刚刚有了知识青年上山下乡的消息，我母亲就陷入了无限的悲哀之中。她40岁时才生我。她曾生育过6个孩子，前4个都先后夭折了。我上面的一个姐姐小时候得病太多，身体较弱，而我从小就健康聪明，自然被父母视若掌上明珠。他们的希望都寄托在我的身上。那时我姐姐正于前一个月由商校毕业后分配到崇阳山区去了。父亲是水院教务科的老科长，当时也随学校到鄂西长阳县走“五七”道路，接受改造去了。母亲已是60多岁的老人，常常卧病在床。听说我要下乡，她成天躲着流泪。虽没有当着我的面说什么，但她的苦衷我十分理解。我们一家4口，在短短两个月内分居4处，这对胆小怕事、心地善良的母亲来说，打击太大了。尤其是对我的前途和命运的担忧，使她茫然无措。我也舍不得离开孤立无助的母亲。虽然当时毛主席关于“知识青年到农村去”的指示尚未下达，仍采取自愿报名方式，多数人还在观望，但我还是毅然报了名。

记得1968年11月下旬的一天，我正在家清理下乡的衣物，听见敲锣打鼓的声音由远而近。我出门一看，只见班主任老师和学校五六名师生正拿着用红纸写的“下乡喜报”朝我家来了。他们对我母亲说了一些祝贺和鼓励之类的话，并送了一朵大红花。我母亲顿时泪如雨下，她更多的是悲而不是喜，她最怕的我们母女分离的日子就要到了。那一年我21岁。

当晚我到同窗好友粟福琼家去玩，我问：“你的喜报呢?”“什么喜报?”她奇怪地反问我。我把十四中来水院送喜报的事对她说了，她一脸不高兴。后来我才知道，像粟福琼、冯达美等出身于教授、高知家庭及“黑五类”家庭的同学，即使自愿报名上山下乡，学校也不送喜报。我的家庭大概属于不红不黑之类，还勉强受此“殊荣”，而他们则被剥夺了这一资格。这就是当时的事实。我很为这些同学及他们的家长愤愤不平，更不愿我的这张“喜报”成为我们一群好友中的隔阂。喜报带给我更多的是悲，而不是喜。

女　红

下乡不久，我就与队上的女青年熟悉起来。她们常常到我们知青点来玩。有一次我穿了一条自己打补丁的裤子，恰巧一群农村女青年叽叽喳喳地到我们知青点来。一位眼尖嘴快的姑娘马上发现了我裤子上的补丁，大笑了起来，说：“你们看德康姐做的针线活哟!”结果她们一群人一个个笑得前仰后合，直不起腰来，弄得我面红耳赤，非常难堪。我的这个补丁缝得实在难看，针脚很大，贴上的布又没拉平，毛边也没有折进去。对我来说，一是过去在学校住读，没有做过针线活，二是认为整天干农活，不必讲究穿戴，结果引来了她们的哄笑。后来我才发现，农村的女孩子都很爱美。我们女知青服装非青即蓝，一色学生装，与男同学几无差别。而天门的姑娘、媳妇都穿着色彩绚丽的衣服，上身紧凑，裤筒宽松。她们很看重女红，视其为心灵手巧的标志。姑娘们给男朋友做的鞋子和绣花的鞋垫，常常成为自我炫耀和别人（包括婆家）品评的对象，她们攀比的项目之一，就是看谁的针线活做得精美。

此后我虚心向她们学做女红，学做鞋子和鞋垫。在一年多时间里，我先后做了 4 双布鞋，还给我母亲做了一双棉鞋。回汉休假，我把棉鞋送给母亲，她又惊又喜，赞不绝口。以后我又学会用缝纫机制衣服。成家之后，免不了缝缝补补、裁裁剪剪之事，多亏在乡下打了点基础。

割　麦

“立夏三天连枷响，小满三天粑粑香。”这是当地的农谚。立夏至小满是我们收割大、小麦最紧张的季节。天门县是棉产区，我们公社没有水田，粮食作物主要是大、小麦及粟米。下乡一年后，从点棉籽、锄草、打棉枝到摘棉花、喷农药，从大、小麦播种到松土、施肥，我的技能基本上与农村妇女不相上下，唯一的不足就是割麦赶不上她们。这种活既要技巧又要体力，首先还要会磨镰刀，这都是我的“弱项”。记得 1970 年初夏，是我们在乡下第二次参加割麦大战的时候。一天，我又落在一排人的后面20多米，望着前面还有七八十米才能割到地头，心里真是焦躁不安，我用尽了全身力气往前赶。又割了40多米后，我已是狼狈不堪了，汗水夹着泥土，浑身无一干净处。这时我发现我这垄地的地头有人在朝我这个方向迎面割过来了。哦，原来又是太平妈，她割上地头后转回来帮我了。一般大家割上地头后就休息片刻，可她经常不休息跑来帮我。当时我真恨自己怎么这样没有用，对太平妈是又感激又不好意思。正当我们快要会合时，我只觉得左手食指突然疼痛难忍，站起身来一看，指头全被鲜血染红了，血还在一点一点往下滴。原来，我的镰刀把自己的左手指割破了，刀口还不浅呢！这时太平妈发现了，她丢下手中的镰刀，飞跑过来，一把抓住我的左手，将我的食指放到了她的嘴里。"脏!"还没等我叫出来，她已用嘴吸吮着我那又是泥、又是血、又是汗的脏手指了。一会儿，我的手指已被她的唾液"洗"干净了。她笑着说："这已经消毒了，保证没事。"还撕下了衣襟上的一块布，给我包扎伤口。我简直被她这一系列敏捷的动作惊得呆住了，收工后我向太平妈表示万分的感激。

晚　育

结束了农村生活后，我当上了工人。再以后，我结婚了，组织了家庭。婚后4年，我们都没有孩子。我所在的应城化工厂招来的工人大多是知青。我和丈夫属于老大姐、老大哥一辈。看着一对对比我们小的知青都相继有了孩子，真是羡慕不已。1978年恢复高考后，正当我俩双双以31岁"高龄"走进大学校门不久，万没想到此时我有了身孕。是要学业，还是要孩子？鱼与熊掌不可兼得，面临着两难选择，医生对我说，你已是30多岁的人了，若头胎做人工流产，恐怕再难得生育。亲朋好友纷纷劝我废了学业，以孩子为重。人生的每一步都有艰辛，都要付出牺牲和代价。但“走好人生的每一步”仍是我们知青做人的信条。我们忍痛舍去了孩子。记得那天，我在学校向班长请了假，跑到医院一边流着泪一边做了手术。当时我们夫妻二人分别在两所大学念书，武汉的两家老人都在小屋蜗居。我们的栖身之地是各自的学生宿舍。中午，班上的男女同学都以为我病了，不知真情，纷纷来看我这位被他们亲切称呼的“朱大姐”。我只能说感冒头昏，实在不好意思对小同学们说实话，一来怕掉课，二来不愿同学们左问右问，我第三天就去上课了。同学们都比我小，最小的只有16岁，而我大他们一倍。他们多数在学校学过英语，我12年前在中学学的是俄语，连英语字母都不会。生活的磨练给了我力量，一年级下学期英语考试分班，我竟分到了英语“快班”。4年的基础课和专业课我均取得优良成绩，完成了大学的学业。

人间世界不是一泓清水，人生之路不是一马平川。我总算是幸运的。大学毕业后，我终于如愿以偿，生了一个儿子。生孩子时，我和丈夫均为36岁。因此，我们一家3口属相相同。生产前，我们夫妇相约，生男名迟，生女名姗，以纪念我们蹒跚学步的人生之旅。我虽没有遇到扑面的惊涛，意外的横逆，多少也领略过悲欢离合、酸甜苦辣的人生况味。生命的每一里程都是美好的，尽管不免有荆棘和坎坷。回头品味，其间既有诗情，亦有画意，感谢知青生活，它给予了我相知相守的伴侣。我们的儿子，未尝不是这一段生活迟结的果实！

朱德康：女，1966年高中毕业于武汉市十四中，1968年11月去天门县渔薪区插队。

梦牵鄂南山村

刘明恒

回忆像嚼一枚橄榄，既酸又涩，细品还夹着一丝丝甜蜜。人到中年，国事家事显得格外繁忙，也感觉到格外劳累。偶尔，也有消闲寂寞的时候，我便独步夜色，或静坐河边，追忆在鄂南山村生活的岁月，心中不禁产生几分忧伤，几分感慨，几分眷恋。

我自小寄养在伯父家，在古城南京长大。1966 年，史无前例的“无产阶级文化大革命”席卷全国，伯父因是右派，全家被遣送回湖北咸宁农村老家。因为我只是寄养，组织上将我留了下来，然而我并没有逃脱下乡的命运。1968 年初冬，毛主席发出了“知识青年到农村去，接受贫下中农的再教育，很有必要”的指示，我便满怀激情报名插队于江苏省江浦县石桥公社。父母见我插队异乡非常气愤，说我变修了，瞧不起老家了，千方百计将我“骗”回老家——咸宁县白沙公社和一大队，再也不让我重返江浦农村了。

刚回到鄂南山村老家，一切都那么陌生，高耸入云的大厦变成了挺拔参天的大树，宽阔平坦的水泥大路变成了崎岖坎坷的羊肠山道，雪白光亮的洋楼住宅变成了黑不溜秋的陈旧老屋。柴烟熏烤得你睁不开眼，煤油灯暗淡得你看不成书，我仿佛一下子从天堂掉进了地狱。在这里我找不到一个同学，找不到一个知音，常常一个人独坐河边青石板上，轻声唱起我的同学任安国（即任毅）创作的《知青之歌》：

蓝蓝的天上白云在飞翔
美丽的扬子江畔
是可爱的南京古城我的家乡
告别了妈妈，告别了家乡
金色的学生时代
已载入青春史册一去不复返
未来的道路多么艰难多么漫长
生活的脚步深浅在偏僻的异乡
随着太阳起，伴着月亮归
沉重地修地球
是神圣的天职我的命运

随着时间的推移，我的思想渐渐稳定下来，开始和贫下中农滚在一起。我向老农学习耕田、栽田、薅田，向妇女们学习打连枷、扇风车。登大山砍柴，上工地拉车，下水库堵漏，什么事我都学着干。在鄂南山村那些短暂的日子里，有烦恼有欢乐，有失落也有收获。

举柴烧饭

鄂南农村习惯用锣锅烧水煮饭。锣锅，半球形生铁铸成，用铁丝或铁条弯成手提将锣锅两边的耳系住，悬吊起来便可用柴烧水煮饭。那悬吊的器具古老别致，用3件零件组合而成，一件叫锣锅筒，以一丈余长的大楠竹打通竹节，用铁丝吊在屋梁上；一件叫锣锅钩，在丈余长的木棍下端安上铁钩，木棍上端大部分伸进锣锅筒内；一件叫木鱼，用木料制成鱼状，在鱼头部位剜一能让锣锅钩木棍穿过的圆孔，然后用一根小绳将鱼尾系住，另一端则系在锣锅筒上，使之形成一个整体，锣锅钩上的木棍穿在木鱼头的圆孔里，以圆孔控制锣锅钩的升降，调节吊在锣锅钩上锣锅的高度。

一天早晨，奶奶出门串亲戚去了，临走时嘱咐我，如果她回来迟了，就叫我煮中饭。我满口答应了。中午临近，家家都开始煮饭了，奶奶还没回来，我心里暗想，煮一锅香喷喷的米饭，让奶奶回来高兴高兴。当我把米淘好放进锣锅的时候，问题发生了，那锣锅钩偏高，柴烧起来的火焰烧不到锅底，我想把锣锅钩放下一点，一双手捏住锣锅钩拼命往下拉，怎么也拉不下来。这是怎么回事呢？于是我开始对锣锅钩探究起来，谁知我把锣锅钩往上一托竟上去了，锣锅越吊越高，怎么使劲也拉不下来了。咋办呢？奶奶又快回来了，我只好用双手将烧着的茅柴团举到锣锅底去烧，烧呀烧呀，手臂举痛了，大火烤得我大汗淋漓，烧了半个时辰，还听不到锅里水响。奶奶回来了，看见我那狼狈相，哭笑不得，嗔骂我“苕崽”，立即赶过来，用一只手握住锣锅钩，另一只手把木鱼头往上一顶，那锣锅就轻轻地降下来了。我惊叫起来：“奶奶，你的劲真大！”还未等我说完，屋里屋外已响起一片笑声。这时我才发现左邻右舍的婆娘们涌来看热闹，笑我是书呆子，笑得我好尴尬。

最后我终于把这锅饭煮好了。不过这锅饭上面稀，中间生，锅底煳，还带着一种烟烧味，简直难以进口。

草鞋稳路

回老家插队，我受不了贫穷和饥饿，耐不住孤独和寂寞，因而喜欢上工地。上工地虽然累，但有饭吃、有肉吃。粮食和资金都是由大队从各生产队收来的，饿不了肚子。当时有句民谣：干部吃肉盼开会，社员吃肉上工地，老人伢崽吃肉盼得滴眼泪。这就足以说明上工地的好处。上工地过的是集体生活，不寂寞，特别是有两个活宝，一个叫“破棉袄”，一个叫“癞痢婆”，特喜欢讲故事，讲起“三国”或“聊斋”什么的，三天三夜不知累，加上我是从大城市回来的，搞宣传、写批判稿之类的事全交给我，有时也能轻松一下子。

1969年春，我报名上四邑公堤搞岁修，大队长刘昌汉很高兴地接收了我，出发前他再三叮嘱我带上草鞋。奶奶便请人用布条儿为我编了两双特制的草鞋捆进我的背包，我穿上解放鞋跟着大伙挤上手扶拖拉机，偷上货车，然后从武汉搭上拖轮来到嘉鱼县境内的一个小渡口。

春雨淅淅沥沥下个不停，下了船登上江堤我便寸步难行了。这泥巴土路，凸凸凹凹，雨灌水浸，泥泞滑溜，凸起处如龟背，踩上就滑下来，我只走了十来步就摔了两跤，这两跤就让人变成泥人儿了。我爬起来再也不敢抬步了。大队长赶过来将我的行李接了过去，搀着我一步一步往前走。他说：“明恒，我叫你穿草鞋，你不穿，摆什么知识青年臭架子，走这路只能穿草鞋，穿任何鞋子都不中。”

我说：“我带了草鞋。”

他说：“那你还不快穿上。”

我说：“我在家里穿过一次，脚都磨穿了。”

“那说明你的脚太嫩了，天天穿就磨不穿了。你赶快把草鞋拿出来穿上，不然今天晚上不睡也走不到目的地。”

说完，大队长帮我从背包里把草鞋拿了出来，帮我穿上。当我穿上草鞋再走在泥路上，感觉平稳多了，草鞋踩在“龟背”上好像粘住了似的，怎么也滑不下来。我紧紧跟在大队长后面，一个多小时就赶到了扎营地。不过我的双脚已被草鞋擦破了，晚上洗脚之后，大队长亲自为我上药水，贴上胶布。

此后，不管是晴天还是雨天，我都穿着草鞋上工地，推车、打夯、挖土……大约半个月之后，我的脚长出了老茧，再也不觉得痛了。

一次大队长和我开玩笑说：“走乡下泥巴路，穿解放鞋肯定溜，溜来溜去，人也会溜走，要扎根农村，首先要学会穿草鞋。”我听后觉得大队长还挺幽默的。

栽田落垄

鄂南农村把插秧称为栽田。栽田这行当说轻松也轻松，远不如挑担爬山吃力；说不轻松也不轻松，一天干下来腰酸背痛腿软，特别是“双抢”季节（抢割早稻，抢插晚稻），正逢酷暑，上晒下蒸，把脚伸进水田里都烫人。蚂蟥也活跃，听见水响就游过来了，附在你腿上吸血。晚上从水田爬上岸，小手臂和小腿长出了一层“水锈”，洗都洗不掉。

1969年“双抢”的时候，生产队长刘明瑞见我是个洋学生，没栽过田，照顾我去挑秧头。我干了几天后觉得没意思，堂堂男子汉天天挑秧头怎么行。我看那栽田也没什么技巧，把秧插进泥里不就得了，也不是什么累活，你看那些男女老少们不是栽得挺轻松的？我找到队长，坚决要求去栽田，队长安排我和女学生们一起栽。妇女队长先口头向我讲了一通要领，然后就给我作示范。我嘴上没说心里却直嘀咕，这有什么难的，不就是把秧插进泥里吗？于是，我和妇女们在水田里一字儿排开，我拎起一个秧头，拆开来，栽了起来，一棵二棵三棵，觉得挺容易的。栽了十分钟后，我发现问题了，把我插的和社员们插的一比较，我插的秧稀密不匀，每棵秧苗多少不一，纵不成路，横不成行，插下的秧苗东倒西歪，有的插成了“烟袋锅”（把秧苗插弯了），有的插成了“乱鸡窝”（插下的秧棵散开了），有的插成了“野游鹅”（秧漂在水面上）。不仅如此，我栽得又窄又慢，那些女社员都栽了10棵以上（横距以株计算），我仅栽4棵，他们早栽到我后面去了（栽田退着栽，栽得越快越在后面）。

这时有个中年妇女逗我，唱起了栽田歌：“落垄小伙是哪个，栽田容易不易学，喊我一声好姑母，我来帮你带两棵，带出垄来你唱歌。”

后来还是妇女队长为我解了围，让我从“垄”里退了出来，并对我说：“你刚学栽田就不要到田中间去栽，只能在田边慢慢栽，不然一垄就出不来了。有首山歌唱得好：‘第一不插烟袋锅，第二不插乱鸡窝，第三不插野游鹅，洗手上岸就发棵。’田栽得好，秧发得快，就能丰收，你还得好好学哩。”

妇女队长的话使我觉得栽田的学问还挺深奥的。后来我终于学会了栽田，而且能和一般社员比高低，这已是一年之后的事了。

刘明恒：南京市五中66届高中毕业生，1969年去咸宁县白沙公社和一大队插队落户。

青弋江在诉说

刘晓航

青弋江是长江流经皖南的支流，发源于黄山。我曾经在青弋江畔一个村庄插队长达7年之久，至今，我仍然珍藏着这十几页发黄的信纸，这两封信诉说着30多年前，我们的风雨人生。

——题记

晓航：

刚读完高尔基的短篇小说《老板》，我的心好像随主人公一样飘在群星之中，而地上夜生活的蟋蟀声响，使世界和我们的心灵奇妙地融合为一体，日常生活的琐细和可怕，从脑海里被冲洗得干干净净。

自全县工农兵文艺调演以来，我们已经三个多月未见面了。这次调演，你们弋江公社代表队人才济济（几乎全部是由知青组成的）出尽了风头，尤其是那个在“洗衣舞”中扮西藏姑娘的范卉，在台上翩翩起舞，像是黑色的精灵，又像是星空中的一弯新月。但是，在台下，她是那么高傲、冷漠，我忘不了她那一对忧郁的大眼睛。我们几个被称为秀才的评论组成员，白天和大家在一起看演出，晚上挤在稻草垫的地铺上，为你写的小戏《卖猪》中的公与私的戏剧冲突争得面红耳赤。

一言不发的品越最后说：“那社员不就是让猪吃饱喝足，再牵到食品收购站去，乡下谁家卖猪不这样？这算戏吗？”他的话惹得大家哈哈大笑，都不言语了。还有调演期间的伙食特别好，八人一桌，六菜一汤，那“虎皮扣肉”肥而不腻，霉干菜特别香，我盼望这种调演一年能办几回。

再说说我的近况，这三个月我成了大忙人，大队成立了毛泽东思想宣传队，每个生产队抽调一人，我作为“笔杆子”被点名抽去，每天记10分工。如果是文艺宣传队也好，男男女女在一起，满耳是歌，满堂是笑，岂不热闹，可我们是“以批修整风为纲，促进春耕生产”。现在，学习和批评两个阶段已经过去，眼下已经进入整风阶段。我的差事自然是“遵命提笔”，我自嘲已成为鲁迅笔下的绍兴师爷，每天忙于处理民事纠纷。每天忙于办简报，写报道，还有计划啦，报告啦，红夜校啦。另外还兼个跑腿的差事，隔三差五去公社取文件，这村那庄地跑，找人谈话的时候，人们脸上都挂着尊敬和亲热的表情，我也就摆出一副一本正经的面孔，甚至挂上一丝微笑，逢上饭头，人们客气地邀请我入座，有时还能灌上一杯水酒。这里的沟沟坎坎印满了我的脚印，从白发苍苍的老汉到10来岁的放牛娃都一律用“大施”这两个字称呼我，这称呼里既有一个“大”字，我便心安理得地应了。

生活是丰富的，精彩极了。一个20多岁的小伙子被他嫂子打伤了，闹了十几天，还在闹，要大队干部给他做主，捂着肚子赖在合作医疗所里要这药、那药的。我认为他是无病呻吟，故意装的，令人讨厌。

昨天，我去李村布置红夜校，生产队长下地去了，在家的妇人泡了一杯茶，生怕我这个城里人喝不惯乡下的东西（其实我白开水也能将就的），细声细语地对我说："这是谷雨尖子，好茶哩。"我照例说声谢谢，她没有说这茶是多少钱一斤买来的，我想它一定是个吓人的数字。许是谷雨尖子的诱惑，或是怕拂了那妇人的好意，也是真有点渴，我端起茶杯呷了两口，觉得它跟其他茶没有什么不同。那妇人见我喝了，便满意地到灶边去了。屋里剩下我一个人，我便开始认真构思起来，几个栏目划分好了，"学习园地"下画本书，加两个墨水瓶，再插上一支笔，觉得还差一点什么，又在背景上添一张大格的稿纸。"竞赛栏"里画什么哩？画个火炬必不可少，底下画台拖拉机，远景画山，近景画座高压铁塔。画罢，我为自己笨拙的画技直摇头，可是，当家的回来了，还夸我画得好。吃饭时他将桌上的调色板、颜料、纸笔一股脑儿挪到一边，妇人端上一碗香喷喷的蒸腊肉，一碗嫩黄的水蒸蛋，碗面上一小块猪油还没有化开，蔬菜正青黄不接，桌面上却摆着炒韭菜、辣椒酱、蒜苗儿、腌香菜，盘盘碟碟将一个饭桌都挤满了。妇人并不上桌，当家的还歉意地说："就便饭了，上街没有搞到酒。"

你看，我都说了些啥，生活五光十色，有时也觉得挺无聊的。

大队党支部狠抓"阶级斗争，一抓就灵"运动，成立革命大批评小分队，先让我整理出几个批斗对象的材料，然后由民兵营长领着，我们几个押着他们去 21 个生产队巡回批斗。我们将写着"千万不要忘记阶级斗争"、"敌人不打，他就不倒"的语录牌插在田头，正在干活的社员们就歇工围拢来，那四个挂着牌子的坏人在我们的押解下被推到田头，然后一一宣读他们的罪行，念完一个，我领着大伙儿喊一阵口号，再念下一个。

一个姓张的地主分子将自家的阴沟里的污泥混杂在猪粪里，交到生产队里记工分，被人发现，在群众愤怒的“不许地主分子反攻倒算”口号声中，他被按下头，腰躬成90度。

另一个是姓汪的富农子弟，他精明能干，农闲时从山里拖柴火卖，倒也不错，但是一顶富农子弟的帽子压得他抬不起头来，连入团的资格都没有。去年冬天全公社会战孤峰河水利工地，他拖着板车参加了运输队。一天大早，人们发现所有的板车内胎都瘪了，眼看影响工程进展，大家一筹莫展，他自告奋勇去补胎，忙碌了两个多小时，他将20多架板车全部修理好了，他一身油污，大汗淋漓。公社书记非常高兴，表扬他是可以教育好的子女，为水利会战立了功。不料，当天晚上，公社专政队来了几个人将他押走了。有人揭发，半夜出来小解，看见他在车棚里倒腾，那些车胎都是他用钉子扎破的，第二天又做好人去修，图个立功好表现。真相大白，顺理成章给他定了个“破坏农业学大寨”的罪名。我望着他那副自作自受的可怜样，觉得既令人同情，又愚昧无知可笑。

另一个是坏分子，姓章，这人是一个孤儿，还当过三年兵，因为小偷小摸，被部队开除回家。其恶习不改，平时游手好闲，依旧小偷小摸，连“窝边草”也不放过，成为当地一害，批斗他，无人不拍手称快。

第四个是姓万的下放居民，罪名是不安心生产，到处上访告状，仇恨贫下中农。

每批斗一场，照例由这个生产队管一顿饭，一般落在队长家。伙食不错，四碗四碟，有鱼有肉。在此时批斗人的与被批斗的同坐一桌，不分彼此，吃个痛快，尤其是那个惯偷狼吞虎咽，像过节一般。

只有那个姓张的地主趁我上茅房时，偷偷地向我诉苦，他说他是无罪的，将阴沟泥混在猪粪里的不是他，而是他婆子。这人有点文化，懂点中医，原先靠当游方郎中糊口，“文革”时不准他行医。我知道全大队的四类分子每月要训一回话，每年还要出一定的义务工，缴一定的粮食，上面没有这个政策，却是沿袭的乡规。

那个姓万的一直不服，也不肯低头，他向我诉苦：“我们都是下放的，你知道我为什么要上访，大队长见我老婆漂亮，趁我上水利工地时，半夜敲门去调戏她，我上哪儿去评理？我们是外来户，全村人都是他本家，还不许我上访。”

我木然地听着他们的申诉，似乎觉得自己做错了什么事，但毛主席的教导“千万不要忘记阶级斗争”又在耳边响起，情况是复杂的，我不能听他们的。

写得太拉杂，到此打住，我想有时间去看看你和品越——他是否还在研究他的数学和哲学？

五月柳絮纷飞，青弋江畔一定很美丽，多么想和你们在一起。

致以无产阶级文化大革命的敬礼！

大施

1973 年 5 月 11 日于沙滩脚

大施：

桃花谢了，李花也谢了，只有荠菜花盛开在田头水边，烟雨蒙蒙，蛙鼓声声。

中午邮递员送来你寄自沙滩脚的信，我兴奋地读完它，简直像在读一本有趣的书。

近两个月来，我们弋江公社的知青都陷在一种悲痛和压抑中。我要告诉你的是：范卉，她死了。就是你信中说的那个跳“洗衣舞”的范卉，那个高傲、冷漠、有着一双忧郁大眼睛的姑娘，她才22岁。

她在离我们八里路的邱村教民办小学，20多个学生。学校是新盖的三间草房，她住一间，另两间是教室。那天，上学的孩子们都来了，教室的门紧闭着，他们敲了半天门喊范老师，无人答应。路过这里的生产队长觉得奇怪，因为平时这会儿已经上课了，他敲碎玻璃，扯下窗帘，吓得直往后退：只见范卉颈上系着一根塑料电线吊死在屋梁上，脚下是她踢翻的一张方凳。全村的人都来了，撬开门将她从梁上放下，用一块白布盖上。那20多个孩子哭成泪人儿，几个大妈哭着说：“昨天下午和我们还有说有笑的，好好的，这就走了？”

等我们闻讯赶去，公社书记和治保干事已经赶来了，他们将现场隔离起来，我们作为她的知青同学，获准留在教室里等候她的父母亲友。清点她的遗物时，在学生花名册里发现了一封简单的遗书，交代了3件事：抽屉里的34元是孩子们交的学杂费的结余，口琴和《外国民歌200首》送她弟弟，枕头下的上海牌手表只留给这所民办小学的继任老师，不能把孩子们的时间耽误了。全村的人都哭了。

她的死因不详，她为什么要自杀？令人费解，有什么不顺心的事非死不可？范卉下放5年来，一直表现很好，连年被评为上山下乡先进。她的艺术才华是公认的，她文静的气质和清纯的外貌成了许多知青（包括一些农村青年）心中的偶像，近年3次招工，她都被推荐上了，最后一次是全村社员联合署名和按手印报上去的，结果都被刷下来了。理由只有一个，她父亲曾是国民党少校军医，在淮海战役中随部队起义，新中国成立后一直在县医院工作，是外科一把刀。但在“文革”中被揪出来，戴上了一顶“历史反革命”的帽子，当然株连其子女。为此她整天愁眉不展，但全公社知青中像她这样出身不好的很多，她为什么要死呢？

傍晚时分，她的父母和弟弟从县城失魂落魄地赶来，人们立刻闪开一条路，在他们哭天嚎地中，我苦苦思索，人求生本能是强烈的，包括那些绝望的癌症患者，只要有一点点希望，就要挣扎着活下去，她为什么连一丁点活下去的勇气都没有了，我百思不得其解。

她的丧事3天后才办完，她的父母一下子衰老了许多，默默无言，我们任何劝慰也无法使他们从悲痛中恢复过来。根据她父母的意见，范卉的骨灰就葬在青弋江边，她的青春，她的灵与肉都殒落在这块土地上。

葬礼空前隆重，她的亲人，甚至她读中学时的老师都来了，公社和大队干部，全公社一百多知青，全村男女都去了。弟弟捧着她的骨灰盒，紧跟其后的是她的学生娃娃们，一个个都哭红了眼泡。我们在江滩上选了一块地，掘好坑，安放妥她的骨灰盒。在纷飞的鞭炮纸屑和纸钱的灰烬中，我们环立在这新土前泣不成声，来年清明扫祭时，她的亲人将为她立一块石碑。

这事已经过去两个多月了，它仍然像一块沉重的铅压在我们的心头难以化解。近来，关于范卉的死因有各种各样的猜测，根据有关人士透露，那天她父母俯尸痛哭时，她当医生的父母发现女儿已经有了身孕，她和蠕动在胎中的小生命都去了另一个世界，但男的是谁？这也许将成为一个永远的秘密被埋葬了。

生活就像坎坷不平的土路上的独轮车向前滚动，平凡而平淡。我任教的大队小学附设了一个初中班，有24个学生，我和一位姓胡的下放干部包教了这个班的全部课程。我同时教语文、政治、化学3门课程，负担够重的。老胡快50岁了，原先是地区林业局的技术员，除了他和他大哥外，全家人都去了台湾，因此“台属”的帽子一直扣在他头上。他妻子是一位小学教员，有3个女儿，夫妻因性格不合感情不好，由争吵发展到互相伤害。“文革”中，他老婆为了和他划清界限，多次提出离婚，他就是不答应。他每一次回城看女儿，老婆就是不让他进门，有一次他老婆的两个弟弟将他打得头破血流，因为是家务事，别人也不好多干预。他害怕孤独，将远在昆明的侄儿小康接来同住。他大哥是云南大学的讲师，因为家人在台湾被定为“特嫌”，关在牛棚，他大哥想不开，吞咽玻璃碴自杀了，留下妻子和两个儿女。当时云南教育质量很差，小康读初二了仍错别字连篇，有一次将妈字的女写到右边去了，我们经常以此笑他。叔侄相依为命，我们3个人同住在一个屋顶下，在一个锅里吃饭。

我们这里是沙地，是棉区，池塘和水井很少，每天的饮用水必须到二里外的青弋江去挑，春夏江水奔流，到了秋冬枯水季节，江水成了一束溪流，要踩在河床上的鹅卵石前行100多米，弯腰用葫芦瓢一勺勺舀在桶里再一步步地挑回去。夏天江流湍急，我们3人去江边挑水，顺便将衣被拿去洗了，然后再铺在河滩上，一会儿就晒干了。我们像鱼一样在江中游泳，然后躺在河滩上晒太阳，听江水哗哗流淌，这是我们最愉快的时光。老胡的兴趣来了，还用俄语唱起《喀秋莎》、《山楂树》，平日的忧愁和烦恼无影无踪。

品越这学期调到弋江中学教高中数学，我每次上街都去他那儿坐坐。前天我去时，他正在煤油炉上烧菜，一个萝卜几根大葱，过得很清苦。桌上杂乱地堆放着书和稿纸，他明显地瘦了，正陷于双重痛苦中。他告诉我，半年前，他给北京刚复刊的《数学导报》寄去一份关于“质数”的研究论文，一万多字，这是他两年的心血，然而泥牛入海、杳无信息。前几天县教育局长来校检查工作，让校长唤他去谈话，要他安心本职工作，不要胡思乱想，少写那些异想天开的论文。当时投稿，刊物的编辑还要审查作者的政治表现，这样，刊物的一封公函寄到县教育局，惹来局长大人的一顿训斥。也难怪局长发火，他写稿经常写到半夜，难免有时起不了床耽误指导学生的早读。

他的第二件烦恼是，他的女朋友最近与他吹了。他们青梅竹马，她在市里一所小学当音乐教师，人很漂亮，两人几年来鱼雁传书，感情已经很深。现在她父母坚决反对他们谈下去，因为他还是一个知青，谁知道他何年何月能够返城？

我把这位老夫子从学校里拖出来，陪他在青弋江边散步。我劝慰他，书依旧读，文章依旧写，女友的事要顺其自然，你还有过女友，我和大施至今依旧是孤家寡人，一切慢慢来，就像电影《列宁在十月》中瓦西里说的：“牛奶会有的，面包也会有的。”

我和品越盼望你早一点来青弋江做客，再过半个月就是毛主席关于大办民兵师的指示发表五周年纪念，我们公社将举行民兵篮球赛，现在各个大队都抽调一些知青在练球，那时你来一定很热闹。

致以无产阶级文化大革命的敬礼！

晓航

1973年6月27日

后记：

30 多年过去了，这两封信中的人都发生了太大的变化：大施在 1980 年代多次返回那个叫沙滩脚的小山村，他是去招工的，他已经从这个县向上海的浦东开发区输送了几千名民工，县政府将他视为座上宾。这与当年知青下放是两种完全不同的劳动力与人口的逆向转移。今年他已经从上海金山区工商局退休。

品越在“文革”后，成为第一批未经大学学习，直接考取中国人民大学的研究生，因为著作多多，在 1990 年代初即被评为教授，现在为上海财经大学博导。

老胡在 1975 年返城后，终于与老婆离婚，1980 年代移居美国，与海外亲人团聚，以后没有了消息。他的侄儿胡康在 1990 年代也去了美国，后来听说他为婚变殉情而死，令人感叹。

前几年我重返阔别 20 多年的青弋江，特地去江滩上寻觅范卉的坟，它早已淹没在深深的荒草中，只有青弋江的涛声陪伴着她。不知何年何月，一粒香椿树的种子飘落在坟前，已长成一棵大树。关于范卉的死因，至今仍被当地人偶尔提及，它仍然是一个令人难解的谜。

刘晓航：男，安徽芜湖市三中 66 届高中毕业生，1968 年去南陵县弋江公社新陶大队插队。

人　之　初

周积明

近年来，在研究社会文化的学术理路时，我常常想起一部文学作品中的话：“经历本身也是一种文化。”假如，没有上山下乡、工厂打铁这段经历作铺垫，我想，我今天的学术研究可能要逊色得多。

这确实是一种二律背反式的命题。历史的巨大灾难毁灭了一代人金色的青春生命，其所造成的损伤，已是无法修复无法愈合。但这种不正常的生活道路，同时也加快了这代人社会化的进程，对于中国后来巨大的历史性变革而言，这是一种至关重要的准备。

从知青到学者，其间跨越了20余年的生命旅程，然而，我从未忘记，那如烟如云的知青岁月，是我历史意识和社会意识觉醒的开始。

记得当我们初下农村时，满怀着对贫下中农的由衷敬意。在我们熟悉的观念系统中，贫下中农苦大仇深，阶级觉悟最高，阶级感情最深。一个风和日丽的春日，我们和贫协主席聊天，主席叼着烟斗，竟讲起新中国成立前自己吃喝嫖赌的无限风光。我们这些来自城里的学生娃哪里想到一位贫协主席竟会有这样一种经历，不禁目瞪口呆，半天做声不得。良久，我们方怯怯地发问：“您……您不是贫农吗?”主席哈哈大笑，双手一摊：“抽大烟，地也卖了，房子也卖了。”时光已过了 20 多年，我却不知怎的还记得那个下午贫协主席说话时的神态，我记得，我心中圣洁的一角“咔嚓”一声仿佛出现了裂痕。20 多年后，我读余华的《活着》，因赌掉家产而改变命运的富贵与王楼村贫协主席的影像竟重叠一起，我突然醒悟到当初悸动的复杂意味，这就是朦胧地感悟到历史之流并非清纯而是混浊，中国社会的阶级分野包含着极为错综的历史内容。

我所在的生产队位于枣北，十分贫穷，但贫穷并不妨碍村中有一户地主。我们从小就知道地主是无产阶级和人民大众的敌人，下农村后当然应该站稳阶级立场，和地主彻底划清界限。伤脑筋的是，队长虽然向我们介绍了村中阶级队伍的构成情况，却没有向我们指明地主究竟是何人。我们只有调动我们所受的教育和我们幼稚的知识系统去判明谁是地主，最后大家的视线落在同一个人的身上。将这位老农民认作地主我们有充分的理由：首先，每次出工时他都单独坐在一边，无人与他答话。此种情形分明是贫下中农阶级阵线分明、立场坚定的表现。其次，这位老农最为猥琐，眼睛不仅小而且在毡帽下滴溜溜地转，脑袋的形象也近于不扁不圆的小地瓜。我们自小所看的电影小说中，正面形象如少剑波、杨子荣、李玉和皆高大英俊，鬼子、国军、地主、资本家以及汉奸、特务则鬼鬼祟祟，模样不堪。由此理推彼理，该老头必是地主无疑。认识统一后，大家对这位“地主”采取坚决的“三不”政策：不接触、不讲话、不搭理。偏偏这位老“地主”不搭理别人，却喜欢和我们打招呼。有一次看见我挑土的筐子不结实还主动要帮我加固修理，我们却一身正气、凛然不理，常常使这位“地主”瞪着小眼，百思不得其解。故事终于结束是在一次歇工时，队长心血来潮，指着一位正和一群青年嬉戏的老头说：“这就是地主王仁宽。”我们顿时张口结舌、目瞪口呆，看看此老头又看看彼老头，一种受愚弄的感觉涌上心头。愚弄我们的当然不是队长，也不是老地主王仁宽，而是我们长期所受的将历史脸谱化的教育。

在我今天脑海中记忆犹新的还有一次心灵的震撼，那是在水利工地的工棚中，荣福给我谈起3年困难时期的情景。当那片“三分天灾、七分人祸”的乌云笼罩中国大地时，都市中人也面临着极大的生活困境。我记得我们吃荞麦、吃红薯、吃南瓜、吃玉米。我还记得家中家具一天天变少以支撑我们这个有5个孩子的家庭，每当爸爸妈妈默默擦拭某一皮箱、某一沙发，我和我的姐姐就知道，这一皮箱或沙发第二天就会离开我们。然而，城里人所受的一切磨难和农民相比实在微不足道。20多年后我读到彭尼·凯恩所著的《1959—1961中国的饥荒》一书，方对当时可怕的情形有较为完整的了解。荣福在工地上告诉我的就是他全家和他的乡亲们在3年困难时期的遭际。他告诉我，他的妹妹饿死在大饥荒中，死得很惨。村民中有不少人也因饥饿而死，更多的人不得不外出讨饭。当他说这些话时表情平静，不知是时间过得太久还是已经麻木了。我却被“饿死人”3个字所震动和刺激，一时间竟找不出语言来表达自己的惊愕。接下来荣福谈自己的遭际，脸上的表情陡然变得可怕。他说，村里人虽然饿的饿死外逃的外逃，队长家却仍然有白馍吃。有一天，他实在眼馋队长儿子手中的白馍，央求掰下一块尝尝。队长儿子却要他在地上爬一圈。荣福没有讲他到底爬了还是没有爬，但这一经历已使我无限惊骇。虽然对于社会的黑色一面我们当时尚无更多的接触，但在荣福的叙说中，我已感觉到它的阴冷和残酷。

我曾经讲过我所在的乡村非常贫穷，贫瘠的土地使当地的农民一年中有6个月以红薯代粮。我们知青在最初下去的一段时间内当然不会因红薯问题而发愁，每月45斤大米使我们有实力一日两餐吃干饭大摆阔气。对于当地农民而言，一日能吃两顿干饭而不是稀粥或红薯简直是天堂的生活。每当饭已做好蒸气袅袅时，便有络绎不绝的老人、青年、小孩前来串门，他们不断地问“吃了吗？吃的啥?”，并在似问非问中死盯着我们的锅和碗。一位放牛的老农终于叹口气向我们表达了他的愿望：“一天能像你们这样吃上两顿白米饭，死了也值!”这是我最初接触到中国农民的实际生活，最初知道中国农民要求的是什么。20多年后当我在讲坛上讲中国人的生存方式和文化意识，潜意识中肯定浮现出当年农民生活的艰难与最为本能的欲求。正因为如此，我充分理解中国农民在今天改革中迸发出来的无比热情，并为他们能走上富裕之道感到由衷的高兴。

中国农村虽然贫穷，却不乏文化，我这里所说的文化，不是指书刊影视、文物古玩、公园园林，而是指千百年层层积淀的农民文化。曾经向我们表达对白米饭欲望的放牛老汉，以一种令人惊讶的方式向我们揭示了这一“文化”。一个蝉鸣不断的中午，我们正在村中作为“公共饭堂”的大槐树下传看报纸，放牛老汉蹲在一旁一个劲地抽烟，他突然冷不丁地冒出一句：“林彪一看就是奸臣相，吊眉毛，三角眼。”我们大吃一惊，要知道，当时才1969年，林彪正如日中天，成天接受全国各地“永远健康”的祝颂，说这种话违反了“公安六条”，在城里不是被枪毙就会被关起来。不过，我们吃惊归吃惊，却并未跳起来抓反革命，因为我们都知道放牛老头根红苗正、苦大仇深，绝无受人挑唆煽动的可能。我们只是正色警告他不得乱说当心丢脑袋，老头仍然咕哝说：“我看周总理就像个忠臣。”老头说了这番话后两年的一个下午，此时我已在工厂当一名光荣的工人，车间突然紧急通知全厂开大会，一进礼堂我们就发现全国人民都熟悉的林彪题词被盖上一层幕布，军代表大手一挥：“这些歪歪扭扭的字早就应该拿走。”在全厂职工震惊的聆听中，军代表传达了中央文件，我们方知道“毛主席的亲密战友”竟然妄图谋害毛主席，国庆晚会上刚刚歌颂过的副统帅竟早已摔死在温都尔汗。在撼天动地的心理震动中，我不禁想起了大槐树下放牛老头的预言，心中不由产生对中国传统相术的敬畏之情。中国传统文化的一个重要内容，就是直觉主义思维方式，这种思维方式虽然非科学非理性，却包含了难以辩说的奥妙。也许正因为有这样一种感受，我对研究神秘文化的学者总有一种尊敬之意，因为这一领域太多奥秘，太难破译。

我还必须说到的是农民文化中的性意识。农民们在这方面确实是兴趣浓酣。我们初下队被视同女劳力而分配到妇女队中锄草，大嫂大娘嘻嘻哈哈谈自己谈男人，谈房中之事。每当谈到关键之处，她们不仅不加隐讳，往往提高声调，我们虽然低着头仿佛非礼勿听非礼勿视，但却又有意无意吞咽下那些粗俗而又刺激的语言。我敢肯定地说，大多知青的性启蒙都和知青生活有密切关系，而对于我后来的社会生活研究来说，这样一种经历同样是弥足珍贵的文化积累。

也正是在农村，我如海绵吸水般读了许多许多书，这些书都是我下乡和每次返城时带来的。其中有一批书来自中原电影院旁边的基督教女青年会图书室。还在我上初一时，我曾持母亲的借书证去过这座图书室，它的静穆和雅致，我至今不能忘怀。然而，红卫兵运动兴起后，基督教女青年会被取缔，图书室中的藏书也付之一炬。所幸的是，周围一些老头老太太从灰烬中将未烧尽的书扒出，然后在极秘密的地下状态中一篮子一篮子地卖出。我就经朋友介绍从他们手中买了二三篮书，付的总价钱大约在七八元之间。这些书带到乡下成了我和同队朋友的最大财富，在油灯下读它们则成为一天中最愉悦的时刻。常常，我读书至深夜，此时的村庄已极静极静，天空中偶尔有夜鸟飞过，一两声鸣叫后夜更静谧。狗们也沉静下来，虽时不时地叫两声，但叫声中朦朦胧胧充满了睡意。当月色皎洁之夜，整个小院一片银白，院外梨花或槐花散发出沁人肺腑的幽香，令人深深陶醉。其情其境，我至今不能忘怀。直至今日，每当我写作至夜深人静时，常常伫立窗前，遥想那月色，那幽香，那沉睡的村庄，那流逝的岁月……

无论如何，从都市走向村庄，是我们这一代人意识觉醒的开端。正是在农村中，我们接触到裸露的社会现实，接触到传统文化与中国历史的剖面。所有这一切，在我们脑海中留下了需要反思的一连串问号。这种反思一旦被插上思想和文化的翅膀，带着深刻理论色彩和浓重实践意味的历史意识就必然要起飞。

或许，这就是历史的补偿。

周积明：武汉市二十中66届初中生。1968年11月下放枣阳县新市区肖庄公社王楼生产队。

茅棚诗篇

董宏猷

我常常怀念江汉平原上那简陋的茅棚，怀念茅棚前清清的干渠，渠水里青脊的游鱼。我常常想起干渠两边一马平川的棉田，想起茅棚周围一畦一畦的菜地，想起高大的杨树上缠绕着紫色的扁豆，以及树梢垂吊的丝瓜。我常常在梦中踏着淡蓝色的晨雾，打着赤脚挑水浇园，或是在混沌的夜色中，寂寞地守着一盏孤灯。在大海一般的原野上，我彻夜不眠的油灯，是大海中不沉的航标。

走向茅棚的日子，是1970年的夏天。守菜园棚的梅阶家里出了大事，他唯一的儿子喝农药自杀了。我至今还记得那小伙子尖尖的下巴，大大的耳朵，他死时还不到20岁。中年丧子的梅阶悲痛欲绝，队里的菜园棚便空了城。

队长找到我：小董，你怕不怕鬼哟？

只有鬼怕我的，我说。

队长笑了，也是，你每天熬夜，半夜还唱歌，鬼都跟你混熟了，你就替梅阶去守菜园棚吧。

我就背了一袋米，背了一袋书，走向离村子七八里的菜园棚，走向孤独和寂寞。

下乡插队的日子是永远忘不了的。

1968年12月1日，作为武汉市首批上山下乡的知识青年，我来到汉阳县侏儒区合丰公社百赛大队四小队插队落户。在此之前，我在母校武汉市四十四中贴出了第一张坚决要求上山下乡的大字报，并且在学校礼堂的墙壁上贴出大标语：“萝卜咸菜，要到百赛！”

坚决要求到百赛，是因为听说那里是汉阳县劳动强度最大的地方，而且是血吸虫疫区。“文革”前，我是四十四中学生会主席、共青团员。下乡前，我是学校“复课闹革命领导小组”的成员。愈是艰苦的地方愈是争着去，这便是我们一代人的精神风貌。

百赛大队地处汉阳、汉川、沔阳3县交界处。6个生产队，像双翅一样依傍着兀立于平原之上的燕子山两翼展开。燕子山是汉阳西部最后一座小山包了，过了山便是一望无涯的江汉大平原。这里是稻棉区。我所在的生产队，60多个劳动力，担负着400多亩水田、200多亩棉田的种植任务。每个劳动力平均要种10亩田。水稻一年两熟，棉田还要套种小麦、大豆、黄豆、芝麻，一年四季，没有空闲的日子。好不容易盼到农闲，却又要上水利工地挖河挑堤。在这田多人少的生产队，知识青年来了，正好当劳力使用。我下乡的第二天，便跟着男劳力挑粪。好大好大的木粪桶，好沉好沉的硬木扁担，憋足吃奶的劲，才趔趔趄趄地挑起，醉酒般地晃行。第一次感觉到肩的存在，第一次感到腰的存在，第一次打赤脚在田埂上行走。好不容易坚持到红日西沉，却一下倒在田埂上。大粪自然是糊了一身，如同广阔天地给我洗礼。

棉田远离村庄，铺展在平原之上。

来回十几里的路程，中午自然是不能回家吃饭的。都带有饭盒，带有凉开水。棉花生长的旺季，正是炎热的酷夏。一望无涯的大平原，只有纵横交错的干渠两旁方有树荫。便在树荫下铺一块塑料薄膜，吃冷饭，喝凉水，然后倒在薄膜上赶快睡午觉。没带凉开水的，便喝沟渠里的水。一碗的牛尿味，一碗的农药味。

于是每个生产队都在干渠旁搭一座茅棚。茅棚的主人便是棉田的守望者，当然还兼农具农药保管员，还兼烧茶送水的服务员，还兼棚前棚后生产队集体菜地的唯一菜农。于是茅棚又叫菜园棚。

那个年月里，菜园棚里不安宁，常常听人说夜里闹鬼，可是我却不怕。我是太渴望有更多的时间读书、写诗了。而且，我还秘藏着一个宏伟的写作计划，那就是写一本《社会帝国主义是修正主义的最高阶段》，如同列宁在茅棚里写《帝国主义是资本主义的最高阶段》。我从中学起便对政治经济学抱有浓厚的兴趣，是一本《马克思的青年时代》感染了我，使我第一次听说了康德、费尔巴哈、黑格尔。“文革”爆发，大字报大批判成为中国风景，每个批判者或被批判者，都在毛泽东和马恩列斯的经典著作中寻找批判或检讨的精神武器。毛泽东、鲁迅、马克思、列宁的著作，在青少年中来了一次大普及大学习。天下者我们的天下，国家者我们的国家，我们不说谁说？我们不干谁干？全世界还有三分之二的人民生活在水深火热之中，无产者只有解放全人类才能最后解放自己。金猴奋起千钧棒，玉宇澄清万里埃。梅花欢喜漫天雪，冻死苍蝇未足奇。我们是那么虔诚地学习经典，是那么真诚地"胸怀世界"。尘埃落定后的反思是一回事，然而真实地尊重过去的历史是另一回事。我在下乡的第二年，即我19岁生日时，曾写过这样一首"七律"以述志：

胸中早立耕耘志，飞花又是春雨时。
荷锄未忘忧天下，踏泥愿为铺路石。
胸怀朝阳闯雄关，身披雷雨炼筋骨。
热血当洒四海内，染就旌旗面面赤。

这就是我当时的真实风貌。我尊重当今青年对琼瑶、三毛及港台歌星的热爱，对摇滚乐、皮尔·卡丹、施瓦辛格的热爱，对股票、房地产、名牌轿车、宠物狗的热爱，但是，我也希望他们尊重我们当年的热爱，包括风行一时的藏族歌舞《北京的金山上》，包括手抄本上的俄罗斯民歌《三套车》，以及1930年代的电影插曲《夜半歌声》与《秋水伊人》，包括从豪言壮语中流露出来的青春朝气与稚气。

我就是这样走向茅棚，走向一个精神的世界。

不必赘述茅棚的简陋与每日辛苦的劳作了。你可以想象那茅草屋顶以及芦席扎成的四壁，低矮的土灶，墨水瓶式油灯。不必赘述茅棚生活的孤独与寂寞了，茫茫旷野中做伴的只有明月清风。在当时写就的长诗《茅棚诗篇》中，曾有过茅棚修葺的描写：

茅棚破了/挡不住霜雪风雨
来，我们给你整理容貌/给你
换上暖和的新衣/牛车拖来
芦苇稻草/沟里挖起泥巴
两边扎起风障/后墙统统粉刷
啊，焕然一新的茅棚/我温暖的家

这是冬季来临之前的一次修葺。而在炎热的夏季，茅棚门窗洞开，我便等于睡在旷野之中。刚到茅棚不久的一个晚上，我突然被一阵沉雷般的鼾声惊醒了。睁眼一看，一条陌生大汉肆无忌惮地睡在我的身旁，浑身汗臭脚臭，仿佛睡在自家的床上，那么惬意地打着呼噜。

陌生大汉约有40多岁，膀阔腰圆，浑身晒得通红。我又气又怕，使劲将他推醒。他睡眼惺忪，问道："梅阶呢？"

一口浓重河南腔。

河南大汉是来贩卖灯泡的，看来是梅阶的老朋友，菜园棚成了他落脚的客栈。

我告诉他梅阶不会再来。我告诉他我对灯泡不感兴趣。说话时我的脚悬在他那一布袋灯泡上，我知道那是他的命根根。

"小兄弟，俺就走。"他重重叹了一口气，"你是知识青年，你还要表现，俺不给你为难。"

他这么一说，我倒不好意思马上赶他走了。于是便请他抽烟，听他侃走南闯北的故事，听他讲另一个世界的故事。那是一个非诗的世界，使一个住在茅棚里仍然在诗中幻想解放全人类的知识青年听了感到新鲜、惊异。

天亮时，我煮了一锅饭，让河南汉子饱餐了一顿。咕嘟咕嘟喝了两碗凉水，他一抹嘴："小兄弟，告辞了。"他背起一布袋灯泡，然后踏着晨露，朝远处的公路走去。

像这样的不速之客，后来又来过几位，都是夜里来投宿，都是河南、安徽一带的农民，都与前菜园棚主有过交情。于是每夜我都将菜刀垫在枕头下，以防不测。不过，倘若有人想谋我的性命，那是易如反掌的。熬了半宿，我一般是脑袋一挨枕头就长梦的。当然，谋命者多是谋财，我一介书生，有什么财可谋呢？

我不怕鬼，不怕。有一次夜里回菜园棚，旷野漆黑一片。路经一座小桥时，突然一双手抱住我的脚，紧抱不放。我陡然一惊，随即说道："伙计，你不是鬼，是人——你的手是热的，莫装鬼！我手里有刀，再不放，我就放你的血！"

桥下哈哈大笑。原来是另一生产队守菜园棚的知识青年："伙计，你的胆子真大！"

但有一次，茅棚内燃起神秘的灯火，却使我至今想起来仍感害怕。

那是冬天的下午，我回村背米。临走前，仔细检查了灯火，将火柴藏在灶旁的一块砖缝里。锁上门。门外摞了一对粪桶，桶与桶之间夹了三根稻草做记号。然后便回村了。

晚上9时，乡村已经深深沉入夜色之中了。我和几个同学喝了点酒，乘兴朝茅棚走去。那时下起了小雨，我冒雨执意要回，因为我每夜都要看书写诗，已成了习惯。于是唱着歌，独自一人进入如墨如漆的夜色之中。

走了大半个小时，影影绰绰可以看到干渠上的林带了。突然间，从我茅棚后墙的墙缝里，闪出一丝灯光！在伸手不见五指的冬夜里，那一丝灯光显得格外明亮。

我的心猛地一沉，又是谁跑进棚里去了呢？

我悄悄地猫腰绕到后墙，从墙缝里向内张望，只见一盏油灯安静地吐着火苗，闪烁在床头。

棚内一个人也没有。

我愈发心跳，又悄悄潜到门前，只见门仍锁着，两个粪桶仍一高一低摞着，三根做记号的稻草在夜风中飘动。

没有人进门。那油灯是谁点着的呢？

我赶紧打开门，冲进棚内，呼地一阵风，将油灯吹熄了。我赶紧去摸火柴，下午亲手藏的火柴也不见了！

我吓出了一身冷汗，赶紧闩上门，又用锹顶住，摸黑洗了脚，将菜刀攥在手边，迷迷糊糊地拥被靠了一夜。

事后我问过许多人，都说没进过棚内。那旷野冬夜神秘的灯火，至今仍闪烁在我的记忆之中。

就在那个难忘的晚上，我突然感到特别的孤寂。我渴望有人听我倾诉，哪怕他浑身汗臭，甚至有一双臭脚。

我想起自己20年来，一直背着“家庭成分不好”的黑锅。我从小就生活在一个没有父亲的家庭里。我后来才知道父亲和我同在一个城市，但他却和另外一个女人生活在一起。没有父亲便意味着没有经济来源，母亲和外婆又没有工作，因此，我从小就生活在极端的清贫之中。从9岁起就开始在码头上帮人拉板车，在水里捡破瓜烂菜，瞪着眼看人家吃西瓜，然后抢着在地上捡西瓜子（洗净晒干后等着过年待客），将西瓜皮捡回家切丝当菜吃。

生活的清贫并不可怕，可怕的是我一出生便被打上了“黑五类”的烙印。我发愤读书，我满腔热血地要求进步。小学是少先队大队长，中学是学生会主席。我兴趣广泛，品学兼优。人家打扫厕所用水冲，我则用手去掏堵塞的粪池。我用一个少年最大的努力去证明，我的血也是鲜红鲜红的。

但是文化大革命爆发了，反动的“血统论”甚嚣尘上。校园里贴出了“打倒董宏猷”、“董宏猷是修正主义的黑苗子”的标语和大字报。我惊异地发现，写标语的竟是学生会的一个低年级学生干部，平时老实寡言，而我一贯厚待他，没想到竟是他砍下了第一刀。

还有什么比“黑五类子女”、“修正主义黑苗子”更能说明一个初中66届毕业生在“文革”中的遭遇呢？那将是另一篇难以下笔的文章。大规模全国性的知识青年上山下乡，发生在“文革”之中，回避这样一个历史背景，仅仅只谈任何一个年代城市青年到农村去当农民，都必然会遇到的体力劳动的艰辛和城乡生活的差异，或者让知青生活扭曲为一个没下过乡的青年流行歌手创作的浪漫的《小芳》，我认为是对历史与后人的犯罪。

上山下乡运动给了我再次用行动证明自己的契机：“红五类”也好，“黑五类”也好，“造反派”也好，“保守派”也好，除了极少数干部子弟参军或留城外，几乎所有的中学生全都“平等”地到广阔天地炼红心去了。

在扁担与粪桶面前人人平等，在烈日与暴雨下人人平等。历史似乎翻开了新的一页，“黑五类子女”似乎和“红五类子女”站在同一条起跑线上。

这就是我第一个报名上山下乡，并且要求到最艰苦的地方去锻炼的潜在的心理动机。

用行动证明。

用苦行僧式的生活方式证明。

我抢着干最苦最累最重的农活。挑草头（刚收割捆扎起来的稻谷）时别人挑两个，我一下挑4个，4个草头就有200多斤呀。冬天上水利工地挑堤，冒着大雪穿一条裤衩将淤泥从河底挑上堤坝去。下乡的第二年发大水，成熟的稻田被淹，我毫不犹豫地跳进齐胸深的水里割水稻。讨厌的蚂蟥满身爬，可怕的“牛跎”（一种拇指般粗大的大蚂蟥）盯在胸前，一拉血水汩汩地冒，仍然坚持不下“火线”。一个十八九岁的城市学生，平时最重的体力劳动大概就是每月到粮店背30斤米回家吧？一下子和农村里拿10分工的壮劳力拼着干，哪能不受伤的呢？我曾在紧张繁重的“双抢”中累得屙血尿。曾经咬牙坚持挑4个草头后伤了腰，并且压得尾椎变形。曾经带病坚持出工，由重感冒转为疟疾打着摆子还出工，最后转为伤寒，差点丢了命。1969年，我和两个同学从镇上拖700多斤木材回村，在一个急转弯的下坡处，一辆大卡车迎面飞驶而来，两个同学吓得松了手，而正掌板车的我，被木料推动顺着陡坡像出膛的炮弹朝汽车迎面冲去。千钧一发之际，我使劲将车把朝右打，与也是转弯下坡的大卡车擦身而过，我只听到卡车上有人惊呼，然后就什么也不知道了。醒来时，发现自己已躺在公路边，浑身泥水，头痛欲裂。原来板车将我一下推倒在稻田里，我的头和半边身子便埋在了泥水中，板车与木料就压在我的身上。汽车司机和同学们将我抬到镇上的卫生院，当时诊断便是脑震荡，而且留下了后遗症，头痛欲裂时，非得用布条或绳索将头紧紧勒住，止痛片当蚕豆吃也不管用。乡亲们说我命大，说换任何一个人，不是喂了“大眼睛”（汽车）就是被飞散的木料砸烂了头，想想也是。紧接着1970年，修汉沙公路时，一天清晨，沥青炉边的大烟囱倒下朝我砸来，幸亏一位同学大声惊呼，我一回头，大铁烟囱便重重砸在我的肩上。好险！要是偏一点，就砸在头上了。大家都说我命大，想想也是。一个从小就泡在苦水里的孩子，不靠老天保佑，还靠谁呢？

一不怕苦，二不怕死，毛主席这样教导我们，我就认真地照毛主席的指示去做。评上了“五好社员”，评上了水利工地的“五好战士”，评上了“学习毛主席著作积极分子”。贫下中农没有因为我是“黑五类子女”、“修正主义苗子”而歧视我。淳朴的乡亲们看一个人，是“石碾对石磨——硬碰硬”。吃再多的苦，我也觉得有价值有意义，如同我在《茅棚诗篇》中所写的：

> 一塘死水，再平静/也逃脱不了干涸
> 的命运/而大海正是在不停的运动
> 中/才永远汹涌奔腾
> 母鸡贪图一窝干草的温暖/肥猪满足
> 酣睡和粗糠/而海燕渴望的是
> 暴风雨呀/苍鹰最爱在雷电中炼翅翱翔

刚开始下乡时，没想到还会有招工，还会有回城的机会。既然是插队落户，那就意味着一辈子当农民。因此，每个生产队的男女知青都是按比例分配的，我们生产队，就有6个男生，6个女生，似乎将爱情婚姻、生儿育女也一并分配到广阔天地去了。

然而招工开始了。

招工不仅使“扎根”迅速成为荒诞，同时也冷酷无情地告诉知青们，人的命运仍然是由血统来决定的。政治审查第一次对这一代人显示了主宰人的命运的力量。而具有讽刺意味的是，知青上山下乡是为了缩小城乡差别，但招工政审却明白无误地告诉人们，下乡是不需要政审的，回城却需要政审；血统高贵者是要回城享受城市文明的，血统低贱者只配与地富反坏右这些阶级敌人一道到农村去改造。夺取了胜利、进了城的农民们，是不愿让自己的子女到农村去吃苦的，吃苦的只能是革命的对象及其子女，要让他们尝尝牛尿的味道。

农村成了城市的“垃圾桶”，在最革命的口号下，城乡差别却最大限度地人为扩大了。

招工迅速地消解了知青上山下乡闹革命的光环，将知青按血统分成了等级，并将这种等级赤裸裸地凸显在乡亲们面前。

我肯定不在被招工之列。虽然我担任过大队团支部委员、政治夜校辅导员、民兵连副指导员，我的表现为大家所公认。我曾一次又一次地被贫下中农推荐，然而每次都过不了政审这一关。大队党支部书记张行忠曾感叹地说：“小董哇，我们像打铳一样推荐你，硬是打不出去，么办呢?”

贫下中农的这杆“铳”一直到1974年才将我“打”出去。我被推荐上了大学，而且是全县唯一一个“可以教育好的子女”上大学的指标。若干年后，一位曾任汉阳县文化局副局长的老知青告诉我，她也曾作为“可以教育好的子女”被推荐上大学，遗憾的是那年全县只有一个名额，而我成为唯一的幸运者。

我应该感谢文学，感谢诗歌。在我身处逆境之时，是文学的力量，是诗的光芒，照亮了我人生的旅途。

下乡的行李很简单。1966 年我小姐姐高中毕业，我初中毕业，弟弟小学毕业。下乡时姐弟 3 人全要走。我只有一只木箱，木箱里全装满了书，大部分是诗集。

那时我酷爱苏联诗人马雅可夫斯基，喜爱他的名句：“诗和歌，就是炸弹和旗帜。”到了生产队，乡亲们帮忙下行李，我的木箱挺沉，有人问了一句：“哟，是么东西呀？这重！”我随口开了一句玩笑：“炸弹！”言外之意，是指诗歌。

哪知这句玩笑竟不胫而走，我便成为“神秘人物”。1969 年初，一位武汉市 19 女中的女生也来到百赛大队，一位农村姑娘偷偷告诉她：“四队有个董宏猷，带来了一箱子手榴弹！”

这个女生，后来成为我的妻子。她对我最初的印象，竟然是“手榴弹”！

后来流言越传越玄。我带了一把小提琴下乡，每天夜里，喜欢独自一人找一僻静处拉拉琴，结果没见过小提琴的乡村便流传这样的“神话”：“队里有个董宏猷，每天夜里用琴格格地发电报！”

小提琴成了“特务间谍的‘发报机’”！

在大搞阶级斗争极“左”的年月里，这样的流言是足以置一个人于死地的，因为这种流言顺理成章地发展成为“董宏猷是省公安厅追捕的反革命”。当善良的房东嫂子悄悄问我是不是“反革命”或

“特务”时，我才察觉到我已经在别人心目中成为青面獠牙的“敌人”！可我却浑然不知，仍然拼命挑4个草头，仍然坚持每天学习毛主席著作。殊不知我愈是努力积极，愈被人认为是伪装。唉，我的黑汗与血尿！唉，我的九死一生、伤寒、脑震荡和尾椎变形！

现在回想起来，我的单纯、热情、不谙世事、浑然不知在很大程度上救了我。生活在这样可怕的流言中，我居然每天歌声不断、笑声不断、吃得香、睡得甜。久而久之，流言便逐渐如浮云散去，变成地头田间的笑谈。

我生活在自己的精神世界中，对待流言，不理睬不解释，不争辩。在黑云压城之际，我仍然天天坚持写诗，仍然注视着世界风云，时刻关心着“世界上还有三分之二的劳动人民没有获得解放”。

月　夜

月亮升起来了，
水一样静，水一样清。
翡翠般的云托月儿在走，白玉般的月在云的胸脯上滑行。

人们说：每逢佳节倍思亲，
中秋的夜，月儿也分外明。
我思念起四海的亲人呀，
明月，请传送我的深情：

月儿照在纽约街头，
看到的是失业者长长的身影。

看到的是黑人老妈妈思儿的泪哟，
她的汤姆被处以残酷的私刑……

月儿照在莫斯科，
看到的是熄灭了的红星，
看到的是新沙皇的狂妄野心，
做梦也想把地球吞并。

月儿照在南越的竹林，
游击队正整装出发，脚步轻轻，
为了南北中秋永久的团圆啊，
战士们正握枪前进，前进。

啊，中秋的月夜哟……
天下共明月，四海镀银粼。
四周是这么的寂静，
我身边却响起了《国际歌》庄严的轰鸣。

这首诗写于1969年8月26日夜，亦即中秋节之夜，正是江南的酷夏，农村最忙最累的“双抢”季节。在烈日下劳累了整整一天，常常是夜晚9点多钟才回村。农村的孩子一回家就可以马上吃饭、洗澡，然后休息，而我们回到知青宿舍后，还要自己做饭，然后烧水洗澡，洗衣，一忙就忙到十一二点钟，然后迷迷糊糊地与闷热和蚊虫作斗争。然后是凌晨3点钟，听队长喊：“开早工啊——扯秧啊——”

然后梦游般到秧田扯秧，一边扯一边打瞌睡，任蚂蟥爬满腿，也浑然不知。就在这仅有的几个小时的睡眠时间里，我却挑灯夜读或在日记本里写诗。为防蚊虫咬，我将双腿泡在水桶里，身上则披一张薄膜。我的几百首诗，都是在这样的深夜里写下的。

如何评价这些幼稚的诗，不是本文的任务了。我的责任，是把它原封不动地披露出来，作为真实的历史，供读者及研究者评说。对于我自己，我是非常珍视自己在逆境中高扬理想主义的旗帜度过难忘的青春岁月的。一代人有一代人的活法。我无法选择我的出身，我同样无法选择我的青年时代。我只想说，在我年轻的时候，虽然身处逆境，遭受打击与迫害，却依然没有放弃对生活的热爱，对理想的追求——哪怕现在说它是乌托邦。我不同意在泼脏水的时候，连孩子也一道泼了出去。

除了用诗记录自己的心路历程，抒发自己的革命理想、人生情怀，我还用农民喜闻乐见的艺术形式积极投入宣传工作。

队长要我为扯秧的社员鼓劲，我便马上编了一首顺口溜：

扯秧的同志真不错，扯得快来扯得多，
要跟秧田剃脑壳，一剃剃了个“青皮豆”！

大队党支部书记要我编顺口溜宣传“圈养生猪”，并将我的顺口溜贴在村头，在全大队广播：

……
出工房门忘记关，猪子进来到处翻，

拱拖柜，啃木箱，掀倒坛子和箩筐，
才筛的米，刚轧的糠，三口两口全吃光。
回家看见气死人，打猪子，又心疼，
只怪小伢不关门，
捉住小伢出气打一顿。
……

这就是我最初“发表”了的作品。我没想到，它是如此地受到农民的欢迎。我开始在深夜继续“胸怀世界”的同时，注重吸收民歌的营养，开始写我认为是“下里巴人”的民歌体的诗歌。我开始捕捉生活中的诗意：

打罢稻谷夜已深，寂静村庄顿沸腾。
家家大狗小狗咬，户户开门关门声。

——《夜归》

饭在锅里等人吃，天天开的“流水席”，
这个回来那个走，一家人，吃饭总不在一起……

——《吃饭》

我的诗开始回到了地上，充满了泥土气息。我在生产队写顺口溜，在水利工地打快板，唱山歌。这些应合着粗犷的劳动号子的诗歌，成为我诗歌创作幼稚而清新的萌芽。

我至今还忘不了水利工地上那简陋的弥漫着汗臭的茅棚。劳累了一天，离家的汉子们开始在马灯下说笑语，讲“爹爹扒灰”之类的

“荤故事”，同时也唱楚戏，唱民歌。我开始有意识地收集这些民间文学。乡亲们也乐得用民歌换我的烟抽——我曾宣布，一支烟换一首歌。我第一次听到流传于江汉平原的民歌《薅黄瓜》：

奴在园中薅黄瓜，郎在外面钉瓦碴。
钉了公花不要紧，钉了母花少了一条瓜，
惹得我的爹娘骂。

像这样的民歌，如清新的风，春天的雨，滋润着我。而我的诗，也如麦箫与柳笛，吹响在这片承受着苦难也生长着希望的土地上。

在江汉平原上驻守茅棚守望棉田的日子里，我是孤独而快乐的。我有了更多的时间，来整理自己的诗歌，并写作长诗《茅棚诗篇》。同时，用当时红卫兵的思维方式，思考中国革命与世界革命，断断续续地用札记的形式写《社会帝国主义是修正主义的最高阶段》的提纲。

就在这时，一位姑娘悄悄地走进了我的生活。她就是19女中的知青易英文。

她是我同班同学易满文的表姐，68届的高中生，当然，也是我们大队知青中唯一的高中生。在我的印象中，这个端庄而秀丽的姑娘沉静而冷峻，有一种“独立寒秋”的气质。那时她在大队民办小学教书，是第一位知青教师。大队办《双抢战报》之类的油印小报，她是唯一的记者编辑，当然也就成为我的第一位责任编辑。我的一些“顺口溜”，就是她一手发表的，而且，她的字也写得漂亮。这样一位有高水平的高中生，自然引起了我的敬佩。

我还记得那是一个晴朗的秋日，她带领学生到棉田帮忙摘棉花。她走进我的茅棚，说学生们想喝水。我便热情地端茶送水，同时聊起我正在创作的《茅棚诗篇》。她含蓄地笑了，说想看一看。我便将长诗递给她，请她帮忙抄一份。我的字写得太潦草，“像鸡扒了似的”（如今不但她瞧不起我的字，女儿也瞧不起啦）。于是，《茅棚诗篇》成为我们感情交流的第一座桥梁。

易英文也是一个典型的理想主义色彩极浓的红卫兵。19 女中是武汉市赫赫有名的重点女中，我不知道是不是由于“女子中学”这种环境造就了她外秀而内刚的秉性。那时她也遭到了不公正的迫害，招工也是屡次推荐均因政审不合格而卡了下来。共同的命运，共同的志向与爱好，使两个性格迥异的青年最终走到了一起。爱情如同苦菜花开放在苦难的大地上。

然后便是我去学校找她。《茅棚诗篇》已用娟秀的字体抄好了，并且订成了一本。在手抄本的后面，她也写了一首诗，表达了读完诗以后的感想。可惜的是，矜持的她后来将手抄本要了回去，还给我时，她的诗已撕跑了。

也许是命中有缘，不久我也被抽调到民办小学当了“乡村男教师”，和她有了朝夕相处的机会。然后是她被推荐上了大学，第二年我也被推荐上了大学。她从武汉师范学院中文系毕业，我从华中师范学院中文系毕业。我们共同走过了人生的许多曲折与坎坷，中年知识分子所有的磨难与遭遇，我们有幸全部经历过并顽强地走到了今天。在回首往事时，我不知怎么地一而再再而三地想到了“顽强”这个词，也许是我语言的贫乏；也许是只有“顽强”才能朴素而准确地表达我们在恶劣的生存环境中生命的韧性与进取的力度及艰辛。

感谢茅棚。它不仅使我获得了毕生事业的起点，也使我获得了爱情的萌芽。我想用一首诗作为这篇文章的结尾，我相信许许多多的知青朋友会在《小路》中寻找到自己的青春。

小　路

还是那条小路吗亲爱的还是那条小路吗
从我的门前曲曲弯弯伸向你的门前
还是那条小路吗亲爱的还是那条小路吗
从我的心间曲曲弯弯沁进你的心间

小路旁有水田种着江南的新月
月儿发芽月儿开花月儿像瓜一样地浑圆
小路旁有水田可从未映过双双的身影
只有我傍晚的炊烟默默地缠绕着你的炊烟

呵多少个夜晚我凝视你窗口浓黑的剪影
露水濡湿了我的头发却滋润着默默的思念
小路很短而生活的路却很长很长呵
我在拉纤我怕纤绳又勒破了你的双肩

还记得吗那个暴风雨摇天撼地的夜晚
我扑向你的门前你扑向我的门前
泥泞的小路上我们第一次握紧了双手
迎着从未停息的惊雷闪电一直走到今天

还是这条小路啊亲爱的还是这条小路
细细的皱纹印在你的额前我的额前
呵我的兄弟我的姐妹我“老三届”的朋友
谁没有一条小路绵绵地印在心间

1995年6月29日于汉口白壁斋

董宏猷：男，武汉市四十四中66届初中毕业生，1968年12月1日赴汉阳县侏儒区合丰公社百赛大队插队落户。

书友张君

刘益善

张君大我两岁，是老三届的高中生，武昌县金水闸街上人，其父人称张老，是个老红军。张君 1969 年底到我们村插队落户，而在此前的 1968 年底，武汉市的知识青年就来我们村了。我是老三届的初中生，早于 1967 年底就回村务了农。我们都是知识青年，区别在于他们是下乡，而我是回乡。论学校，我就读的武昌县第一中学，在那时它的牌子是相当硬的。

我与武汉知识青年混得很熟，到我们村插队的武汉知青，多是底层的孩子，文化味不浓，有几个那种痞子味倒是很足的。说实话，我自己认为在文化上是与他们隔着些东西的。张君来了，人长得瘦长瘦长的，戴副眼镜，文气十足，随身行李之外，还带一大箱子书。我立即在心里就与他亲近了。张君在三队，我在七队，我很快就去拜访他，我们聊了聊，没想到就很相投了。我们谈各自读到的一些文学书及书的作者，谈各自的看法与体会，无所顾忌。我和张君都爱好文学，而且都在做作家的梦，张君的那箱子书就向我开放了。张君的大哥是华师中文系毕业的，张君的书箱子里，有他大哥用过的一套中文专业的教材，像文学史，现代当代文学作品选，外国文学，古典文学，文学概论，语法修辞等。那些书印得不太讲究，大红开本，白皮封面，是由华中师范学院中文系的老师们编的。张君的书箱子在我面前如一座打开的宝库。

我那时十八九岁，虽说自小拼命地读了一些能弄到手的书，但囿于条件，所得的知识与阅读的范围是很有限的。张君大哥的一套中文系的教材，给了我一个全新的系统的体系。我如饥似渴地扑进了这套教材中，我狠狠地阅读，我详细地做笔记，我尽力地吮吸着知识的甘泉。

我与张君成了很好的朋友。除了白天参加生产队的劳动外，晚上和雨雪休息天，我都呆在张君居住的小屋里，和张君呆在一起读书聊天。张君写了一些东西，新诗格律诗写了不少。我们还互相探讨一些创作上的东西（现在想来，那当然很肤浅）。我读张君的格律诗，说的多是赞扬话。张君和另外三名知青为一小组，自己开伙，轮流做饭。轮到张君值班，挑水烧火做饭，我就很无私很下力地给他帮忙。

我们把一箱子书读完了，张君就回家再弄一些新的书来替代。张君一边劳动一边读书写诗，还一边和同组的女知青恋爱。那恋爱后来因女知青被招工回了武汉而失败，张君很痛苦。我上大学后他给我写信，信中宣泄着他失恋后的痛苦和无望。

张君后来被招工进了一座很大的纺织厂，自学做了中医，终未能当成作家。有一年我去那地方给文学作者讲课，还特地见了张君一面，我们都已人到中年了。

我是1971年2月上的大学，上的也是华中师范学院中文系。到了学校后，给我们上课的一些老师，我都熟悉，我已读过他们在“文革”前编写的教材了。说实话，在华中师范学院中文系读书期间，我是学得很轻松的，因为那些教材我已读得很熟了。

张君，我今天当了个作家，但是我忘不了你，忘不了我们在一起读书的日子，忘不了你那一大箱子书。

刘益善：武昌县一中66届初中毕业生。1967年底回乡务农。

银杏树下

孙军胜

一

银杏树是湖北随县人的骄傲，称之为“宝树”。每当我想起这株绿冠如云的树，就想起我风华正茂之时，在银杏树下度过的难忘岁月。

1968年12月，席卷全国上山下乡的浪潮把临近18岁的我涌到湖北随县草店区王子城公社同增大队五小队。我的脑子里绷着一根“参加劳动，接受教育”的弦，做好了接受贫下中农“补课”的准备，压根儿没有想到自己会成为乡村中学教师。

1970年，我刚离开苦战一冬的紫金山水电站工地不久，上面便通知我到公社附中当民办教师，担任初中代数、音乐、体育、农业基础常识课教学工作。也许因为在此之前，我曾参加区知青组成的“九大”文艺宣传队，以及在水电站工地担任广播宣传员的缘故，引起了农村中学的注意。服从这个决定后，我心里很不安，能挑起这担子吗？似乎没有底，只有迅速搜索记忆中老师讲课的一举一动……

学校操场边有一株参天的银杏树，很远就能看到那层层叠叠浓绿的枝叶。说是中学，校舍并不大，好像是所旧祠堂改建的。学校只设初中，一年级一个班。老师也不多，除我外还有5位（包括一位校长）。我的宿舍兼办公室居然同电视剧《凤凰琴》中那位张老师一样，是紧靠大门右侧的一间小耳房，室内放下一张床和一副桌凳，就再没有多少空余了。每天晚上，在寂静的校园内，一盏煤油灯伴我重温旧课，有时还能听到远处的狼嚎声。

尽管是这样简陋的学校，能来上学的孩子也不多。路稍远的常挑着米和柴来上学，交给学校食堂就可以搭伙。有几个山里的孩子晚上就在教室一角打地铺，睡在稻草堆上合用被子过夜。每天我看着这群“山伢子”如此辛苦地读书，就感到压在肩上这副担子的分量。

数学课是我感到最吃力的一课。给孩子们讲未知数、列方程式时，他们个个瞪亮眼睛，静静地听讲，从不发问，似乎听进去了，可是一做作业差错又很多。看着他们问号般的眼睛，我很着急，为了让他们明白设“X、Y”的意义，我只有找来小学六年级的课本，从算术题续上他们的思维。我的嗓子渐渐嘶哑了，一堂课下来双腿酸胀，脑子也昏昏然了，精神和体力的消耗，一点也不比农活轻松。

清苦的生活，加之紧张的学习，学生大都营养不足，脸呈菜青色，个子长得瘦小，只是两只眼睛透出渴求知识的光泽，正是这光泽不断地激发我的工作热情，让我使出浑身的解数，把他们带进一个知识天地，一个新的生活方式。

下课休息时间，我教他们做游戏；上体育课，我手把手地教他们做广播操；音乐课，我耐着性子教他们唱歌识谱……原来十分拘谨、胆怯的孩子活泼起来，看到他们脸上绽开的笑容，听到他们爽朗的笑声，我忘记了自己的艰辛和劳累。

特别是几个镇上的女学生，一心想学跳舞，想当文艺宣传队员，整天缠着我，这促使我萌发出一个念头。

按照以往的惯例学校要放农忙假了，我想起当时闻名全国的“乌兰牧骑”文艺宣传队，便提出组织一支文艺小分队到各生产大队巡回演出，并参加插秧劳动。这项建议得到师生们的一致赞同，很短的几天，一支八九人的小分队组成，并连夜排练了一组歌舞、小曲剧节目。

那时的我处在一个极度兴奋的状态，满脑子装的都是演好节目、多插秧。白天，我们在田间比赛插秧，到了傍晚，我们就在稻场上拉起一道“幕布”，两根竹竿上挂起汽灯，有些小孩端着吃饭的碗早早坐到前排的木凳上，眼巴巴地瞅着我们忙前忙后。农民们看着自己的孩子参加演出，笑得合不拢嘴，直拍巴掌叫好。我们的节目除了歌舞外，还根据农村生活素材创作了对口词、小曲剧等。现在回想起来，节目的艺术水平并不算高，但热情极高，学生们演得很卖力，农民们也被这新鲜的举动所感染，大家一起分享着欢乐。

我集编剧、导演、演员于一身，还兼作“阿姨”，从早忙到晚竟不知疲倦，晚上和学生们挤在一起睡，每天换一个地方，也能倒头即睡。得到公社、大队干部和贫下中农的称赞和欣赏，我有了一种自豪感，认为在广阔天地也算有了一个知识青年的作为了。一种创新意识，使我几乎进入到一个忘我的境地。

在那个时代，我已养成了“灵魂深处闹革命”、“狠斗私字一闪念”的习惯，每天都自觉地进行思想小结、“自我批判”，毛主席语录成为衡量自己言行的镜子。当时，我们区知青到中学任教的就我一人，因此，思想上有压力。这次组织小分队我确实感到很累，而每当这种念头一闪，我就赶紧自我批判一番。

学校操场上那棵高大的银杏树下，是我们几位老师晚饭前后交谈的地方。我保持了爱提问的老习惯，不放过每次聚谈的机会。老师们都比我年长，总是很耐心地回答我求教的教学方法、备课要领，为我鼓劲。

我在这个新环境里生活的时间虽然不长，但我从每个人身上都找到了自己的不足。在人生成长、成熟的岁月里，能在不同的环境中汲取不同的养分，就好像一个人能吃五谷杂粮一样，增强了战胜困难的力量。

我刚到学校不久，又分来一位从襄樊四中来的刘老师，他因家庭出身不好，全家被遣送到农村劳动改造。公社惜才，破例将他留校。刘老师教初三语文，对鲁迅的作品颇有研究，他长得瘦精瘦精的，一头浓发直立头上，一双眼睛炯炯有神，走上讲台便“进入了角色”。他似乎并不在乎什么待遇，只要能教书便神采飞扬。我常找他借鲁迅的选集，揣摸他的授课方法。每次我提问，他都极认真地解答。他对教育工作情有独钟，令人肃然起敬。这所学校还有几位公办教师，都属于要与家庭划清界限的“教育对象”，虽然临进校之前，大队党支部同我交“底”时叮嘱我要注意“分寸”，可当我看到他们不弃艰苦、任劳任怨、默默无闻地教育贫下中农子女，又不忍心冷落他们，加之那时我想读书的欲望如此强烈，而能看的书很少，看书的时间太少，看书的条件太差，便大着胆子与他们交“书友”，借他们的藏书。好在那里禁书比城里松，使我得以在煤油灯下一饱名著的眼福，鼻孔被灯油烟熏黑了也不在乎。老师们见我呈“饥饿”状，不仅借自己的书，还帮我到外单位借，我们相处得很融洽。

在那样特定的环境里，与农村的知识分子相处，使我看到了知识的魅力。在农民、农村干部的眼里，知识分子并不“臭”，还很吃香。公社有什么重要会议，都要请中学校长列席参加，听听他的意见。贫下中农对老师更是敬重，夸老师懂得许多做人的道理。而在那样单调枯燥的环境里，老师们的眼界总是那么宽广，总是能从新知识中寻找生活的乐趣。陋室明志，只有有知识的人才能做到。

这段生活更强化了我求学的愿望，以至10年后我有机会学习函大中文专业课时，竟有一种久旱逢甘霖的感觉。

我们学校人不多，事却不少。星期天若晴，老师们则结伴步行几十里山路去打柴，供学校平日烧水做饭用。每天早晚，我们还要集体到菜地劳动，平时的伙食基本上是自食其力。校舍破旧，时常要突击维修桌椅板凳，校长一呼百应，从未有人袖手旁观。

学校还有一位“戴帽分子”当勤杂工，他写得一手好毛笔字。原来，新中国成立时他在县中学上学，父亲是地主，因他已满18岁，便划为地主分子。他终日一副赎罪的样子，闷头干活，寡言少语，但他那手字是当地的“绝活”，公社开大会，他必上阵挥毫。他只有在写字的时候才最精神，我因喜欢欣赏书法，常帮着牵纸，并讨教习字要领。他讲起字来口齿伶俐，双眼只盯着字就能讲出一套一套的“家传法宝”，以及如何严加训练的要领。老师们并不歧视他，有时主动帮他干些杂活。大家平等相待，学校里总是生活平静，教师间从未发生争吵，每个人总怕为学校干少了，常常是争着干活。

尽管离开了知青小组，我仍觉得是这个集体中的一员。每月学校发给我30元生活费，我交给生产小队20元，其余10元除了交给食堂油盐费之外，便与小组同学共享。有机会回去时，我就买些煤油、肥皂等必需品送给他们，偶尔也买点又硬又黑的水果糖和粗糙的黑饼干。回到小组便有另一种特殊的温暖，哪怕一起看看菜园，收拾一下屋子，也好像回到了家一样。远离父母和熟悉的都市，在一个陌生而又艰苦的环境中，我们知青之间相互支撑，有一种依赖、互助的感觉，因此，我那一点点“薪水”与大家共享，心里很痛快。

乡村民办教师的生活虽然只是我上山下乡生活中的一个片断，并且是不算最艰苦的“尾声”，而我之所以念念不忘，是因为我“孤军作战”时已经懂得有意识地磨练自己的意志。

比如，我并不想教“农基”课，感到乏味，但有意识地克制厌倦情绪，把它当成锻炼记忆功能的机会，备课成了“背课”。再如，教音乐课全凭口唱，相当吃力，我却下狠心教会了《国际歌》。每当我闯过一道道难关，就有一种胜利者的自豪感。青春的岁月就是在不停地与困难抗争中度过的。而这次人生的磨练，对以后的工作是有积极意义的，它给了我迎着困难前进的毅力。

我们这一代青年走过了一段浸透了汗水和迷惘的时期，精神上处在营养不良状态，可是至今我仍骄傲地回答，我无愧于自己的历史，曾用一种韧劲耕耘并收获了一份精神财富：永远不向阻挡自己前进的困难低头。

孙军胜：女，1966年毕业于武汉市第十三中，1968年去随县草店区王子城公社同增大队插队。

昨日的旧账

叶圣煌

皖南山乡一间茅屋壁上，挂着一个仅值7分钱的练习本，这是一本奇特的账本，上面写着："饭和蔬菜姓公，荤菜姓私，公饭公菜由值日者烹饪，私菜自理，即便是调料，除了盐，也一律自备。"此乃我们知青的伙食公约，人人得遵守。

下乡插队时，我们刚十八九岁，初到山村，有的连韭菜和麦苗也分不清，烧锅煮饭，满屋烟雾，呛得直流眼泪。更严重是闹菜荒，刚从上海返回山村时，用大头菜、酱萝卜抵挡一阵，再过些日子竟无菜咽饭了。收工时，饿得前胸贴后背，手忙脚乱地煮熟了饭，刚端起饭碗却又食欲全无，实在咽不下这白饭，于是便铲锅巴吃，脸皮厚一点的，就到老乡家串门，挟上几筷头菜。老乡们挺热情："吃菜，吃菜，要不是毛主席，请都请不来你们。"

这样的苦日子熬了两年，我们知青点5个人中有3个人胃痛，一个人染上肝炎，大病临头。大家明白了，这样的苦日子不能再继续下去了。于是，有人提出分灶吃饭，年长一点的“老先生”说：“吃饭不是主要矛盾，关键是要解决补充蛋白质和脂肪的问题。今后谁想加餐，不要统一行动，都自便吧，不要想吃又不好意思。”这样便产生了荤菜分食制，轮到值日的人，须煮三餐饭，提供三餐蔬菜。

知青们的情况千差万别，有的钱袋充裕，有的则是囊中羞涩；有的身怀绝技，有的则无缚鸡之能。为了改善生活，大家各显神通。

比如我吧，下乡前在我母亲的医院里学会了一手漂亮的针灸绝活，这在农村就成了滚滚“菜源”，所谓“财不如技”。在缺医少药的山乡，老乡们生了病，只得扛着、熬着，他们得知我会扎针灸，都来求我一试，诸如腰酸背痛，手足扭伤，坐骨神经痛，我往往是针到病除。他们对我表示感谢的方式，并非仅几句客气话，而是送来蔬菜、鸡蛋、瓜果。有一回，一个老乡送一篮子鲫鱼，足有十多斤重。

小李的父亲是上海大资本家，虽然在“文革”中被抄家挂牌子游斗，但瘦死的骆驼比马肥，他“挣钱”买菜吃。挣钱的办法有两招，一是“投机倒把”，每年他在上海收购一些旧衣服拿到乡下来卖：一条旧化纤裤子在上海只值二三元钱，到了乡下，价格翻番还拐弯，有时连大队书记也会来打招呼：“有衣服送我看看。”下湖聚赌是小李的第二条财路，据说他精通博弈术，赢钱的时候多，有了钞票，他就去买菜吃，省心又省力。

既没有钱也没有技的“老先生”和小徐只得去试着种菜，开始只能种些诸如蚕豆、丝瓜、黄豆之类的“懒菜”，一次播种，既不需施肥，也无须管理。后来他俩从上海寻来些蔬菜良种，如号称“牛踏扁”的黄豆，收获时花五分钟可剥一大碗，放上少许水一煮，味道美极了。还有碧绿、肥壮的“矮棵青”，老乡们也上门索种拿回去栽种，挑到集上去卖，销路很好，生财赛过鸡屁股（指养鸡生蛋）。我们知青点成了蔬菜良种推广站，有点出人意料。

于是，每当落日西沉，鸡鸣犬吠，炊烟袅袅，在我们插队屋灶间便有了可人的众生相：我们荷锄归来，值日的已将公饭公菜端上桌，热气腾腾；我匆匆到老乡家去买几个鸡蛋；小徐疾步进屋，找出他的铝饭盒，将昨天的红烧鸭丢了两块在嘴里，又去剥毛豆；小李哼着《莫斯科郊外的晚上》，悠闲地打开他的沙丁鱼罐头；“老先生”不慌不忙地将早上钓的虾取来，到灶上去加工，不一会儿，茅屋里便弥漫着扑鼻诱人的香味。

青黄不接的春三月，家家户户缺粮，知青的米缸也常有断粮之虞，于是账本上又出现了分类账：米账。

那时，生产队除了稻种外，早已底朝天。我们正在愁眉不展时，小李第一个发现知青有一种特权：可以单独向公社申请返销粮，虽然还得花钱购回，总不至饿肚子。于是我们就踏烂公社的门槛，软磨硬泡，换得公社干事多给一点返销粮，居然还是几百斤！除度过粮荒外，又以每斤多六分的价格出售给了茶场的职工。

用惯了自来水的城里人，自然不知道农村挑水的艰辛，为了体现“集体主义”精神，小账本上又增加一项分类账：水账。

小徐是个慢性子，号称“慢三拍”，动作迟缓。起床时，先打个长长的呵欠，然后点上一根烟；别人收早工回来，他还在伸懒腰；轮到他值日，三顿饭就不能按时开。设立水账就是针对他的，“三个和尚没水吃”，何况我们是4条汉子。于是逢值日者，挑水的数量被记录下来，凡遇水缸见底时，挑水少的人必须无条件去挑。这一招真管用。一场春雨后，道路泥泞难行，这时，经常可看见小徐挑着水桶蹒跚在泥路上，浑身透湿，一身泥浆。后来，他学精了，下雨下雪前，他急急忙忙去挑水，直到将水缸盛满，不再吃风吹雨淋的苦头子。我们知青组雨雪天没出现水荒，归功于这笔水账。

20 多年过去了，那本小小的账册早已不知到哪儿去了，但一笔笔账仍清晰地印在我的脑海里。恢复高考后，我考上一所师范院校，当了一名“海参鱿鱼分不清”的九等公民，但不再为筹米谋菜而烦恼。“老先生”现在在上海浦东开发区一家保险公司任经理，小徐炒股成了大款，只有小李远渡重洋，去了美国攻读工商管理硕士学位，如今大概已经拿到绿卡了。

叶圣煌：上海市浦明中学 68 届高中毕业生，1970 年去安徽郎溪县飞鲤公社插队。

乡村婚宴乐手

胡发云

插队时，正是青春惆怅的岁月。知道这一去，会有许多的寂寞与单调，便带了许多的书，还有一把二胡，一架手风琴。二胡乡亲们大都见过，但都没见过手风琴。正是冬闲时候，便常有一些老老少少到我们知青屋里来，抽烟、聊天，吃我们从城里带来的糖果，或吃他们从家里带来的炒米、炒蚕豆。然后就有人会说，胡哥，拉个琴子我们听。他们一开头就将手风琴唤作琴子，并一直这么叫了下去。我便背起手风琴拉起来。不论拉什么，他们都津津有味地听着。拉了他们熟悉的歌，如语录歌、电影插曲或天沔民歌，他们便都笑起来。

下乡的头几天，因为手风琴，我和那些农家子弟们便很快熟起来。他们有时会回家取了土铳，邀我打斑鸠，像是回礼。

下乡后的第十天，我们湾子那个敦敦实实的小伙子良缘一早来找我。他说，胡哥，跟我一起去吃“长伙”（酒席），我的一个亲戚今天接姑娘娃子（结婚）。我说要出工呢。良缘说，我跟队长说了，放你一天假。良缘比我小一两岁，因为是民兵排长，在队里也算个干部，和队长说得上话的。那时乡下很苦，别说吃酒席，就是煮白菜萝卜，也不敢多放油。我说那就去吧。良缘说，把你的琴子带上，我来背。

他那亲戚家很远，有十多里路。良缘背着那架沉沉的手风琴，和我走在收割后荒凉的田野里，一路说着话，一路兴致勃勃。

到新郎家，已近中午。一座很老旧的土砖农舍前，用油布撑起了一个大棚，放了几张大方桌，许多妇女正里里外外忙碌着饭菜。大棚外站了一溜乡村吹鼓手，热闹地吹打着。细一看，其实只有两个唢呐，再就是锣、鼓、钹。我们被请进堂屋，良缘给我介绍了新郎的父母亲友。新郎是一个和我差不多年纪的稚气未脱的农村青年，一点也不像要做新郎的样子。听良缘说我还会拉二胡，立即进屋去拿来一把二胡，说他正在学拉二胡。那是一把很粗糙的二胡，音色也很差。听我试了几试，新郎便拉我们离开人多声杂的堂屋，进到了他的新房。新房没什么结婚的气象，光线很暗，只有一张木床和一张条桌是新打的，涂了红彤彤的油漆。见新郎又是敬烟又是倒茶，一副极虔诚极激动的样子，我只好将就用这把二胡拉了几段曲子。新郎又央求我拉拉琴子给他听，我又拉了几段手风琴。这一下便召来了外面许多忙碌着的人们，把个原本就不大的新房挤得满满当当。后来有人提醒该去接“姑娘娃子”了，新郎才悻悻地回到自己办喜事的角色之中。

我也被邀去接“姑娘娃子”，手风琴也依然由良缘背上，一行十多人，浩浩荡荡地开拔了。

新娘在几里路外的一个湾子。一路上吹鼓手们很尽职地吹打着，引来四周田间劳作者的注视，一些孩子兴高采烈地跟在队伍后面。队伍的前面有几面红旗，我一看，是早已散掉了的数年前一些农村群众组织的队旗，旗帜上印着“红联指”、“农战队”一类的字样。

迎亲的队伍吹吹打打来到新娘家前，放了一挂鞭，几位新郎的族亲拥着新郎前去见他的亲爷亲娘（岳父岳母）。但亲爷亲娘神色生硬，在大门前一站，拦住新郎一行。新郎忙递烟，送茶礼。亲爷亲娘依然生硬。双方交涉一番，新郎掏出一些钱，亲爷亲娘收下，但还是不让新郎进门。事情僵了下来。新郎狼狈地站到一边，他的几位族亲上前说情，对方却毫无所动，死死拦在门口。那帮吹鼓手们依然远远地站成一排，面无表情但尽职尽责地吹打。这期间，良缘几次要我拉拉琴子。我极为难，这种情景，哪有拉琴的兴致。刚刚离开完全政治化革命化了的城市，一下见到农村中这最真实的一面，有如透过舞台的帷幕，瞧见后台的杂乱破败一般，让人很是惶惑。这算是接受再教育的第一课。见我不愿意，良缘也不再勉强，找个土堆让我坐下，说，乡下结婚就是这样的，亲爷亲娘在接姑娘时要尽量向新郎要钱要物，但最后迟早是要把人放走的。

就这样，双方都极有耐性地磨着。那帮乡村吹鼓手们也极有耐性地吹打着。一早出门，我早已饿得不行，还不知这场接新娘的拉锯战得拖多久。

又交涉了几个小时，据说新郎又给了一点钱，亲爷亲娘这才放了姑娘出来。姑娘一出门，和亲娘拥在一起又哭唱了许久。哭唱的词有板有眼，还押韵，近乎一种民间戏文。娘唱的主要是抚养女儿的一些往事，女儿则唱这一去后对爹娘的牵挂对弟妹的不舍……新郎和他的族人们便耐心地站在一旁看她们哭唱。眼看天色已不早，新郎才最终将新娘迎到了手。

回到新郎家，新娘便被一群女宾拥进新房，不再出来。吃酒的客人越来越多了，有的也饿了一整天，有的拖家带口，从很远的地方来，准备在这里过夜的。对于终年没有什么社交文化生活的乡亲们来说，一次婚宴也算一个重大的节日了。等吃饭的时候，良缘便让我给大家拉琴子。后来，新郎拿着二胡来了，耳语说要我教他拉二胡，便带我走出他家后门，钻进一片摘完了棉花的棉梗地里，坐在一条垄沟边，听我拉曲子，又问我一些基本的技法。我为这个置终身大事于不顾、真心诚意热爱音乐的乡村青年所感动，便耐心地给他讲解，示范一些技法。他也腼腆地一样一样地学着、试着，一副极投入的样子，竟看不出一点洞房花烛夜的幸福与激动，似乎那么多人忙忙碌碌是为一件与他毫不相干的事。

天快黑了，终于有人找到了棉花地里，火烧火燎地说吃喜酒的人早坐好了，却到处找不到新郎。新郎这才很不情愿地起身回去。

我被安排在上席上坐，与新郎家的前辈们一桌。老人们吃饭极讲礼性，小小吃一口，便放下筷子，说一些家常往事。等主人发话“吃吃吃”，便又小小地吃一口，又放下筷子。主人点哪样菜，便动哪样菜。有几个菜上的盖碗，久久地扣着，似乎不准备揭开了。而那些后生们婆婆媳妇们的几桌，则早已抢得碗盘狼藉了。菜不算少，但大多都很普通，一碗米粉，几块年糕，都当一碗菜的。有点油荤的，大概就是几碗粉蒸肉、腌咸鱼之类。我这一桌没揭盖子的，恰恰就是这么几碗能解馋的。

早上出发时，知青组的伙伴曾要我带点喜糖回去。但在整个婚礼上我似乎没见到糖，心里着急回去如何交差。后来，桌上的几个盖碗终于揭开了，老人们的酒饭也差不多吃完了。快散席时，我迅速地掏出一张报纸，将剩下的小半碗咸鱼倒上包起来，揣进棉衣口袋。

酒席后，新郎家里人让我在堂屋里为来宾们又拉了一些曲子。乡亲们对这个如风箱一样拉拉扯扯又能发出好听音乐的东西极喜欢，一边听一边发表各种酒后的评论。只是新娘始终没有露面。

告别时，新郎说要拜我为师，以后要到我队上来找我学艺。后来他果真来过一次，但往后再也没来了，不知为什么。

回队的路上，良缘知道了我拿咸鱼的事，拼命地笑。他说，这“长伙”要吃好几天的，主人有意要省下一些，给下餐吃的。

回到我的知青屋，同学们都还未睡。我拿出报纸包的咸鱼，说这是喜糖。10 个人，一人一块还不够，记不清是如何分配的，但那香鲜的味道，我想大家印象一定深刻。那时候，我们很不容易吃到一点荤腥。

那天是 1969 年 1 月 8 日，我 20 岁的生日。

胡发云：男，武汉市十四中 68 届高中生，1968 年下放天门。

折了翅膀的海鸥在飞

成　平

再见吧，妈妈

明天就要出发到“广阔天地”扎根去了，深夜妈为我烧了一条鱼，一声不吭指指鱼让我吃。我吃不下，当我拿起了筷子，妈才开口说这说那……

妈说知识青年到广阔天地去干革命是件好事情，别怕，妈当年也是个娇女儿，参加革命到了太岳军区，大山里爬上爬下，起初吃不惯小米、玉米粒，天天拉肚子。可 3 个月过后，就好了。骑马，行军，打仗，女军医还到处照顾伤病员。因妈是独女儿，外婆自妈走了，找了好几年，小脚走肿了，鞋跑烂了，在山西的大山里找到妈时，那个女八路打着绑腿好精神，好帅气。

妈木然地叙述着往事，没有叙说革命家史的自豪感，只是宽宽我的心，她和爸爸都被打成了走资派，爸爸在“牛棚”中已关一年多了，我要下乡了，也没法与爸爸见一面。

19岁的女儿第一次要出远门，妈妈要说的话好多，我让妈妈放心，别看我过去也是个娇闺女，我已经长大了，就在爸爸的名字被大红笔打叉叉的那天长大的，我变得沉闷、冷漠，不几天我学会做饭、缝衣，我会买“扒堆儿”菜，还养起鸡鸭……不然，爸妈工资被扣了，没法过日子。我告诉妈，我什么也不怕。

第二天，也就是1968年12月28日，我来到了学校，被分到天门县插队，我默默地爬上了指定的卡车。校园里好多家长来给孩子送别，红旗招展，锣鼓喧天。我心好冷，令我最不放心的是妈妈，妈身体不好，血压高，一经批斗，常常嘴唇青紫，两个弟弟还小，妈妈，千万千万别倒下啊……

天很冷，风刺骨地刮着，我看到有些学生与父母分别时哭了，我眼中无泪，心在淌血，我不知何时能重返校园。

拖　檐　子

我们的斗争胜利了，终于换到了贫下中农家。

起初，我们这一组6个人被分到渔薪区灰市公社建设五队，在那儿住了几天，大家觉得不对劲了。这家根本不是贫下中农，新中国成立前根本就不苦……我们是来接受贫下中农再教育的，把我们分到这户人家是错误的。“要换户，要插队……”我们决心很大，重新回到区里找到主管知青工作的老金提意见，不达到目的就不回去。于是，我们被换到了建设六队，一时没住处，6人分3家住，不久，我们集中到了哑巴家。

哑巴姓龚，快50岁了，有人说他娶过媳妇，死了，好多年打光棍儿，带着一个干瘦干瘦肚子挺大的德才过活。德才是哑巴的亲侄儿，十三四岁了个子却不高，只读过一两年书。哑巴家有一个堂屋，两边两间住房，哑巴带德才住左边一间，我们组的两个男生住右边一间，我们 4 个女生只能住在中门外的柴房里，柴房不是真正意义上的屋，矮矮的，当地人叫“拖檐子”。

在冬天的拖檐子下并不浪漫。风撼动泥墙，吹得瓦呜呜响，在拖檐子下真和露宿差不了多少。风夹着雪粒、沙粒吹进屋里，落在蚊帐上，打得垫在帐子上的塑料布咔咔响。风吹开了门，我当时挺兴奋，吃惊地叫着：“噢，怪不得白毛女的歌词中唱着‘风打着门儿门自开’呢，果真如此，咱们的门也被打开了！”

脚太冷，浑身冰凉，无法入睡，聊聊天，越说越冷。没法子，我们决定 4 个女生，两人合一铺，韩锋和李小云一个被窝，我和陈世静一个被窝，一人睡一头，你抱我的脚，我抱你的脚，不一会儿，身子就暖和过来了，这个法子还真灵，多雪的冬天，漫长的冬天，我们倒也吃得香睡得足了。

最不习惯的是没处上厕所。哑巴家连个厕所都懒得搭，两个光棍汉随处自行解决问题。我们户的两个男知青很快也学会了他们解决问题的方法。我们 4 个女生没法子，跑到渔薪街上一人买了一个痰盂，外边冰天雪地没法子解决问题，只能关上堂屋通往拖檐子的中门，在屋里解决。没想到屋子太古老，太不隔音，一尿尿，堂屋里坐着的人听得清清楚楚，而两个男生通常就坐在堂屋里。无奈之中，不知哪位聪明的姑娘想起了一个点子，只要尿尿就拿起口琴来，吹歌也好，乱吹一通也行，遮住那不雅的叮咚声，每每方便一下，乱吹一通，大笑一通，笑得好痛快。

一天，一只狗溜进了拖檐子，好奇的家伙拖走了痰盂，隔壁石滚的小弟弟淌着鼻涕，夺过痰盂在地上拖，惹得四邻看热闹，起哄，我们好狼狈地从孩子手中夺回了痰盂。

拖檐子，拖檐子，在拖檐子下我们学会了忍受寒冷，忍受孤寂，忍受单调、枯燥。人生莫测，床下的泥地上小草在长，我们真不知在这黑黑的屋檐下要住多久。

十二斤煤油

我们这个组的4个女生原来都是十四中高一（五）班的班干部，韩锋是团支部书记，我是团支部组织委员，陈世静是班生活委员，李小云是英语课代表。当初下乡时，我们4个女生想到一块儿啦，为了减少“干扰”，我们与初三的一个叫汪秉中的男生，一个初二的叫杨准四的男生共同组成了知青户，大姐姐带着两个弟弟，好和睦的组合。

哑巴快50岁了，特别喜欢开玩笑，他常常眨动着不解的双眼打量着我们这些十八九岁的姑娘、小伙子，他不解，永远不理解我们这一伙6人是怎么个关系，怎么一回事儿。

都说哑巴邪，他常用手指戳戳一个男生，再用手指指另一个女生，他把两个大拇指并在一起，发出一种怪笑，涎着脸做怪相。只要被汪秉中看到，就要抓住他，把他的头往地上按，他会发出笑声和很古怪的求饶声。

我们的心很静，却希望下来锻炼一下，将来能回城上大学，我们从未放弃过大学梦。

我随身带了一个木箱，装上了我挑选的图书，其中有《政治经济学》、《哲学》、《联共（布）党史》以及唐诗、英语课本、鲁迅诗选等，还有一些是在武汉找同学借的书。

在那段日子里，我借读过一本《契诃夫剧作选》，真是爱不释手，而我最喜欢的是《海鸥》这出剧。多年没翻这剧本了，我还记得那个偏远地区有一个漂亮的女人，她先爱上一个画家，画家抛弃她后，痛苦使她升华，她追求自身的完善，终于成功地登上舞台。而我最喜欢的一句台词是："折了翅膀的海鸥飞得更高。"因为我身处逆境中，最喜欢读的是高尔基的《童年》、《在人间》，也特别喜欢罗曼·罗兰的《约翰·克利斯朵夫》，当时这部书虽受到批判，我仍悄悄地从人物在逆境中的奋斗找到共鸣和寄托。结合自身的处境，我渐渐领悟出人生的辩证法：好事可变坏事，坏事可变成好事；逆境能磨练意志，增长才干……我不是阿Q，却需要精神胜利法。

每当我们坐在哑巴的堂屋中围着煤油灯读书，我感到心里特别安宁，会忘掉远在武汉还在挨批斗的父母，忘掉白天的肩挑背扛，忘掉泥泞，忘掉用来煮饭的混浊塘水，忘记肮脏，忘记蚂蟥，忘记前途……

那盏灯不知不觉将油"吃"完了，再添上。那时知青为一户一家，一月一斤煤油，两盒火柴，6块肥皂。为了读书，我们只能去求助于乡亲们，用他们多余的指标去买煤油，一个月算下总得用12斤，这笔钱不算少，我们知青户的会计李小云，常提醒大家要节约，早点睡觉。可是大家总迟迟不愿离开煤油灯。在那灯前，并不像过去上晚自习那么一本正经，有时看书，有时聊天，有时争论。但枯燥的哲学、政治经济学，我也还真啃了些进去。

我们知青中睡得最晚的是汪秉中，这个聪明、爱思考问题的小伙子等大家睡了，他常一人到野外行走。夜深了，又一人读书。有时你能感到他是在有意吃苦，甚至是有意折磨自己。他很倔，要学小提琴，他就抓着琴不丢手，不久就能揉弦，拉出柔美的小调。他情绪不稳定，时而侃侃而谈，时而默默无言……我们能感到他对前途的忧虑、苦闷。谁又不苦闷呢？苦闷又有什么用呢？我只要心中一烦，就又回到那盏“吃”油的灯前，埋头读书。

冰　上　行

月底一看，12 斤煤油又完了，下月看来还得 12 斤。

区里的老金是负责渔薪区知识青年工作的，当初，我们闹着要换队、换户，要主动接受贫下中农再教育一事使老金熟悉了我们这 6 个学生，他一定感到我们挺革命的。1970 年的春节快来临了，报上登出了文章，报道一些知识青年过春节不回家，和贫下中农一起过革命春节的消息。老金首先想到了我们，动员我们留下来过年，公社也准备把我们当典型，准备广播，在报纸上登文章。

一听老金的想法，我们七嘴八舌开了锅。我们才不呢，革不革命又不能用回不回家来衡量。我们回家还要换书，还要找同学交流，这些收获比呆在这儿要大得多……汪秉中的口才不错，他出口就有理论，说得老金脸上红一阵白一阵子好生气。总之，我们要回家。

天真冷，附近的老乡告诉我们，路上结冰汽车没法开，捆上铁链都不好走。汉江结了厚厚的冰，船也不能开了。好心的乡亲担心我们回不去了。

汪秉中一直在琢磨着怎么回去，他沉默一阵子阴郁地说：“我打算找几个男生一起走回武汉去，你们肯定不会走的。”他在试探我们。

“走就走呗，有什么了不起的！”我们嘟哝着。

到农村一年多，我感到自己明显地健壮了。小时候爱闹点伤风、感冒，到农村后身体明显又长高了，长胖了。到汉北河工地去，挑着自己的工具行李，一小时能走10里路，在工地上挑土，一天不知跑多少趟，腿变得硬硬朗朗，怕个什么?!

我们研究了地图，坐汽车从渔薪到武汉有500多里路，走着回家可以从小路走，可以从渔薪走到天门县城，再走小坂、田二河、脉旺、马口，然后到蔡甸，从汉阳县到武汉。

说走就走，尽管地下全是冰，一溜几滑，我们蹦蹦跳跳，说说笑笑，走得挺开心。

我们不时可以看到汉江，汉江是很少结冰的，这时汉江上的船已全部停开，汹涌的波涛带着从上游冲下的大冰块，碰碰撞撞凶猛地向下游冲着，奔腾咆哮，不时翻出白浪头。过去，我曾从张港坐船回武汉，见过柔顺的汉江，可是，眼前的大江如此威风凛凛，大气磅礴，真叫人目瞪口呆。真不可思议，水在液态下安宁、柔顺；变成固体的冰时，冰冷晶莹；而当大江中液态的水与固态的江水相交时，又带有如此大的冲击力，变得不可思议。沿江的自然景观深深地留在我的脑海里。

人也是会变的，我不仅能挑能走，而且什么环境也能适应，上水利时住农民家放棺材的屋里，没床，泥地上铺上草头顶着寿木睡，也照样做美梦。这一路上，我们饿了就在大路边找便宜食品填饱肚子，然后继续赶路，晚上，找到知青户交点钱搭个伙，在他们的柴房里裹上大衣休息一会儿，连夜走。

我们的运气特别好，从天门县城走出不远就遇到拉货的车，上边的解放军是沉湖农场的，见我们这些知识青年冰天雪地里赶路，让我们搭了几十里路。快到蔡甸时，遇到武钢的司机，老司机的儿女也是知青，看我们这么走着回家，他好心疼，又带了我们好长一段路。280 里路，很快就走完了。武汉，我们回来了。

1968 年 12 月是我下乡的日子，也是记我工龄的日子，还差一点就 30 年了，快得让人感叹，因而写此小文回忆那段日子。又由于我们知青户的汪秉中在一次车祸中辞世，以此文表示对他深深的悼念。

成平：女，武汉市十四中 68 届高中毕业，1968 年去天门县渔薪区灰市公社建设六队插队。

回　唐　镇

唐　镇

从来就没有想到在我生命的旅程中会有这么一站：唐镇。

妻劝我不要去，因为她自己曾作过一次同样的旅行，结果却是失望多于希望。

但我还是去了。

没有任何目的。

就是想去一下。

然而到了随县时，我却不敢继续前行了。

一股莫名其妙的怕。

在厉山宾馆，已经是棉纺厂党委书记的校友张君告诉我：唐镇还有一位咱们的同学，已经在那里安家落户了，好像当上了银行的办公室主任。

我突然冲动起来：我要去看他！

张君连忙说：这还是两年前的事，不知道他现在还在不在？

第二天上午，我到了两站路外的唐镇。

我在那疙疙瘩瘩的街面上极慢地走着。

我离开这里已经15年又7个月了。

15年又7个月之前的唐镇，留给我的是一片冥冥。冥冥中的威严，冥冥中的伟大，冥冥中的肮脏。

而此刻，我脚下的它却显得极其清晰。因为清晰，我也才发现它原来那么简单，那么单调，那么乏味，如同儿子的一张勉强及格的简笔画。

我看到了唐镇储蓄所的招牌。

我走了进去。

太长的柜台和柜台前太宽太空的面积给我一个不真实的感觉，好像这里不是什么“银行重地”，而是随便做什么买卖的供销社。

我向柜台里的一位姑娘打听，那姑娘立刻高喊一声：“杨主任，有人找。”

我被指点着从旁边一个门走了进去。

杨君愣愣地瞅着我。

我报出了自己的姓名。

他自然仍然发愣。

我一笑，说：“咱们以前不认识。我是武汉二中的，67届高中，比你矮一届。”

他立刻露出出乎意料的表情。

一张没有油漆的八仙桌，两张没有油漆的长条凳。我们相对坐下了。

“来这里有么事情吗?”杨君在问。

“没有么事，就是来看看你。过得还好吧?”我随口问。

杨君一下顿住了，接着慢慢垂下头，用指甲使劲抠桌子边，一会儿就抠下好几块木屑来。

我也愣住了。我完全没有想到会出现这样的沉默。

半晌，他抬起头来，说：“哦——我给你倒点水喝吧!”

我发现他眼圈红了。我同时也觉得有什么东西突然噎住我的嗓子，一时竟不能发声，只轻轻地点了点头……

午饭自然是在他家吃的。路过一个小店时，我要买几瓶酒，他用标准的当地口音叫那老板别收我的钱。那老板笑嘻嘻地对我说：“我们么样敢不听杨主任的话呢?”

杨君只应付地笑了笑，并无得意之色。

我没想到他的母亲从汉口来了，带着他读四年级的儿子。“他是在汉口长大的。”杨君淡淡地对我说，“还有个姑娘，明年也该上学了。”

“也送回汉口上学吧?”我问。

“没有武汉户口，借读，一学期就得好几十块！明年再说吧，姑娘伢……”

妹妹老想和哥哥一块玩，可哥哥老是厌恶地躲着她，并且用鄙夷的目光看她。

杨君的妻子粗壮而憨厚，轻飘飘地托着一个十七八斤的大西瓜，无声地朝我咧着嘴笑。

房子很宽敞，很结实。我在堂屋里坐着的时候，白发苍苍的母亲趁儿子不在的一刻工夫，将柳木椅子挪近我，焦急而匆匆地说：“么样办哟！他硬是不说回去。你们是同学，帮我劝劝他。”一听儿子的动静像是要进来了，又连忙挪开，探过身子小声地补一句：“他不让我说。”

菜齐了，其他人全都不上桌，只杨君陪我。两杯酒下肚，各自的话都多了起来。

“从来没人看过我。”杨君语气淡淡地说，“我知道，我们老三届们已经不是轻易表现激动的年龄了，只有李淑兰来过一回，那是省里组织的慰问团。”

“这么多年，你怎么……一直没有招工呢？”我犹豫再三，还是忍不住这样问了。

他仍然语气淡淡的：“开始因为我家庭出身不好。1977 年恢复高考时，抄我卷的人都考上去了，可我却名落孙山。后来，我便找了一个贫农出身的姑娘结了婚，她一个大字不识。”

“一个大字不识？”

“真的一个大字不识。这是我当时找老婆的先决条件。”

“为什么？”

“我读书读伤心了。假如当年不考高中，随便混个中专技校……”他淡淡一笑，不说了。

半晌，我拾起了另一个话题：“听说知青办老王的办公室那年被砸了，高级烟酒摊子一床一地，这人现在怎么样了？”

“不晓得。管他做么事？！来，咱们干！”

我们高高地举起了玻璃杯。

啤酒很好，带着一股我喜欢的苦味……

离开唐镇时，我在供销社买了一本书，是邓云乡先生的《红楼识小录》，这本书对于读懂形象化的社会史教材《红楼梦》大有裨益。

唐镇：男，本名蔡大鹏，武汉市二中67届高中毕业生。1970年下放到随县唐镇区。

我记忆深处的一幕

——在下乡插队的日子里

李家容

我是1968年12月18日从安陆城关下放到安陆赵棚区崔兴公社土桥大队一小队（即侯家冲）落户的。和我下放在一个生产队的，还有男知青徐建忠和女知青杨德珍，我们同住知青屋。我当时有19岁，是68届高中毕业生。

1969年初冬，我们被派去修焦枝铁路。我们土桥大队的民工住在离孝感花园镇十几里的一个小村子里。

土桥大队的女知青有我和小杨，男知青有14个，我们全部上了工地。因为被派出修铁路的全部是青壮劳动力，又全部都是民兵，大队便成为民兵连，公社是营部，作息用号声通知。总之，完完全全的军事化。

次日早晨6点钟号声一响，我们便起床漱洗，然后操练，吃了早餐便开始了筑铁路路基的劳动。

当路基筑到一层楼高的时候，营部（即公社）从各民兵连（即大队）挑选文艺骨干组成毛泽东思想文艺宣传队。我和女知青杨德珍被抽去了。

我们宣传队员们很珍惜在一起的日子，很团结，很友爱，相处得很好。我们上午到工地劳动，劳动很轻松，也很有趣，就是8人一组扯着绳子打飞硪，夯实路基，或者抬着硪夯路基。由人领着号子喊，众人和，这就叫"打硪歌"，硪随着歌声起落。如领唱：同志们哪，加油干呀；众和：哟嗬哟嗬嘿……曲调抑扬顿挫，雄浑嘹亮。我当时因为嗓子还好，常常领唱。下午便到各工地巡回演出。晚上排练节目，将工地上的好人好事编成文艺节目表演，鼓舞干劲，加快筑路的进度。别看我们这支不到30人的宣传队，可人才济济，好多队员是一专多能，又能创作，又会表演，又会乐器，又会跳舞。还有会演样板戏的、独唱的、说单口相声的，还有说评书的。如武汉的知青何春生的评书说得真棒，很受观众欢迎，这大概是受他哥哥何祚欢（著名的评书演员）的影响。我们这支宣传队在工地上影响很大，还得到了团部的表扬，自我感觉很好，真有点像"乌兰牧骑"文艺小分队。每天生活是那样充实，充满了青春的活力，大家都暂时忘却了各自的烦恼和惆怅。

可好景不长，厄运像恶魔时时刻刻地窥探着我。一天中午，从城里来了两位据称是街道革委会专案组的人。他们在公社某书记的陪同下找到了我。这两个男人都只有30多岁，我似曾相识，好像是街道工厂的工人。书记向我介绍他们后就走了。那位年长一点的男人神情严峻地首先开了口："我们今天找你，是要你揭发吴雪一家人是否和她的历史反革命叔父吴合在秘密地来往。你和吴雪是好朋友，不会不知道，你要老老实实地将他们来往的时间、次数都揭发出来，现在就把揭发材料写好交给我们。”我当即回答他们：“文化大革命还没开始的时候，吴雪的一家人早已和吴合断绝了亲戚关系，我从来没有见过他们来往，而看到的是吴雪在大街上碰见迎面而来的叔父吴合，就像陌生人一样侧身而过，从来没有打过招呼，这一切足以证明他们完全没有来往。”他们一听完这句话，便勃然变色，其中年龄小些戴着一副高度近视眼镜的男人狠狠地说道：“真是物以类聚，人以群分，什么阶级说什么话。你的父亲被革命群众抓了起来，你却坚持父亲的反动立场，到处贴大字报，为你父亲鸣冤叫屈，现在让你揭发别人，你却庇护。其实我们早已掌握了吴雪一家人的材料，我们让你主动揭发，是挽救你，让你划清界限，站在毛主席的革命路线这一边来。”血气方刚的我听这话就来气，便喊了起来：“既然你们掌握了材料还来找我干什么？我不能无中生有祸害别人！”这一下子惹恼了他们：“你敢对抗组织，这是没有好下场的。”他们气急败坏地甩下这句话，转身走了。

当天下午，我们正在工地指挥部（即营部）化妆准备到工地演出。突然，公社书记怒气冲冲推门而入，大家都惊诧地停下了正忙碌着的双手，注视着书记。只听见书记厉声地喊道：“李家容，你不能参加演出，你父亲是反革命，你的朋友的叔父也是历史反革命，你不划清界限，不配合专案组同志搞调查，与组织对抗。你这种人怎么能宣传毛泽东思想。崔腊梅，你押送她回队劳动。”全场一阵静寂，宣传队员们的目光齐刷刷地向我投来，我只感到脑子里一片空白，然后天旋地转，真想地上有个洞，让我钻入地下。我不明白，平时总表扬我记忆力好又夸奖我会演戏，并像慈父般爱护我的书记，怎么片刻间变成了凶神恶煞。这一声怒喝，又似晴天霹雳把我震撼得如同泥塑大雕一般。崔腊梅几乎是架着我摇摇晃晃、趔趔趄趄地走出了指挥部。我想我当时的脸色肯定是惨白得吓人，因为许多知青的头都耷拉了下去，不敢正视我。

就这样，我回到了连部（即生产大队）。可是厄运又一次地降临到我的头上。

当时路基已筑到有4层楼房那么高了，还要继续垒高，我回队劳动接受改造，首先到连长（即大队长）那里报了到。连长对我特别“关照”，他专门为我上土（他是一小队长，侯家冲人，在本队蹲点），他喊我名字的口气就跟平时喊地富反坏右一样声色俱厉。每次上土，他总给我上得满满的，压得实实的。我咬着牙，拼足了力气，摇摇晃晃地挑着一担土攀上足有4层楼房那么高的堤，放眼一看，挑土的几乎都是壮实小伙子。几天下来，我的肩膀由红肿到破皮显出红肉，双腿像灌满了铅，晚上睡觉，骨头像散了架，腿麻木得不能动弹，疼痛得不能入睡。只有在晚上我才任那受屈的泪水奔流，因为只有沉沉的黑夜才真正是属于我自己的世界。

即使这样，我也没有在连长面前低下我的头，每天我照样不用他喊，就在他面前让他上土。我不会向他求情叫饶，肩膀不能挑，我用双手提着担子，就是爬也要爬上堤。我用连我自己也意想不到的巨大毅力鼓励着自己：千万不能倒下，一定要挺住。天下毕竟有好心人，老队长侯如宽看不过眼，他推开连长，亲自给我上浅浅的土，并指责连长：“你的心真狠，人家是城里姑娘伢，白皮嫩肉的，怎么能比男人还挑得多，你想压死她?!”老队长的这句话像和煦的春风，我的双眼突然一下子蓄满了晶莹的热泪。啊，可亲可敬的老队长，我在心里默默地感激着他。要知道他当初的一句话，给我多少精神慰藉，增添了我多少战胜苦难的力量啊！

我明白，连长对我怀有很深的成见。去年，他要他老婆说媒，让我嫁给他在外当兵的侄儿，可遭我拒绝，于是我便遭到他的报复。

当时我的行动还不自由，不能随便外出，连长派两个女民兵监视的我的言行，每天还须向他汇报。大劳动强度给我这个豆蔻年华的少女带来的皮肉之苦，我咬咬牙能挺住，可那精神重负却如巨大的石碾，压得我喘不过气来，而最最受不了的是被隔离的孤独以及人们投来的那怀疑冷漠的目光。

一个礼拜后，我做梦也没想到，我的处境又发生了戏剧性的变化。

那是一个天气格外晴朗的日子，冬日的太阳照在人们身上显得格外暖和。我脱下棉袄，穿着一件薄薄的红毛衣，正挑着土准备攀那高高的堤。突然，我的面前站着五六个宣传队员，当然，都是知识青年，其中高个男知青熊玉宗一把抢过我的担子大步流星地向堤上走去。宣传队长拿着盖有“崔兴公社革委会”鲜红大字的通知书对连长说：“经公社革委会研究，同意李家容仍回文艺宣传队宣传毛泽东思想。喏，这是通知书，是书记要我交给你的。”霎时，我的血液沸腾起来了，双眼早已蓄满的泪水也奔涌而出了……

我回到了文艺宣传队。事后才知道，这是全体宣传队员们一致努力的结果。自我走后，大家心里很不好受，认为都是知识青年，为什么让我遭到这样不公正的待遇，他们为我鸣不平。于是大家商量罢演，一定要请回我才恢复演出。大家在宣传队队长的率领下天天去公社指挥部请愿：“宣传队不能缺李家容，她是我们的台柱子，每一个节目都有她，而且她又会乐器，伴奏也少不了她，若没有她参加，那我们宣传队只好解散。”公社指挥部无可奈何，因为春节前会战结束要搞全团（即区）大会演，崔兴公社宣传队是区县重点宣传队，唱主角戏的，怎么能散伙，这如何向上面交代？在万般无奈的情况下，便同意了他们的请愿，于是便有了以上那感人肺腑的一幕。

为了回报我亲爱的伙伴们不畏风险地为我所做出的一切，我主动、积极地参加劳动，废寝忘食地编排节目，竭尽全力地好好演戏，不断地暗暗告诫自己：好好地干，不给队长和伙伴们脸上抹黑；用实际行动来回报他们。

因此，在会战结束的总结会上，我也被评上了五好民兵。但在全营的庆功大会上发奖时，除了地富反坏右分子再加上我不是五好民兵外，其余全部是五好民兵。刚被同伴们抚平的伤疤又被揭开了，简直令我痛不欲生。

那是一个初雪纷扬的下午，全营召开庆功表彰大会，当公布五好民兵名单时，我方知被群众评上五好民兵的我被营部刷了下来，而且全部知识青年个个都是五好民兵，领有一张大红奖状，唯独我不是。最让我忍受不了的，还有书记在会上不点名实际上是有所指地批判我划不清界限，是不可教育好的子女。当时，我感到人们的目光似利剑向我劈来，令我无地自容。我又一次感到凄苦、怨愤、无助。

当天深夜，我躺在冰凉的被子里，任无声的泪水打湿了我的枕头。可就这样，我仍控制不了感情，我的胸膛像要爆炸，我要大声地宣泄我的愤懑。于是我从地上一跃而起，掀开已铺满了薄薄一层雪花的棉被，我蹑手蹑脚地奔了出去，来到白茫茫的旷野，来到薄冰覆盖的池塘边，感情的闸门一下子崩溃了，我大放悲声，一直哭到筋疲力尽为止。肆虐的风雪撕扯着我，我浑身颤抖，似掉进了无底的冰窖，我的思绪一片混乱，我的手脚开始麻木不听使唤，哦，风雪，你将这无助的我埋葬吧！

当一道手电光将我惊醒时，我发现我倒在女知青小杨的怀抱里，我身上还披着一件军大衣，周围站着男知青熊玉宗、何春生。他们见我醒来了，异口同声地说："李家容，你可要想开一点，五好民兵算什么，我们才不稀罕呢，那奖状我要当着你的面撕了它。明天我们送你回城休息几天，不要怕，有我们保护你，他们不敢怎么样的。"我的心灵又一次被震颤了……

20多年过去了，曾经在逆境中给予我很多帮助的知青熊玉宗，早已是我的丈夫了。他和知青伙伴为我所做出的一切，那珍贵的一幕幕已铭刻在我的记忆深处，使我永远难以忘怀，时时让我品味，我怎么能忘记那些给过我真诚无私帮助的知青伙伴们呢！

李家容：女，安陆县第一中学68届高中毕业生，同年去安陆县赵棚区崔兴公社土桥大队插队。

山寨婚礼

李贺明

（我妻子40岁生日时，我送给她一份生日礼物——一封长信，4万多字，追述我们结婚前后的情感历程。这本来只是我们的私事，现在，为表达我们这一代人独有的“知青情结”，将我们那一段经历坦诚地告诉世人，特将“婚礼”一节摘录如下。）

1974年初，当了5年兵的我，为了补上“上山下乡”这一课，谢绝提干，要求复员回武汉。我没有留城工作，而是自愿到大别山区——我父亲曾随刘邓大军战斗过的地方——插队落户。先在一个离县城很近的富裕大队。两年后，由我发起组成“知青创业队”，到大别山深处一个荒无人烟的小寨山上建队。1979年夏返汉。

我很怀念那一段日子，这种怀念之情会一直延续到我生命的终点。这倒不仅仅是因为我曾把青春和热血洒在那片土地上，也不是因为我在那里得到过许多炫目的荣誉和名声的光环，而是因为，那里的土地和农民哺育了我的灵魂，我的心灵之根须有相当一部分仍然扎在那里，他们永远供给我精神营养。当我遇到了什么坎坷和困难，我会不由自主地想起他们，于是，我的心就会发热，就感到充实，有了新力量。这种情感是深入骨髓的。

亲爱的妻子，如果有人问我们："你们夫妻间觉得最值得纪念的是什么？"

我相信，我俩会不约而同地回答："是我们的婚礼。"

我们的婚礼不是在城里的豪华酒店举行的，而是在大别山深处一个偏僻荒凉的山寨举行的。

丁零丁零，响起了电话铃声。

这铃声，响在1978年2月4日晚8点左右，响在大别山深处的一个山顶——我们知青创业队的泥屋里。这部黑色的老式手摇电话机，是我们与外界联系的唯一现代化工具，每当它丁零丁零响起来，都会给我们带来亲切的生气和期盼的幻想。

山里夜色漆黑浓重，寒风呼啸，满山的松树、杉树涛声如吼。屋里，如豆的油灯下，我坐在被窝里看书。春节前，大部分知青都回城过年了，我带着两名男知青和两名女知青留在山上看家。

这天是腊月二十八，白天，我和男知青小许、小刘挖果树坑，一米见方一个，定额一人10个。目标明确，干劲十足，下午3点我们就收工了。女知青小汪、小章5点开饭。此刻已睡意浓浓，这么晚了，谁来的电话呢？

是县人武部政委打给我的：“你猜猜，我给你带来了什么好消息？”

“……唔，给我们送蔬菜来啦？”我们在山上已经有两三个月没吃上新鲜蔬菜了，全靠吃自腌的萝卜、萝卜叶和野菜。

“不对，别老想着吃呵。”

“我可想不出了。”我的想象力和我们的伙食一样贫乏。

“哈哈，猜不出？你应该猜得出。我把你的未婚妻带来啦！”政委那山西口音的大嗓门乐呵呵地说。

“好，那就谢谢政委啦！”我说。半个月前，我曾写信给你，让你最好春节能上山来，过过我们山上的生活，我们还可以好好谈谈。果然你随政委一起来啦。

“光谢谢还不够呵，我还要吃你们的喜糖哩！”政委说。

“行呵，到时候我一定给政委送喜糖去。”我还以为政委是逗乐，激我们快结婚。以往，我回城探亲路过县城，总是住在政委家，同政委一家都很熟悉。

“不是到时候，就是这一次。”

“什么？这一次？”我吃惊了。

“对！这一次。这次我到省里开会，你爸爸专门把我叫去，要我当全权代表，这次解决你们的婚事。”

“可我……”我一时语塞了，“我一点准备也没有呢。”

“还要准备什么？你们谈了两年多了，你28，她也26了，你爸爸既然把大权交给了我，我就替你们做主了，春节结婚！”政委的口气不容置疑。

“可她父母知道吗？”

“那还成问题吗?”政委又讲了一番移风易俗、勤俭办婚事的道理，接着说，“人家大城市的姑娘，自愿到山里找你，这可是难得的大喜事呵！你们什么都不要准备，我把你接到县城来，在县里为你们举行婚礼，好不好?”

人生的一道重要门槛，兀地立在眼前，似乎不容人多加思考，就被人推着要跨过去，我心里猛然涌起一阵慌乱、惊喜和甜蜜。

“好吧，我同意结婚，但不到县城，就在我们山上。”我下了决心，但我不愿讲排场，不愿惊动县领导和更多的人。

“那好，只要你同意结婚，别的都好说。我叫她来跟你说话。”

你来了，电话里传来你轻柔的声音，细若游丝：“喂，是你吗?”

“是我。”听说我要结婚了，他们几个知青都围到我身边，兴奋地祝贺着：“太好啦！你们要结婚了。就到我们山上来，我们给你布置新房，年货都有，正好办喜酒。”

寒风在窗外吹，屋里电话机旁，却是一团火热。

我握着话筒，兴奋地对你说：“政委都对我说了，我同意结婚。”
“什么？声音太小，我听不清。”

真遗憾，我的声音够大了。由于电话机陈旧，电话线又是铁丝，满耳都是呼呼呼的北风声。我扯起嗓门又重复了一遍，这本该含蓄、小声说的悄悄话，我却大喊大叫，弄得我和知青们都笑起来。

“我——同——意——结——婚!”

这喊叫，仿佛是对如墨的无垠苍穹、对松涛起伏的群山的一种宣告。

你静默了一会儿，然后说：“政委在车上和我说了一路，我也……可是我原先并没有打算这次上山来和你结婚的呀!”

但你还是同意了。政委说，明天他派车送你到公社，让我下山接你。

我们的婚礼在即。

人生许多大事，往往不是按部就班、慢条斯理、亦步亦趋地发生，而常常有偶然性和突发性。按我的性格，只要具备必然性，我倒更喜欢偶然和突发地出现。

这一夜，我久久难眠，脑海里浮现着活生生的你。

我俩是1975年秋认识的。那时，我刚刚经历了初恋的失败。城乡差别的巨大鸿沟无情地拆散了多少爱情，连我这个主动下乡的城里人也不放过。后来又有不少人为我介绍女朋友，而我只提了一个条件：同意下乡。于是，好多人都退缩了。我曾经很失望、伤心。

而你，却赫然出现在我面前：一张你的黑白照片，两寸。

介绍人说，她不嫌你在农村，她说只要人好，哪怕天涯海角，吃糠咽菜她都愿意。一句话，说得我好受感动。我看照片上的你：清秀的圆脸，扎着两个小短辫，眼望侧前方，给人一种朴素大方、朝气蓬勃的印象。

渴时滴水似甘霖。

从此，你从照片上走下来，走进了我的生活……

1976年，我打算离开毗邻县城的富裕大队，组织知青创业队，到大别山腹地的小寨山上开辟果园。你很支持我。后来，你还同我爸爸、妈妈、妹妹一起上小寨山上来看我。在创业队的草棚里，我看着你一针一线密密缝补我那件破了领口的粗布衬衫，甜蜜的暖意融进我心里。

临别时，你执意从公社把我送到小寨山脚下。在水库边，我们握手道别。你站在坝的那头，用深情的目光目送着我。我边走边不时回头来看你。

“你回去吧！”我向你挥手说。

你一动不动，无言地、含情脉脉地目送我。

我快步走在大坝上，奇怪，只觉得背后一团温暖的火炙烤着我，浑身麻酥酥的，那团火就是你的目光，它有一股神奇的穿透力。

走过大坝，我站在这一头，我俩遥遥相望。

宽阔平静的水库，微风漾起细密的涟漪，四周山峦上，有青翠的松柏和血红的枫叶，此时山水之间除了我俩，只有山雀婉转地唱歌，静极了，也美极了。

突然，我产生了一种冲动：我舍不得离开你，我想跑过大坝去，抱抱你，亲亲你，哪怕握握手也好……

然而我没有跑过去，我只是用双手合成喇叭状，大声向你喊：

“我等着你回来呵！这里的孩子需要老师呵，我们把小学校长的位置给你留着呀！”

“好的——我一定会来！”我听到了小小的你那清亮而真诚的声音。

我的心突然一热，本来想说声“再见”，可喉头哽咽，出不来声儿。我一扭头，踏上了杂草丛生的上山小道。我再也不敢看你，不知怎么，我的眼泪竟流出来了。

我自认为是个坚强的人，可为什么这时竟这么脆弱？这么多愁善感？当时我还责怪自己不该哭。

你站在那里，背倚青山，面临白水，深情而无言地目送我。你的身影和青山绿水融为一体，永铭我心。

这夜，我脑海中出现最多的，就是你的这个形象。

第二天，我和男知青小许、女知青小汪到公社接你。

你从北京吉普车上下来，政委在一旁笑眯眯地说："我可把她安安全全交给你了呀！"

"谢谢政委。"我说。

我喜悦地看着你，你羞涩地回避我的目光，脸红了。你穿的和我一样朴素——不，用朴素来形容都过奖了——外穿一件破旧的黑呢子大衣，可看见肘部的破绽，领口和肩头打了补丁，一双半高腰的黑色旧皮鞋，只有一条长长的洁白的羊毛围巾是新的。

"你来啦。"

"嗯。"

我看见你手上还提着两棵大白菜、一捆葱。

"哈哈，太好啦！我们有好几个月没吃新鲜蔬菜了。"我高兴地接过你手中的菜，我对菜的热情显然超过了对你。这是对你欢迎之情的"曲线"表达吗？

"听说你们没菜，这是她一大早到菜场买的。"政委在一旁说。

公社妇联主任把我们请进她的办公室。寒暄过后，政委说：

"两套方案任你们挑，一是我接你俩回县里举行婚礼，都准备好了；二是你们在山上办。我发扬民主，由你俩定。"

"就在山上吧，不必麻烦县里了。"我向政委说，同时用目光征询你的意见。

"好的，就上山吧，政委。"你点头同意我的意见，对政委说，"可是这也太突然了呀！我出来连父母都没说要结婚的事。再说还没有向单位请示报告，这样突然结婚，会不会……犯错误呢？"你担心地问。

大家都笑了，说，有政委在这里，有公社领导，有我们大家作证，犯的什么错误？

“是应该给单位说说。”政委不愧是政委，组织纪律观念很强，他问你，“要不要给你们单位发个电报？”

“发电报？”我们都感到问题似乎有点严重，愣了一会儿。公社只有个小不点的邮局，不能发电报。

“嗨！发什么电报？就在公社给你们单位打个长途电话嘛。”政委脑瓜真灵光，又出了一个点子。

“能打通吗？”你问。

“试试看。”政委抓起电话，要了你们单位。

外面的天阴沉沉的，北风嗖嗖地刮着，年关将临，公社这个只有一条小土街的集镇，显得冷冷清清。大风刮得那一根根细细的电话线吡吡作响，让人担心会刮断。

这个长途会接通吗？我觉得难于上青天。以往我们从山上，或是公社向县城、地区挂长途都十分困难，要等一两个小时，更别说给省城打了。

大家都屏息静气地等。

“哈哈！通了！就是你们单位，快讲！”政委兴奋地把话筒递给你。屋里那盆炭火烧得红旺旺的，政委高兴得鼻头上的汗都冒出来了。我们都很惊讶，没用一分钟，长途就接通了。通了！我觉得真神，今天是个奇迹！

你们单位是值班的老王接的电话，他不仅同意，还向我们表示祝贺。

成了！前后没用三四分钟，我们就跨越了一个似乎很大的障碍。就连妇联主任都惊喜地说："从没这么快接通过省城长途的，这是天意呵！老天爷有意促成你们结婚的呀！"

"妇联主任，现在该你了，马上给他俩开结婚证吧！"政委把这场"战斗"指挥得进展神速，连战连捷。

妇联主任喜笑颜开，拉开抽屉，立即拿出两张红色的硬壳纸结婚证。不知是事先特别准备好的，还是早先就有，反正比变戏法还快。

两张结婚证，一张我的名字在前，另一张你的名字在前，妇联主任细心地填写好。"恭喜你们！"她笑着把结婚证交给我们。

"祝福你们，"政委笑着和我们握手说，"革命后代，比翼双飞，婚姻美满。哈哈！我的任务完成了！"

我们向政委和妇联主任鞠躬致礼。随后我们一起准备上山。

在小镇的街上，你用自己的工资买了30元钱的喜糖。小许、小汪商量着为我们买了一床上海产的蓝色毛巾被，作为创业队集体送给我们的结婚礼物。

上山后，女知青小汪、小章忙着为我们布置新房。

这是一间10平米的小屋，原来住的两个女知青回家过节去了，鹊巢鸠占，暂作我们的新房。泥土地坪，土砖墙缝隙如筛，小汪她们细心地用白纸贴住。一张单人木床，在里面加了一块20公分宽的板子，铺上厚厚的稻草，蓬松柔软，散发着幽幽草香，赛过了席梦思。蚊帐里缀着一个大红喜字，像一个温馨的小天地。借来一对朱红漆箱子，摆在床侧，上着锁，我们无权打开。

"摆这两个箱子干什么？不是我的，又不能用。"我说。

"别人到新房来看，总不能空空荡荡、一贫如洗呀！"小汪以女性的细心说，“主要是摆摆样子叫别人看的，新房总要有个新房的样子呀！”

我不得不承认，只有摆上这对箱子，新房才像个样子。两只箱子高高摞起，似乎我们有许多财富放在里面，很有点气派，并给人以神秘之感。临窗摆着一张没涂油漆的书桌。屋中央是朱红漆的圆桌。墙上贴着一张毛主席和杨开慧的画像。

真漂亮呵！在我们眼中，这个新房大放异彩！

新房布置好后，就锁上了。在举行婚礼前，它是我们神圣而辉煌的“禁地”。我们谁都不进去。我仍睡在原处，你和小汪她们住一个屋。

在这个新房里，我们度过了新婚的 8 天！8 天后，我送你下山，新房又恢复了原样。短暂而宝贵的 8 天，短暂而宝贵的新房！我们那张黑白结婚照，就是在我们新房的窗口照的。结婚照会伴随我们终生，新房也随之一起伴随我们终生。我不嫌弃你呀，我们简陋的泥土新房！

妻，还记得二月六日除夕，婚礼的前夜，我俩一起缝被子吗？

我有一床正在盖的军被，是 1974 年复员从部队带回的，它跟着我在农村几年，已经很旧，洗得发白了。还有一床没缝的半新被子，你来了，正好缝给你盖。

在男知青的大房间里，乒乓球桌上，明亮的煤油灯下，我们一起缝。我听得见你阵阵鼻息，听得见你嗞嗞地走线，还听得见我自己的心跳……

“我们结婚连一床新被子也没有，你不觉得寒酸吧？”我问你。

“那有什么？”你抬起脸，双眸闪动着多情的光芒，“我爸爸说，他们在延安的时候，好多同志结婚都是两床铺板一拼，各人抱着自己的被子结的婚，我爸爸妈妈结婚也是这样的。”你说得很真情。

我俩相视一笑，心有灵犀。

我很喜欢你这点：你谦虚待人，通情达理，从不摆某些高干子女的酸臭架子。你爸爸是延安时期的老革命，曾在解放日报、新华社工作，同胡乔木、吴冷西在一起，经常见毛主席、朱老总、刘少奇、周总理等老一辈革命家。你并不自诩孤傲，而继承了你爸爸的优秀品德，让人感到你既平凡又端庄，既谦逊又自尊。

我缝被子针脚小，我看你缝得针脚大，就说：“还是缝密一些结实，针脚大了容易绊断。”

“没关系，我们家的被子都是大针脚，习惯了。”你说。

“你们家那是梭子线，结实，可以大针脚。我们这是细线，要缝密一些。”

“好吧，就缝密一些，听你的。”你一笑，将大针在头发上一抹，又埋下头密密地缝起来。

你好温柔可爱哦！我默默地说。

2 月 7 日春节，我们的婚礼日。

远远近近的山民们闻讯后，扶老携幼，成群结队地赶上山来。县委、县人武部、县知青办和公社也都派代表，专程赶上山来，参加我们的婚礼。

那间约 15 平方米的大通间里，挤满了人，差不多有 200 多吧。男人们喜滋滋地抽着我们分给他们的“圆球”香烟，女人和孩人吃喜糖，顽皮的孩子在人群里来回穿梭，跑着乐着。

外面下起了淅淅沥沥的冬雨。屋里人声鼎沸，四盆炭火熊熊燃烧，热热闹闹，暖暖烘烘。

知青小许主持婚礼，他宣布我们结婚了！

满屋人都笑着，使劲拍巴掌。哗哗哗哗，好响好响，好久好久。拍得人心里热乎乎的。那时不像现在可以放震耳欲聋的鞭炮，而只能鼓掌。

掌声比爆竹更富人情味，掌声更能表达人们的心声，掌声更加悦耳动听，不像爆竹那样大大咧咧，虚张声势。爆竹不分悲喜，红白喜事它都凑热闹；而掌声只献给红喜。都说“笑一笑，十年少”，我再加上一条：鼓鼓掌，寿命长。不信？每天鼓它几回掌试试！爆竹可以用金钱买到，掌声能买到吗？我更喜欢掌声。

之后，各级领导和山民代表讲话，向我们表示祝贺。

“下面该新郎新娘讲话。”小许宣布。

我俩推让了一阵。

“还是新郎先讲。”小许说。

我这人不善言辞，许多场合我常常是一言不发，但有时又可以长篇大论，口若悬河讲上一两个小时。几百上千人的报告会，也讲好过几十次。这次是一个人一生中仅有的婚礼讲话，谁也逃不脱的，想了一会儿，我说：

“……我们结婚了……”这话一说，大伙哄地都笑了，废话。“我们是在特殊条件下相识并结合的。我佩服、感谢新娘同志给我的支持和帮助。她是个有理想、有勇气的人，假如我是个女的，我肯定不如她。我愿同她结为百年夫妻。”

“好，该新娘讲。”下面的人叫道。

你脸放红光，挺大方地说起来。

你先说了一番感谢领导和山民的话。你说："我觉得这样办婚事既俭朴，又很有意义。两年前，我们脚下的这块地方还是荒山野岭，无人居住。后来创业队员们在贫下中农帮助下，用青春和汗水开辟果园。今天我们能在这里举行婚礼，我很荣幸。创业队在这里开创新事业，我们在这里开创新生活。我们的婚礼只花了很少的钱，办得却这样隆重热闹，我很受感动。再说，我们父辈的婚礼也很简单、朴素而有革命意义。他们知道我们这样办婚礼，一定会很高兴的。最后我说，我愿意和他——新郎同志同甘共苦，白头偕老。"

哗哗哗哗，一阵热烈而持久的掌声，你讲得比我好，这是大家对你的赞赏。

"要新娘讲讲认识经过！"不知谁说了一句，"要讲你们的秘密。"

"秘密？我们没有什么秘密呀。"你莞尔一笑说，"要说秘密，我们这次在山上结婚，我们两家父母和弟妹还都不晓得哩，你们都晓得了。"

大家嬉笑了一阵，算是过关。

婚礼上，县委宣传部的小王为我们照相。他用的是海鸥 120 相机，没带闪光灯，后来洗出胶卷一看，大都模糊不清，唯有我俩在新房的窗口照的那一张洗出来了，于是这就成了我们的结婚照。照片上你穿一件布棉袄，白围巾，脸上绽出甜甜的浅笑，笑出了女性新婚的柔美。我穿的是一件新军装，脸上泛着欣喜的光，背后是我们的队旗，"创业"二字隐约可见。记得临按快门时，小王逗乐地说："你们共同看着幸福的前方。"我俩看着窗外，笑了，咔嚓一声，这人生瞬间成了我们珍贵的永恒。

后来，我把这张结婚照镶在一个小镜框里。多年后，我从箱子底拿出来时，外框已经发黑，照片也锈迹斑斑，衬底的红纸把我的军衣和你的白围巾染上了浅红。

这就是我们的“结婚照”吗?

它当然不像现在的结婚彩照那样堂皇高雅，珠光宝气，也许有人会笑话说，像个“出土文物”呢。

管别人怎么说，反正我爱它!

人爱自己的历史，犹如鸟爱自己的翅膀，树爱自己的绿叶花朵，纵有凋谢时，依然无悔无怨。

婚礼后，各级领导下了山。

山民们像看“西洋景”一样看我们的新房。老婆婆和嫂子们这里看看，那里瞄瞄。吴家大嫂摸着那一对红漆箱子，说：“哎呀，真不赖呀，这里头有多少城里的好东西呀!”

我和你使劲憋着，差一点没笑出声来。

住在我们山下的程老爹也来参加我们的婚礼。他衣衫褴褛，腰系草绳，驼着背走进我们的新房，喃喃地说：“好呵……好呵……”

程老爹60多岁，新中国成立初当过民兵连长，是老土改根子。后来因为反对砍树大炼钢铁，和上面闹翻了，被定为右倾分子。一气之下，他带上老伴从平畈来到这深山老林，渐渐被世人遗忘。他们无儿无女，程老爹后来得一场病，失去了劳动力，家里穷得叮当响，衣被靠救济，冬天老两口只有一条破棉裤，一人出门，另一个只能在屋里。几年来，我们常到他家，送他些衣物、钱和粮票。但这又能顶几时呢?此时，我递给他一支烟，又抓一大把糖，塞进他的口袋，让他带给大妈。

“么样谢你哟……”程老爹双手颤巍巍地抓住我的手，沙哑地说。

看着他那青涕直流的样子，我鼻腔都酸了，可还是强作笑脸：“你老来参加我们的婚礼，我要谢你呀。”

他走了。看着他那步履艰难、老态龙钟的背影，我的心酸楚楚的。

想起三年前，中央各大报纸、中央人民广播电台、中央电视台以及省市地报纸，曾宣传我如何如何放弃城里的安逸，自愿到农村吃苦，颇为热闹了一阵子。其实，和当地群众比起来，我那点苦又算得了什么？

现在回想起来，当年的那种宣传，刻薄些说，不过是一种粉饰，一种点缀，一种带有贵族化倾向的说教。突如其来的荣誉、声名会使人沾沾自喜，但经过世俗的满足之后，又会进入更深的心理矛盾之中，只要你是个有良心的人。我的种种荣誉是建立在贫穷与苦难的背景之上的。我在农村越久，看到的真实越多，这种感受也就越深。我内心深处隐含着一种不满与疑惑——都解放那么多年了，不少老百姓生活为什么还这么苦呢？即使在婚礼上，我仍然无法摆脱这种内心的痛楚——“农村情结”，大概是我们这一代知青刻骨铭心的一种感情吧！

感谢老人家号召知识青年上山下乡，他让千千万万天真单纯的青年，看到了他所领导下的中国最底层的真实苦难，他们经过了迷惘、疑惑和痛苦之后，学会了独立思考。独立思考是催化剂，它使知青迅速成熟，结出许多真实苦涩的思想之果，这也许是首倡者始料不及的……

好啦，扯远了，这些都是另外的故事。

婚礼后，山民们下山了。只留下十余人，摆了两桌酒菜，鸡、鱼、肉、蛋……8大碗，真够丰盛的。席间，大家频频向我俩敬酒。我被迫连喝三杯，顿时满脸发烧，心跳加快，一定像个红脸关公了。敬你，你说不会，婉言拒之。但大伙岂肯罢休，非让你喝不可，说，人生喜酒，唯一一次，不喝不行。拗不过，喝！这一扬脖子，灌了一口，呛得你连连咳嗽，涕泪迸出，令人心底顿生怜意。

“好了好了……”大家哈哈笑着说，算是又过一关。

一直吃到夜色渐合。

在大家的簇拥下，我俩走进新房。当时，我竟有点战战兢兢的。

就剩我俩了。我插上门闩，咣当一声。这声音很轻，但又似乎很响，很特别，它仿佛宣布了一个仪式的开始，它拨动了我心底那根最敏感、最隐秘的弦，我的心一下子提起来了，咚咚咚地猛跳。你的心呢？

一时间竟沉默，静谧得让人不知所措。

“你……”我呆板地说，“现在我是你的丈夫，你是我的妻子了。”

“嗯。”你应了一声，表情复杂地看着我。

“我们写信吧，把我们结婚的事告诉父母和朋友。”我说。

于是，你给我父母写，我给你父母写。

信的开头，我写道：“敬爱的爸爸、妈妈……”第一次这样称呼你父母，有点不习惯，但心中涌起一股新鲜的亲切之情。

你看我这样写，你也这样写：“敬爱的爸爸、妈妈……”

在那张小圆桌上，中间放着一盏很亮的马灯，我们各坐一边，共同写信。脚冻得生疼，我们不停地跺。要不停地哈气，笔尖的黑水才不会被冻住。就这样，一会儿你看看我写的，一会儿我看看你写的，不时地相互会意地笑笑，然后又埋头写，就像两个认真做作业的小学生。

我们一气写了十几封信。

雨不知何时停了，雪花悄无声息地拍着窗玻璃。寒夜如墨，屋里的小马灯那团蚕豆般大的火苗，还在咝咝地燃烧。

11 点了。我们坐在马灯前，互相望了一会儿。

我在一张白纸上写下了几个字：

睡觉吧。

你点点头，很轻很轻地“嗯”了一声。

因为隔壁是女知青小汪、小章的寝室，和我们新房仅隔 2 米高的半截墙，缝隙如网，各种声音听得一清二楚。

婚姻，对夫妻以外的任何人都应该是秘密。

我亲手拧灭了那团亮闪闪的火苗，看着它渐渐变小，变小，最后熄灭了。

随之而来的是两团生命之火前所未有的燃烧、燃烧、燃烧……

第二天晨起，外面一片洁白世界。山舞银蛇，原驰蜡象。这瑞雪是在为我们的新婚祝福吗？

雪为寒凝之雨，冰为冷冻之水，人呢？人乃物竞天择、万难磨练成的生命精灵。人与自然，灵犀相通，所以，大自然的杰作，总吸引人为之好奇、为之倾倒、为之如醉如痴。大好雪景，先睹为快，何不踏雪赏玩？

我拿起扁担，要去挑水，你执意要和我一起去。雪没过脚踝，咯吱咯吱地踩着厚厚的积雪，呼吸着寒冷而清新的空气，惬意极了。我俩恐怕是这方圆几十里大山最早出门踏雪的人吧。

我们来到井边。为磨练意志，我和另外两个男知青坚持洗冷水浴。即使三九严寒，我们仍砸冰取水洗冷水浴。在山坡上，我们挖了一个5米深的山洞。这里冬暖夏凉。冬天，大家轮流在这里洗澡。我带你进去，洞里温暖潮湿，灯台上方被油熏得黑黑的。你在里面蹲了一会儿，似乎在感受洗澡的滋味。

“不冷吗？”你问。

“外面零下十几度，洞里有零上四五度，再倒上一大盆热水，嘿，热得像蒸笼呢！”我笑着说。

“真的吗？”你咯咯地笑了。

我往回挑水，你也抢着要挑。挑担子对你来说并不陌生，你16岁就争着上山下乡，在艰苦的鄂西北山区吃了一年多苦。你们第一批下乡比我们现在要艰难。我只能算个“迟到的知青”。我俩笑呵呵地挑回一担水，清幽幽、亮晶晶的。

这些天里，大家一块儿做饭、劈柴、挑水、喂猪，围着火塘唱歌、跳舞、吹口琴、讲故事、拉胡琴。你教我们唱英语歌《祝你新年快乐》，教女知青跳朝鲜舞。他们都很喜欢你这个大姐姐。大家热热闹闹，笑声不断，好开心呵！

你要走了。大家都舍不得你走。我正好要赶到县里开会，送你走。

你走的那天早上，山上的天突然放晴了。多日雨雪之后，晴空万里真是可亲可爱！站在小寨山上，人就像在天上。天空湛蓝如透明的蓝宝石，没有一丝云。空气寒冽清新，净无纤尘。而我们脚下半山腰处，却是云海茫茫，完全看不见山下的公路、村庄、水库，连矮一些的山峦都看不见，只有高山的山端像一座座孤岛，浮在云海上。红日从遥远的东方升起来，白海黛山，蓝天红日，美极畅极！

你仍然是上山时那身打扮。我穿一身黄军装，挑着两包东西，和大家送给我们的结婚礼物，其中有两瓶你爱吃的腌酸菜、辣椒。

“回去吧，别送了……”你对送行的知青们说。

“欢迎你以后常来呵，大姐！”他们恋恋不舍地说。

我猛地发现，小许、小汪热泪盈眶，哽咽得说不出话，都有点失态了。我的心也一热。我看见你也要控制不住自己的泪水了。你走出好远了，还挥手向他们喊道：

“再——见——”这细柔亲切、充满友情的声音在山间久久回荡。

李贺明：男，原名李和平。1968 年毕业于武昌水果湖高中。1969 年入伍，1974 年 2 月退伍。1974 年 6 月自愿下放到湖北省罗田县北丰公社四大队。

底　色

刘　工

我想，每一个上过山或者下过乡的老三届这辈子都不会忘记当初那块无可奈何的“广阔天地”了，那里的一切已经永远地化作了我们生命的底色，而涂抹那底色的，正是如同我们一样的一个个平凡的、不为人知的生命。

二　爷

二爷在村里的辈分并不高，年龄也不大，可满村的老老少少全喊他二爷。

二爷个矮，人瘦。二爷家兄弟姊妹五六个，自然也穷。因此人们都说二爷这辈子只有打光棍的份了。可二爷却排排场场地娶了个人高马大的女人做老婆。据说那女人是因为长得太高太大而嫁不出去，二爷拣了个便宜。二爷和他的老婆站在一起时，猛一看好像一块门板旁立着一根小叉棍似的。按说二爷应该像城里男人般有点“气管炎”才是，可全不是那么回事。为啥？因为老婆接连两胎都是生的女孩。于是那女人便比二爷还要矮了。

二爷聪明能干，啥事到他手上，都能做得漂漂亮亮。村里不管谁家做屋上梁或者红白喜事，都得请二爷到堂，如果没有二爷主事张罗，就算不上排场，就说不上红火，就够不上档次。就是过年杀猪，如果没有二爷的那一刀，那猪肉吃起来好像也不香。所以尽管二爷不是村干部，人们有事却爱找二爷。

有一年年终分红，会计暗地里给从未出过工的老婆算了一个人的工分。理由是他白天忙完队里的事，晚上还要花大半夜的时间做账。别的村干部都能帮家里做点事，他家里事全靠老婆一个人顶着，老婆不出工是为了让他安心搞工作。人们找到二爷，要他去找队长讨个说法。村里人都怕队长。队长是个出名的凶神，两只成年累月充满血丝的牛眼一瞪，谁都不敢吭一声。每年到了插秧的季节，不管是谁全得下田，不管是他老婆还是妇女队长，只要不下田，他都要骂。只是队长的记性也不好，骂过人他转身就忘。二爷是队里唯一不怕队长的人。倒是队长碰到麻烦事的时候，总是爱找二爷讨办法，所以队长常在没人的时候递烟给二爷抽。

小年前，会计在生产队大会上公布年终分红方案，他老婆的那份给瞒了下来。队长是个文盲，大字不识一个，被蒙在了鼓里。听完分红方案，二爷一边掏烟丝一边不慌不忙地说：“我看是不是还要加上一条，给看家的狗也记上工分。”大伙儿“哄”地笑了起来。队长跟着笑了两声，看看二爷，没说啥。二爷卷好烟，点着，抽了一口淡淡地说：“我说的是实话，如果没有狗给看家，我们能安心出工吗？是不是，张会计?”会计听到二爷点他，先是一愣，接着却像是没听见似的拿起桌上的算盘一上一下地扒了扒，嘴里一个字也没有说出来。二爷站起来走到前边，拍了一下会计的肩膀，又说：“是不是，张会计?”

会计的脸红一阵白一阵，过了好一会才说：“我……我说二爷，你……我老婆算……算工分是…是有说法的。”会计本来就有点口吃，一急就更结巴了。二爷笑了：“大伙都听着的，我可没说你老婆工分的事，你老婆该不该记工分有队长管呢，是不是，队长?”说完二爷眯着眼，抽了一口烟，烟圈慢慢地一个接一个从他口里吐出。

队长两只牛眼一瞪：“有这种事?”会计这才意识到中了二爷的计，但懊悔已晚，他往墙角一蹲，一声也不吭。队长吼道：“你哑了？谁叫你算的？我叫你算了吗？说!”会计不知说什么好，又不敢不说：“我……我……我没……没有……有……是你……你叫算的。”会计本来是想说“我没有说是你叫算的”，一怕一急把个“说”字漏掉了。队长气坏了，大踏一步站到会计跟前：“什么?我叫你算的!?”唾沫星子喷了会计一脸。会计抬了抬手，没敢擦，又放下了。

二爷愣了一下，接着掐灭手中的烟，朝队长说：“是的，那天我也听到的。”队长愣愣地看了二爷好大一会儿：“我叫算的？什么时候?”二爷拍了拍额头说：“就是大前天晚上我们3人玩纸牌的时候，张会计问的你。”队长想了想，他好像记得大前天他们是在一起打过牌，可是他想不起来是说过还是没说过，如今二爷证明他说了，看来不会错，可是自己怎么会同意这种事呢？是不是那天喝多了酒？再想想，好像那天晚饭时老婆没给他倒酒又好像倒了。他想不起来了。

会计也愣了，大前天他们是在一起打了纸牌，可他压根儿就没提这事，他瞒的就是队长。

只有二爷自己心中最有数，大前天他们是在一起打过牌，但是根本没说过工分的事。可是现在二爷就着会计的错话，撒了个天知地知他知的大谎话，既为大伙讨得了公平，又让会计下了台。

那年会计过了个窝窝囊囊的春节。老婆的工分没有算成不说，心里总有一种被二爷捏着的感觉。

尚 奶 奶

尚奶奶其实不过50出头，和我母亲年龄相仿，村里人都叫她尚奶奶，我也就跟着这样叫了。

尚奶奶是个五保户，我们几个知青下去后，队里用土砖给我们垒屋，顺便也给尚奶奶垒了一小间。尚奶奶就从她那间小茅屋搬了出来，和我们做了邻居。

刚下乡时我怕洗衣服，常常是一件衣服还没洗完手上就起了泡。乡下没有搓板，尚奶奶教我在石头上搓，衣服洗好，手上也好生生的。从此我再也不觉得洗衣服是件苦事了。

下雨天，我怕走田埂路，老是摔跤。尚奶奶告诉我：脚趾头不能伸直，要扣着地走。怕我不会，她又脱了鞋走给我看。我这才注意到尚奶奶是裹过脚的。

刚下乡时我还很小，常常想家，想妈妈，一想就哭。尚奶奶说：想就一个人在心里想，晚上做梦就一定会梦见，这样不是跟回家看了一样吗？我很吃惊，一个大字不识的农村老太太，竟然会如此从容地对待生活中的苦涩。

我不会忘记那一年的冬天，吃过晚饭，我和另一个知青去同学队上玩。出了村口，我们朝老枣树左边的一条路走去。我们一边走一边说笑着，很走了一会儿，不但没有走到同学那里，反而又回到老枣树跟前了。我们不知道是怎么回事，想想并没有错呀？是左边这条路呀！于是我们又朝左边走去。这一次我们很小心，走一段就停下来看一看。没错，要过一条沟，要上两个坡。我们沟也过了，坡也上了，可不知怎么回事，走来走去，我们又回到了老枣树下。这下我们害怕了，赶忙跑回了村里。村里人都说我们是遇到“鬼推磨”的事了。从此我就吃不好饭，睡不好觉，人一天天往下瘦。尚奶奶知道了，不声不响地买了纸钱，半夜里叫上我，来到老枣树下，一边烧纸一边小声念叨，神情十分虔诚。我非常感动。我想象不出她是怎样颠着小脚，来回几十里去街上买回纸钱，又深更半夜为我这个和她非亲非故的女孩操只有母亲才操的心，我忍不住在尚奶奶怀里哭了。

返城后的第二年，我就忍不住找了个机会回去看尚奶奶，没想到尚奶奶竟然不在了。

我去坟上看她。

坟前没有碑。

尚奶奶从来没有讲过她的身世，我想她以前一定过得很苦。我看着坟前才长出来的小草，心里默默地祈祷，祝她在那一个世界里幸福！

天已经渐渐黑下来，我不可能再返回十几里到街上去买纸钱。我从包包里翻出两张旧报纸，裁成一小块一小块的，烧了……

我在坟前坐了很久很久。

哑巴响生

响生不是天生哑巴，1 岁多就会叫爸爸妈妈，是个可爱的孩子。

3 岁那年他害了一场病，就不会说话了。响生的爸爸妈妈抱着他去过很多的医院，求过很多的医生，把家里仅有的一点积蓄全花光了，他还是不能说话，反而连话也听不见了。

响生的爸爸妈妈带着他到街上算了个命，算命的瞎子说他是“讨债鬼”，他爸爸妈妈就再也不给他看病了。小小的响生从此以后就像一条小狗，吃不吃喝不喝冷不冷热不热，爹妈想起来就管一管，想不起来就像没他似的。接着他妈又生了两个弟弟，响生的职责是照看他们，响生也只有在他的弟弟哭的时候，才会被父母想起，等待他的当然是一顿打。响生没上过聋哑学校，不会哑语，挨了打，嗷嗷地叫，高兴的时候也是嗷嗷叫，村里人要想明白他“说话”的意思，也只有通过他的嗷嗷叫和两只手的胡乱比划去猜测。慢慢地村里人提到他的时候不叫他响生了，老的少的都叫他哑巴。

看到别的孩子去上学，哑巴也想上学，可是农村没有聋哑学校，就是有，哑巴爹娘也未必让他去。有一年的冬天下着大雪，我去公社办点急事，路过公社小学时，远远地看见一个孩子扒在学校的窗台上，走近了一看，是哑巴。哑巴的脸冻得通红，扒着窗台的两只小手满是冻疮。我拍了拍哑巴，他转过身看见是我，不好意思地笑了笑，两只大眼透着渴望和乞求。北风吹着雪花发出一阵阵的呼啸，我的双眼潮了，我看了看哑巴，又看了看正在上课的孩子和老师，老师是我的一个同学，学生们正在跟着她念书。我用手指了指哑巴又指了指教室，然后用双手做成书的样子，那意思是：“想读书?”哑巴点了点头。他又聋又哑，怎么听讲怎么读书？我犹豫了一下，不过我还是把老师叫了出来，哑巴却转身跑了。不过从那天起，哑巴就爱到我们知青点来，不声不响地帮我们砍柴、帮我们挑水。我教他写自己的名字，写一二三，写上下来去，他一学就会，可是我却不知他是否知道那是什么意思。

哑巴虽然没有得到父母的疼爱，身体却很强壮，一两百斤的草头，他挑起来走着像一阵风，不像他的两个弟弟成天生病，连个锄头都拿不起。他虽然不会说话，人却很聪明，乡下的农活他样样都能做。

后来我被抽调回城，再也没见过哑巴，有一年回乡听人说他来汉口打工了，好像是在江汉路，给一家老板照看门面。我再去江汉路的时候，便很留心，可是从来也没看见过他。

刘工：本名刘君荣，女，武汉十三中67届初中毕业生，1969年下放到随县安居区。

一 幅 画 像

武新建

在我结识的画友中，有一个是我极少向人提及的。虽然真正与他接触只有一次，但不知怎的，20多年来一想到他，想到他画的那一幅画，心里总有一种说不出的滋味。

那还是“知识青年到农村去，接受贫下中农再教育”的年代。1968年底，我们下放的农村已是冰天雪地，还没等我适应农村的生活，公社里已不知从哪儿知道我会画画，便把我抽到公社画伟大领袖毛主席的像。这一画却不可收拾，学校、部队、仓库大幅的空白墙都成了我的画板。不久，公社、镇里、区里、县里便都知道有个武汉来的知识青年会画画。为此，镇里、区里还评我为“学习毛主席著作积极分子”，公社还奖给我一床被絮，这在当时的知青中也算是一种特殊荣誉。由此，我也获得了大队、公社领导对我的信任，当上了基干民兵、宣传队队员，甚至拷问“四类分子”之类的事也派我去，我在公社里就曾看守过一个“四类分子”。

党的“九大”要召开了，大队为了表示对毛主席的崇敬，要我画了一张高近1.5米的毛主席侧面像，然后把各小队一些年轻的姑娘、媳妇中能描会绣的都集中起来，日日夜夜地连轴绣画，终于抢在“九大”召开之前将主席像绣好。又请老木工精心做了一个画框及抬架，摆放在大队部大厅正中，一时招引了附近好几个大队、公社的人都赶来观看。在赶来观看的人中，我发现有一个20多岁的青年，几乎每天收工后都要来看一下绣像，觉得好生奇怪。熟悉他的人告诉我，他是附近大队一个“四类分子”的子弟，人很聪明，因为父亲是地主，到现在还是光杆一个。在当时以阶级斗争为纲的日子里，谁又愿把女儿嫁给那种人家的子女呢？不少这种人家的子弟是“倒插门”，一来给女方添个劳力，二来自己也换个环境，少一点麻烦和歧视。

有一天我下地收工回来，远远地看见他站在路口，对我特别注意。不一会我隐约觉得背后有人跟着我，回头一看才发现是他。他见前面的人都走远了，又警惕地看了看四周，才小跑几步撵上我，看了我半天才说有一件事想请我指点指点。当时我觉得好生奇怪，我对他有什么指点的！他见我迟疑，才小声告诉我，这事要到他家里去才能讲。当时与“四类分子”的子弟单独接触是会被人指点的。我见他心意恳切，并无恶意，又想到自己是知识青年，生地生人，犹豫了一会，跟他走了。

他的家是一间用芦苇扎成墙再涂上泥做成的草房，门口正中挂一块写有“四类分子”的黑牌子。看见这块牌子，我走进他家时心里都一阵紧张。他家的摆设十分简单，除了日常生活用品外，就是农具，连猪都未养。他家房内显得低矮而潮湿。他一回到家里像立即变了个人似的，显得活跃，并告诉我他父母知道想请我来而故意回避，说是怕给我添麻烦。当时一般人很少到他家里来，即使有事也只需在外面吆喝一声就行了。

我跟着他来到左边里屋，这是他准备娶媳妇的一间房，房不大但收拾得干干净净，墙上刚刷了一层白石灰，显得较亮。房内唯一的装饰品是一张贴在墙上的印刷的《毛主席去安源》油画，这张画在当时颇为盛行。他见我神态有些茫然，便迅速将脚踩在桌前的凳子上，突然将印刷的油画从下面掀起，啊！墙上又露出一幅画像，一幅新绘在墙上的《毛主席去安源》的画像。这时他才轻声告诉我，今天找我是想让我来看看他用水粉色画的这幅画像，他说这事除了他家里人知道外，我是知道这幅画像的第一个外人，并说这画已画好了几天了，今天请我来是要我看画，并提意见的。

我好一会才转过神来，仔细地看了看这幅用打九宫格的方式放大的画像。画是画在墙上的，放大的线条痕迹还隐约可见。因是放大的画，人物形象比较准确，只是水粉色与油画色的不同色彩略显明亮，不那么沉着，画的过渡色显得有些生硬，但总体感觉还可以。我完全没有想到他还有这一手，便夸奖了他一番，并鼓励他坚持画下去，以后还可深造。这着实让他兴奋了一阵子，脸上竟露出了红光，眼睛也显得亮了许多，话也变多了。我自以为是地给他讲了素描与油画、水粉画的关系，讲了画家列宾……他也滔滔不绝地给我讲，讲他长在红旗下，跟其他年轻人一样也热爱毛主席，不知怎么人们总不相信他，一切活动也不通知他，他说他为此曾想到过死……后来他说愿让我看画，是因为想到我是从大城市武汉来的，不是当地人，估计我不会“出卖”他。因为他明白，万一被人们知道了，只要找一点理由，他们全家便会遭殃。不知不觉我竟在他家里谈了一个多小时。

当我从他家出来时，天已经黑了。他把我送到家门口时，就请我原谅他不能远送，我点头表示理解，沿途我也怕人看见我从他家出来。待我一人走到村口时，却发现站着一男一女两个近50岁的农民，我走过他们时却发现那男的好像在哪儿见过，待我回头看时却发现那一男一女走进了那间挂有“四类分子”的牌子的小屋，这是他的父母！天呐，原来他们是站在屋外一直等着我出来！在我回队的路上，我终于想起来了，那次值夜时被拷问的“四类分子”就是他的父亲！

自那以后，我再也没有与他接触过。“九大”一开，我确实风光了一阵，村里有位热心的大嫂还想把当地最漂亮的女孩嫁给我呢！后来，我被借到镇里、区里、县里去帮忙，不久被抽调回城，便再也没有这位画友的消息了。回城后不久，听队里来人说，他曾为婚姻问题十分苦恼，最终还是“倒插门”，到一个比我们下放的地区更穷的一个叫“客店”的山区去了。后来，他回自己家里看望父母时曾打听过我，得知我已抽调回城了，所以至今我们也没有相互的地址。但是，无论我在何时何地，看到这张画（印刷品）便想起他，即使岁月匆匆地走过了20年，仍记忆犹新，因为它表达的是一种特殊环境里特殊人物对伟大领袖的一种特殊的爱！

武新建：武汉市劳动里中学67届初中毕业生，1968年去钟祥县旧口区花园公社东风大队插队。

回到宋湾

余杏芳

一

文化大革命的第三个年头，我和我的同学一样为接受贫下中农再教育，背着行李从县城回乡了。大队党支部书记余昌清见了，高兴地说：这好，这好，你们是我们大队出的人才……

其实我不愿意回来。

我的家所在的村子名叫宋湾，依坡而筑，与平行两旁的汉沙公路和马鞍山形成一个“H”。村舍多为土砖黑瓦房，屋顶呈A型，偶尔也有几栋红砖红瓦房，那是特别殷实的人家。村子很穷，一个劳动日值五六毛钱，许多人穷得买不起牙膏只好用盐漱口。女孩子一般不读书或读到初小便辍学务农了。我们家系半工半农，父亲在镇上做供销工作，母亲一个人料理4个孩子，十分辛劳。从父亲的口里，我们知道了外面的世界，知道了上海的大世界、北京的颐和园和武汉的长江大桥。父亲对母亲说：孩子们读书才有出息。上小学六年级时，母亲表态："有本事考上中学，再穷也去读。"我和村子里的其他同学成立学习小组，悬梁刺股，没日没夜地泡在语文算术习题的海洋里。我们不知抄写了多少篇课文，做了多少道习题。见我如痴如醉的样子，老师和同学送给我绰号叫"擂得"。

黑色的"七月"过后是难挨的等待。一天范正衡老师从镇上走来，从荷包里掏出一张纸片，笑着要我猜猜，我一把抢过来，见是汉阳县一中的录取通知书，连一声谢谢都忘了说，就飞跑回家找母亲。

那时考取县一中就像是考上了大学的预科班，初中学生迁转粮油关系到学校，高中学生则转入城镇户口。在这精英荟萃的学府，我的成绩不是特别超群，但可以排列前几名，我的作文几乎每次都被老师重点讲评，俄语成绩堪称优秀。为购买书籍资料，我常利用周末帮人拉板车挣钱。

然而，我背着行李回来了，回到了生我养我的宋湾。我为理想转了一个圆圈，生活给我开了一个玩笑。

刚回村那一段，母亲安排我在家烧饭，我一遍一遍地翻阅读过的课文，把部分作业本扔进了灶膛里。

儿啊，人要活泛些，到什么地方说什么话，爬什么山头唱什么歌，一方水土养一方人呢。我的母亲杨美英是个身体孱弱、心地善良、极疼儿女的农村妇女，见我愁眉苦脸的样子，总是以极其亲切的态度和简朴的道理启发我。

武汉市的知识青年陆陆续续下放到农村，我们村里也来了许多姑娘、小伙子。

我参加队里的活动了。

我按照生物课所学知识，将棉花杆子划出一个斜口，将辣椒嫁接上去，结果弄死了半畦棉花，半畦辣椒，气得母亲直跺脚。我一边搓草团绳一边看书，搓绳速度如拉纤一般，哥哥见多次纠正我都没有效果，一时火起，将一本《红岩》甩到茅棚上。我看不惯农村的一些旧风俗旧习惯，喜欢议论、“抬杠”，被村子里的野小子们取名“理论多”。我爱穿枣红卡腰布衣衫，额前梳一排刘海，脸上抹些雪花膏，要求入团时被鉴定为“有资产阶级思想”。

我常常不入流。

田间地头的劳作十分辛苦，六七十年代的农村，仍沿袭几千年以来的劳动方式，一切都是手工，而且受自然气候的制约。我和乡亲们一道，日出而作，日落而息，插秧，割谷，栽油菜，种麦子，砍烧柴，样样都得干。

一个炎炎的夏日，我同姐姐到什湖北岸割蒿草当燃料。回家时已近傍晚，忽然，天空乌云密布，狂风骤起，暴雨倾盆而下。我们的小木船在湖心直打转，我和姐姐跳进齐胸深的湖水里推船。闪电好像撩着舌头的毒蛇在黑色天幕上扯动，闷雷仿佛巨型炸弹一个接一个地在头顶上炸开，整个宇宙晃动起来。举眼望去，湖水如同一片汪洋大海，无涯无际，我们的小船犹如一片树叶在风浪中飘摇。我们迷失了方向。姐姐高喊我的小名，让我朝着一个有灯亮的山坡方向使力。我们哭着、喊着、推着，湖水、汗水、雨水、泪水交融在一起。不知过了多少时辰，当我们拖着打战的腿和灌满水的小船接近岸边时，一声声亲切的呼唤随风传来：

芹，又芹（我的小名）哎……

母亲立在那里，正一声声唤着。

第二天，我发起了高烧。

二

1971 年 3 月 7 日，是我生活发生转折的日子。

这天早晨，雨后放晴，阳光和煦地照在抽出嫩芽的树枝上，喜鹊欢跳着啾啾不止。我正在田间砍草，大队党支部书记余昌清和小学顾校长笑盈盈地走过来。

杏芳，我们请你到小学教书，愿不愿意？

跳出泥田上讲台，这在当时是一份多么令人羡慕的职业。何况在我的儿时理想中，我就把当干部、当作家、当教师作为人生追求。只不过，我并没有把教师与民办联系起来。

我笑着低头擦拭手上的泥浆。

你是宋湾长大的，宋湾需要人才，学校需要教师，行行出状元咧！余昌清书记望着我，洪亮的声音充满弹力。

第二天早晨，我衣着整齐地来到学校。

这里是我的母校。学校垒在黄陵坡上，故称黄陵小学。相传清代皇族葬在这里，山坡上曾挖出了“三公主”当年贴花黄的铜镜。大队干部们说，学校建在这里是为了吸取皇族灵气多出人才。校舍是 6 幢黑瓦平房，操场上设有简易篮球架。除了顾校长和几个青年人外，其他都是原来教过我的教师，他们自然都说欢迎我。顾校长向我介绍了学校的情况，他要我去教二年级一班的语文兼做班主任。一个小时以后，我惶惑地出现在学生面前。

我像一个没有经过训练的演员，骤然被人推上舞台。我努力回忆当年教师教我时的模样，如此这般地讲着、写着。一节课下来，我的内衣全湿了。

我不能败下阵来！

为了掌握教育方法，我装作散步的样子，绕着学校教室转圈，观察其他教师的教法。后来，我要求观看同年级教师的教案，并到有经验教师的课堂去听课。区、县举办教师培训班时，我努力争取参加。

有位哲人曾经说过：环境是一所学校。我深感其真谛。我的启蒙老师范正衡出身书香门第，如果她努力，是可以到条件好些的城镇工作的，可是她却在黄陵小学教了几十年的书。她的教学方法很能吸引学生，且能写一手漂亮的毛笔字。她很细心地教我备课、讲课。她常对我说，人要活得实际，只要大家肯定你，你就有价值。唐汉云老师后来与我成为忘年之交。她是区、县模范教师，身材修长，举止文雅，能歌善舞，事业心极强。她曾在读完中专后分配到黄石市政府工作，大跃进年代下放回乡任民办教师。也许是缘分，也许是她曾与我哥哥有一段恋情，她对我十分关心。我们常在一起谈教学工作，谈时事政治，谈人生哲理。

我希望自己干出成绩。

自编补充教材是教育改革的一次大胆尝试。我和几个年轻教师商量：原有语文教材过于古板，并且容量不足，应该改革。当我们把计划端出来时，有些老年教师的头摇得像拨浪鼓，连顾校长都说我们是“歪掰”。我们反复地申述理由，大胆地编写了《黄陵小学四、五年级应用文写作补充教材》，将通讯、故事、消息、评论等写作知识介绍给学生。

我们组织学生访问生产队干部、劳动模范，曾经利用一个星期天，分组调查 3 名童养媳出身的女共产党员。

为了提高教学质量，我们要求学生熟练背诵大部分课文，每天练习大小字，每周写 1 篇作文、3 篇日记，并且将日记当成作文批改。

我们还发动学生学习雷锋做好事，为五保户挑水劈柴，为生产队的庄稼地赶猪、赶鸡，利用课余时间为生产队捡麦穗……

黄陵小学的名声在当时叫得很响。顾校长几次在大会上作典型发言，区辅导组多次在我们学校举行公开课。我呢，自然也获得了一些荣誉。

三

担任民办教师期间，我也为生产队写些通讯报道稿件。

报道组主要成员还有余昌刚、雷元宪，我们 3 个人被人戏称“三家村”。余昌刚也是从汉阳县一中回乡的知识青年，在小学教书，教学改革的许多点子是他出的。他有一副很帅的身材和一双俊秀的眼睛，智商很高，为人正直。雷元宪是文化大革命前的高材生。他父亲雷世树是旧社会的知识分子，在一次“左”的批斗会上，当主持人要他带头喊打倒自己的口号时，他竟然领着一群贫下中农高喊“打倒雷世树——我不同意”。雷元宪为人刚正不阿，因为父亲的历史问题未能读上大学。他的衣服领子和袖口经常是黑色的，烟抽得很凶，文章却写得洒脱。我们经常在一起推敲报道点子，修改新稿件。我和余昌刚常到村里或地头找他，更多的时候，则是雷元宪挽着沾满泥浆的裤腿，荷包里揣一份稿件匆匆来到学校。我们经常相邀着到“祖师爷”那里讨教。

“祖师爷”叫李公成，是新农区人民政府（当时称革委会）的通讯干事，40岁的年纪，能写一手很靓的仿宋体和报道文章。通讯干事要笔杆子不掌实权，令旁人奇怪的是，竟有一大帮子知识青年围着他转。许多年以后，这些青年人有的成为作家、诗歌评论家，有的出任报社、电台负责人，有的主持政府部门的文秘、调研工作，逢年过节，总不忘前去拜望这位师长。他十多平方米的卧室兼作办公室，书柜占据空间的三分之一。在那张油漆斑驳的书桌和用白纸围成喇叭状当灯罩的15瓦灯泡下，他捧着一个用塑胶花网套着的茶杯（准确地说，是一个掏空了的夜宁糖浆药瓶）与我们侃侃而谈：

“你们啊，都是有志气的年轻人，要把学到的知识献给新农村。付出与收获总是相对应的。国家兴亡、匹夫有责，啊，你们说呢?”

他总是把自己与年轻人摆在一个平行坐标系内，总是将深邃的道理寓于实际的言谈中，总是那样慢条斯理。他跟我们谈马克思、毛泽东关于宣传工作重要性的论述，谈《周易》、亚里士多德、黑格尔和辩证法，谈但丁、巴尔扎克、曹雪芹和鲁迅，也谈邢燕子、吕玉兰、郭凤莲。

那是一个春季的傍晚，我将一份新闻稿件送给老李修改返回途中，天空突然电闪雷鸣，东南风挟着暴雨斜扑过来，我被淋成落汤鸡，蜷缩到路旁房舍边躲雨。不一会，只见一道光柱朝我射来，原来是老李和公社党委张宣委给我送伞、送衣服来了。我不禁湿润了双眼。老李和张宣委一直步行四五里路把我送到村头。至今20年过去了，那天的情景却清晰地印在我的脑海中。

边教书边写稿是辛苦的。那些年头，我们几乎没有节假日，晚上的觉也睡得少。有时一个夏天棉絮都没有换下床来，常常是改完作业写稿件，鸡鸣时分伏在桌上睡着了，嗡嗡的蚊虫将手臂、额头咬出密密麻麻的疱疹，稿纸上的字被汗水一次又一次地浸得一片模糊。我们用水桶泡脚、用湿毛巾包头坚持写稿。冬天，农村的房屋冷得像冰窖一般，我们肩披棉被，脚裹稻草，全副武装写作。父母亲心疼我，常常在端来夜宵之后，又趁我打盹之机，悄悄移走煤油灯或摘下电灯泡。

1973 年的春天，我浑身发软头发昏，父亲懂些中医药理，诊断我患了贫血症，要我敷草药后休息一个月。我没有在意，既上班又写稿，致使敷草药处溃烂流脓，不适程度加重。父亲又一次诊断后，认定我返病无药医，暗地里嘱咐母亲弄些好吃的给我，断定我只能再活一年半时间，惹得母亲"儿啊儿"地拉长嗓门大哭一场。

当然，我后来还是痊愈了。我笑嘻嘻地对父母说：阎王那边有马克思把关，我年纪轻，他们不收，要多写稿件呢。

我们报道组写的稿件有的被各级报纸、电台转载和播放，每逢稿件变成铅字或音响，我们都乐得如孩子一般。我们宣传新人新事，干部群众一般都很欢迎，但是，也有曲折和风波。

1973 年春季，我执笔采写的《不搞特权》稿件被《孝感报》刊登了。这篇文章写的是宋湾一队队长余信桥带头执行财经纪律，不给前来借钱结婚的弟弟晓茂签字的事。报纸送到后，村子里沸沸扬扬，有人说余队长不徇私情教育弟弟节约办喜事做得对，也有人认为办喜事不排场点不合情理。晓茂的母亲则怕登报后媳妇接不回，跑到学校找我这个写稿人扯皮。

李公成听到这件事后，乐观而幽默地说：我说啊，女秀才，一是不要怕，二是要转化。坏事可以变成好事。老虎进了门，大家都来赶嘛！他慢悠悠地讲起了事物依一定条件向对立面转化的辩证唯物论来。

当天夜里，我同余昌刚摸黑到第一生产队，找晓茂和他母亲谈心。

李公成和另一个通讯员到晓茂未婚妻家里“和亲”。

大队党支部书记余昌清发表广播讲话。他说，余信桥不搞特权做得很好，余杏芳登报表扬他做得也对，婚事是要节俭，新事就要新办，旁边的人不许说七说八！

经过两头做工作，晓茂和未婚妻领取了结婚证。之后，我们又为他们新式婚礼进行筹备。

中秋节这天，第一生产队锣鼓喧天，人声鼎沸。晓茂的新房门框上高悬着“勤俭节约办婚事，移风易俗做新人”的对联。大队党支部为新人举行婚礼。学校文艺宣传队表演了我们编导的《喜事的风波》等文艺节目。正如演唱者所说的，晓茂的妈笑眯了。

散场时，晓茂的妈将一把喜糖塞在我手里，望着我布满血丝的眼睛，连声说：姑娘，谢谢你，谢谢你……

四

70年代中叶，我离开了宋湾村，调到政府部门工作。

如今，当年的土砖黑瓦房被高层雕梁楼房所代替，村头的那间红瓦红砖房既是当时殷实的象征，又是今日的反差观照。队长敲响开工钟后，满湾吆喝声被联产承包后农民们自主安排生计发财致富的欢笑所淹没。余昌清书记虽然已经去世，但他戴着“资本主义”帽子所设法建立的宋湾铸造厂，已扶持了几十个家庭分厂。村子里、山坡上、马路边，厂房、商店林立，几乎家家户户都是工农结合、商农结合。村子里的宣传报道工作没有间断。雷元宪担任镇里的文教辅导员兼写通讯文章，他的身边又聚集了一批文学青年。黄陵小学的教师换了一茬又一茬，没有改变的是，我和学生当年种植的白杨树，仍然板直着主子，枝繁叶茂地立在那儿。

宋湾，生我养我的故乡，我离开它以后又魂牵梦萦。那里有我生命的泥土和舞台，有我前行的基点。许多年过去了，每逢春节和清明节，我必定要回去。每逢踏上那黑黄色的土地，我的心中和肩上总有一种平稳、实在的感觉，我的耳边似乎能听到一声声亲切的呼唤和殷殷的嘱托。

啊，知青岁月。

啊，故乡宋湾。

余杏芳：女，汉阳县一中68届毕业生，同年回汉阳县新农公社宋湾务农。

不可淡忘

虞小风

汽车颠簸了几个小时，停在一个叫汪场的小镇上。这儿离高吴家湾不远了，只一箭之遥。那时候汽车只开到天门县城关或者坐汉江的小轮船到岳口镇，从哪条道走都还得步行二十几里地。

一下车就碰见了高吴家湾的老乡。20 年了，这儿的一切竟没有什么改变，他们依旧是那样松散地生活，依旧是心不在焉地蹲在门口吸烟，让自己的堂客去剁猪草。我很惊奇：年纪与我相差无几的他，看上去竟然像老头子了。我问他，怎么屋里的地上会有洞。他回答是老鼠拱的。我问他，床上的被子为什么不叠，他说晚上还要睡。我问他，为什么衣柜的门不关好让袜子像臭鱼一样吊着，他无语。我问他，为什么你自己不去剁猪草，他无语。他原本是我的好朋友，20 年了，他依然没有进步。我觉得知青的回城带走了他所有的理想，而最后一个离开的知青就好像是带走了他最后的一线希望，那最后一个人就是我。面对农民朋友，我竟有一种负罪感。我在那里生活了6年，甜、酸、苦、辣，风、花、雪、月，像留在我心中的一道道风景，一种不可淡忘的经历。在那里形成了我一生性格与感情的基础，造就了我为之奋斗所必备的坚强的毅力。在物欲横行的今天，每逢想起往日的淡泊，心中便会平静许多。

一

那是在1968年岁末，父亲对我说："你还是下农村去，这样我们虞家就有了第一代农民。你将来在农村安了家，我老了，也可以到农村去生活。"这是我与父亲的第一次对话。在人生的十字路口，父亲做出了与他自身的出身截然不同的选择。他说："如果你一定要画画，将来也可当个农民画家。"父亲说这番话时很认真，眼里噙着泪，是发自肺腑的。他要我加入贫下中农的行列，来洗刷文化大革命给他带来的失望和耻辱。

我与父亲动手拆了我睡的床，把它钉成一幅油画框，床单作了画布，以了断留城的念头。我画了一幅毛主席去安源的油画，是送给乡亲们的见面礼。画这幅油画时我很专注，每一笔触都寄托着我的希望，倾注了我一腔热血。在画这幅画的十几天里因为已没了床，我一直是睡在地上的。这幅毛主席画像被放置在解放牌卡车的上方，作为奔赴广阔天地的第一辆车，后面几十部车随着红旗、锣鼓声、千叮咛万嘱咐，在一种很高昂的气氛中离开了江城，离开了亲人，离开了都市的一方天空，去接受贫下中农再教育。那天，父亲没有送我。他和往常一样去赶车上班，依依惜别的伤感不曾有过。那时我很单纯，对未来的生活一无所知。

我们这个小队有6名知青，是出发时临时凑合成的，李正中、李正洁是兄妹，胡芝玉、高平是女生，田德力是外校转来的，李正中也是外校转来的，另一个是我。我们学校是男女合校，但是男女分班，所以说这个组合是完全陌生的。

生产队为我们准备的住房与猪圈牛栏紧紧相连，只有窗里窗外之分。面对陌生的人陌生的环境，我就只顾去周围欣赏自然风景。那晚是在贫协组长家吃饭。李正中对我说，他与田德力为铺位发生了争执，李正中让我帮帮忙，给他点颜色看。李正中抽出武装带，我操起菜刀直扑贫协组长家。田德力被乡亲们保护起来了。这突如其来的冲突使乡亲们措手不及。事态发展得很糟，李正中的妹妹极力为她哥哥开脱，整个责任落在我身上。这件事一直报到了公社。很显然，是给知青的一个下马威，为此，我付出了惨痛的代价，一个会画画的知青拿刀杀人的消息传得沸沸扬扬。很快我们6个人也就分灶开伙，田头地角朝夕相处都很不是滋味。

在一次全公社的知青大会上，公社的一个妇女部长、派性头头说："知识青年这把钥匙要从虞小风身上打开。"那是个令人烦躁的下午，会是在露天开的，在一个小山坡上，公社的大院容不下那么多人。这种错误的舆论导向使我成了具有煽动性的知青头目。那时候知青之间矛盾百出，后来又下放一批本县知青和"遣送"回乡的城镇居民，整个人员结构就更为复杂了。

有一次，我去黑河公社听知青报告会，听报告的人很多，几百知青散聚在一起。傍晚时分，我看到七八个知青背着黄书包朝我走来。我一看就知道他们包里有"家伙"，在离我十几步远时，他们有的从包里抽出抓钉，有的挥舞着装有砖块的书包朝我猛冲过来，我背后是一条几丈深、20几米宽的河沟，唯一通向河沟对岸的是一条横在上面的涵管，这涵管成了我唯一的生路，我冒险跑了过去，等他们从两边包抄过来时，我已跑出好远。黑夜已经降临，那一夜我迷失了归途，分辨不出方向，我感到彷徨，一直到午夜我才赤着脚摸回知青屋。当我走近屋时，看到屋里有几个人，我惊魂未定操起一根木棍想再作厮杀，再走近时才发现是附近公社的知青，他们是来为我报仇的。那一夜，我们吸光了所有的香烟后，又从地上捡烟屁股头用纸卷了再吸。天各一方的父亲，您是不知道的，黑夜里在睡梦中我遭袭击，外出时我的屋遭抢劫，为参军在天门城关被当作流窜犯遭关押。天各一方的父亲，您是不知道的，在水利工地上，两个公社的知青手持扁担、铁锹一触即发，危急中是我一声大喝“谁敢动手”，就像一方老大，上百号人的械斗这么被我平息了。

我一度很蛮横，我把父亲在城里所受的屈辱变成我要当一方强人的意图带到了农村。这一切父亲丝毫不知，我是瞒了父亲的。我总是抽出时间把画的速写、创作草图寄给父亲，向天各一方的父亲报一声平安。

二

我身体不算很好，一劳累就扁桃体发炎，也没有药，只好把牙膏挤在口里，实在好不了就去找村里的老中医高老先生，我去看病他从来都不收钱，在他那里我也学到了一些中医知识，包括“平湖脉学”。在平常的日子里，乡亲们也会送些菜和炒米给我。村里有个脸上长满肉瘤的老妇，她养猪养牛做最脏的活，因为我住在牛棚旁，自然朝夕都要与她见面。她总是用颤巍巍的双手将一碗碗咸菜送给我过冬。她在村民眼里是最低下的，但她在我眼里却像高尔基的外祖母那样慈祥。

我下乡时带了一把锯琴，这是一把木工用的手锯，它能拉出很凄美的声音。在禾场上，我坐着石碾在一轮皓月下把锯琴拉得如诉如泣，那旋律凄惨传得很远，像一只哀嚎的狼。每当我发出琴声时，就有一个小孩寻着我的琴声找到我，很神秘地从口袋里摸出一个鸡蛋给我，我知道他也很饥饿，我们到生产队的地里去偷红薯一起煮着吃，他还答应把家里的鸡偷一只给我吃，他就是那个老妇的独生子。村里的小青年跟我相处得很好，在冬天的雪地里，我们一起带着狗奔跑撵野兔子，无事干时就同钻一个被窝天南地北的神侃。

离知青屋最近的是炳炎叔家，他有两女一儿。他女儿阿香长得水灵壮实，知青叫她“六百工分”。两女什么话也敢说，说什么也得听，打情骂俏成了繁重体力劳动中的一种很轻松的调节。

抗旱时节，她们喜欢与我搭班子，在水车上唱乡间小调，唱十想郎，唱十八摸，歌词鄙俗，但唱得清圆悦耳，有时几架水车同时抽水，在黑暗中充满戏谑的欢唱，在潮湿的空气中传来传去妙不可言，我就只顾趴在水车的横杠上偷懒。待她们发现时就在我身上捏一把，算是对我偷懒的惩罚，我也就回敬她们一下。整个夜晚充满了欢乐。

农闲时我为他们画速写。我画得很粗犷，他们说不像，我说这是毛坯，于是他们捧腹大笑。因为“坯”与骂人的“×”是同一个发音，我为有须的老者画像，他们围观说这“毛×”的毛好长，我为年轻者画像，他们又说是“光×”，说这话时他们欢笑得其乐无比。也正因为忌讳这个“坯字”，我始终没有给村里的年轻姑娘画过像，真是遗憾。风骚的女人，粗野的男人，发情的公牛，“五条腿的驴”，在这里成了一道道的风景。这也许是我所接受的最原始的性教育了。

有一次，邻村人请我去画像。我随来者到了一个小集镇，这里是乡镇人住的地方，吃商品粮。我随人进入后屋，才知道我要画的是个死人。他们事先没对我说，说了我是万万不会去的。我有些毛骨悚然。他们把死者扶起来，两只手垂着，面向我坐定，死者的背后又塞了些棉絮，是怕她倒下去。又把蚊帐推一边，还点上一盏油灯，屋顶的亮瓦中射进一束光，屋子还是很昏暗。我放好画架，先审视着这位死者，她是辛劳了一生的老妪，但她没想到有个画家把留在她脸上的岁月画下来流传于世。死者的眼睛已合上，怎么画呢？我对来者说："你家谁最像这位婆婆。"他们说孙女最像。于是死者的孙女就坐在床沿，让我看着她的眼睛。死者约 70 岁，孙女约十一二岁，婆孙之间相隔着半个多世纪。她孙女长得美极，甜甜的笑靥，眼睛很妩媚，但我还是感到不安，这是我第一次直面死人，在昏暗的小屋里，在生与死的描绘中，我似乎领略到某种意义。这张画像很成功，死者的家族是有身份的人，一时我名声大噪，连不同公社不同区镇都有人请我去画像，都是为将不久于人世的老者画的遗像。每次画完像他们送我 30 个鸡蛋，几块猪肉，几斤挂面，很厚重的礼。但我没有以此为营生，仍然种地，把汗水洒在改造我的土地上。

三

一同来的知青都已招工回城了，全公社的知青也走得只剩下我和邻队的一个小个子小陈，我和他成了被遗忘的角落。我一度和他相依为命。他像一棵柔弱的小草，后来也回城了，在一所小学教书，将为人师表。他是完全被改造好了，这在我下放的公社是不多的。

毛主席教导我们："你要群众了解你，就要和群众打成一片，就要下决心，经过长期的甚至是痛苦的磨练。”艰苦的劳动确实能改造人，每天都要为仅值一角多钱的工分而奋斗。每逢插秧我总是又快又好，因为我眼准手快，不时有蚂蟥吸在腿上，也不必惊慌，手一拍就掉了。春播秋收像一个个战役，农村旱田水田的十八般武艺都已不在话下，我是靠人格与毅力去征服这些农活的。我有几个春节都没有回武汉，而留在农村过革命化春节，我精心地为知青屋绘制了春联，内容也是极其革命的。

在兴修汉北水利工程时，我穿着破棉袄，围腰系一根草绳，村民们说我是在戴孝。我不以为这样会损害我的人格，仍然我行我素。我要用劳动来驱赶空虚、寂寞、焦虑和缠绵于我的噩梦。

每天天不亮我就起来帮伙夫把水烧开，泡点炒熟的面粉，吃了就去工地挑土。这时天还没亮，苍穹缀满迟归的星星，它们是在期盼新的曙光么？工地上只有我带去的一盏马灯在闪烁。我自挖自挑，苍天作证，我要让来上工的乡亲们看到我已挖出新的土坑。当我回过头去，看到成千上万的民工涌向工地时，心里竟有一种胜利者的喜悦，那一刻我是自豪的。收工了，民工们都回到了工棚，我一人还在挑土。乡亲们已经吃过晚饭，他们三五成群地在远处的工棚向我遥望。我一担担把土挑到堤上去。我想：乡亲们一定在为我数着担数，我不敢有一丝儿懈怠。

我的这种超常规的劳动，被巡视工地的团长发现了（那时是军事化编制，区为团、公社为营、大队为连、生产队为排）。他问随行人员这是哪个营的管段。后来我被调到营部当政工员，拿着硬纸壳做的话筒喊口号，写好人好事，为民工鼓劲。

工地休息时，我又把一担担上在簸箕里的土挑到堤上去，我挑重担子以显示我的力量。一次暴雨后，工地进了水，抽水机开动不一会儿就被下面的淤泥堵塞了。我见状毫不犹豫脱掉衣裤跳进刺骨的泥水中，那是一个冬季。我把整个身体沉入水中，去挖堵塞抽水机管道上的泥土。我表现得很英勇，无所畏惧，我并不懂得“苦其心志，劳其筋骨，饿其体肤”的古训，我是按革命青年的标准去做的。

一天，队长从公社开会回来，交给我一张临时调令，让我去天门县文化馆搞创作，一天3角5分钱，要交生产队记工分。我第一次走进县文化馆宽敞明亮的美术室，我像模像样地画画，少年意气，风华正茂啊。我画了宣传画《广阔天地大有作为》，《天高任鸟飞》。在那儿，我认识了一位图书管理员史玉清，她原来是天门县花鼓剧团团长，也是接受改造来当图书管理员的。这个管理员其实是个虚职，只是不让她再唱传统的花鼓戏而已。那是个不要知识不要艺术的年代。

史玉清带我进了藏书室。她撩起用报纸盖着的书架，我第一次看到这么多的书，有些眼花缭乱，又好像是看到我的未来，我的理想。史玉清对我说：“你自己挑几本，以后拿来换就是，哪儿拿的放哪儿，不要被别人发现有人动过，这些书都是被禁止的。”我小心掀起遮盖书架的报纸，生怕上面灰尘抖落下来，露出蛛丝马迹，脑海里掠过一丝好似做贼的念头，那可是要犯罪的啊！

图书室藏书不算多，但对仅读了一年初中的我来说是绰绰有余的。在以后的农假赶集日，我天不亮就出发到天门县文化馆去借书。尽管空着肚子走几十里路，可一进了藏书室就感到充实。返回时在出天门城关的摊上买了2个锅盔，算是一天的饮食。乡村的夜异常的静，有时没有星光，四周漆黑如墨，连水塘也不会泛出一丝光亮，有几次我都掉进塘里。即使是星光灿烂，旷野中也只有我一人似孤鬼游魂。所有的村屋都不再发出幽黄的灯光，万籁俱寂，静得令人窒息，静得可以与自己的灵魂对话。我一次次在这种夜里徘徊，揣着刚从县文化馆借来的书，在这种寂静的氛围中我感悟到生命的意义。回到水塘边的小屋，已是夜半三更了。烧水连喝带洗，迫不及待地读书。报晓的雄鸡啼叫了，今夜好短暂，我看到了希望的曙光。

我在炎热的夏季把马灯挂在蚊帐外读书，在月光下读书，在田头地角读书。书本是最好的精神食粮，没菜吃边看书边吃饭，断粮时读书止饿。我去了多次文化馆，囫囵吞枣地读了许多世界名著、名人传记。如果说农村是广阔天地，在那儿我得到了肉体上的磨练，那么在书本中我感受到的是整个世界，我得到的是灵魂上的升华。我读书毫无章法，读了许多名著，也使苍白无知的头脑渐渐丰富起来。这些著作激起我对名著的强烈追求，这些著作在我的心灵深处孕育成一种巨大的能量，这些著作成了我人生道路上的路标。

乡村的夜好静啊！那煤油灯颤抖的火花，是燎原的精灵，不熄的灵魂。

四

6 年以后，我最后一批被招进武汉市交通技校。离开了乡村，告别了乡亲，那渐渐远去的田野，那不可忘怀的岁月。

我仍然保持着在农村的装束，一双草鞋，一顶草帽，打了许多补丁的裤子。在学校仍然先喂猪后吃饭，又帮食堂洗碗，我已不怕脏、不怕累、不怕苦。我终于赶在退团年龄之前加入了中国共产主义青年团，跨上了人生之旅的第二个驿站。组织上打算培养我，爱情也将光顾我。虽然我的所作所为已不能顺应同学们的心态了，而我却认为他们在农村没有得到应有的锻炼。在学校放寒假的时候，我仍然不放弃对自己的改造。在一个大雪天，我与装卸工人一同去车站下煤，在雪花纷飞的寒冬，老装卸工敞开胸怀把一铲铲煤掀得飞舞，胸膛冒着热气，相比之下我竟感到卑微，我又一次感到劳动者坦荡直率的心境。

学校请老码头工人来作“忆苦思甜”报告，吃忆苦饭，我大呼“不忘阶级苦，牢记血泪仇”。在车间，电焊工的火花把一盆汽油点燃了，我扑上去用身体扑灭了这盆可能引起火灾的火种，有的同学竟然愤怒了，说我是极端个人英雄主义者，有极大表现欲的疯子。我再一次感到孤独，农村这个熔炉已经把我炼成了一块顽石，我行我素、一意孤行成了我的秉性。终于，一切该得到的都离我远去了。我再一次彷徨，再一次感到苦恼，再一次感到无奈。我要寻找失落的年华，追寻无悔的青春。之后我当过汽车修理工、装卸二站基层工会干事、武汉动物园的美工、《长江文艺》的美术编辑。

五

1986 年 9 月 25 日，与我朝夕相处的父亲离我而去了。

父亲为了指画梦少活了几十年岁月，这个代价太大了。他怎么也没有想到，那夜两个学生来谈开办指画班实现他的教学梦会那么令他兴奋不已，会兴奋得颅内的血奔腾而出。他在临终前的“回光返照”中很清醒地看着我，脸上没有痛苦的表情，他似乎用眼神对我说：“他用血为他追求的事业画了一个圆满的句号，他可以了结了。”这是父亲在人生终了时给我的一次顿悟。

我抱着父亲的遗体，跪在由面包车改成的工具车上送父亲上路，这是我第一次拥抱父亲。父亲的遗体好重，好像是留给我未竟事业的重任。接连几个夜晚，我都驾着摩托车去市郊的殡仪馆看望父亲，我把车开得飞快，我急切地想见到父亲。偌大的殡仪馆好静，我努力寻觅父亲的亡灵，我把滚烫的手放在父亲冰冷的前额，呼唤着父亲，我相信我有能力唤回父亲，因为这里有您的事业，有与您相依为命的儿子。然而我失望了，我看到了真正憔悴了的父亲。面对父亲，我想起在农村的迷失，想起一次次与父亲的离别。我似乎看到人生的答案。殡仪馆空无一人，在这生与死的碰撞中，生命显得无奈。我得出一个结论：死是要有代价的，就像生要有意义一样。我知道父亲留给我的是一场以生命为代价的实验，为祖国五千年文化填补自清代后至近代三百年指墨艺术濒于失传的历史断痕。几天以后，我亲手把父亲的遗体送进燃着熊熊烈焰的“炼狱”。

从那一刻起，我立志要继承父业，献身指墨事业。无论前途如何，命运如何，结局如何，都在所不惜，我要追寻父亲失落的梦。

自 1988 年开始，我一年一次策划组织全国性指画、指书展览。先后在庐山画院、新乡工人文化宫、北京中国画研究院、辽宁省博物馆、武汉美术馆、宜兴美术馆、新疆文物总店、汕头特区展览馆主持了 8 次全国性展览。中央电视台、《人民日报》、《人民日报·海外版》、《中华英才画报》、《文艺报》、《中国文化报》、《团结报》、中央人民广播电台等新闻单位做出过宣传报道，受到社会舆论的高度赞扬。几年来我从都市到乡村，从边陲到特区，行程几十万公里，为的是弘扬民族文化，发展指墨艺术。我的行为致使我体力严重透支，每次大展过后都会大病一场，我一次次游离于生死界，然而我没有后悔。

1990 年我荣获由国家副主席王震、中国残疾人联合会主席邓朴方签发的荣誉证书；1992 年获得第五届中国手指画作品展金牌奖，

1993年湖北慈善事业楚天行义演义捐组委会授予我“慈善先生”的称号；亚太残疾人十年楚天翰墨情书画作品义展义卖活动授予我“特别爱心书画家称号；1994年获“天山杯”指墨大展金杯奖；1995年出席湖北青年群英会并获“青年绝技人才”称号，当选为湖北知识分子联谊会第一届理事会理事。

我所创作的美术作品，入选中国名人书画展（韩国）、第二十九届现代美术展（日本）、江南名家新作展（新加坡）、全国第二届山水画展、中国山水画名家邀请展（中国）。编辑出版《中国手指画百家作品集》、《现代中国指墨作品大观》、《中国手指画第八届全国展作品集》。个人艺术小传录入《中国当代美术家人名录》、《中国现代书画名家墨宝选》、《中国美术年鉴》等。

作为艺术家，追求本质的自然流露是画家的灵魂，而拓展扩大指墨艺术的影响是要靠科学这个多媒体的。朋友们对我说：“你什么都自己干，如何能承受得起。”我对他们说：搞艺术是劳碌奔命，不是享清福，又想超前一些，不自己动手怎么能行。好在下放农村的那段岁月是我如今事业的基础，那段日子太丰富了，真是用金钱也不能买到啊！说是不幸，又是大幸，我们这一代知青的子女是祖国跨世纪的主力军，他们父辈的那段生活经历，那种意志与力量，作为遗传基因应是深深地扎根在他们的素质中的。如果说，我们那段蹉跎岁月是海浪的谷底，那么，他们如今就是涌向海浪的尖峰，活跃在他们意志与力量中的是我们的精血。

虞小风：1968年毕业于武汉抗大工校（现武汉市四十一中），同年去天门县小庙区截河公社第三十七小队插队。

“阿波罗”事件

蒋国廉

1969年初，我们下乡只几个月，中苏边境局势就紧张起来，并在珍宝岛动了真格的。消息传到知识青年中，革命青年的热血呼的一下燃烧起来。在文化大革命中，许多青年感叹自己生不逢时，什么大革命、抗日战争、解放战争，全没赶上趟，就连新中国成立后的抗美援朝也没沾上边，失去了多少投身革命、报效祖国的机会。现在好了，超级大国、霸权主义欺负到头上来了，这仗打起来不会小，我们这一腔腔热血可有机会抛洒了。大家都憋着一股劲，只等毛主席一声令下就奔赴前线。

那时在农村里，消息闭塞，别说电视机没见过，连收音机也是稀罕之物。平时很难见到报纸，偶尔到几公里路以外的公社可以见到的几张零散报纸，上面的新闻早已成为旧闻了。在这国难当头的时候，不能及时听到党中央、毛主席的声音，岂不要误大事，我岂不又要失去报效祖国的机会吗？于是在回汉探亲时我厚着脸皮向父母讨钱买了一部收音机。这样，我们知青小组每天都可以及时听到新闻了。

这部收音机为我们知青小组带来许多欢乐与激动，每天早上起床和放工回家的第一件事，便是打开收音机。听早上的《新闻和报纸摘要》与晚上的《各地人民广播电台联播》节目，是每日的必修课，关心的焦点当然就是边境上的事了。其余时间，尽管所有的文艺节目不是样板戏就是革命歌曲，但这在十分单调的农村生活中，仍给我们带来很大的乐趣。

中苏边境的战火终于没有像我们想象的那样扩大，知青的心也渐渐平静了许多，但每日从繁重的田间劳作回来，听收音机仍是我们最主要的业余生活。

收音机给我们带来了欢乐，也带来了麻烦，这便是在夜深人静的时候，在万籁俱寂的江汉大平原的夜空下，这台普通的中波收音机无意中能收到“美国之音”的广播。本来，当时革命青年的立场是非常坚定的，在“派性斗争”中，对于对立面的各种宣传都保持警惕，不会轻易相信，何况是面对美帝国主义的反革命宣传，更是抱着极端的抵制态度。加之当时的政治气氛是不允许收听“敌台”的，所以一般偶尔调到它时听都不听就拨过去了。然而有一次偶然拨到时，我们被它的一则节目吸引住了：美国宇航员将乘“阿波罗”号宇宙飞船首次实现在月球表面登陆！无论革命青年对美帝国主义如何痛恨，美国科学家的这一壮举却不能不使我们感到震惊与激动，美国宇航员是用人类的脚第一次踏上地球以外的星球表面，我们感到这个成功与我们不无关系，因为我们同属人类！被这种情绪左右，我们全大队知青十余人在登月的那一天相聚在一起收听“美国之音”美国宇航员的登月实况。这就是“阿波罗事件”，它给我和我的知青朋友带来了兴奋与激动，也带了麻烦与苦恼。

那是一年以后的春夏之交，全国又掀起了一场政治运动，我们大队中有两个知青涉嫌是某“反动组织”的成员，为了不使“阶级敌人”漏网，便将我们全大队的知青都收到“五不准学习班”中去了。学习班中重点是揭发批判那两个知青，其他人是跟着受教育。时隔不久，“阿波罗事件”被人捅了出来，一经上纲上线，立即被扣上“集体收听敌台”的帽子，这在当时是一个不小的政治问题，它对我和我的知青朋友们都产生了很大的影响。

首先是学习班期间正在大招工，等学习班办完了，招工也基本结束了，后来虽然还有少量招工的机会，但我们都背上了黑锅，也没有单位要了。这样，我们就失去了回城的可能。好在当初我们下乡时喊的是“扎根农村一辈子”的口号，于是只好硬着头皮作着在农村干一辈子的准备。

其次是几个知青“个人问题”受到影响，我就是其中之一。我的女朋友是原来高中的同学，同窗3年，双方都有些好感，只是因为当时的环境，一直都没有挑明。“文革”一来，“革命”给她和我分别涂上了红色与黑色，这在当时无异于一条鸿沟。有了这道鸿沟，别说交朋友，就是作为普通同学相互之间都避而远之。然而我与她之间的友谊经过这种冲击后反而得到升华，下乡时她放弃了与家人团聚的机会与我一起到了农村。在极“左”思潮占统治地位的年代，做出这种选择，是需要勇气和代价的，我和她（特别是她）要面临社会和家庭的双重压力，我怎样才能减轻这种压力呢？我只能表示自己在社会上尽量谨慎，不能犯任何政治错误，以感谢她的知遇之恩。然而有了这个“阿波罗”问题，无论她怎么看，我自己都不能再维系这种关系了，因为那层“黑色”还可以说是出身不由己，而今是自己身上有了“污点”，我不愿因我的“错误”再给她增加压力。于是学习班一结束，我便与她中止了朋友关系。我不想也无法用更多的语言来表达分手时的心情，但我相信，只要是知青就会理解这件事的分量。

所幸的是，过了一两年，有关方面重新审理了此事，否定了学习班的全部结论。我们大队的知青都恢复了名誉，“阿波罗事件”也不作任何政治问题处理。当历史的本来面目恢复了，我们大队的知青纷纷入党、入团、提干、被推荐上大学、被选为县里的先进，各自为社会、为国家发出了应有的光和热，只是，我与她的朋友关系永远也无法恢复了。

“阿波罗事件”后，我对生活有了新的认识。

第一是深切认识到搞极“左”一套的荒谬与危害。我们带了收音机下乡，为的是要及时听到党中央、毛主席的声音，绝大部分时间也都是在听“老三台”（中央、湖北、武汉）的广播，无意中听了一下所谓“敌台”（仅是科技新闻）就被极“左”分子上纲上线，成了“美帝国主义”的追随者，他们也太抬举“美国之音”的宣传效果，太贬低党中央的宣传效果和革命青年的觉悟了。按他们的结论来推断，革命的宣传不敌反革命的宣传，这岂不荒谬！同时随便一顶“帽子”便把革命青年划到革命的对立面去了，这岂不是在危害革命！

其二是我更进一步地感受到人与人之间这种“斗争”的可悲。

那是一天晚上，搞了一天的大揭发批判，搞得我心烦意乱，夜不能寐。半夜，我披衣起床来到农家后院透透气。那一夜月朗星稀，月光透过树枝如水银泻地散落在地上，我漫步在树下，地上斑驳的树影把我的目光引向无垠的夜空。哦，好一轮明月，又大又亮，如今是实实在在地有了人类的足迹了呢！我的目光又移向了更远的星空。哦，星空，多么辽阔，多么深邃！我的心在这一刻忽然被宇宙的博大震撼了。人，被称为万物之灵，可是他在地球上只能算是沧海一粟；太阳，地球的母亲，“万物生长靠太阳”，可是其在银河系中也只能算是沧海一粟；银河，无数个太阳的温床，可是它在宇宙中也只能算是沧海一粟！如此看来，人生，在宇宙这个参照物下，是比白驹过隙更短暂的一瞬间啊！在如此短暂的人生中，人们还要花那么多的精力、时间去搞人事斗争，这不是太可悲了吗？这不是太不值得了吗？夜空中，我的心一下子豁然开朗了，做人便要坦坦荡荡，便要与人为善，便要把短暂的人生用在最有价值的事业上，而这种同类相残的人事纷争，当是人生中最可悲、最无意义的事情。也就在这一夜，我定下自己的人生原则：永远不做毫无价值的人事斗争。

“阿波罗事件”一晃已经过去20多年了，这20多年中，我遵循自己的人生原则，与天斗，与地斗，与事斗，但从不与人斗，我相信这样一道命题：人类最大的不幸就是同类相残！

蒋国廉：男，1966年毕业于武汉市十四中，同年去天门县插队。

反　　刍

徐世立

20 年前的那个夏天，是个少见的苦夏。

正是犁耙水响割谷插秧的“双抢”季节。那天，在汉阳县黄陵公社张王庙村某个正午，连枷打场的声音与知了声嘶力竭的叫声和鸣。太阳热痴了，当空凝固着。

中午一点到两点，是学生到校午睡的时间。我走进教室，第一组前排靠墙的座位照例空着。罗珍珍又没来。她是四年级最用功的学生，可是近来成绩降得厉害，也不来校午睡，总是上了课才蔫头耷脑地慌张着跑来。我寻思这些天她是不是有了一个好玩的去处，不然，为什么每次来校连头发根也是水呢？我得说说她。

第一节课上到一半，外面走道上传来脚后跟击打泥地的咚咚声。经验告诉我，这是一双小孩的赤脚。

“报告。”一个怯怯的声音，她来了。跟昨天一样，脸晒得通红，湿头发贴在两边脸上，不同的是今天打了一双赤脚，脚被尘土汗水糊成一团酱。她双手拢着背后的大书包，低头站在教室门口，不时地偷眼看我。

“为什么迟到？”我怒气攻心。她不吭声不抬头。“干什么去了？”这吼声如旱天雷，可怜的小身子猛地一哆嗦，却是仍不开口。

你就闭口吧，我不怕较量，我还得上课。

约摸5分钟，我发现学生们开始走神，小眼睛都溜向了门外。这时的太阳正烈光怒射，罗珍珍直直地站在太阳里，汗珠大颗大颗滴到地上，迅即被干焦的泥地吸收，被炉火一般的高温蒸发。她赤着的双脚站在发烫的地上，如同站在一块渐渐烧红的铁板上，双脚不停地轮换重心，并用脚后跟和脚拇指将脚背拱起，吃力地撑起身体的重量，以使脚的其他柔软部位免受烫灼之苦。

我只得把她放进了教室。

离下课10分钟，我开始提问。脑子一转，我看也不看叫了一声“罗珍珍”。无人应声，扭头去看，她趴在桌上睡着了，小呼噜旁若无人打得有滋有味，口水顺半边脸淌到了课桌上！被蔑视的侮辱感刺激我重重走过去，朝课桌猛击一掌：“罗珍珍！”

罗珍珍吓了一跳，两眼圆睁，口水放任自流。她腾地站起，用袖口揩去口水，又把头低下去。我命她回答圆锥形体积的计算公式，她不睬。“你回答！”我用手抬起她的下巴。她憋红了脸紧闭着眼顽强地对抗。

课堂一时很静。突然有人扑哧一笑，学生们跟着哄哄乱笑起来。笑什么？笑我还是笑她？我松开手继续逼问，唾沫横飞，一切终是徒劳。她眼光死死抠住桌面，嘴角紧咬一缕从头上坠下的湿头发。我是无能复无奈了，屈起痉挛的五指，朝她的额头狠狠敲去……

她没有动，不叫，也不哭，嘴巴只蠕动了一下。好一会儿，她的眼圈含着泪水，尽管拼命压抑着，还是轻轻地漫了出来。

放学时，我发现她的额头隆起一砣青紫。我想那一圈泛红的周边，定是烫手的温度。她两手护住身后鼓鼓囊囊的大书包，直到同学走尽，才最后一个侧身从我背后斜过去，一出校门便飞也似的逃窜。

暮色凝重了，被太阳烤了一天的土地还在散发蒸人的热气，黄绿相间的水田里，人们插上了最后一蔸秧，正悠悠归来。

蚊虫隔着长裤叮我，我坐不住，打着蒲扇沿学校背后靠门的小径徐行。几颗小星星钻出来了，刚才还依稀可见的袅袅炊烟，已被夜霭吞没。

行至一片坡草茂密的山坳，忽闻婴儿的啼哭和有节奏的嚓嚓声，响得寂寥。我走过去，是个砍柴的小人影，背上用布带缠着一个光脑袋的孩子。柴刀的星光一点一点闪着光亮。“啊啊，啊啊，啊——”小人影一边耸动脊背，一边哼哼啊啊，无词的哄逗声细弱绵长，单调重复。许是没人教过她儿谣，她反复的单调声里才透着无词的无奈和焦虑。这声音耳熟，近前细看，是罗珍珍。约周岁的光头孩子不哭了，张嘴看着突然冒出来的我。罗珍珍先一愣，随后叫一声徐老师。

我无语。过了很久，才说了“你在砍柴”这句索然无味的话。流萤从头顶飞过，蚊虫嗡嗡的声音分外吵人。黑暗中，两个安静的小人儿引发我心的呻吟。脚下的四周是一蓬蓬伏地的山柴，和中午一样，罗珍珍嘴角还是咬着那缕湿头发。“天这么黑了，该回家了。”我说。“家里做饭没柴。”她将一缕头发用食指勾到耳后。“你做饭?”“嗯。”“你妈呢?”“死了，生弟弟的时候。”……

我终于明白了。我想到了中午。什么也不要问了。

还是她自己告诉了我，每天中午上学，她要沿路扯满一书包猪草，不然晚上猪仔没食。我想起了她身后那个鼓鼓囊囊的大书包，想到太阳下那双烫得弯曲的小脚，想起她额头上那片青紫……在这浓浓夜色里，我得以隐匿我脸上的内容而不致让她发觉。我的过错已经无法挽回，我想伸手去抚摸她的额头，又怕碰疼了那块地方。“这儿，还疼吗？”我抬抬手，声音的抖动却藏匿不了。“不疼。”她说。我看清了她淡淡的一笑，笑得我心痛。

我想我该做什么了。我丢了扇子，将一把把柴草收拢打捆。她一声不响地看我干，我想她是太需要帮助了。

我将两捆柴草一直背到了她家灶膛口。

她以后再没上学，她只念了 4 年书，她才 10 岁，就像一位母亲，就顶替她的母亲，担当起母亲的责任。我曾担心她会长不大，曾感叹过这个幼小生命的坚韧。弟弟稍大后，她背上的布带换成了背篓。她终于和弟弟在泥里水里摸爬摔跌着一起长大了。

今天我写这篇文章，已不仅仅是当年知青的情愫。虽知她肯定看不到这篇忆念她的文字，但我多么希望她能在冥冥中感知我对她今天生活的祝福。我还想让她知道，她和我之间发生的那段往事，一直是我苦涩的反刍，它伴随我以后 20 多年的坎坷人生，总是予我生存的力量。

徐世立：男，1968 年毕业于武汉市三中，同年去汉阳县黄陵公社插队。

揭开尘封的记忆

龚文心

蓦然间，已被幼儿喊作“奶奶”，在自学考试的考场上被工作人员当作考生家长，给女儿讲“想当年”，就像讲着隔世的传说，虽然才40多岁，脸上的皱纹里分明已打上了遥远荒蛮的印记，丝丝白发里赫然涂满了不可思议的苍凉。我们这一代人的特殊经历，使我们提前进入了回忆过去的年龄。时隔不算久的过去，对几经巨变的现在来说，像上个世纪一样遥远。把一些尘封的记忆拣出来，细细擦拭，可窥出我们有过的挣扎、无奈，让后来人少受一些无知、愚昧的戕害。

我不曾像一般知青那样下放到乡里，而是在山西太原这个可以不下放直接进工厂的大背景下，被当作无处收容的坏家庭出身的子女，被屈辱地打发到一个无人愿去的果树场制砖窑当临时工。比同类的处境差，在“异类”中也属最底层的。人工制砖的劳苦落后，失群独处的孤独惊恐，周围环境的荒凉野蛮，至今想起仍不寒而栗。

太原果树场地处北郊区的山梁上，是个穷急了眼的地方，名曰果树场，实则几座荒草山，果工也就是本场的“盗”工，场里有什么，就拿什么，家里缺什么，就偷什么，说是“工人不偷五谷不收”。出工就是优哉游哉地晒太阳，烧砖盖房的事得再找人干。我被拒绝招为正式工后，很“幸运”地加入到没有任何福利的临时工队伍中去。

我们干的活儿是在一个山坳里制砖坯、装窑烧砖，再用这些砖盖房子。

制坯最累的活儿要数给砖机送土了，大量的土要从山坡上挖下来，除掉上面一层带杂草的腐殖质和中间的红黏土，还要把土里的石块，敲不开的死疙瘩拣出来。3 辆小车不停地运土，刚刚能满足砖机的吞食胃口。一开工，你手中的锹就休想停一分钟。

我那时 20 出头，身强力壮，责任心又强，捡了树根拈石子，满锹大铲地装车，等我想喘一下气时，眼前又停着一辆空车等着你去填饱。不会偷懒的我只有用双手用腰身去和机器竞赛，干到最后腰都直不起来了。这时我最羡慕的是推车人，他们可在未倒土时、等装车时、机器出故障时站一下，停一停；其次是码砖坯的，如果手脚快，也可换来一刻缓冲。而挖土的则永远不可停息，因没车时你就得备土。

熬到装窑了，虽然换了活儿，但紧张程度有增无减，窑里师傅把一批批的砖坯密密地码成人字形，他们手脚飞快，很快就摆好一层，我们在外面的人就要手忙脚乱地把砖坯递送进去，一次要抱七八块，有十几斤重，得往返不停地穿梭着。

这时用到了一头骡子，把场上的砖坯拉到窑口。那匹骡子很温顺的脸，眼光呆滞而柔和，非常本分听话，我很喜欢它。终于派了一次牵骡子的差，这无疑是种享受。

车装好了，人要轻轻拍一下骡子的背，它就开步走，负荷太重，启动时是要攒满劲儿的，它全身发紧，头低下来，猛地往前一挣，车子一颤，开始向前滚动。到窑口要上一个坡，骡子拼命前倾着，4 条腿迅速地替换，踏出深深的坑洼，绳子勒进了肉里。几趟下来，它的皮毛都湿了，鼻翼大开着喘气，只是目光中无一丝愠意，行动无半分怠慢。那时人尚未受怜惜，更何况牲畜。

牵送它上下"班"的路上，我站到一个高台，跃上骡背，骑上一段路，它对我的调皮心领神会，只要我用腿一夹它的圆肚子，它就一溜小跑起来。它给我艰辛劳作添加了抚慰。

点火烧砖时，我又顶上下一个烧砖工。师傅是请来看火候的，只动嘴不动手。窑火要烧七天七夜才能烧好。这期间的火力分布、火势温差是烧砖成败的关键，掌握不了火候将前功尽弃。师傅一反平时的嬉笑，变得满脸庄重，让我去烧窑，对妇女不出家门的山西人来说，这是万不得已，也是破天荒的。

我们分两班，每班 3 个人，16 点到 4 点干 12 小时。我是夜班，很庆幸能有几个白天的松动，因为我们几乎没有节假日。

烧火是个经验活，也是个无底洞，师傅从不说其中道道，我完全没有主张，只是机械地按他手指的方向填煤粉。"里边"，"远一点儿"，我挥一把簸箕样的平底锹，使出全身力气按师傅要求拼命向远处投去，并尽量撒开，10 铲，20 铲，当我精疲力竭问师傅时，他看都不看有半个篮球场大的炉膛："再往两边填。"见我实在扔不动了，就操过锹，噌噌地铲起来，他填煤像旋风，数不清有多少下，可他总不知足，好像往自家运财物一样。后半夜最难熬，暖暖的坑道里让你舒服得睁不开眼。似醒非醒地往里扔煤，总想扔远些，恨不得把自己也投进去。可事与愿违，煤还是只在近处积成了一团。师傅肯定吃了不少亏，他不放心我的力气和技术，总在帮我补漏。两天下来，我的胳膊抡得又红又肿。可炉火不会同情自己，除了咬牙，别无他法。

离工地 4 里路有个热电厂，两个粗粗的水塔像两个巨人，远远就能望到，塔的外圈是循环使用的蒸馏水道。那儿地处郊野，独身去游泳是很危险的，但洗澡的诱惑却不可抗拒。

一收工就换好游泳衣直奔水塔，一头栽下水去，真像躺在一张柔而滑的绸垫上。水又净又暖，浑身的疲劳、臭汗、污浊都冲走了。可惜随时要留心左右眼前，别撞上钢筋，也别吸进管里，水道仅 2 米宽，却有几十米长，游到端点就要打转。我给自己规定只游三个来回。上来后，湿漉漉地套上工作衣，急匆匆地翻山梁返回，此时虽然饥肠辘辘，却像受用过丰盛的晚宴一样，心满意足。

果树场百把号人，散住在相距十几里的几个山梁上，平时很难见到人影，文化设施少得可怜，书籍纸张都是稀罕之物。场部有个老高中生，被捧为很了不起的秀才。他常看果树栽培方面的书，于是设法和他搭讪，扯些果树方面的话题，好有借书的理由。他却对我不屑一顾："哪儿还有果树，都死了，活着的也从不结果，你没看人们整天在锄草种庄稼吗?"也许我不是正式工没资格说树，也许是他心情不好，总之一涉及树或书，他脸色就很难看，使我不敢再作奢想。倒是提到念书的事，他很津津乐道。1962 年他高中毕业，虽没考上大学，但书是念得挺好的，学过的课文笔记至今都完好无缺地珍藏着……乘着他的兴头，我猝不及防地问："郭师傅，您的课本都在哪儿?""在家里呀。”“那借给我看看吧。”“这……我家在清徐县，几个月才能回一次。”“没关系，你什么时候带来都行。”见他松了口，我连忙热切地要求着。后来他果然带给我一本高中代数，后来又换给我化学，再后是物理。书的纸张很差，又黑又厚，但他保存得平整如新。他家距太原200里路，都骑车子来去，他每次只带一本，不肯多拿。

我们十几个临时工，女多男少，最老的60多岁，小的15岁，都是为了生存而来卖力的。板鱼是30多岁的妇女，又高又壮，五官也很厚实，嘴巴尤其突出，像非洲人。不知道她的原名，却觉得这叫法很适合她的形象，像门板那样宽大结实，像大鱼那么笨重。据说她是从远处的大山里嫁过来的，家里很穷，除了土豆，什么都没有。我一直纳闷，农村人怎么会有城市户口？她吃饭很快，每次早上吃完了自己的一份，就拿眼睛在别人的食物上扫来扫去，直到有人留心到这一点，佯说自己吃不完，匀一块窝头给她为止。我很看不起她的穷酸相，说：“板鱼，你真能吃。”她认真地说：“我从来没吃饱过。”“你要吃多少才算饱?”“我不知道。”“你能吃下二斤窝头吗?”“吃完了可能还不饱。”二斤窝头可是我两天的口粮呀，不够吃一顿?“那我们打赌，我给你买十个窝头，你若吃不完，就得赔我二斤饭票。”我知道她视财如命，即使吃得翻白眼，也不会吃不完，想治治她。当天中午我狠心破费买了十个窝头，饶有兴趣地看着她吃，哪想她像平常吃饭那样，三两口一个，没什么感觉地把面前一堆足够5个人吃一顿的干粮不借助水和菜都吞下肚去。吃罢，她静静地对我说：“你要再给我买，我还能吃。”是穷困造就了她的胃口，还是她的消化系统有特殊的结构?

还有一个30多岁的妇女，瘦长脸，两颊深凹，眼球突出，短发，很像影片《列宁在1918》中刺杀列宁的女枪手，因而得个“特务”绰号。她自恃出身好，在师傅面前挤眉弄眼，干活常偷懒，完全是个多余的人，可钱跟我们一样拿，也没人说什么，好像那是应该的。一次我去避人的地方解手，见她正坐那儿和人聊天，她对我说：“别走，歇会儿。”我才意识到，怎么总不见她的人影儿，原来如此。我当时干活是很虔诚的，有一种负罪感，想脱胎换骨，可我始终想不通，凭什么人与人的命运如此不同？

人是一种奇怪的动物，既苦不堪言，又乐在其中；既抱怨命运，又珍视这份财富，感激它的馈赠；对罪恶既恨之入骨，又因它而得了炫耀的资本……20多年过去了，那个砖场，给我的印象那样深刻，那样可触可感，我品够了最底层的滋味，现在受屈再深也能平静看待，因为我已经承受过太多的不合理。只是我不认输，所以至今仍不肯松下劲来，想拼命补偿过去的缺憾……

龚文心：女，1966年太原五中初中毕业，1968年去太原市果树场插队。

不能愧对乡亲们

杨马林

只有你的心被农民的言行所震撼时，才算真正地理解了农民；只有你时刻牢记农民的苦痛和奉献，才能正确地把握为人为官的基准。

这就是知青生活留给我最可贵的底蕴。

混钱不知耻·瞎子不示弱·分娩在田头

鲁迅先生恨阿Q，哀其不幸，怒其不争。

我恨阿混，哀其无能，怒其缺德。

去年盛夏的一天，阿混一闯进我的办公室便大声叫嚷，手指几乎戳着我的脸："你不把奖金发给我，我天天到你家吃饭！"

我压住心头火，平静地说："我已经给你解释了两次，你一个月干的工作累计不到60个工时，其余时间要么签了到就溜号，要么躲在工作间里打牌下棋，这奖金怎么能给你?”

“好！我这不好那不好!”阿混怒气冲冲地打开一张报纸，盖住我的办公桌，“那我就在这里看一天报，好好提高提高思想!”

“你太不像话了!”我的血直往脑上冲，嗓音顿时提高了8度，“奖金不是天上下的雨，不管是累死的和尚还是玩死的尼姑，见人都有一份！农民累断筋骨，一天也赚不到两三块钱，像你这样，凭什么拿了工资还想拿奖金?”

阿混继续大吵大闹，要不是几个人把他强行拉走，还不知他闹到什么时候。

局里像这类阿混还有几个。我常想：这么优越的工作环境，阿混们为何不愿好好干？当初我们在农村插队那么苦，为何没有一人当阿混?

一提起农村，我就想起我插队的那个乡，特别是那个令人揪心的家庭。

这家主人叫李明炎，当时35岁。他是盲人，妻是盲人，母亲也是盲人，只有不满两岁的儿子有一双明亮的眼睛，可这双眼睛当时对这个家庭不起任何作用，还不如他家那条狗的眼睛管用。进了他的草屋，就像进了原始人的洞穴，既暗又潮，既乱又脏，而且有股难闻的异味。屋里没一件像样的家什，他全家出门从不锁门。

我们队里人都很仁义，把他家列为重点五保户，岁岁给予特别照顾，允许李明炎夫妇不出工，仍按乙等劳力记工分。可这对盲人夫妇不愿坐享其成，坚持和大家一样出工。

李明炎给我印象最深的，是他险些丧命时的情景。

那一天，我和壮劳力一起挑秧把子，没想到李明炎也来干这重活。虽然队里的路他已摸熟，但有时也会走错路，或掉进田里塘边，或摔到沟中坡下。大家劝他去干别的，他笑了笑，还是摸索着下了田。

一担湿淋淋的秧把子少说有150斤，李明炎既矮又瘦且驼，该凸出的肌肉部位全都干瘪瘪的，不该突出的肋骨、脊椎骨却赫然地显现着，可当洗衣板用。他挑得很吃力，躬腰驼背，龇牙咧嘴，青筋突暴，一副干瘦的麻脸完全变了形，模样既吓人也可怜。

我担心地问："明炎哥，挑不动就放下来。"

他喘着粗气，笑着说："没关系，女人，不怕汉子压；男人，不怕担子压！"

我不好意思地摇摇头，虽然他的话不雅，但倒透着一股英雄气。

他挑着担子一边走，一边用竹竿探路，虽说颤颤悠悠，东倒西歪，但大都能送到目的地。挑空担时，若路好走，他的嘴就闲不住，爱唱一些乡歌土调，而且很邪乎，大都是公公背媳妇、小叔子摸嫂子之类的词，唱得怪腔怪调，逗得满田男女老少哈哈大笑。

十几担挑下来，我觉得肩、背和腰部的肌肉抽筋般的僵痛，眼睛被渗入的汗水浸得有点痛。我真想坐下来歇一会儿，但一见李明炎仍躬腰驼背地挑着，我只好咬牙忍着。

上午10点左右，我们转移到高坡地去送秧把子。李明炎挑着满满一担秧走至高坡地田埂一半时，遇到一条两尺宽的沟，他用竹竿探索了几下，然后奋力跨越。跨是跨过去了，但一脚踏在稀泥上，哗啦一下连人带担子摔倒在两米以下的一块水田中。偏巧队长正赶着一条水牛在这块地里整田，李明炎正落在水牛的面前，吧嗒一声，把正前进的水牛吓了一跳，眼看它伸出的前脚就要踩着李明炎的腰，通灵性的水牛猛地朝右侧一跃，待它前脚落地时，几乎是擦着李明炎的头深深地踩入泥水中。

队长赶紧喝住水牛，并迅速把湿漉漉的李明炎拉了起来，心痛地大骂："瞎狗日的，挑你妈的么子秧，还不快给老子滚回去休息！"

李明炎抹了抹脸上的泥水，也笑着反唇相讥："我是瞎狗日的，你爹是我爹堂兄弟，那你爹就是瞎狗日的兄弟！"

事后我问李明炎："队里叫你休息，照样给你记工分，你为什么偏不休息？"

"不瞒你说，癞头怕人说疮疤，瞎子怕人劝点灯，我就怕别人笑我是废物。"李明炎说得很认真，但脸色有些尴尬，"虽然我瞎眯瞎眼，样样做得不如人，但是毛主席说得好，一个人的能力有大小，但只要尽了力，就是一个有用的人。"

虽然毛主席的这条语录他没说准确，所说的道理也很浅显，但我却颇为感动，这位残疾人拼命想做一个对社会有用的人，那么，我们这些健全的人又当如何？

像李明炎这类事，在我们队里还有很多，李明炎的老婆便是其中一个。

她当年 38 岁，我们喊她李大妈。她膝下已有 4 女，为求 1 子，肚子又高耸起来。孕至 8 个月时，肚子大得快要崩破衣服。当时正值割麦子时期，队长为照顾她，让她去放牛，每天和其他妇女一样，记乙等工分。但李大妈不领这份情，每天仍顶着烈日去割麦子。她在田里扯着嗓子说："猪子还晓得吃一桶食就长一斤肉，我还是个人哩，哪能白占队里的工分？搞照顾我不要，省得人家背后指着鸭娃骂鸡娃！我要挣一个工分咧，就甩一些汗，这样得了心里才安逸！"我当时弄不清她这是自我表白，还是含沙射影、旁敲侧击，不管怎么看，她确实在用汗水换工分。

一天下午3点左右，我们正在田里挥汗割麦子，忽听李大妈在麦地里喊起来："哎哟哟，我的妈也！哎哟哟，伢儿要生了！"我们寻声望去，只见李大妈已四仰八叉地倒在田里，两手不住地抓肚子上的衣服。割麦的妇女们哗啦一下围上去，有的喊快些抬回去，有的叫快些喊她男人来，大家乱成一团。还没等她们统一意见，一声响亮的婴儿啼哭声便从人群中传了出来，随即又传出一片惊喜："快点，快去告诉她当家的，生了个带茶壶的！"啊，真是苍天有眼，李大妈心想事成，终于生了一个儿子。

李明炎、李大妈不会"之乎者也"，也不会辩证推理，从未奢想过要给我们知青上什么再教育课，也从未奢想这批城里学生会把这些生活片断牢牢地刻在脑中，并能从他们的言行中领悟到什么珍贵的启示。可是，我无论走到哪里，无论干什么事业，总觉得不勤奋工作，就对不起辛勤为我们生产粮食的农民们，特别是李明炎这类残疾农民。

在深究阿混们的内因时，我无意中发现他们都没有下过农村，没受过李明炎、李大妈这类人的再教育。我不知这种被发现的现象是一种偶然的巧合，还是有一种必然的内在联系？

一餐吃掉700元·一年挣不到700元

1985年初夏，我的一篇论文被北京某大学评为优秀论文，并应邀上黄山开研讨会。这是我首次到外地参加较高规格的会。会议尚未开始，第一餐晚宴便吃得我欲愤难言，感慨万千。

宴席在黄山市一家野味餐厅一楼举行。市长亲自为会议代表接风洗尘，共办了20多桌。山珍海味多得我记不清，稀奇得大都不认识，不知如何下筷子。仰慕已久的茅台、五粮液等名酒，摆了好几箱，任人开怀畅饮。市长矮小单薄，但酒量却惊人，一桌敬一杯，桌桌不漏，少说喝了一斤多。虽然满脸通红，却毫无醉意，博得满堂喝彩："有气魄！有海量！德才兼备，不愧是一市之长！哈哈哈！"

我不胜酒力，耳根子又软，经不住同桌人东拉西劝，几杯下肚，头便晕晕然。酒意正酣时，我突然看见玻璃橱窗外紧贴着五对亮晶晶的儿童眼睛，在彩色霓虹灯的照射下，闪烁着惊奇和馋兮兮的眼神。我揉眼细看，这5个小家伙全是男孩，大都八九岁，从破旧的衣服和土气的发型上判断，他们肯定是农家子弟。我的心一沉，不由得想起插队时在农民家宴上看到的那一对对儿童眼睛。

那年初夏的晚上，我们知青点隔壁的李顺卿家的小儿子过周岁，请我们去吃酒。这个把月我们在外拉板车拖石头，餐餐在外吃自带的饭团，用黄瓜蘸盐当菜吃。忽闻去喝酒，自然兴高采烈。我当时身无分文，无礼可送自觉有愧，便许愿明天帮李顺卿挖一天药材去卖，卖的钱全归他。

李家办了两桌菜，每桌8碗。两碗肉，其余全是素菜。每张桌子上放了一个大陶罐，里面装着自制的米酒。李家的两个女儿，一个4岁，一个6岁，站在桌边直愣愣地盯着桌上的肉。她俩很瘦小，衣服既破又脏，但五官搭配得很出色。特别是眼睛，都不大，但却秀灵灵的。此刻，这两对秀眼全都露出馋兮兮的神色，恨不得用眼睛把桌上的肉都吃进去，小嘴巴不时地咂动，喉管里不住地吞口水。李顺卿一边招呼大家入席，一边用力拽开两个女儿："死丫头，站到外边去！"

她俩趔趄了几步，噘着嘴离开了堂屋。

我好久没吃肉了，第一筷子自然是先夹肉。把肉夹起我才看清，肉碗里只是盖了一层薄薄的肉片，下面全是腌菜。这肉我吃了一口便要吐，既涩又有一点臭，它在灶头上熏得太久，已经变了质。听李顺卿说，这是春节前卖猪时买下的一刀肉，一直没舍得吃。肉无法入口，多吃些油厚的素菜，多喝些酒，也算是打了牙祭。我边吃边想，若天天有这样的生活，我也就三生有幸，别无所求了。

我吃得正有味，忽见门框边探出两个小脑袋，两对小眼睛一眨不眨地盯着我们，还是李顺卿的两个丫头。我实在看不下去，正想向她俩招手，李顺卿却把眼一瞪，大声呵斥："滚！好吃鬼，滚远些！"两个丫头扭头就跑，跑到猪圈门前怯生生地站着。我默然，心里如塞了块大石头。

酒足饭饱回到知青点不久，便听见李顺卿两口子争吵。女的嚷："我妈病得快死了，叫你去借点钱都不肯，你是人还是畜牲？"男的吼："背了一屁股债，我就是个神仙，别人也不肯借钱！"女的嗓门更大："蠢猪！你就不晓得到队里去借？"男的扇了女人一巴掌："队里要是有钱借，还用你这贱婆子说！"接着就是一阵摔盆子砸碗的声响。我心里发酸，真恨不得天快些亮，好去挖中药卖钱给他家用。

黄山酒宴从下午6点一直吃到7点半，桌上堆的佳肴已很少有人伸筷子，人人肚里的酒肉已胀到了喉咙口，但压台的名菜还在不停地上。市长那一桌依然热闹非凡，敬酒的人仍络绎不绝。市长频频举杯致歉："酒菜不好，诸位嘉宾多多海涵，会议结束那天再办得好一些！"我问服务员，这一桌酒菜多少钱？她说700块钱。我一惊，我们队里的一个农民撅着屁股累一年也挣不到700块，我们一餐就把它吃掉了！一种负罪感顿时袭上我心头。身旁一位青年干部见我惊诧，不以为然地摇摇头："这算什么，我还吃过1000多块一桌的呢！"我更吃惊地望着他，他白而胖，长得也标致，是一位奶油小生。我猜想，他绝不是农家子弟，从他年龄看，不可能当过知青，不然，他不会吃得如此心安理得。如果把他换成我们队里的李顺卿，这种宴席他肯定也会吃，不吃白不吃。但吃饱了，喝足了，他就会破口大骂，骂在座的比地主还要地主，比吸血鬼还要吸血鬼！要是毛主席还活着，肯定会发动群众把你们斗倒斗臭，还要踏上一只脚，叫你们永世不得翻身！

不等散席我便告辞了。出门时，那5个农家小孩还在玻璃窗前窥望。他们可能是看稀奇，看热闹，也可能是等着散席去分享残菜剩羹，或许还会带些回去孝敬父母。我不忍再看他们，也不忍深想下去，扭头匆匆离去。这一夜我没睡好，眼前不时地闪现餐厅门前的那5对亮晶晶的童睛，还有李顺卿家里的那两双秀灵灵的童睛。

近十年来，无论别人怎样灯红酒绿、损公肥私，但我永远记住那一对对童睛，尽量珍爱民脂民膏，虽不能治天下，但力求独善其身。

杨马林：1966年毕业于武汉市华师二附中，1968年去荆门县子陵区车宝公社白庙一队插队。

我经历过的

孟运莲

上山下乡运动开始的那一年，我刚满16岁。和大多数这个年龄的人一样，我不知天高地厚，渴望离开父母的呵护，到外面去干一番事业。因此，当毛主席号召"知识青年上山下乡"的指示一传达，我便瞒着父母，偷出户口本，兴高采烈地去报名下乡。

走的那一天，下着小雨。母亲哭肿了双眼，我却不以为然，心情一直很亢奋，迫不及待地想离开家。18年后，我去美国留学，临走时，母亲流泪，我也流泪。因为我已经深深地懂得了外面的世界很精彩，外面的世界更无奈。

大 仓 库

我插队落户的地方在汉阳，这里是经济作物区，农产品主要是棉花、小麦、玉米和黄豆。比起穷乡僻壤的边远地区，我们这儿是富裕之乡。我所在的小队一共有 23 名知识青年，分好几批到达，我和我的两个伙伴到得比较晚。我们 23 个人中，女多于男，全都住在一个大仓库里。

仓库远离村子，孤零零地立在一口水塘旁边，门前是一大块开阔平坦的晒场，一座简易厕所位于仓库后面。仓库里面一分为四：一间最大的作厨房，两间小的住女生，还有一间稍大的住男生。仓库里除了拥挤着我们 23 个知青外，还有成群的老鼠和我们做伴。

住在仓库里，夏天闷热，冬天很冷。但比较起来，冬天更不好过一些，刺骨的寒风从四面八方的砖缝中往里灌，躺在被子里冻得发抖。下雪就更惨了，雪花从房顶的瓦缝中飘落下来，给我们盖上一层雪被。

《三国演义》中说，天下大势，分久必合，合久必分。我们这个集体也一样，刚下乡时，大家在一个锅里吃饭。一段时间后，产生矛盾，于是分灶，做厨房的大房间里垒起一溜小灶。分开后又有诸多不便，于是又合在一起，然后又分开……但这分分合合的闹剧，也只是在仓库内上演，我们离不开大仓库——我们栖息之所。

回城后，我从住单身宿舍，到成家后住团结户，直到终于有了自己的单门独户。不论在什么样的居住环境中，只要想起大仓库，就不觉得还有什么值得我抱怨的。

走　路

我生在城市，长在城市，下乡前有关农村的一点点认识，仅仅来自书本和电影。来到农村，第一难题就是不会走乡下的路，因而摔了很多跟头。

离开武汉的那天，正下着蒙蒙细雨。乘船航行了6个多小时，到达插队落户的地方时，当天那儿虽没下雨，但前一天肯定下过雨，路泥泞难行。来接我们的老乡帮我扛着行李，我空着手跟在后面，深一脚浅一脚，一连摔了几个大跟头。半个小时的路程，我走了整整一个小时，扛行李的老乡不得不时时停下来等我。到达大仓库时，我已成了泥巴人。

我走不好雨天的泥泞路，更怕走独木桥和排水沟。纵横交错的排水沟一两米宽，一人多深，有的上面有独木桥，有的什么都没有。空手走独木桥还能保持平衡，一负重就失衡了。特别是挑担子过独木桥，十回有八回会摔进沟里。我们挑水必须要过一座独木桥，轮到我挑水时，连人带桶翻进沟里，浑身湿透，自己爬不上来，等着别人去拉。伙伴们说："把你拉上来比挑一担水还费劲。"

读书时，我不喜欢体育，更不会跳远，因此，过沟对我来说也很难。有时用力不够，掉进沟里，摔得鼻青脸肿；有时用力太过，扭伤脚脖子的事也发生过几次。由于当时没有及时好好治疗，直到现在，每当天气转凉或走多了路，当年扭伤的地方就会隐隐作痛。

晚上走路，黑灯瞎火，就往亮地方走，一走就走到水塘里去了。直到上调回城前，我仍然不太会走乡间的路。

在以后求学的道路和人生的道路上，曾有过许许多多的沟沟坎坎。上大学前，我曾3次落榜。每落榜一次，我就对自己说：只当又掉进沟里一回。我始终相信，从这边掉下去，总有从对面爬上来的可能，沟不就过了吗？每当我觉得束手无策时，我就对自己说：加一根木头试试，双木成林，路就好走了。

吃 饭

下乡的头半年，国家有供应粮，饭是能吃得饱的，只不过经常吃的是夹生糊饭。半年后，烧饭技术大大地提高了，粮食却不够吃了，饿肚子的事时有发生。于是，我们就将饥饿的眼睛盯住了地里的庄稼。

趁出工的机会，将还未完全成熟的玉米棒子摘下来，偷偷地带回家，蒸了或烧了吃，味道好极了。晚上没吃饱，饿得睡不着，男生带着书包和手电，去队里的蚕豆地摘豆子，女生则负责将摘回来的豆子煮熟，加一点盐，竟胜过山珍海味。

有一个知青从城里带去了一条小狗，叫小黑，我们看着它一天天长大。每天，我们出工收工，它跟着跑前跑后。男生们训练它打滚，跳高，给我们单调的知青生活增添了许多情趣，它是我们大家的宠物。当我们开始饿肚子的时候，没有多余的粮食来喂它了，就打起它的主意，有人提出要杀掉它。开始大多数人都不同意，随着我们体内脂肪一点点地被消耗，小黑也一天天地瘦下去，大家终于都同意杀掉它。小黑被杀掉了，它的肉被我们吃掉了。

现在的日子虽然谈不上锦衣玉食，但毕竟衣食不愁。我自己决不浪费粮食，也不能容忍我的女儿有剩饭，不能容忍我的学生将吃不完的馒头随手扔掉，我太知道饿肚子是什么滋味了。

干 活

下农村就得干活，这对我来说，对每个知青来说，也是一大难关。

先说薅草。看似容易，锄头小小的，把长长的，不用弯腰，好像不用费什么劲就能把草薅掉。自己动手做起来，才觉得不那么容易。明明对准的是野草，可薅掉的却是棉苗。由于姿势不对，用力不当，又没有很好地磨锄头，薅得慢，人也很累。收工回去，虽腰酸背痛，还得赶快抓紧时间磨锄头。锄头磨快了，薅草时就觉得轻快多了。再经过纠正姿势，我也能干得又快又好了。

转眼到了收获棉花的季节。每个人做一个布袋，挂在胸前，弯腰弓背，双手来回摘棉花。开始觉得挺好玩，渐渐地就不那么好玩了，腰背酸痛难忍，支撑不住，干脆跪下来，向前爬行。爬不了一会儿，裤子磨出了洞，膝盖磨破了皮，只好又起来。一季棉花摘完后，我每条裤子的膝盖处都有洞，膝盖上伤痕累累。

最怕挑担。除挑水外，我们还要挑粪，挑棉梗、挑堤……我个子小，又偏胖，挑东西很吃力。尤其是挑棉梗，要用冲担。冲担是一种两头尖、镶了铁的扁担，本身就很重。挑棉梗时，先将冲担的一头插进棉梗，放在肩上，翘起来，再将扁担的另一头插进另一捆棉梗，调整平衡后再挑着走。这几个步骤，我自己是没有力气做到的，需要别人帮忙将担子放在我肩上。一走几里路，是不能歇的，歇下来担子就上不了肩，无论如何只好咬紧牙关坚持到目的地。我有时想：我至今只有 1.56 米，和当初下农村时一样高，是否和 16 岁时负重过度有关呢?

1979 年考研究生的时候，由于时间紧迫，我给自己制订的复习计划就叫“挑棉梗”，每天规定复习的章节，不完成决不能休息。研究生是考上了，我的体重也从 100 斤左右降到了不足 90 斤。

人都有怀旧的心理。

近年来，我也时常回顾插队落户的日子，渐渐地竟不觉得苦了，反而觉得很有趣，因为，那毕竟是我一生中最美好的年华，在那里所经历的一切，使我终身受益匪浅。

孟运莲：女，武汉市四十四中68届初中毕业生，1969年元月去汉阳县邓南公社南庄五队插队。

辛酸与期待

——一个尚未返城老知青的自述

凌昌宝

我的故乡在汉阳县（现改为蔡甸区）索河镇李集村，父亲年轻时投笔从戎，曾任傅作义部下上校医官，随部参加了1949年的和平解放北平运动，理应按起义官兵对待，后来遣返回故土汉阳。母亲是北京书香门第的大家闺秀，毕业于北京女子师范学校，是位小学教员，她带着我和弟妹们回到索河乡下落户，务农为业。1953年，父亲将他和我的户口迁入武汉市硚口区，靠经营雪花膏、生发油等日用小化工商品为生。我随父居住在汉口，从南洋村小学毕业后，60年代初考入29中，初中毕业后因家庭生活困难而辍学。由于父亲头上戴着历史反革命的帽子，招工、参军、升学都没有我的份。为了养家糊口，我15岁顶着一副单薄的身子随住在汉正街永宁巷的表叔学习泥瓦匠手艺，常年日晒雨淋算不了什么，提着泥刀站在脚手架上抹泥砌墙，腰酸背疼且不说，常常是手指打磨得直流血，我也不叫苦，终于摔打成一个半瓢水的泥瓦匠了。凭手艺和吃苦，我完全可以进国营或集体的建筑单位，可是由于家庭出身不好，我屡屡被拒之门外，只好穿街走巷帮人打零工混碗饭吃。

平地一声惊雷，文化大革命开始了。在清理阶级队伍中，父亲主动交出摊贩证。1969 年夏季，在“我们也有两只手，不在城里吃闲饭”的“最新指示”号召下，我和父亲作为下放居民从硚口区利济街下放到老家索河镇李集村，和母亲、弟妹们重聚在一起。

刚回到乡下，几乎什么农活都不会干，但经过一轮春播夏收，我很快成了种庄稼的行家里手。对繁重的体力劳动虽然适应了，但我总有一种茫然失落感，这就是对文化知识的饥渴。在茅舍昏暗的油灯下，我贪婪地读着凡是能找到的书籍。文学、历史、农业技术知识，还包括家传的线装本的《论语》、《孟子》，思想游弋在知识的海洋里，我感受到一种难言的充实。

全家 8 口人，弟妹又小，靠工分吃饭，一到青黄不接时，就揭不开锅。乡亲们说：“你这伢，守着金饭碗讨饭吃，你有一手泥瓦匠手艺，何不去外面闯荡闯荡。”他们的话启发了我，1972 年“双抢”后，我约了同村一位也会泥工活的社员前往潜江，在“五七”油田和一些国营农场找活干。由于我的泥工手艺出师已多年，又善于动脑筋，泥工活计深受当地一些单位和广大农户的欢迎。常年在这一带乡镇揽活，人虽累，但浑身是劲，再不愁饥寒。但随着年岁的增长，父母又在为我考虑终身大事，但是家底薄，成分“高”，在当时的政治气候下，村上哪有一个姑娘愿嫁给我这个历史反革命的儿子？为此父母经常愁眉不展。我倒不在乎这些。1972 年我应约去潜江熊口镇附近的农湾镇小河村干泥活，那是东荆河畔一个秀丽的水乡，在那里我结识了一位叫孙玉珍的姑娘，与她一见钟情，那年她刚 20 岁，我比她大 7 岁。第一次见到她，我心里就掀起了波澜。我们认识不久，就开始偷偷地在村外柳树林里幽会，纯真的爱情警示我决不能欺骗她，我毫不隐瞒地将我的家庭出身、年龄和下放知青的身份向她摊了底牌，她二话不说，只说："其他我什么都不管，我只看中你这个人，你待人真诚，有手艺，有文化，将来一定有作为。"她的话像一道晨光，驱散了长期以来压抑在我心底的阴云，我意识到了自我的人生价值，有她的理解和爱，我顿时觉得：生活是多么美好！

她真诚的许诺给了我勇气，我开始小心翼翼地向她哥嫂摸底，谁知家里人早已将她许配给一个聂姓青年，此人鹰钩鼻，蜡黄的脸上一双无神的眼睛，玉珍根本就不爱他，处处躲着他，但他却常常像幽灵一样纠缠她，这就是她那张美丽的面孔常常露出郁郁不快神色的原因。一提到这家庭包办的婚姻，她就落泪，我的心也很沉重。

几天后，一场无情的大火燃着了村里的草堆垛，闻讯后，我奋不顾身地扑向火堆救火，获得乡亲们的好评，这更加深了她对我的爱。炽热的爱情，已容不得我们再迟疑了，我俩暗定终身，决定"铤而走险"。1972 年 10 月 12 日，那天月色朦胧，我早在两天前结清了我经手的账目，安排好干活的同行后期活路，然后在村头小木桥前等她，夕阳的最后一抹余晖也悄然褪色，村落里传来断续的鸡鸣与狗吠，江汉平原的夜是那么宁静。7 点多钟，一个健美的黑影朝我走来，是她！我一把握住她滚烫的手，望着她那双美丽的大眼睛，感激她战胜了犹豫和痛苦做出的勇敢的抉择。我们踏着月色，在阡陌纵横的水乡小路上匆匆前行，几乎是“马不停蹄”，一夜走了大约150华里，天亮赶到潜江县城，挤上第一班开往蔡甸的汽车。

当我将这个年轻美丽的姑娘带回索河李集村时，乡邻们奔走相告，交口称赞玉珍人品。人们像看稀奇似的挤破了我家的门槛，全家人像是沉浸在盛大节日里，从来没有这样欢乐过。第二天我将生产队长、会计、大队书记、大队长一起接来喝酒，征求他们的意见，他们有的说我做对了，有的说我做错了，让我写信回去妥善商量解决好此事。当即我给玉珍家写了一封言辞恳切的信，请求他们的原谅，并同意我们的结合。没过几天，玉珍的父亲在亲戚的陪同下找到我家，将我俩狠狠训斥一顿，然后撂下一句话：“聂家不要人，只要退当初订婚的钱。”我和玉珍喜出望外，庆幸当初与聂家的婚约成了一张废纸，玉珍获得“解放”，我尽快凑齐该退给聂家的钱，请老岳父带回。我立刻四处筹钱购置结婚的家具、服装、烟酒，乡亲们就等着喝我们的喜酒了。

谁知乐极生悲，岳父返回潜江后，被聂家告到当地政府，说是单方违反婚约，退的订婚款也一并没收，并给我所在的公社来函，说我拐骗人口，要受严惩。公社妇女主任勒令玉珍返回潜江，打结婚证来才能结婚。在骤然而至的打击前，我俩惊呆了。在万般无奈中，我只好送她回潜江。当天无车，我连夜将她送上汉江的小轮。我俩泪眼相对，望着轮船拖着长长的黑烟，驶离了码头！我的心碎了，命运为什么对我这样不公平？

时间过去了一个多月，她杳无音讯，我丧魂失魄，茶饭不思。一直到年关前，当初和我去干泥活的同行从潜江返乡，他告诉我，玉珍一回去就被当地公社关起来反省，但她坚持不悔过。关了一些日子，被放回来，在村里受监视，不准外出。她让同行捎信给我，让我尽快去解救她。

我又一次返回潜江，用一种神秘的手段将我这可怜可爱的伴侣又一次带回老家，在名不正言不顺的环境下，我们终于结合了。

成家后，我继续在外以泥瓦匠手艺谋生，去过不少地方，如荆门、襄樊、随州等，还参加了373三线工程建设，一直到长女凌红出世，我才结束“闯荡江湖”生涯，回到汉阳索河，在当地当掌墨师傅，生活才开始安定下来。当时随我们一同下放的知青已大批抽调回城，我这个回原籍的知青，因为已在当地成家，也就断了返城的念头。

又是平地一声惊雷，“四人帮”垮台了，1979年分田到户，实行承包责任制，农民开始真正成了土地的主人。父亲由于贫病交加，心情又不好，于1976年去世。1980年硚口区政府为他恢复名誉，落实了起义人员政策，这已是后话。在那以后的几年里，我的三个弟弟相继成家，全家人的生活一天天地好起来。1982年我抓住当时兴起的农房改建的机遇，带领弟兄们，筹集资金，艰苦创业办起了全镇第一家预制板厂，大批量生产预制板，供应全镇父老乡亲建房之用，深受乡邻们好评。我家很快就成了全乡第一个万元户。我劳动致富后不忘乡亲，捐款数千元修建村小校舍，还捐款修桥、修路，承担村中4个五保户的全年生活费，一直将他们送终入土。1984年我家被评为全县双文明户，我也被选为县劳动模范，当年还出席了全省农村专业户座谈会。这次会议汉阳县只有4名代表。

1985年，村里几家村办企业由于承包者经营不善均被拖垮，镇政府领导多次上门做工作，让我当村长。开始我没同意，因为村里家底太薄，又缺乏人才，不敢接手。但是在村民大会上，全村人一致投票选我当村长，面对全村老小的信任和渴求摆脱贫困的目光，我只好答应了。当村长后，我首先调整村办企业经营思路，将村办五金厂、采石厂、标牌厂、米加工厂承包到人，调动人的积极性，很快使这几家村办企业摆脱困境。我处事公平，农户家中大小事，如邻里不和、婆媳争吵、夫妻反目，总爱找我断个是非曲直。我心平气和管一管，劝一劝，耐心调解，使他们化干戈为玉帛，深受村民们的赞扬。我还花了上万元办起了全镇第一家“农友之家”文化室，购置了图书、乒乓球设备，订了几十种报刊，让农友们在工余来此学习文化知识。我在“农友之家”大门上贴了一副对联：“传授技艺，走物质文明之路；扶贫致富，开精神文明之花。”1986 年湖北人民广播电台和中央人民广播电台，对此还作了专题报道。

生活的路总难一帆风顺。正当我拼命苦干带领全村人奔致富路时，生活中又骤生一些波折。前几年，我的幺弟在抽水时为抢救别人而触电身亡，他是村办企业跑业务的好手，匆匆离我而去，我哭了一夜，接着又要去劝慰比我更悲痛的老母亲与幺弟的妻子。我这几年忙于办集体的事，将自家办的厂撇在一边，效益逐年下降，濒于倒闭。再加上常年的工作，与人难免有摩擦和矛盾，渐渐心灰意冷，在新一届村民大会选举时辞去村长一职，于 1991 年 3 月毅然重返武汉，把目光对准新落成的汉口火车站广场的滚滚商潮，决定在这里立足，开辟我新的生活天地。起先我在唐家墩开了一家饭馆，经营大众化饭菜，但这一带饭馆林立，效益不佳。我适时停业，筹款又办起一家地板砖厂，1993 年市内预制构件销售火热，我在朋友们的支持下又很快办起预制构件厂，仅一年时间我又成了富户。老伴玉珍 20 多年来与我患难与共、相濡以沫，共同营筑起这个在风雨中几经飘摇的家，3个孩子已长大成人，大女儿在红旗化工厂当会计，二女儿在广州一家中外合资企业任电脑操作员，儿子已上高中，连年被评为全县三好学生。

虽然至今我仍然还是一个没有返城的老知青，但前不久我在硚口区上山下乡办公室档案中找到了我当年下放的证明，派出所也给我出了证明，我想，要不了多久，我和全家人的户口将得到妥善安置。在全武汉市当年近50万知青中，我只是一个再普通不过的老知青，我们这一代人30多年经受了与人民共和国一样的风风雨雨，人到中年，感慨颇多，春节前我写了一首自慰的诗告诉我的儿女们：

几度风雨，几度飘零；几多为难，几多艰辛；问苍天，苍天不应；问大地，大地不灵。靠什么，不靠命运，全凭苦撑，酸甜苦辣全尝尽，深渊悬崖也逃生，才有这光景。看今朝，展红缨；招故旧，共经营；结新友，交真君，前路再难走，只能苦攀登。喜欢来日，征程好光明。

凌昌宝：男，1965年毕业于武汉市二十九中，1970年随父返回原籍汉阳县索河镇李集村落户务农。

第二辑：花非花

——69—71届知青的回忆

水是眼波横
山是眉峰聚
欲问行人去那边
眉眼盈盈处

——王观《卜算子》

招工前夜

董宏量

1971年深秋，正是大招工的时候，我却远离下放的安陆县，在偏远的鄂西北山区采石头。尽管招工的消息不断传来，我们一些知青却毫无办法，因为，我们当时的身份是“民兵”，正为“三线铁路”开采道基石，是不能也不敢临阵脱逃的。而且，我们下放的地方是山区，离县城有60多里，一般来说，招工的人是不愿意往那里跑的，除非出现奇迹。

奇迹还真的出现了。有一天中午，有人告诉我们：家乡来了电报，急催知青回去招工。我们高兴得跳了起来，连忙去找指导员，指导员却叹了口气，说电报上只有3个人的名字，你们4人当中，有1人只能留下了。我们问是谁，指导员避而不答，要我们作好思想准备，晚上再宣布。

我们4个人都是中学同班同学，一起下放到一个大队，又因吃不饱饭，一起跑出来修铁路。4 人之中，我和小夏在连部工作，我搞宣传，小夏当会计。我们公社的民兵连转战南北，出外已近一年，我和小夏能抽到连部工作，很少干体力活，真算是幸运的。我是因为写写画画，小夏是因为家庭成分好，工人子弟，表现也不错。相比之下，另两位同学就要辛苦得多。所以，指导员一打哑谜，另两位同学就神色不安，断定是他们中的一位没有希望。我却估计是我，因为 4 人之中，只有我的家庭成分不好，我哥哥就是因此而没能招工。再说我虽在连部工作，但推荐权并不在民兵连手中，而是生产队说了算，所以我认定自己凶多吉少。奇怪的是，最有把握的小夏也忧心忡忡，皱起眉头说自己没戏。我想，他可能是想安慰我们。整个下午，我们 4 个人都无心干活，一休息就凑在一起胡乱猜测，都说那个倒霉鬼是自己，并举出种种例证和预兆。我们也恨指导员故意折磨人，非要晚上才宣布，搞得像判刑似的！

那是我们人生中最漫长的一个下午，我们都紧绷着心弦，在希望和失望中徘徊。站在光秃秃的石山上，望着一行又一行大雁飞向远方，我不禁想起了武汉温暖的家，想起了白发苍苍的母亲，她日夜盼着孩儿归来，可我回得去吗？

那些日子，工地上的空气很紧张，党员经常开会，石山周围部队的高射炮都脱去了炮衣，像要打仗一样（后来我们才知道，是发生了林彪事件）。所以，指导员对招工之事非常慎重，作了一些安排后才向我们宣布。

直到今天，我仍清晰地记得那个残酷的夜晚。在简陋的工棚里，在暗暗的马灯下，指导员拿出电报，严肃地说：“你们都是老同学，好朋友，不论谁走都应该感到高兴，对吗？”我们都点头。于是，他一字一句地读起电报来……

我坐在工棚门口，漠然地望着山中的夜色，经过一个下午痛苦的思考，我已作好了淘汰的准备。但我做梦也没有想到，电报上的第一个姓名竟是我，而落选的却是小夏！指导员一读完电报，小夏就像被雷电击中一样，脸色苍白，双眼发直，紧紧地咬着嘴唇，头无力地垂在胸前。我们默默地望着他，心中翻涌着酸甜苦辣，好久好久都说不出一句话来……

夜深了，工棚里的鼾声此起彼伏，我激动得睡不着觉，并发现身边的小夏也没睡着。小夏板着脸一直没说话，人像傻了一样。指导员很不放心，嘱咐我注意看护他。此刻，望着在绝望中挣扎的小夏，我真不知该怎么安慰他。山风在工棚外呼啸，清冷的月光从小窗透进来，在通铺上熟睡的人们身上悄悄移动着。我想着小夏的可怜，想着自己的幸运，渐渐地沉入了梦乡……梦中，有人使劲地打我，我怎么也难以逃避，终于痛醒了，睁开眼一看，原来是指导员在拍打我，他焦急地问："小夏呢？"

为了不惊动大家，指导员只叫醒了连部的几个人，去分头寻找小夏。月色朦胧，山路交错，去哪里找他呢？我和指导员跑到采石场，四处摸索也不见小夏的人影，指导员急得直喘气，骂小夏真不是个男人，不就是回不了城吗，难道为此要去寻死！我们一辈子呆在农村，不也一样过！他又说，小夏不会跑多远，小夏的被子还是热的。

那天晚上幸亏有月光，使我们不至于在布满石头的山上跌跤。我突然想起了一个已被废弃的避炮洞，我们几个知青经常爱躲在那里聊天。于是，我带着指导员摸向山洞。洞内一片漆黑，散发出一股尿臊气，我喊了一声"小夏"，无人回应。指导员用手电筒一照，小夏苍白而呆板的脸便在黑暗中浮现出来，吓得我出了一身冷汗！还是当过兵的指导员胆大，他走上前去，发现小夏正坐在洞里，摸他的脸，脸也是热的，便猛地打了小夏一巴掌，随着清脆的耳光声，小夏“哇”的一声哭起来。指导员说：“好，好，哭出来就好了，你再痛痛快快地哭一场吧！”

天终于亮了，我和另外两个同学收拾行李，告别了前来送行的乡亲们，去12里外的丹江口市乘火车，小夏却执意要送我们到火车站。指导员说，让他送一送吧，他已没事了。一路上，我们不停地安慰小夏，他苦笑着摇头。我说，会不会搞错，你各方面条件都好，招工的怎么会不要你呢？很可能，是公社看中了你，要留你当干部。小夏叹了口气：“到这个地步，我也不瞒你们了，其实，我心里很明白，我是因为政审没过关……我隐瞒了家庭成分，我父亲曾经当过伪警察……”

我们都怔住了，呆呆地望着他。多年来，小夏就是因为仗着成分好而天不怕地不怕的，他活得比我们自在得多，我们怎么也不会想到他会隐瞒成分，而且竟能隐瞒得这么久！小夏苦笑着对我说：“我比你更难受，你成分不好是在明处，而我却像老鼠一样，成天提心吊胆的，这种日子，我受够了！昨天晚上，我真想死……”

出了山口，小夏突然决定不送我们了，他说，请你们放心，我会好好活下去的。你们回武汉后，一定要骗骗我家里人，就说我被留在这里当干部了。

我们站在山口，目送着小夏远去。他走得很快，转眼间，就看不见他微驼的背影了，只有光秃秃的群山向天际绵延，秋草枯黄，落叶纷飞……

第二个月，我们被招工到武钢，而小夏却在4年后才被招到安陆县的一家小工厂。据说，这还是多亏了后来当上公社书记的指导员帮忙。自从山口一别，我再没见过小夏，他也从没来找过我，有关他的消息，我都是通过他家里人知道的。我去过他家几次，第一次去是为了完成他的嘱托，向他父母亲撒谎，但他父亲不愧当过警察，马上就识破了我的谎言。后来去，是想见到他，但始终没能如愿。只是每次去，都能吃到香甜的发糕。他父亲是卖发糕的，曾说过，实在不行，就叫小夏回城接班，他的发糕已很有名气了。

董宏量：男，武汉市四十四中学69届初中毕业生，1969年下放到安陆县索暇公社插队。

在那遥远的小山村

彭汉良

小时候喜欢翻阅哥哥姐姐的小学课本，无意中看到常识课里的孝感铁犁、当阳水牛，未想到这“一面之缘”竟与我的命运有关。

1971 年 2 月，我要告别家人下乡了。当时一场轰轰烈烈的上山下乡运动已持续了 3 年，作为政策规定，凡年满 16 岁的初中毕业生，都要响应毛主席的伟大号召，到广阔天地去接受贫下中农的再教育，这是没有选择的前途，也不用你选择。可是在我毕业时，学校张榜，一边是下乡名单，一边是升学名单。但我不属于“根红苗正”的“红五类”，当然就没有选择的权利。这件事让我刻骨铭心，今天，每当我向学生谈到种族歧视时，不知怎么就引起了我的联想。对我来说，唯一可以选择的是去当阳农村还是武汉东西湖农场，班主任强调说，定好之后不可反悔。这件决定自己前途命运的大事让我考虑了好几天。

春节过后，我登上去当阳的火车，说是告别家人，其实只有我的妹妹来送行。我母亲已去世，父亲已下放五峰山区，兄、姐已回湖南老家插队落户。我们5口之家分散在4处，并且4个人都是农村户口，我只能选择当阳，因为第一批知青已开始应招当工人，只有湖北农村的招工可能性最大，我们家人把希望寄托在我身上。

“反修防修的必由之路”

我们的大队长曾专程来汉接知青，在省城住了几日，感触颇多。在欢迎知青大会上他对当地人说：“这些城市娃娃不下乡不行哪，要变修的！他们解手连屋都不出，还不肯蹲着，要坐着，屙完了还要用水冲。”这是大队长看到城乡差别后对上山下乡这场运动的一种理解。

我们插队的金牛公社林桥大队是一个贫穷的丘陵地区，山上稀稀拉拉有些松树，还有满山的茅草灌木丛，唯一能吃的农作物就是种在冲里的水稻。农民的土砖房根据水源的远近或田地的分布建造在不同的地方，吃的是塘堰里的水，烧的是松枝或其他柴草，靠煤油灯照明。最具现代气息的是生产队的柴油机和铁丝接通的广播喇叭，而广播喇叭并不是每户都有的。各队之间都有羊肠小道相连，最好的道路是可行板车的土路。

这里有公路通向深山煤矿和县城。山外有新修的焦枝铁路与外部世界连接，但绝大部分的老乡都是山里长大的庄稼人，很少知道外面的事情。记得有一次放《红色娘子军》的电影，银幕上呈现夜景时，不少老人情不自禁地朝银幕照手电。当然也有些见过世面的人物，就是那些回家务农的复员军人。整个大队学历最高的人是一对在县里高中毕业的夫妇，我们这几个省城来的知青所受的教育还不及他俩高。

那时我们知青都被安排在仓库里住，我们林桥七队，共有 4 条汉子。

稼穑之艰难

所谓的“接受再教育”，即与社员一道从事传统的原始农业劳动，体验“谁知盘中餐，粒粒皆辛苦”的农耕生活。

在以粮为纲的方针指导下，必须推行双季稻。但由于肥料、灌溉诸条件的限制，并不能增产粮食，社员都有抵触情绪。他们说一八得八，二四还是得八。

“双季稻”上纲为“路线稻”。四月份天气乍暖还寒，我们上身穿了棉袄，下面打着赤脚，用脸盆装了带土的旱秧带到田里，左手托着旱秧，右手一蔸一蔸将秧栽到田里。干久了你就感到脚下寒气袭人，中间腰酸背痛，颈椎疼痛，右手指甲磨损。休息时，我们什么也不顾，往又凉又硬的田埂上一倒，仰天而卧，一种“幸福”的感觉油然而生。

“农家少闲月，五月人倍忙。”天气温暖了，又要插中稻。中稻的栽法颇有古风，先是人坐在“秧马”上在秧田里拔秧，将手伸在水中，贴着泥土，左右开弓，将长得壮实的秧苗连根拔起，洗尽泥巴，用秧苗自身的叶片扎成一把。所谓“秧马”，就是装在一块两头微翘的木板上的小方凳，人坐在上面可随意在田里前后滑行，十分有趣。

“夏至栽秧分早晚”，为了不误农时，下雨天大家头戴斗笠，身披蓑衣，弯腰插田。烟雨蒙蒙之中仿佛是人和自然共同勾勒出的一幅水墨画。

生活在田园风光里，其实是没有多少罗曼蒂克的。以前从书上读到海南岛一年三熟，总是觉得那是多么美好富饶之地，但是当你经历过“双抢”之后，你的思维方式就变了，这一年三熟将榨取农民多少辛劳和汗水啊。

当你还在睡梦之中，队里的钟声毫不留情地响了起来。睡眼惺忪地提着镰刀，摸黑走到田里，弯腰挥镰割稻。夜幕尚未撤去，只听到哗哗的割稻声，这是要趁早上凉快割倒早稻，让太阳暴晒一番，然后下午人们顶着毒日头去抱谷、捆谷，由男人们用两头尖的冲担把小山似的两捆谷扛上肩挑走。“挑草头”是衡量男子汉力量、技巧的把式活，若不小心将“草头”弄散，田里一定少不了一阵嘲笑声。让我们16岁的少年和老把式较量，实在是一种挑战。太阳落山时，人们又在打谷场上忙开了，等到天完全黑了，我们才可端起饭碗。栽秧割谷这么苦，所以逃避了农忙的人往往引起人们的羡慕，大家觉得这是一种幸福。

巧妇难为无米之炊

初到农村，见到一个满脸菜色的老农，我便说他气色难看，心里寻思这是营养不良的症状吧，不料他却说：“没有米吃！”

种田人没有米吃，这是什么逻辑？在极“左”路线下的广大农村，这的确是真实的情况。当知青半年粮食供应终止后，我们就只有吃平均口粮的命运了。每月30斤谷，合21斤米，一天没有一斤米。以前常有老知青来走村串户，出来访友多半是家中米缸见底，转嫁危机，现在我们也要勒紧裤带了。农村按人头分粮，无形中又促进了多生多育，反正是想方设法填饱肚子，于是会上常常宣传“瓜菜代”，大力推广“最高指示”，“忙时吃干，闲时吃稀”……我们也吃过南瓜饭、萝卜饭、檀树叶饭。

有一个六队的社员家中断了粮，他夜里偷偷剪些稻穗回去吃，想来不易被人察觉，结果还是有人告发了，他为此付出的代价是被人五花大绑后游乡。

民工生活

每年冬天是大量征用农村劳力去修水利、开公路等工程的季节，也是知青比较快乐的一段时光。平常分散到各队的同学有机会在一起了，大家都不必为柴米油盐发愁，又可以海阔天空地侃大山，有时农村中也不乏能说会道的高手，听他们吹吹牛也很有趣味。

那时民工是军事编制，我们公社是金牛营，下面是连、排、班。一般都是住老乡家的阁楼，或是打地铺，反正乡里有的是稻草。民工人多时，早上还要排队点名，唱《国际歌》，记得是毛主席发觉林彪要搞分裂，便号召大家唱《国际歌》，这是当年的政治要求。即使在偏僻的山村，人们也十分虔诚，认真地执行这一指示，可见当时的政令畅达。

1971 年 12 月 26 日清晨 4 点，我们统统被叫醒了，我莫名其妙。集合时大队长训话，说今天是毛主席的诞辰，我们提前上工，向他老人家表忠心。这是农村人一种智慧的表现，既不会吟诗作赋，又不能引吭高歌，那么就扬长避短吧。

当民工还有一个最好的待遇：一个月打一次牙祭，每人配给半斤猪肉。逢到这天，人们就像过年一样快活。今天你简直难以想象出这样一个场面：8 个人席地而坐，围住一个洗脸盆，里面装着热气腾腾的盐水煮肉，大家个个馋涎欲滴。当全体人员一致同意开始时，便你一筷，我一勺地狼吞虎咽起来。席间大家一言不发，怕的是耽误吃，几个来回之后，如同风卷残云，洗脸盆已空空如也。至今我吃饭仍喜欢用大勺。

井中趣事

“文革”中有部电影叫《红旗渠》，记录了河南林县农民在悬崖峭壁上开凿水渠的英雄壮举。我在当阳也干过这种玩命的水利工程。

为了把水从山中引出，上级计划开挖地下水渠，首先要挖竖井扩大施工面。我们的井口在山坡上，装有一个大型木制绞车，施工时民工用手抓住粗大的缆绳，双脚夹住缆绳末端结成的大疙瘩，由人工推动绞车放到井底，然后一帮青年男女就叮叮当当地干起来，女的掌钎，男的抡捶。我那时也挺有本事，施工时敢使竹制软把的铁锤。会打锤在工地上是很神气的，但不少人怕玩这个险活。当然最惊险刺激的是井底放炮：一个人留在井底要先后点燃几根导火索，然后死死抓住缆绳，由地面上的人飞速转动绞车，将炮手吊上来。这时大家迅速地躲到附近听炮响，心里还计算着有几声爆炸，有时出现哑炮，就要派人下去察看，万一出了什么纰漏，后果不堪设想。

这种落后危险的施工方式，倒是给这一帮少男少女的民工制造出一个苦中求乐的特殊环境来。我们到了井下，等于失去了自由，全由井上的人员控制。有时你尿憋急了，大喊“上吊”，他们故意不理睬，你万般无奈，只得背对别人“出恭”，然后井上井下笑成一片。

在那物质文明和精神文明匮乏的乡野之地，这不失为一种开心的娱乐方式。

悠悠岁月

自从林彪事件爆发后，整个招工冻结，当初在农村锻炼一年半载后当工人的幻想已完全破灭。我们前途迷茫，内心非常苦闷。

“饥寒起盗心”，知青们偷鸡摸狗的事也时有所闻，但我们怕将来招工受影响，不敢做这等勾当。谁知我们种的洋芋却被人偷了！后来队长无意中对人说知青的洋芋又大又好。他们哪能知道，这洋芋种是我不辞辛劳从父亲下放的山区背回来的！

长在土里的东西，他怎么知道好坏呢？肯定是他家偷的，真是岂有此理，当时只听说知青偷老乡的菜，哪有老乡打知青主意的?!

一天深夜，我们 4 人摸到队长的菜地“扫荡”了一回。翌日，队长估计是我们的报复行动，谁敢在“太岁”头上动土呢？便派娘子来扯皮，因我们平时表现没有什么劣迹，她又没有把柄，我们几个反驳一通，她只好悻悻而归，心里明白恶有恶报。

农村粮食紧张，而我们又去与他们争食，所以有些干部和老乡对我们不太友好，在评工分和分粮时进行刁难。我们常常在会上发言之前背这段毛主席语录：“知识青年到农村去，接受贫下中农的再教育，很有必要……各地农村的同志要欢迎他们去。”

《在那遥远的小山村》

每当我听到这支歌，就回想起农村岁月来。虽然那时广大农民过着缺吃少穿的苦日子，但仍有不少朴实善良的人们同情关怀我们。

曾婆婆是队里的五保户，有一回一瘸一拐地提了一篮洋芋送给我们，还说了一段颇有见地的话："若不是毛主席，你们怎么也不会到这里来呀。"卢妈是一个身材高大、脸上微麻的农妇，却有一颗金子般的心。有天夜里开完会，她悄悄地塞给我几个鸡蛋。那个年代的农村，鸡蛋就是"鸡屁股银行"的钞票哪！农户都是拿鸡蛋去换盐巴、打煤油的，何况卢妈还有5个小儿女！这些人都代表了农民真善美的一面。

对我们最好的是曹妈。她的娘家在远安县，对我们外乡人有一种天然的同情心。家里一有好菜，便喊我们去吃饭。她知道我没了母亲，还帮我洗过棉衣。曹妈对我们很了解，曾对4个人做了预测，说我将来是吃"轻省饭"，"轻省饭"指的是脑力劳动。她当年的预测都一一应验了。

学　狗　叫

那时候还是有人上大学，不过都是经过"选拔推荐"的工农兵学员，我们没有此等非分之想，只是偶尔聚首侃大山时，幻想憧憬着人人平等竞争，凭考试上学的那一天。

知青的精神生活不外乎下棋打牌，玩弄乐器，赶集串联，当然也有些同学弄些中学课本在自学数理化课程。

我喜欢英语，休息时把英语课本掏出来看几眼，感到是一种莫大的享受。社员和同学都笑话这些个"勾子款子"有何用场，他们不知这是我的精神食粮。当时我觉得用另外一种语言来表现传达人的思想和情感，真是奇妙有趣，便拿英语来解闷。

蔡诗京同学还把安徽电台有英语讲座的喜讯告诉我，于是我冒昧地向安徽台寄了钱要邮购课本，没想到电台真的把书寄来了。原来我的英语是“哑巴”，只能看，不会念，现在我兴奋地跟着收音机朗读，乡亲们笑我学狗叫，我却洋洋得意。万万没想到，后来还是这点雕虫小技帮我圆了大学梦。

福　音

1973 年福建有个叫李庆霖的人，居然把知青和家长的困境反映到毛主席那里，知青问题引起最高领导的重视，从此各地农村传达毛主席的“一封信”，知青待遇颇有改善：每月每人保证供应 45 斤米，每月集中开“交心会”，为知青盖房。

那些上高中的同学也来了，知青间的串联活动较以前频繁。我们队在水库边为我们盖了土砖房，每人一个单间，非常惬意。

我苦难的一家也出现了一线曙光，父亲离开五峰去了“五七”干校，姐姐因为当年在武汉业余体校学过篮球，被长沙铁路分局的招工人员看中。父亲对此也流露出喜悦之情，并寄来一首小诗：

阿姐何时传喜讯，消息来时定满斟；
涤尽柔肠污浊水，虚怀若谷好装文。

收到这封信，我喜不自胜，我的好朋友们也分享了我的快乐。

华彩乐段

门缝里吹喇叭——名声在外，我学英语的事在乡下传开了。1975 年春上，庙前公社三里湾中学请我去代英语课。一块下乡的同学为我骄傲，因为在中学代课的都是后来下放的高中同学，他们觉得我为初中生争了光。

学校风景优美，坐落在三面环山的一个土岗上。早晨云雾缭绕，山村景物若隐若现，有如仙境一般。但农舍冒出的袅袅炊烟、鸡鸣狗叫，以及山林中依稀传来那断断续续、清脆悦耳的牛铃声，这一切又提醒你生活在人世间。

学校虽很简陋，但还有篮球场、乒乓球桌、风琴，甚至还保存着好几张“文革”前的语文和英文朗读唱片。乡下没有电，也没有电唱机，一部手摇唱机的弹簧也断了。面对这一堆“文化遗产”，我非常遗憾。未想到农村里也有不少聪明人，朱老师为了满足我的好奇心，便使出了他的绝招！用手指按住电唱片，然后均匀地摇出 78 转的速度来，这样电唱机就发出亲切标准的普通话和英语来。在那种穷乡僻壤，在那践踏文化的年代，能够听到这种声音，简直让你的心灵感到震撼，如耳闻天上的仙乐。

到底是学校，总是有那么一种文化氛围。陈永贵副总理出访墨西哥，老师们看到报上的照片便发表评论：“怎么这一回陈永贵不系毛巾袱子哒?”华师的一个工农兵学员搞“开门办学”来到学校里，我曾请教她如何在乡村搞英语“开门办学”，她天真地说可以用英语忆苦思甜啦。如此看来，我的水平还不够“高”。

校长对我的工作表示满意，还向学生们说彭老师为了教好英语还天天听广播、钻研业务。学生们纯朴可爱，对我也是毕恭毕敬。我在三里湾只教了一个学期，乡村教师的生活是 5 年之中最幸福的一段时光，我非常留恋。

人生转折

1975年9月，正当我醉心乡村教师生活的时候，我被招回武汉当了建筑工人。校长摆了一点酒菜为我饯行，还派了一个男生为我挑行李，送我上汽车。

翌年，“四人帮”垮台，“十年动乱”终于画了一个句号，人们欢欣鼓舞，全国是百废待兴。大家都觉得要把“四人帮”损失的时间夺回来，学习风气高涨起来。一年之后，我被选派上南京学习统计，这在当时也是令人称羡的美差，我高高兴兴地去了南京。

正在这个节骨眼上，一场决定我们命运的变革又开始了，1977年12月全国恢复统一高考，考生在户口所在地报考，我们盼望已久的这个公平竞争凭考试上大学的机会终于来到了！究竟考不考，我心里矛盾极了，既怕学不好半途而废，辜负领导的希望；又怕万一考不取，岂不贻笑大方。在这个机不可失的关键时刻，我的父亲也是望子成龙心切，自己做主帮我报了名。“站出来让祖国挑选”是那个时候令人热血沸腾的时代强音，我终于也卷进这个历史的大潮之中。好在学习班的领导非常开明，不但同意我提前结业，还特地为我开了欢送会，这样我再也不能犹豫彷徨，只得买票上船回武汉应考。我感到有很大的压力，可是又没有退路。在考试的前一天，我在汉口上了岸。

我是七七级的

高考之后又体检，当别人接到通知去参加外语口试时，我还没有下文。阴错阳差，我的复试通知转到北京铁道部走了一趟“公文旅行”，到我手中招生已近尾声。经过一番努力，我好不容易才进了高师班，到武师汉口分部英语系学英语。有人劝我不去，来年再考好学校，然而我们这些渴望求学的知青当时是饥不择食的。

1977 年全国高考是百分之二的录取比例，我应该算是幸运儿了。我们高师班的同学又多是大龄老三届学生，还有不少是拖儿带女来上学的。在开学典礼上，中文系肖咸忠代表新生发言，他的第一句话几乎是呐喊："我要读书！"话音刚落，台下响起暴风雨般的掌声，这句高玉宝的语言，当时最能表达我们的心声，有的人激动得热泪盈眶。

我们深知上学的机会来之不易，大家都是发愤读书，当时也没有出国、下海的诱惑，只想夺回失去的世界。那时我们根本没有周末舞会，潇洒走一回什么的，大家互相打听谁在看什么书，生怕自己落后于人。图书馆里座无虚席，每天都有抢座之战。直到如今，大学的老教授们想起七七级还是津津乐道。

甘守清贫

毕业之后，我与同学王芷君结为连理，俩人都在从事英语教学。整个 80 年代，我们面对历史的大潮冲击，仍然坚守在三尺讲台，深圳热、海南热，出国潮、下海潮，也时时撞击着我们的心，多少同学远走高飞，弃教从商，我们唯一的改变是从中学调入大学。1992 年，我在烟台的姐姐为了帮助我俩早日"脱贫"，费了九牛二虎之力替我们联系好了烟台涉外单位，当我们去了烟台，饱览了芝罘、蓬莱仙境后，发觉难以割舍教书育人的情结，便打道回府了。

虚怀若谷好装文

1993 年 10 月，我从电视新闻中获悉：国家教委把研究生报考年龄放宽到 40 岁。早在 1981 年，我曾开了证明去查阅研究生报考目录，为此中学里的书记在会上点名批评我，说我不安心本职工作。后来由于主客观原因，始终未能报考，过了 35 岁的年限，这成为终生遗憾了。

“一石激起千层浪”，我的心不平静了，既然国家关心培养中青年人才，给我最后一次考试的机会，那么剩下的就是你敢不敢去考了。无疑这又是像 1977 年那样的一场拼搏，时间短，准备不足，难度很大。你若想保持体面，最好不要去冒险，考砸了在学生和同事面前丢人现眼；你若不考，虽然没有失面子的危险，但永远也不会有成功的希望。豁出去了，考不取也证明我曾拼搏过，“人生能有几回搏”？就当最后一次了。

我抱着虽败犹荣的决心，不理睬冷嘲热讽，去准备各门功课。经过两个多月的煎熬，我走进 94 级研究生考场，一眼望去，都是风华正茂的年轻人，我真的成了“胡子兵”。

领导和我都没有料到我会被录取，这次拼搏成了意外的收获，当我和学生辈的师弟师妹们坐在一起，有时听比自己还年轻的老师授课，想到自己 40 岁还在搞学历教育，真不是滋味，但一想到台湾一位老太太老年赴美求学，以 80 岁的高龄获得博士学位，我又感到自己非常年轻了。

美国哈佛大学专门有人研究中国的“文革”和“老三届”。这一段令人难忘的历史，对我们的儿女来说似乎比北京周口店的猿人还要遥远陌生了。波澜壮阔的上山下乡运动造就了整整一代人，有人说这是被毁掉的一代，有人说知青是毛泽东时代留下的宝贵财富。不管怎么说，我们用自己的血泪和青春写就了这段历史，而这段历史又永远决定了我们这一生的命运，那就是披荆斩棘、不断拼搏。

彭汉良：男，70 届初中生，毕业于汉阳铁中，1971 年 2 月下放当阳县庙前区金牛公社林桥七队。

从“土插队”到“洋插队”

李大玖

一天，我坐在美国某州立大学的一个大教室里，周围坐满了近两年出国的留学生和家属们，他们中大多数人年纪在25～39岁之间。我们一边闲聊，一边等着看中国驻美使馆的侨务参赞带来的国产故事片《画魂》。

既然是看电影，话题自然和电影有关系。

“我们下农村的时候，不管是什么片子，不管有多远，只要有电影，我们一定要去看。”我对我身边的一个湖北同乡说，“记得有一次，我们走了30多里地，看了一部越南电影。尽管那电影难看极了，可我们还是兴奋得不得了。那时候，根本没有故事片可看，那些纪录片、科教片，都成了我们的宝贝。”

“你还下过乡？”前排的学生们好奇地转过身来问我。

看到我肯定地点点头，他们一个个惊讶得连嘴都合不拢了："那你有多大年纪了？我是说下过乡的人跟我们又是一代人了。"

是啊，又是一代人了，对于他们来说，上山下乡，只不过是一种留存在长辈头脑里的发生在过去的时代的过去了的事情，有些朦朦胧胧，又有些神神秘秘，更有些难以理解。

我是1971年2月初下乡的，跟我们前面的老三届和69届一样，都是过完春节就开始走人。我们这一拨是到蒲圻茶场，坐的是运货的闷罐子车。我周围的同学身边都围满了送行的亲友，一个个泪眼婆娑，依依不舍。只有我孤身一人，无牵无挂，站台上一片呼天抢地的哭声，有几个孩子的母亲甚至晕倒在站台上。

"呜——"火车一声长鸣，把武汉远远抛在了后头。我粗粗地吐了一口气，心里不由自主地充满了喜悦。是的，我真的充满了喜悦，准确地说，我渴望离开这个生我养我又日日夜夜折腾着我的地方。我愿意离开它，愿意抛弃这里的一切。为了离开它，我愿意远走海角天涯。虽说那一年，我还不满16岁，还不够国家规定的知青的年龄，虽说有的同学，为了弄来一张病残留城的证明，可以弄断胳膊摔断腿，但是，我却是自觉自愿、兴高采烈地上山下乡的。因为下乡，对于我是一种解脱。

1966年的夏季，是我一生中的一个重要转折点。也许，我和我们一家的故事，不过是人们已经腻味了的"文革"故事，但是对于我来说，每一件小事，每一个难熬的日日夜夜，都有着特殊的意义。无论酸甜苦辣，统统都在我的一生中打下了永不磨灭的印记。

武汉的"文革"，应该说是从那年毛主席畅游长江开始的。那时候，整个江城沸腾了，有幸一睹主席风采的人更是兴奋得不能自已。

当时，我在小学念五年级，我们每一个人都被这一消息激动得夜不能寐。可就在我满怀着激动的心情，一心一意要努力学习，努力改造自己的世界观，当好革命接班人的时候，“文革”的战鼓已经敲到了我的身边。

我们这个班的孩子是从幼儿园就开始同学的，大多数同学的父母都是“长办”和“长航”的工程师和职员，另外还有许多孩子是教师子弟。应该说，大多数孩子都出身书香门第，都是有教养的知书达理之辈。从小学二年级开始，在大伙儿的拥戴下，我就成了大队委。平时大家都听我的，只要我一声令下，比老师还灵。可是突然有一天，我再也管不住他们了。班上的男生和女生一起欺负一个女生，大家围着她，往她身上吐唾沫，把沾满了鼻涕、痰和废纸的字纸篓盖在她头上。至于当时大家为什么要这样做，我至今也不能说得很明白，大约是因为她的父亲是邮电供应处的一个科长，另外，因为她是独生女，平时父母看得特别娇，她的衣柜里挂着十几套五颜六色的裙子。跟我们这些只有两套衣服换洗的人比较起来，她的生活方式自然是非常“资产阶级化”了。

我站在圈子外边，虽然有时候也不由自主地跟着大家闹，心里也相信他们这是在“破四旧”、“立四新”；但是我却无端地害怕起来。因为我很清楚，我的家庭问题比这脸上挂满了唾沫、连哭都不敢哭出来的同学要严重得多。我感到很虚弱，很恐怖，我的自尊、我的骄傲、我的自信，都无法使我面对众人的唾弃。

从那以后，我看见我的每一个同学、每一个儿时的同伴，都心惊胆战。每一通红卫兵抄家的锣鼓，每一声震天动地的歌声和口号，都使我紧张得像一个第一次偷了别人东西的贼。

但是，不管我怎样害怕，这一天还是来了。

出事的前一天晚上，我在家里挂蚊帐，因为要钉几个钉子，便叮叮咚咚地敲了几锤子。没想到，第二天，这件事竟然变成了“阶级敌人连夜挖地道，藏金银财宝”。事有凑巧，那时我的姐姐满脑子的革命思想，一心要跟曾是国民党将军的父母划清界限，自己跑回家来清理“四旧”。她从学校跑回家，翻出一堆书籍，包括刘少奇的《论共产党员的修养》等，点了一把火烧了。可是没想到，她烧得不彻底，过路的人们从灰烬里翻出了残缺的伟大领袖毛主席的像。这还得了?！这简直是阶级敌人的现行反革命活动。于是大批的红卫兵过来，把家里翻了个底朝天。

那一天，我蜷缩在一楼的角落里，提心吊胆地过了整整一天。我实在是不知道，自己究竟是应该像那些“反戈一击”的“黑五类”们一样，“勇敢地站出来，和自己的父母划清界限”呢，还是应该像那些干部子弟一样，理直气壮地捍卫自己的父母。过去的11年，我所受的一切教育告诉我，我的父母是无产阶级专政的敌人，我唯一正确的选择，应该是毫不犹豫地跟他们划清界限，甚至对他们施以最无情的打击。我知道，在大街上，在武汉，在全国，这样的悲剧正在到处上演。那些与父母划清了界限的“狗崽子”们，也许可以在短时间内获得人们的喝彩，可是他们的内心世界就真的得到了解脱吗？他们的良心呢？那些“红五类”就真的能够接受他们吗？我该怎么办呢？父母毕竟是父母，是生我养我，和我血肉相连的人。父母再怎么不好，我又怎么做得出打他们耳光的事情来呢？可是如果我不出来呼喊打倒自己父母的口号，别人又会怎样看待我呢？

大门外，烧书的烈火点燃了，母亲被拉到门外，批斗会开始了。

不管人们以怎样的眼光看着我，我终于没有勇气站出来“反戈一击”，我继续蜷缩在墙角，一边怜惜着自己，一边怜惜着父母，一边怀疑着自己的行为。身边，只有5只刚刚换掉乳毛的小鸡围着我，咕咕地轻轻叫着。

从那以后，我就失去了上街的自由，没有了朋友，没有了玩伴，只要我一跨出我们家那糊满大字报的大门，连3岁的孩子也会走到我跟前，吐一口唾沫，说一句“大坏蛋”！

我躲在家里，看着哥哥们从外边捡回的世界名著，独自度过了孤独的一天又一天。后来，这个秘密被邻居的孩子发现了，他们从巷子对面的窗子里向我扔石头，我的心中充满了恐怖和自责，不敢跟他们抗争，只好到另外一个房间继续看书。可是他们跟着我从一个窗子换到另一个窗子，跟在我后面大声地叫骂。我关上窗子，借着昏黄的灯光继续看书，耳边继续响着孩子们的叫骂声。

家里终于待不住了。我们留在家里的兄弟4人需要吃饭，需要买菜和生活必需品。哥哥们倒是比较好说，因为他们个子大，一般的孩子不敢轻易地欺负他们。只有我，那时才11岁多一点，个子又小，一出门，便成了孩子们叫骂的对象。每次出门以前，我的心都是战战兢兢，只求今天能够平安度过，没有人向我扔石头，没有人向我吐唾沫，没有人用恶毒的语言叫喊着他们给我的母亲取的最不堪入耳的绰号。可这是一种主观唯心主义，往往只要我一出门，便会遭到那些无知的孩子们的侮辱。有时候，甚至被一些飞来的石头打得头破血流。或许他们以为这样就是革命，我虽然不认为自己就是反革命，可是，却莫名其妙地以为自己应该逆来顺受。那时候，我唯一的愿望就是能够与人平等，被别人当人看。

没想到能满足这个愿望的竟然是人人都谈虎色变的上山下乡。“农村是一个广阔的天地”，在天地之间，我与大自然更加亲近了，大自然给予每个人以平等的待遇，并不因为你是“狗崽子”而另眼相看。如果不是经常传来的最新指示，我们已经到了“不知有汉，无论魏晋”的地步了。

要说蒲圻茶场是我的世外桃源，也许有点过分。毕竟，我那时只有15岁，体重只有70多斤。别人能够轻松完成的工作，我就得竭尽全力。有时候，一个人扛起50公斤一包的化肥，咬紧牙，挺直腰杆，两腿还是直哆嗦，一步三摇，仍旧挪不到5寸。春季，到了采茶的时节，茶树上长满了茶毛虫，我又皮肤过敏。还没走到茶树林，几里路外就开始发痒，晚上收工回家，全身上下布满了大大小小的红疙瘩，慌慌张张地洗完澡，感觉刚刚好一点，风一吹，窗外的青蛙一叫，又开始浑身发痒，无论怎样拼命地抓，也解决不了问题。好不容易抑制住把全身抓个稀烂的愿望，勉强睡着了，半夜里又常常被突如其来的瘙痒弄醒，只好坐起来，使出十八般武艺，抠抓拍打掐，直到身上流水、发痛，才又勉强睡去。几个月下来，身上就布满了大大小小数不清的疤痕。从那以后，我就开始厌恶蒲圻的茶叶，因为只要看见了它，我就又想起了那漫山遍野的茶毛虫。

不过，无论物质上是怎样地受苦，我在精神上是真正得到了解脱。从这个意义上来说，我至今仍然怀念那块给了我自由的土地。也许正因为我受过如此深重的精神和物质的磨难，所以从那以后，我自信我能够面对任何人生的挑战。20年以后，当我踏上美利坚合众国的土地的时候，我的心中充满了自豪。是的，世界上没有任何一代人能够与我们相提并论，我们经历过如此惨重的精神创伤，我们经历过如此严酷的生活环境，既然我们能够从废墟上爬起来，我们当然能够面对整个世界，承担起历史赋予我们这一代的重任。

任重而道远，历史，已经在我们脚下……

李大玖：武汉市二中70届初中毕业生，同年去蒲圻羊楼洞茶场插队。

青苹果·英俊男孩·第一次爱

——知青生涯漫忆三题

余　熙

东方熹微，晨雾氤氲。茅草燃起的炊烟袅袅飘逸……这是我知青生活的印记吗？

大钵的稀粥，碱黄的馒头，加上几疙瘩咬得“咯崩”脆响的深褐色的大头菜……这是我知青生活的印记吗？

粗黑的麻绳，将我们的同伴套上抓走，再见到时是那惨不忍睹的“反铐”和“背宝剑”……这是我知青生活的印记吗？

避蚊剂、煤油炉、伊拉克蜜枣、红山牌洗衣皂，更有那大大小小的语录本、决心书……这是我知青生活的印记吗？

5个年头。绝望、孤独、紧张、兴奋、悲伤……我那难以忘怀的知青岁月啊！

我不幸成为了中国当代历史上的知青！

我有幸成为了中国当代历史上的知青！

玻璃瓶里的青苹果

1991年我客居瑞士时，居室门前路边有株粗壮苹果树。时值初秋，熟透的大红苹果垂满枝头。其中果实累累的一枝就延伸到人行道上方，那几十个滚圆的深红色的苹果几乎随时就会坠落。我记得自己第一天目睹此景时，惊讶得一时说不出话来——我并不是惊叹那绝好的苹果，而是感慨它置于路侧却无人采摘！因为川流不息的路人若想得到它，只需非常简单地伸一下手呀！

凝视着满树红苹果，我的心头突然被火炙一般地痛了起来。因为我想起了20年前的一个青苹果的故事——

1971年春天，16岁的我被下放到湖北省蒲圻县的羊楼洞茶场（那时的名称为武汉市革命委员会“五七”干校）。下放之初，艰苦的生活一下子就磨钝了我的锐气。首先，我为那每日三餐数月不变的唯一菜肴——菜薹而大伤脑筋。从2月到4月，我们的饭碗里总是那黑乎乎的用大锅炒就的蔫红菜薹，而油星子是难见一滴的。大家常常是一闻到菜薹味道就要作呕。我至今仍不喜食菜薹，就与当年“食伤”有关。记得那天，我的室友周继敏终于在忍无可忍之中，提笔在饭票上写下一首“打油诗”：

下放三个月，
油水实在缺。
大便屙不出，

像得像生铁。

饭票很快被传到连队指导员手中。这位自己对寡淡无味的老菜薹也满是腹诽的老兄，竟然在全连队的“晚汇报”集会上，宣称此诗为“反动诗词”，作者当然也就是“反对上山下乡伟大运动的反革命分子”了。我们这群（有200多名）均为16岁的男女娃娃，无不吓得面色苍白。要知道，在那个“阶级斗争年年讲、月月讲、天天讲”的环境之下，谁落下这个罪名，谁就会是“永远被扫进历史垃圾堆的臭狗屎”了。于是，人与人之间开始互查笔迹，许多人无比虔诚地认真搜寻，千方百计想找“元凶”。最终结果出人意料，周继敏一直没有“落网”，大约是他尚无名气，字迹大众化而已。不过，我们由此知道了，哪怕碗里吃食再糟，也吱声不得。

后来，实在打熬不住，“五七战士”们便自想新招：他们悄悄采回路边田头生长的野蒜，用酱油和盐浸腌片刻后以此佐餐。尽管那蒜辛辣刺鼻，但总比餐餐菜薹要有新鲜感。我也学得此法照方炮制，谁知没吃两天，眼睛便被蒜的辛辣刺得双泪纵横，而且结膜很快红肿。连队医生连忙阻止，说是此野蒜有毒，压根就不得沾口！此语既出，该菜匿迹。

这天，我被派到伙房“帮厨”，具体任务是添柴烧火。正干到上午10时，一只灰黑的喜鹊在我身后折腾了几下翅膀，竟趴在石头旁不动了。我连忙捉住它，又按宰鸡的程序将其处理停当，便找来一只搪瓷碗，将这只瘦骨嶙峋的鸟放入，再添满水，用平平的煤铲托住，从炉口送入熊熊燃烧着的炉膛里。少顷，水沸腾起来，并溅起团团煤灰烟尘。很快，这野味便熟了，只是汤汁被溅得所剩无几。我和几个

“厨友”三扒两夹地，眨眼就吃了个干干净净——这可是下放三个月来第一次见荤哪！大家吃得直咂嘴巴，还连叹“真过瘾，真过瘾”！

其实，连队也养有猪羊，但饲养者均为武汉市委和市政府下放的“走资派”，论级别个个“高干”，论饲养则人人外行。猪一头比一头瘦弱，唯一的肥者则因要留等各连队饲养成果比赛之用而一时半刻不会宰杀，所以我们再盼荤腥，也无济于事。“苦不苦，想想长征二万五；累不累，想想革命老前辈”，这七想八想，虽可将盼荤念头弄得黯淡一些，但想从脑子里彻底扫除欲念，那还颇难。

那天，一个名叫肖锋的小伙子在收工路上用锄头挖死一条长而粗的蝮蛇，他将蛇挑在锄柄上带回来交给了我——我因有食鹊“恶名”而被误为擅理厨事。我将此蛇的皮先剥去，又将头砍掉，肠肚掏尽，再拿到池塘洗了半天，然后用一小锅放水，拣些柴草炖之。约摸半小时，一股浓香逸出，肖锋和另几位嗜荤者将锅团团围住，大眼瞪小眼地紧盯着蛇肉汤直催我快添火。少顷，我揭盖细看，只见汤色白酽如同牛奶，异香扑鼻，肉也发卷已熟。及至我取出勺舀出鲜汤示之，众人竟纷纷退缩，谁也不敢喝第一口——因为谁都知道这是一条剧毒的蛇呀！大家佯作谦让客套，个个都说：“你先喝，你先喝!”我因是自己剥皮洗涤，情知无毒，便率先干脆地喝了第一勺。哟嗬！只隔了几秒钟，身边几位食客见我没有就地扑通，便放下心来，七嘴八口，顷刻将一锅滚汤连水带肉地吃了个底朝天。食毕，个个用手背边揩嘴边叹喟：“真鲜哪！哪怕毒死了也划得来!”

超负荷的体力劳动，和连今日牢饭都不如的伙食，使得我们这帮正长身体的孩子们，动辄兴起跑羊楼洞镇的念头——那条肮脏破旧的小石板街上有几家小店铺，里面多少陈列着一点儿聊供解馋的吃食呢！我们当时每月“生活费”仅为16元，这钱需包一月的吃穿住用等一切开销，每人拮据程度自不待言。说是上街买吃的，或曰“打牙祭”，其实了不起也只能吃一碗一角八分钱的“肉丝面”，那面条之上的几片薄薄的肥肉皮，常常可被知青们吮在嘴里品味半天呢！还有另一种吃食也一度风靡了知青群落，这就是装在大麻袋里的黏黏糊糊脏兮兮的“伊拉克蜜枣”。记得当时这枣8角钱一斤，我们常买上半斤八两，用店家那种粗糙的草纸包成一个尖角小包，握在手上，边走边吃，常常是人还没有回到连队，手中已空空如也。好景不长的是，许多吃过这枣的知青，都患上了慢性肝炎。“此枣可以传染肝炎”之说不胫而走，从此知青嘴里不得不又少了一种美味。不久，又有一种“发饼”，3分钱一个，即由面粉加糖精烤熟的小饼，也赚过我们知青那为数极有限的银子。只是它的质量太次，碱性又重，其渣塞在牙缝整日吮不出来，所以终于没有成大气候。

这就是我们知青的“食文化”。

我就是在这种“馋食”的背景下，遇到那个青苹果的——

那年4月的一天，我的病残的妈妈从武汉赶来。母亲要亲眼看看她的这个自幼丧父的可怜儿子，是如何在广阔天地“茁壮成长”的。妈妈当时面庞浮肿，跛着右腿，穿着一件洗得发白的蓝青便装，随着我慢慢地走到了距连队3里地的羊楼洞镇上。

刚刚踏上那条石板街，瞥见两侧有店铺的影子，妈妈就对我说：“我给你买点吃的吧！”我听后下意识地一摆手：“不要！你哪里有钱啊！”我知道妈妈当时正在拿着病休劳保工资，每月仅30多元。她还要抚养我的妹妹。

“不，我要买！”妈妈执拗地说。

我们这时经过一家照相馆。我提议："干脆照张相吧，别买东西了。"

妈妈同意了。我们花了 5 角钱，在那家极简陋的小照相馆的二楼，在一幅非常低劣的有着亭台楼阁的风景片前，照了一张黑白的"小二寸"。

从照相馆出来，我们又经过一家副食品店。妈妈驻足入内，对着柜台上的一溜玻璃瓶扫描。那瓶里，不外装着品种单调的糖果、发饼，还有红薯做成的粉条等物。

突然，我妈妈眼睛发亮了——她看到有个玻璃瓶里，装着几个青色的小苹果。

蒲圻大约是不产苹果的，特别是羊楼洞，所以苹果竟被当作稀罕之物放在玻璃瓶里陈列着。

"这里卖的食品中，只有苹果才有营养！我给你买两个吧！"妈妈仔细地盯着苹果，边思索边说。尾随我们的售货员，是位干瘦的老头儿。他眼疾手快地揭开玻璃盖，一手抓出两个又小又青的蔫苹果来。

我见此景，心头一酸，连忙说道："只称一个吧！"那老头听后，放回一个，然后用秤将手中这个称过，报价："4 角 2 分钱！"

我妈妈愣住了。大约是她兜里只剩有几角钱了，大约是她想到这 4 角零钱将解决回程的火车票款了，大约是她盘算这钱可以买回供全家三口吃一餐的菜了……总之，我妈妈愣住了。

我的心头又一次被刺痛了。我不假思索地大声对那老头儿说："我们不买了，我们不买了！"话音未落，我便拽起还在发愣的母亲，头也不回地离开那家极小的店铺……

事后多年，我多少次从那家店铺门口经过，但总不愿进去，哪怕一次。我总是低着头匆匆从那一排花花绿绿的玻璃瓶前穿过，我没有勇气再回忆那个苹果，那团青青的颜色。

一位最英俊的男孩

忆波姓陈，是我们连队长得最英俊的男孩子。他的爸爸是船长，妈妈是铁路医院的医生。从小就置身于优裕的家庭环境，使得他也出落得不俗。我至今仍能清晰地忆及他那双晶亮清澈的大眼睛，还有一口整齐白净的牙齿。

这个小伙子小我一届，是从武汉市二十中学毕业的。下放之初，他还很想保持一种书香家庭给自己带来的儒雅之气，比如在寝室屋角床头上，用小木板订一个简陋的书架，放上几本从家里带来的，在当时极不易读到的外国长篇小说。我是从他那里第一次读到了莫泊桑的《俊友》，还有一位南美作家描写反映南美农村生活的挺有趣的小说，可惜忘记了书名。不过，忆波很快无法保持那种理想的潇洒了。他竖在小书架上的小说，被知青们你拿一本我拿一册，使他像没头苍蝇一般到处问别人："你拿了我的某某书?"

忆波与我较投缘。他喜欢听我谈论从《参考消息》上舶来的新闻，还喜欢我给他画头像素描。因为我边画边会情不自禁地赞扬他长得帅，他对这种赞美颇觉受用。

这个单纯的知青小伙在劳动时不怕吃苦，特别是在得到几句表扬后会干劲倍增。他也常使出一些"侠肝义胆"，在遇到不平之时主持公道。

总之，他是一个不令人讨厌的家伙。

可是，知青生涯，使得他的人生结局逆转，这结局无论如何也令人痛心疾首。

有天夜晚，尖厉的哨声把我们唤到操场上，我们的连队，即是几年前湖北省劳改茶场的中队所在地，那里有犯人修建的平整的篮球场。球场尽头的土台，是开会常用的主席台。这时，几盏大灯将台前照亮得如同白昼。我们全连300号知青不知发生了什么事情，只得按“排”、“班”顺序席地而坐。这时，只见几名剽悍的当地农民手持步枪，“噼噼啪啪”地跑上主席台，一名警察伫立其中，在扫视了一番台下知青后，突然一声断喝：“把陈忆波带上来！”

吼声未落，持枪农民便直奔台下，从端坐如云的知青堆中，一下子便把陈忆波扭上台。已经劳累了一整天，现在无比困倦疲惫的知青，蓦地惊起仿佛被打了吗啡，一个个无比惊讶，紧张万分地盯着眼前的一切。

只见警察从兜里掏出一根细长的麻绳，在两个农民的帮助下，把陈忆波的双臂拧到背后，把其中一只手臂从肩头拽下，另一只则从腰间别出。警察用绳将他的手紧紧捆住，在最后打结时，竟还咬着牙，用膝盖狠狠地顶着他的脊背，用双手猛力下拽……

我们被陈忆波极端痛苦的惨叫声惊呆了，大家不约而同地站立起来问：“陈忆波究竟犯了什么法，要这样地捆他！”许多人情不自禁地发出抗议之声。这时的陈忆波因痛苦而变形的脸上，早已失却昔日的神采，那咧开的一嘴白牙在颤抖着，一声高过一声的尖厉的哀鸣，竟使得一些女知青害怕地哭出声来。

台上的人怕群起而攻之，连忙将陈忆波带走，然后宣布：陈忆波因殴打当地农民，现被羊楼洞镇派出所逮捕……

事后，我们才知道，陈忆波是在阻止到茶场的茶园偷采茶叶的农民时，和对方发生了冲突，而被对方告到派出所将他逮走的。

几个月后，陈忆波从县公安局收容所释放回来。他苍白瘦削的脸上，早已不见一丝青春的生气，黯然的情绪，使得他总是沉默寡言，那口漂亮的牙齿因此再也难得见到了。记得他只告诉过我："当我被警察捆成'背宝剑'的形状后，只感到两只手臂已经断了，已经不是我的了。幸亏其中一个警察说：'还是松绑吧，不然这伢的两只手就残废了！'这样，我在被捆了10分钟后就松开了。在县看守所，有次我违反了'监规'，即无意中从门上的窥视窗朝外望了一眼，结果遭到的惩罚是逼着将一只手臂从窥视窗口内伸到门外，由警察将这手臂用麻绳捆起系在门外的下方，我整个人被痛苦地悬空吊起，那种钻心的疼痛，每一秒钟都难挨！"

说着，他捋起袖子，那褐红色的绑痕历历在目，一道一道的像会爬的蚯蚓。

在我度过5年、陈忆波度过4年那沉重的知青岁月后，我们分别了。回城后的知青，如同从渔筐里放入池塘的小鱼苗，大家迅速各奔东西，再也难得相见了。十几年后当我再听到他的消息时，不禁黯然神伤——

陈忆波随茶场最后一拨知青，被招工到咸宁一家工厂。由于下放的遭遇而落下了疾病，他便由医院开假条回到武汉的父母家中养病。其间，他参与过邻里的打牌赌博。咸宁这家工厂不甘心这名职工在汉的安逸，派人来他家及居委会查访，结果获悉"赌博"一案，遂报咸宁地区公安局，于是，陈忆波以赌博罪再陷囹圄。在一个机械铸造车间被强迫劳动改造时，天车上一块重物坠落，恰好砸在陈忆波的腰椎上，他的中枢神经被拦腰切断了！他自腰下完全失去知觉。

其后几年，他一直是在病床上度过的。由于腰际以下完全麻木，他的大小便失禁，每天生活照料都落在可怜而衰老的母亲身上。头脑仍然清晰的陈忆波，在步入人生盛年之时，终于吞食了大把的安眠药——那是他积攒了几年的精神解脱剂！他就这样地告别了人间。

那时，我们不会爱……

我下放生涯为16岁至20岁。刚下乡的那两年，根本没有萌生爱情意识，整天大孩子似的，干部一表扬，就咬牙拼命苦干；干部一批评，心里就坠了个大砣子，几天解不开……男女知青一色单纯开朗，不似如今同龄少年，情感之花比比怒放，有的还早结硕果。

那时我们每天也唱歌，但除了时兴的革命歌曲，就是样板戏，从来没有听过，更没人敢唱“黄歌”（也就是“情歌”）。我下放的地点颇为特殊——武汉市“五七”干校，其身边并无“贫下中农”，而全部都是“五七战士”。这“五七战士”都是武汉市各部委办局的干部，大凡下放多少沾有一些麻烦，所以他们一个比一个表现得要正统积极，任何事都讲“政治观点”。我们完全不如其他地区知青在淳朴的农民之中的自在，我们也不得不和那些谨小慎微的干部们一样，因动辄得咎，不得不变成一个个的“小正统”，其言必称“马列毛”，行必仿“工农兵”。

不过，到了下放第四五个年头时，干部们都搬到走马岭干校去了。我们的管理者，只剩下当年湖北省劳改农场留下的一批老管教干部。他们管我们时，常常习惯地拿出当年劳改农场那一套，但又不断地被告知“难以奏效”，因为对象毕竟不同了。而这时的我们，年龄也靠拢20岁了，孤独空虚单调寂寞的知青生活，开始需要爱情了。

在“文革”那空前残酷的封杀打压下，即使到了谈情说爱的年龄，人们也如履薄冰般地躲躲闪闪、战战栗栗地操持此事，全然没有当今少男少女们的“个性解放”和公然张扬。我一直到离开农村时止，都没有完全弄清楚，身边妙龄男女中究竟有几对将会成为眷属。我只知道，如果晚上十一十二点钟时，能偶见一男孤零零地从茶山上回到连队者，他必定是上山约会了的，因为不出5分钟，就肯定会有另一女悄悄尾随而归。当然，除了这一概率极低的偶遇以外，我也没有太多兴趣打探别人的私事。因为，我自己当时也无着落呢！

说无着落，主要是指我自己对身边的女知青没有确立具体的追求对象。我始终有一个很明确的意识，即在没有获得正式工作以前，或者说没有调返回城以前，是绝对不可在农村有此一举的。

不过，于朦胧中，身边也有过两位女知青先后表示了对我的青睐，只是我太单纯而没能有效地捕捉——

第一位是年纪稍长于我、身材稍胖的女知青。她有着常人少有的心计和修养。记得有次她同一寝室的女孩与她吵架，对方破口大骂，声泪俱下，她虽也气白了脸，却能忍着一声不吭。当时一热一冷的鲜明对比，给我留下极深印象。这女孩见到我的毛衣破了个窟窿，便主动拿去帮我补好，为此还拆下自己同色毛衣为我那窟窿续上毛线。当我似乎有所意识时，她已被作为“工农兵学员”“推荐”回城上学。在大学里，她给我多次来信。在我也终于返城后的第二天，她一获消息，便匆匆赶到我家。有趣的是，那次她来我家途中，竟然把戴在手上的手表给弄丢了——君不见，在70年代中期，一块手表可是个人的大笔财产哪！结果我俩在武汉的原本颇有情调的见面，竟是以到处寻表作为主要过程，其间绝无罗曼蒂克可言。后来，她与我的分手颇有“程式化”特色：“我爸爸说，你的家庭出身有问题，这怎么行?”要知道，“文革”中“家庭问题”之分量沉重如山，一般女孩儿哪敢沾惹？幸好我们在情感上还没有真正进入角色，充其量只是一种朦胧的预演。不过，由于这是我平生对爱情的“第一次感觉”，致使我迄今仍然忆海有痕。

第二位依然朦胧。她是一位皮肤白皙、眼睛很大的女孩，但心地单纯，心眼不多。她常常有事无事地找到我的寝室，看到我的衣被脏了就主动抱出去洗。有一次，我正在画画，她颇入神地立于身后观看。我抬手取物时，无意间手指触到她的下巴，于是二人赶紧拉开距离。要命的是，这是我的手指有生以来第一次触到一位姑娘的脸，顿时感到指尖酥麻，同时觉得她的下巴滑润光洁无比。我的这一美妙的感觉，竟然一直保持到20多年后的今天，足见我当时对那种体验“圣洁感”是如何地刻骨铭心。很快，这女孩也被抽调回城，进入一家酒厂当了工人。我这个身份仍为知青的家伙，只好斩断妄念。

如今，人已渐入中年，但知青生涯留给我的首次的情感印记，仍然令我挥之不去……

1995年9月于德国不来梅市寓所

余熙：男，1971年从汉口铁中初中毕业，下放到蒲圻县羊楼洞茶场七连。

悼　亡　友

管康平

今年春上，当山丹花缀满绵延起伏的小山坡时，我回到了阔别25年之久的鄂南山乡的那个小镇——黄土傍。途经松峰山时，遥见青翠欲滴的山峦中一座石碑隐约出现，于是，心境忽地沉重了。在方石碑下，埋着一位非常美丽的姑娘……我未去扫墓。不知那石碑是否生满滑苔？亦不知那土冢上是否布满荆棘？毕竟太遥远了——冉冉光阴，迢迢路途。

于是，我记起了知青连队那个“四合院”中逝去了的学友，唏嘘起来。

她叫王人英。25个春秋了，尽管在知青连队共同战斗几年也没与她说满25句话，但我仍清晰地记得起她的模样，很美很美，很纯很纯。尤其是那双眼睛，我发誓，绝对是世界上最美丽的眼睛，是能够净化人灵魂的眼睛，让任何邪念都无地自容的眼睛……

她的死太偶然。

那年酷暑，接到家中“母亲病重”的电报，她请罢假，买了一摞蔑编烧箕、竹篮与茶叶准备回家。因未拦到班车而未成行。中午，鬼使神差，肯定是鬼使神差，她约了女友赵国英去后山坳水库游泳。(她根本不会游泳，她下放几年从未游过泳！）结果，溺水而亡。

我仍然很清晰地记得。午睡中，赵国英尖利而惊恐的嘶叫将我们惊醒：“救人呀！王人英沉到水库里啦，快点救人哪！……”紧接着，那截当钟用的钢轨急促地敲起。钟声沉重地击在知青的心头。紧接着，几百知青潮水般地涌向后山坳水库。然而，水儿悠悠，鱼儿悠悠，风儿悠悠，云儿悠悠，哪有王人英的踪迹？从一点多钟始，一百多名会水的男生全都轮番潜水救捞，但每一次露出水面的都是失望的脸孔。我至今都无法解释，清清的水，静静的水，那么多人，怎么就捞不起个王人英?！后来，我们用一根很长的麻绳，在麻绳上扎了许多尖利的铁钩，从水库的一端朝另一端拉，反复多次，亦未捞起。直到夕阳西斜，王人英所在的后勤排总务长李军从崇阳县购菜回来后，说来也奇，一个猛子扎下去，便将她托了起来。

连队很快作了安排，从厂部调来两辆吉普车，一辆去岳阳拖冰，(酷暑，怕热坏了她）一辆星夜驰往武汉接她的家人。

那晚，我与好友章柏超值第一班。王人英躺在一张木板上，纤长的睫毛从紧闭的眼帘中高高翘起，很平静，很安详，没有一点痛苦或恐惧的痕迹，（或许是死神来得太快?）如同睡熟一般。只是因溺水之缘故，她的鼻孔里不断泛出细微的泡沫。我们不停地用药棉小心地蘸去那些泛水，不停地用芭蕉扇替她驱赶可恶的山蚊，尽可能地维系她的美丽……我们感到强烈的恐惧与震撼！好端端的，怎么忽地就辞别了人间呢？

追根寻源，是未拦到班车。若不然，她岂不是渡过了这一劫？

怎么会拦不到班车呢？怪老八。“老八”者，亦“四合院”中之一员，生得膀阔腰圆，以一顿咽八两肥蒸肉，吞八两大米饭，灌八两山泉水而得名。在王人英去世的前几日，老八因憎恨崇阳县商业局的汽车司机不肯顺捎知青一程而用大石块砸了汽车，并将司机揍得七窍流血，险些儿一命呜呼？那司机回去后便串通了崇阳县的司机们罢工，要求严惩老八。而王人英，正好赶上了这场罢工……其实也不能怪老八，老八也是为知青谋幸福。那年大雪天气，老八为帮同学截车，竟仰面朝天躺倒在泥泞中。一辆带挂的解放牌从高坡急泻而下，鸣声不断，可老八眉毛都不皱，直待车轮离他仅一尺多远刹住时，他才一跃而起。自然，那司机又被老八揍得在雪泥地上打滚……

怪谁呢？只能是一声无奈的哀叹。

记得那次追悼会是那么的沉痛与肃穆，几百知青无言默哀。在王人英遗体旁，搁满了用松柏枝编织的花圈——从后山坳水库旁的松柏林中采撷的，饱浸了几百知青的泪水。沉寂中，忽然，爆发出一声撕心裂肺、痛不欲生的声音——王人英的母亲扑倒在女儿的身体上摇着撼着哭着嚎着，但那哭嚎声很快便淹没在几百知青悲惋的哭声中……

记得悼词中有这样一段语言：“王人英同学在知识青年到农村去，接受贫下中农再教育的运动中，与天斗，其乐无穷；与地斗，其乐无穷；与人斗，其乐无穷！下定决心，不怕牺牲，排除万难，去争取胜利，是我们千百万知青的骄傲！我们要化悲痛为力量，斗私批修，反击右倾翻案风，把无产阶级文化大革命进行到底！”

在王人英遗体背后有一幅标语：“扎根茶场闹革命，永生永世不动摇！”

说什么好呢？我们都回来了，回到这座繁华喧闹的都市，而将她永远地留在那僻远的山乡，真正地“扎根”了的茶场。

然而，万万没有料到的是，曾经与我同时值班，用药棉蘸去王人英鼻孔泛水的章柏超君，一年后竟然病故！

柏超与我读中学时便为挚友，下放后又同在一个排，我任排长，他是管生产的副排长。我们亲如手足，绝对两肋插刀的兄弟！记得有年夏日夜半时分，老八领着他的几个“提草鞋”的（用当今话说便是“马崽”）在连队操场上“训练”，“一、二、一”的口令声“雄浑有力”，“下定决心”的语录歌“响彻云霄”，闹腾得全连人无法睡眠，可大家都慑于老八的淫威而不敢吱声。我实在看不下去，便出了宿舍斥责他。他凶狠地说：“你总是充六个指甲！（即充人的意思）老子不要你管！”我毫不示弱，说：“老子就是要管你，你敢动老子一根汗毛！”老八便一声不响地抄起一条长凳朝我拍来，但被人挡住了，月色中一看，原来是柏超……

柏超是忽然病倒的，临床症状是小便不通。连队用手扶拖拉机送到羊楼洞医院（距连队约 15 公里）导尿，住院了。那会儿柏超正与一位女生谈恋爱。因柏超性格孤僻而且倔强，平日难免得罪人，于是连队竟有了这样的谣传，说有人看见柏超与那位女生深夜在稻草堆中，受了惊吓，于是小便不通了。谣言传至我耳中，我愤怒至极，为柏超抱不平，站在宿舍门前的小土坡上着实地大骂了一通。其实，稍有些生理常识的人便懂得，即便是“受惊吓”，哪会导致不能小便呢？

不久，柏超便转到武汉同济医院，“穿刺”的结果是“恶性腹部纤维肿瘤”。

那是个星期五，我接到叔叔（即柏超父亲）的信，说柏超已做过手术，腹腔切开后发现满肚子的如同葡萄串一般盘根错节的小肉瘤，医生当时便缝合了——无法摘除。信中还说柏超一改往日乖戾暴躁的脾性，不吵不闹，只是念叨“康平”的名字……我是噙着泪珠儿向指导员请假的，但未获准。于是，第二天（星期六）上午收工后，我便偷偷溜走了。拦了一辆货车赶到赵李桥，攀上至汉口的慢车，到武汉已是深夜11时。星期天一大早，我便赶往同济。在病房外，叔叔碰到我，神情悲怆地说：“快进去，柏超昨晚念了你一夜，问你怎么还没回来！”我进去，见柏超合着眼躺在病床上，阿姨（柏超的母亲）正用卫生纸轻轻地醮着从他腹部一个小孔里冒出来的粪便。（因为肿瘤压住了大肠，故医生在腹部切孔泄便）没一个月，柏超便变了样子！颧骨高耸，两颊凹陷，双目无神，脸色苍白……这就是我的好友柏超？是生龙活虎、能上天入地的柏超？我不敢相信自己的眼睛！然而，这全都是真的，是真的！柏超看见我，高兴地笑了：“你终于来看我了……”我拉住他的手，强抑着眼泪：“你会好起来的，柏超，我们约好了一道招工回来的，是不是？我们说好了手拉着手下放，手拉着手返城的，是不是？”柏超点了点头，有气无力地说：“听说连队正在招工，你一定要争取回来！你出身不好，不能当兵，国家不放心你拿枪杆子；也不能读大学，国家也不放心你拿笔杆子。可不是说‘出身不由己，道路可选择’吗？当工人，拿榔头的权利应该给你的！你一定要争取！我等着你……”那日，我一直陪他到下午 2 点，因为我要赶 3 点的火车回茶场，星期一早上要出工。我们一直谈着话，谈初中时的校园生活，谈茶场的一些轶闻趣事，谈他的那位女友，谈他的家庭——爸爸、妈妈、妹妹、弟弟间的亲情与纠葛……奇怪的是，他曾经恼恨的一些人与一些事情很少提及，即使提起时已无往日的怨恨与愤慨了。他原谅了一切。临别时，他紧紧地攥住我的手，依依难舍中又透出许多期待："康平，一定要争取招回来，我等你的好消息！"

柏超，你既已知你不久于人世，可为什么还如此深切地惦记着别人的事情?!

火车在羊楼洞停下时，亦是夜 11 时许。我必须乘月色步行 15 公里赶在黎明前回队。在寂静的山间碎石路上，我想，柏超怎么会得上这种连医生都无法说出病源的绝症呢？对，一定是这样的！一定是这个原因！每年夏季喷农药杀虫时，那细长的喷枪时常被水中的杂质所堵塞，柏超总嫌用细铁丝捅太麻烦，太耽搁时间。（因为我们那时候开展劳动竞赛，将茶行的长度折算成公里单位。各排茶园的农药全部喷完就到了北京，见到毛主席。）为抢时间，争速度，早日到达北京，见到毛主席，柏超从来不用铁丝捅，而是用嘴将堵塞物吸出来，因此时常也将农药吸到嘴里。我们排十多个喷雾器，不管哪个堵塞了，柏超就用嘴吸。一个夏季，也不知要吸多少农药在他的肚子里?那都是剧毒农药啊……一定是农药为患！柏超，你怎么那么傻，那么倔呢？我对你说过多少次："我们就晚点见毛主席吧，莫用嘴吸喷枪。"可你犟头脑就是不听！

不久柏超去了。我终于没有能够"招"回来替他送行。

当时，武汉市水上运输公司在茶场招工，我们连队分配了 7 个名额。招工的负责人审阅了我的档案后便将我撂到一边。闻讯后，我找到连队指导员，用从未有过的“激动”对指导员说：“像我们这样的狗崽子，不能当兵，因为国家不放心让我们拿枪杆子；不能读大学，因为国家不放心我们拿笔杆子，可当工人，拿榔头的路总要给我们一条吧！我下放5年，两次推荐工农兵学员都政审不合格，当工人也要看祖宗八代？要不，国家干脆把我们全毙了！……”后来，指导员找水运公司招工负责人数次交涉，直至发出“最后通牒”：“如果你们不要管康平，我们连队7个人干脆都不去！”招工者才勉强同意，将我作为“低劣商品”搭配回城。

事后，我想，我6岁时因父亲被戴上“右派”、“历史反革命”等帽子去农场劳改，便一直是逆来顺受，打落牙齿往肚里吞。可那日我不知哪来的勇气，如同火山爆发，让我的指导员瞠目结舌、呆若木鸡……我想，我应该感谢柏超。是柏超教我这么说的，是柏超让我第一次敢与命运抗争，是柏超让我得到那个招工的机会。从某种意义上说，是柏超给了我一个新的生命！……感激你——柏超！

逝去的永远地逝去了，留给我们的却不仅仅是回忆……

管康平：1971年2月13日下放蒲圻县羊楼洞茶场，做过两年驳船水手，后曾从事过记者与编辑工作。

新三届啊，新三届

姜汉芸

去年5月1日，我满40岁，不惑之年悄然而至，倏忽间人生已经走过大半辈子了。伴随着紧迫感，一种强烈的追忆人生的冲动油然而生，这不仅仅源于内在情绪流泻的冲动，而是那个年代造成的缺憾给我们留下了难以磨灭的体验和思考。

知青岁月，那个和整整一代人的人生和命运相联系的岁月，那个夺去了一代人系统学习文化知识的岁月。尽管“我们那代人的遭际是曾被特殊历史时代共赋的，尽管我们身上有着同样的历史烙印”，然而时过境迁，无论成功的或者失败的，苦难的或者风流的，对那段历史我们各自都有不同的体验、认识和理解。

就我的经历而言，我认为，在中国知青史册上，文化底子最薄的，莫过于1969—1971年初中毕业的“新三届”，即使是历尽艰辛和苦难，生活在底层的平凡的老三届，也多少因为自己是老三届人有些许的骄傲，些许悲壮，些许自豪。十几年正规教育的知识功底：共产主义理想教育的熏陶；革命英雄主义和理想主义的利他主义为基准的执著；老三届人身上表现出的最为本质最为坚韧的人格精神以及老三届的纯真虔诚、苦难与风流，都使老三届令整个社会关注。1977 年恢复高考，许多老三届把握住了机遇，凭着较为扎实的文化功底和勤奋努力，赶上了大学招生的末班车。此后，老三届在政治、经济、文化的舞台上逐渐定位，大多数老三届人成为社会的中坚和骨干。而新三届则不然，夹在老三届和 1974 年后毕业的高中生之间，仅有小学 4 ~6 年级的文化底子，既没有资格经受“文革”期间的轰轰烈烈运动，又没有赶上学习文化知识的末班车。由于所受教育的局限，其精神人格与老三届相比有一定的差距。

去年年底，曾和中学时的同学相聚，20 多张昔日聪慧、天真的小脸，已被憔悴所代替，在座的同学当中仅一人圆了大学梦，提干的也屈指可数。新三届人叹息，我们失去的太多太多。20 多年后的今天，一种被时代抛弃的失落感压抑得许多新三届人喘不过气来。现代化步伐越来越显示出新三届人被耽误文化学习的缺憾和受教育程度的局限，即或是教育和辅导孩子，大多数新三届人也是力不从心，新三届人处在一种被人惋惜、同情的尴尬境地。新三届人难以出类拔萃，但又不甘心，这种心有余而力不足的尴尬，使新三届人常常处在矛盾之中。

作为新三届人，我是在不甘心的心态下去实现自己的追求的。这除了从小所受的教育以外，6 年多知青生活磨练所造就的坚韧，也是我坎坷人生路上的动力。

60 年代初期，我和千千万万少年儿童一道踏进了校园，我沐浴在党的阳光下，接受共产主义思想的熏陶，当我佩戴着中队委、大队委的标志活跃在市区儿童图书馆、青少年宫和湖北人民广播电台时，幼小的心灵里不乏阳光。我努力学习，积极为班级和大队工作，并作为学校唯一的代表参加了市儿童文化宫组织的许多活动，当我站在红色的帷幕前向全区的老师和少先队员的代表致敬时，我的身边不乏鲜花和微笑。那时，我有一个美好的梦和一个崇高的理想。

十年动乱，打碎了我的梦想。从此，鲜花没有了，微笑不见了，小小年龄的我感受到命运的多舛。出身的别无选择，注定了我要走一条十分艰难的路。

继 1979 年母亲也因家庭出身不好下放农村劳动以后，1972 年 4 月，未满 17 岁的我没读上高中就随校到汉川中洲农场插队。“血统论”使我失去了读高中的权利（71 届初中毕业生有四个面向：技校、高中、财贸、下乡）。此时，我们已没有了老三届大哥哥大姐姐们下乡时的一腔热情，更多地表现出一种矛盾、彷徨和无奈。下乡那天，夹道欢送的人敲锣打鼓，车过东西湖，车上的男女同学都纷纷哭了起来。可我没有哭，我的心在流血，泪在心里流淌。我坚信一个热爱祖国、热爱党、勤奋上进的好孩子，无论把她抛到哪里，她都会发热发光。我只有一个信念，出身无可选择，道路可以自己选择。我要扼住命运的咽喉，好好干，干出个样子来。

下乡后，我以极大的毅力经受了痛苦的磨练。我和贫下中农一起插秧、割谷、拔棉梗、挖河修水利。气温零下时没有深套鞋，我打着赤脚挖河；脱粒打场因劳累过度昏倒在场上，我用拼命劳动的汗水来洗刷自己的灵魂。贫下中农喜欢我、怜惜我，安排我在水利工地的食堂干较轻的活，我的棉袄又旧又薄，贫农大婶给我接上一节棉袖口呵护我那冻得红肿的手。怕我冷，队干部给我送来铺床的稻草。怕我吃不好，东家请西家送，虽然只是粗茶淡饭。农民大伯大婶兄弟姐妹给我的温暖和慰藉，使我体验到劳动人民的质朴纯真与善良。那时，我似乎已是农民中的一员，我把自己融于农民当中，我在农民的呵护下战天斗地，接受脱胎换骨的改造。我的行动和表现得到大家的公认和好评，场部还将我的事迹在全场宣传。宣传队将我的事迹编成演唱材料在全场演唱。半年后，我作为表现好、能力强的知青被抽到场部宣传队工作，尽管仍在农场，但比起一同下乡的数千知青来说，无疑是十分幸运的了。1974 年，我的父亲因长期抑郁，积劳成疾，含冤不幸去世。母亲、两个未成年的弟弟、我，分别生活在洪湖、武汉、中洲农场，一家 4 口人分在 3 处。生活的残酷和艰难让我痛不欲生，我痛苦、我迷茫，灾难为什么总是在我身上降临？我几次徘徊在南支河畔，真想就此了结自己短暂的一生。《钢铁是怎样炼成的》、《牛虻》给了我生活的勇气和力量，农场生产队的生活和磨练教给了我顽强。即使在逆境中，我仍然积极向上，多次被评为“先进工作者”、“青年建设社会主义积极分子”和“团支部书记先进个人”。1977 年恢复全国高考，我竟不知天高地厚地参加艺术学院理论作曲专业考试，结果只是南柯一梦。接着自信平时喜好读书，一年后参加大学文科考试，尽管其他成绩不错，却因为未参加数学考试而名落孙山。

新三届初中生不幸的命运此时深刻地显示出来。一个实际上只读了 4 年小学却荒废了近 10 年学业的所谓初中生，要学习高中数学谈何容易?! 我不甘认命，但是却难以抗争得了命运，我的那个梦，那个美丽的梦……

后来我回了城，参加了工作。我的好学上进和深入骨髓的责任心，使我再度受到组织重视。于是，我开始了自学。我和许多自学者一样，克服了家庭、工作与学习的矛盾等困难，通过了高等教育自学考试大专各科考试。然而，《高等数学》却是一只拦路虎，让我无法逾越。一次又一次的考试，一次又一次的失败，我几乎绝望地承认我是失败者。我想起下乡后一位盲人对我说的话："是读书的命，但没有读书的运。"我该认命了，除了日常工作以外，我还有许多事要做，我还有很多爱好，我已被《高等数学》磨得筋疲力尽。但是知青生活虽然没有惠赐我什么，却教会我在困境中生存，在奋斗中自强。我把所有的数学公式列在玻璃板上，做了无数道数学题，当我克服重重困难终于攻破（高等数学）难关，得到"高数"通过的消息的那一刻，我伏跪在地上压着声音痛哭，泪水顺着脸颊流淌。所有的艰辛，所有的努力，不都是为了给那个荒谬年代的一个补偿？

我终于实现了儿时崇高的理想和梦，成为一名中国共产党党员和一名大专毕业生。当我接过鲜红文凭的那一刻，真是百感交集，不是为了一纸文凭，也不是为了那浅薄而虚荣的名利，更不是为了官场升迁，只是为了实现自己的人生价值，找到一个真实的自我。而且这个自我不是那种充满私欲的自我，而是具有社会使命感和拼搏内涵的自我。

新三届人啊，我自知心有余而力不足，尽管学校和其他高校的一些同志不深究学历，说我是"复合型人才"，可我了解自己，了解自己的浅薄和无知。工作、学习、生活中，我很充实但也很累，我不敢让自己有丝毫的松懈。这些年来，我的工作得到单位及上级有关部门肯定，利用业余时间撰写的论文和参与专著的编写也分别发表、获奖和出版。经过努力，去年我又被华中师范大学专升本"高校管理"

专业录取，正在向大学本科进击。也许这和正在“攻研”、“攻博”的同时代人相比显得十分可笑，但在自己的起点上一步一个脚印地向知识的殿堂迈进，这也是生命的充实和追求的乐趣。

人的一生有许多东西无可选择，例如出生的时间无可选择，它使我有了成为新三届的可能；出身的家庭成分无可选择，它使我成为新三届中的一名知青，并且较其他同龄人受了更多的磨难。但是，我认为在人生的历程中，有许多东西是可以把握的，如执著勤奋，努力向上，面对工作讲责任，面对同事讲真诚等。尽管常常是心有余而力不足，尽管我们的青春没有辉煌的展示，尽管我们当中少有学者、教授、高工，但是我们为那个时代奉献了宝贵的青春年华。现在我们中的许多人面临着下岗、重新就业的又一次挑战，我们新三届人及许多当年知青又将为改革做出牺牲。

知青岁月不是足以标榜的光荣历史，曾经荣耀过的肯定它，曾经受尽磨难的诅咒它；成功者提起当年引为自豪，失败者提起当年不堪回首。悔也好，无悔也好，根据自己的经历一切都可以理解。老三届人已经得到社会的承认和理解，处在当年特殊历史条件下的新三届人，也同样需要得到社会的理解。今天，知青生活中最少的一部分人，包括我自己，我们那些仍然在各条战线上默默奉献、默默做出牺牲的伙伴，如果我们能为他们做些什么，那该多好。

新三届啊，新三届！

姜汉芸：女，武汉市韶山中学71届初中毕业生，1972年下放汉川国营中洲农场。

哭泣在遥远的岁月

谢维强

25 年了。春去冬来，天上多少阴晴圆缺，地上多少悲欢离合，但插队的艰辛岁月，留在记忆里永难褪色。只是每当回忆起来，心底涌出的总是阵阵酸涩。

猪 屋 生 涯

下乡 5 年的岁月中，我们曾在猪屋住过 1 年。

我们落户在江汉平原的公安县荆江区茅台公社先锋一队。这一带属荆江分洪区，沿虎渡河两岸的大堤上，有不少国家出资修建的红砖红瓦的平房。这些红瓦房在农民破旧的土砖茅草屋中，鹤立鸡群，分外显眼，这是准备一旦分洪，给分洪区难民住的，农民称之为“蓄洪房”。我们插队后，就住在红瓦房里。

住了一年多，生产队突然通知我们搬到堤脚下的一间猪屋去住，这令我们又惊讶又生气。

这间猪屋有一个辉煌的名字，叫做“百头猪栏”。根据“猪多肥多，肥多粮多”的必然逻辑，生产队准备在这里喂一百头猪。这间猪屋将产出大量猪粪，将粪施到田里，毋庸置疑，粮食大大丰收指日可待了。但可笑的是，决策人只梦到了辉煌的前景，没想到最为现实的问题：哪有买猪仔的钱？即使买来猪仔，又哪去找钱买饲料？猪屋盖起之日，也就是美梦结束之时。

按说农民应当是最务实的，与土地相依为命，最清楚自己那一亩三分地的底细。但是那个年代，都有点癫狂，尤其是那位政治队长，好大喜功，为博得上面的表扬，穷折腾，盖起了全大队最大的猪屋。

这间猪屋长约 40 米，宽约 7 米，一条 1.5 米宽的走道贯穿其中，方便饲养员给两边猪栏的猪喂食。猪栏每 3 米隔一间，可喂两三头大肥猪。我们搬进来后，一人一间，放一张床，搁一口箱子，砌一口灶，猪巢人占，开始了“接受再教育”的新生活。

住进去才发现，猪屋毕竟不是人屋，这一长溜猪屋，坐落在大堤脚下，周围水田环绕，杂草丛生。虽是春暖花开、犁耙水响之时，可以饱赏农家春耕的美景，但蚊灾令人不堪其苦。一到黄昏，蚊虫就在头上聚集，嗡声如雷；人走到哪它们跟到哪，如影随形，两手一拍，满手黑糊糊的。晚上烧火做饭，一边操持锅碗瓢盆，一边不停地跳跃，拍击。到了夏天，收工回来，一身臭汗，格外招蚊子，一边打，它们一边叮上身，前赴后继，视死如归。只好赶快洗澡，以降低对蚊子的诱惑力。

夏夜在门前乘凉也不是件乐事，虽然身上干净了，但蚊子仍纠缠不休。坐着聊天，手里的大蒲扇得不停地拍打驱赶蚊子，只要手一停，不要一会儿，身上马上就会叮个红疙瘩，有时实在受不了，只好逃回猪屋，躲进蚊帐，每人在自己的猪栏里，进行远距离聊天。

躲进蚊帐，也不能保证绝对安全。有一回，我发现帐子与土墙之间有东西蠕动，疑惑间我拿起一本书打了一下，只听见“哗啦啦”一阵响，一条酒杯粗的土黄色大蛇迅速窜上屋檐，我的眼睛都吓直了，忙拿起一把锄头，但蛇早钻进厚厚的茅草屋顶，无影无踪了。那天晚上我紧绷神经，稍有声响就迅速拿起床头准备的烧火棍。还好，一夜无事，以后再也没发现此类恶物。后来有位插兄说，要是条白蛇就好了，还可以娶来做娘娘。傻笑之余，心里还是充满了恐惧。

住在猪屋，最伤脑筋的是老鼠的骚扰。这间猪屋孤零零地矗立在田野上，十分引鼠注目，它们呼朋引伴，不请自来，只要你稍有疏忽，饭菜没收拾好，一觉醒来或收工回来，准会吃掉一些，打乱你一天的伙食安排。一到晚上，猪屋就成了它们的天下，一个个吱吱呀呀，上蹿下跳，目中无人。在伸手不见五指的情况下，我们只好听之任之。有时实在响动太大，忍无可忍，我们就猛拍床板，大声呵斥几声，以求得一时的耳根清净，以便入睡。因为是猪屋，四通八达，老鼠们进可偷，退可溜，根本不怕我们围捕，有时大白天发现一个，追来追去，它居然窜进猪屋旁的水稻田，让你徒呼奈何。

这种恼人的状况一直持续到我们喂了一条狗才好转。狗名虎子（知青的狗大都叫此名）。虎子来后，逢鼠必追，十分卖力，有时会勇敢地追下水田。尽管虎子主观愿望很好，愿为主人分忧，表现也颇令人赞许，但很少看到它抓住老鼠，看来还是隔行如隔山，它抓老鼠还欠火候。不过我们的日子安静多了却是事实，这说明虎子的威慑作用还是存在的，狗拿耗子的积极意义不能低估。20 多年过去了，虎子气喘吁吁奋勇追捕老鼠的感人形象至今还常在我眼前浮现。多么可爱的患难小友呵！

被赶到猪屋后，我们不断向上反映，但无济于事，原来我们住蓄洪房，生产队必须每年向国家上交100元左右的房租，这对一个穷队来说，是一笔不小的开支。而我们知青每人一千多元的住房费、安家费，早被有关人员“开支”了。于是队里的会计（此人非常精明）就提议把无猪喂的猪屋给我们住，以节约开支，至于是否适合人居住，那不是他们考虑的问题。经济利益驱动人们的社会行为，哪怕是在“最革命”的年代，照样显示出不可抗拒的规律性。

住了约一年，形势骤变。1973年，中央下发了有关知青问题的文件，包括李庆霖的那封信和毛泽东的回信，知青的命运发生了变化。我们搬回了蓄洪房，半年之后，又搬进了明三暗五的新砖瓦房。生产队恼火透了：房子还是盖了，钱还是花了，另外还付了两年的租金，还被上面当作不关心知青生活的典型。用他们自己的话是：“割了鸡巴敬神，人又吃了亏，神也得罪了。”

消逝的哭声

下乡那天，生产队长拖着板车到公社接我们，我们沿着虎渡河大堤向生产队走去。路过一座村庄，队长漫不经心地告诉我们，这个队有个女知青死了。我们一惊，纷纷问死因，他淡淡地说，淹死的。

几年后，碰到一位与那位女知青同队的农民，我向他打听女知青的详细死因，他说不清楚，也许是不小心失足落水，也许是自杀。于是，我听到了一段令人悲伤的故事。

1970年底，一次招工浪潮席卷了全公社，这个大队的知青走得只剩她一人。这种结局，对一个不满20岁的女孩子来说，不啻天塌地陷。她一人留下，无异于向周围的一切人宣告，要么她父母是人民的敌人，要么她本身有问题。总之，她属于应当永远留在农村的再教育对象。

招工前，知青们共同日出而作，日落而息，谁也不比谁优越高贵。可能会有些知青，故意向农民透露谁的爸爸是右派分子，谁的爷爷是资本家，以达到抬高自己的目的，但毕竟这类人不多，影响不大。但大招工后，突然只剩下一个人，什么原因就不言而喻了。

可以想象，耻辱、孤独、绝望，无时无刻不在扯着这个姑娘的心。每天晚上，小茅屋里都传出她压抑的哭声，令人揪心，令人悲伤，令人担忧。于是生产队长决定将她迁到一位五保户老太太家，一方面可以照顾她的生活，一方面可以防止出现意外。

几个星期后的一个晚上，老太太颤巍巍地拄着拐杖来到队长家，告诉队长女知青出去洗衣服很长时间了，还没回来。队长一听急了，马上通知全队的人分两拨，一批沿虎渡河寻找，一批在田野上寻找。那个晚上，人喊犬吠，全队人都没睡好觉。

最后，在人们常去的一口池塘边，人们发现了一盆拧干的衣服，一根捣衣的棒槌。一看到这些物件，嘴快的人就说，完了。几个小伙子马上下水捞摸，不出人们意料，这位女知青就静静地躺在水底。没有挣扎的痕迹，没有恐惧的神色，脸色很平静，如同在恬静的梦乡里，如同在她日夜思念的母亲怀中。

不该降生的生命

一对老三届的知青，结婚了。

他俩没法不结婚。所有的知青，除了他俩，都走了，都回武汉了。招工的工作人员一看到他俩的档案，就放在一边，再也不会多看一眼。他俩没做什么对不起人的事，他俩生在红旗下，长在困难时期，“文革”中失学，然后被上山下乡的狂潮裹挟到农村。他俩与同代人的生活轨迹没什么不同，但他们回不了武汉。因为他俩的父母，也可能是祖父母，也可能是曾祖父母，总之，他们的上辈人中有人做过当时政治上认为是罪恶的事，现在，他俩必须承担起这笔罪孽，必须为他俩的上辈人赎罪，捐门槛。于是，他俩就与家乡武汉无缘，就必须继续无限期地在遥远的乡村务农，无限期地接受再教育，于是，他俩想到了结婚。

既然要你扎根农村，就必须以某种生存方式与之相适应，结婚，则是比较现实的选择。两人一起过日子，男人挑水，挑柴，分谷打米，种自留地；女人烧火做饭，缝缝补补，洗洗涮涮，这样的日子比“出门一把锁，进门一把火”的日子要方便得多。里外兼顾，日子太难熬了。更重要的是，两人在一起，可以相互安慰那颗孤独的心，那颗因对前途绝望而破损的心，至于有无爱情，那就很难说了。

一年后，结婚的下一个必然程序，生孩子，按部就班地来了。两人并不感到意外，甚至可以说是满怀喜悦地迎来了孩子的诞生，无论身处任何处境，新生命的降临总是令人喜悦的，何况是自己的亲骨肉。他俩幸福地当上了父亲和母亲。

但幸福是要代价换取的。“一个孩子三亩地”，这一下多了许多事，孩子要吃要喝要拉要撒，一条要求未满足，他就毫不犹豫地大哭大嚎，这也无可非议，这是他的本能、他的权利，这就苦了年轻的父母，繁重的农活与琐碎的家务中，又增添了更加令人操劳的事，他俩每天都忙得精疲力竭。

产假满了，母亲必须每天出工了，孩子谁来管？经过商量，终于有位五保户老太太愿意带，当然，要有一定的报酬。于是他们出工时把孩子送到老太太家，收工时接回来，日子比以前轻松些了。

如果就这样过下去，结局应该是很美满的，因为两年后，这对知青被招工了。只是回城时，他俩是空手回去的，那个孩子，永远留在公安县的土地上了。

后来老太太没带孩子了，什么原因，队里农民说不知道，我也没打听清楚，反正是没带了。孩子的父母就每天出工前喂饱孩子，然后下地，中途休息和收工时，就赶回来照顾孩子。几个月过去了，倒也顺利。可是有一天，当母亲收工回家时，发现孩子被被子蒙得严严实实，赶快掀开小被子，孩子的小脸憋得紫紫的，老早停止呼吸了。估计是孩子睡醒后，不停地动，被子松了，然后慢慢蒙住了孩子的脸、头，孩子越挣扎，被子蒙得越严实，就这样……

在母亲肝肠寸断的号啕声中，队里的农民唏嘘叹息，可惜哒，是个男伢儿。

或许，这孩子就是他们父母捐出的门槛？

婚礼上的痛哭

我们大队有位老三届的知青，姓张，迟迟回不了城。论表现，他天天出工，农活十分内行。农民对知青的评价很简单也很实在，就看你是否卖力地干活。张知青很卖力，于是从小队到公社赢得一片赞扬声。

但是，每次招工招生，他就是走不了，这使生产队长一直到公社书记都很恼火，认为这不利于他们做工作。但招工招生的工作人员自有他们的标准，并且这些标准涉及红色江山永不变色的原则，农村干部们又不便多说了。

他下乡3年我们才下去，我们又陪他一起干了5年，这就是知青们常说的8年抗战。他为什么走不了的原因我至今也不清楚，只记得他逢人就解释："我爸爸是红军团长，长征掉了队，但绝对没有叛党，这一点朱德的警卫员开过证明。"这段话我们耳熟能详，每当他开口向别人陈述时，我们都知道后面他将要说的话。或许都认为他回城无望了，又加上他确实勤快，会干农活，有一家农民要他和他妹妹住进自己家。搬进农民家后，他与这家农民的一个女儿恋爱了，但有的知青说是恋爱后这家农民才邀他兄妹俩去住的。不管怎样，反正他的小日子比我们这些知青滋润多了。最起码，他回家就有饭吃，这是广大知青做梦都想不到的。

1975年，邓小平同志主持中央工作，大招工的风暴横扫公安县，只要能喘气的知青都回了城。张知青也被招到沙市码头搬运站当了一名搬运工，成天赶着骡子拖运各类物资。这时他发现他与农村女友继续保持恋爱关系已不合适了，于是他提出结束这种关系，但是，农民不答应。这家农民不是一般的农民，他们家中有儿女在外面工作，据说有一位还是区干部。他们全家直奔沙市，找到单位领导，痛说张知青的插队史，并指出，若不是等张知青，那位女孩子哪会24岁了还不结婚。确实，农村女孩子的24岁，是很可怕的年龄，单位领导听后既感动又生气，明确表态，张知青若断绝恋爱关系，就将他退回生产队。

结婚是在那位农民家。男方宾客只有3位，妹妹及其男朋友，还有一位是正在华师大读书的插兄，这位仁兄特地从武汉赶回公安县参加老友的婚礼，十分义气。婚礼上，新郎喝多了点，他端着酒杯，当着女方家人和各位来宾，拉着插兄的手失声痛哭："亚鹏，悔不当初呀！悔不当初呀！"

前几年我回生产队去玩，好友告诉我，张知青为了结束两地分居的生活，调回公安县城了，当码头调度。好友羡慕地说："他想给哪个泊位就给哪个，人家都求他，送礼都送不赢！"

看来他的小日子更滋润了，只是我默默地想："那是他自愿选择的生活吗？"

谢维强：男，1971年毕业于武汉市洪山区板桥中学，同年2月赴湖北省公安县茅台公社先锋一队（现公安县夹竹园镇先锋三队）插队落户。

第三辑：忆江南

——72—76 届知青的回忆

东边日出西边雨
道是无晴却有晴

——刘禹锡《竹枝词》

濛濛细雨送张斌

袁善腊

2月27日上午，我和夫人马丽莉及李敦强、杨庆平、楼玉娟等几位老知青驱车到赤壁殡仪馆，为我们尊敬的知青老大哥张斌送最后一程。

苍天有眼。武汉和赤壁都下着濛濛细雨，京珠高速也显得格外安静，似乎都在为我们老知青、赤壁人民的好儿子张斌哭泣、送行。

不到一小时，车子下了京珠高速，远远看到头披白纱、戴着黑孝的张斌女儿张婷一行伫立在赤壁公路旁，我的眼泪止不住涌了出来。我恍惚看到那个高大魁梧、操着热情豪爽的武汉口音的张斌大哥，每年守在鄂南山下、赤壁路口，候着我们这些来自武汉家乡的知青朋友。啊，斯人已去，那渐行渐远模糊的身影……

车门刚刚打开，我夫人马丽莉就和张婷拥在一起，只听到张婷的痛泣声："昨天上午11时，父亲突然喷血，妈妈守在一边，希望父亲坚持，希望再出现奇迹，最可惜的是我没能赶上最后见父亲一眼。”

庄重的灵堂前，我和赤壁市的领导们一道看望了张斌的妻子及80高龄的老母。43年前，老人家把年仅17岁的张斌送到那偏僻贫穷的鄂南乡村；今天，老人家从武汉赶来将亲自为儿子祭奠。灵堂两旁悬挂着那苍凉遒劲的挽联：

武汉知青扎根赤壁战农村战工厂战招商毕生不畏艰难良操美德千秋在

人民赤子奉献社会为百姓为事业为理想鞠躬尽瘁奋发亮节高风万古存

这60个字不仅表达了赤壁人民对张斌同志奋斗一生的概括总结，同时也倾注了赤壁人民对张斌同志的深厚感情和怀念。1968年12月张斌从武汉下放到原蒲圻县（今赤壁市）宋河公社红岭四队，作为知识青年的优秀代表，他1981年开始走上领导岗位，先后担任副镇长、市经委副主任、市经协办主任、市建委主任、市委常委、副市长、市政协副主席、党组副书记。2004年2月，张斌同志临危受命，接任省大型企业蒲纺集团党委书记和董事长之职，为了蒲纺能尽快走出困境，他一直带着心脏起搏器拼命工作，多次被送到医院抢救。记得2006年张斌确诊患食道癌，手术后我到医院看望，考虑到他身体状况，我建议他调回武汉，一心一意休息治病和陪伴老母。但张斌始终惦记赤壁电厂的发展和蒲纺的工作，还要求我为赤壁第二故乡多引项目，多作贡献。可以说张斌同志将毕生精力都奉献给了赤壁这块热土。

赤壁羊楼洞茶场号称百里茶山、万亩茶园，这里曾经集中了武汉4000多名知识青年。40年过去了，昔日风华正茂的青年，现在都进入花甲之年，每年清明时节，美丽的松峰山正是春茶新芽绽放之时，当年的知青结伴而来，踏青访友怀旧，追忆似水年华。张斌作为最后的武汉知青“留守人员”之一，也是联系武汉与赤壁的一座桥梁，他一直渴望将赤壁建成武汉知青之家、武汉的“后花园”，实现武汉赤壁共同繁荣，两市人民幸福安康。今天我站在那亲切熟悉的遗像前，默默地燃起三炷香，送张斌大哥一路走好，上天国，叩天堂，观赤壁松峰，山花烂漫。

袁善腊：男，湖北黄冈人，生于1954年1月，1972在蒲圻县羊楼洞茶场当知青

永恒的追忆

赵　林

一

在不惑之年回首往事或许有点为时过早，但是至少到目前为止，最令我魂牵梦萦的既非那无忧无虑的童年，亦非那充满艰辛却又其乐无穷的学术生涯，而是那段交织着梦幻和破灭、浪漫情怀和严峻人生、天真善意和卑劣欲念的知青生活。

相对于满怀“扎根边疆闹革命”的宏伟理想慷慨激昂地奔赴蛮荒的黑土地、空旷的大草原和烟笼雾瘴的热带莽林的老三届们来说，我们 72 届高中毕业生中绝大多数人只不过是顺应上山下乡时代大潮的惯性无可奈何地来到农村。早年的豪言壮语和理想主义逐渐蜕化为一种审时度势的精明算计，上山下乡的壮举已经褪尽了令人目眩神迷的光泽，成为日后返城招工的一条必由之路（正如在当时参军是入党的必由之路一样）。因此我们下农村时虽然仍旧像前几届知青一样唱着豪迈的歌曲，但是却很少有几个人真正体验到热血沸腾的感受。同学们中凡是能够找出种种借口以逃避下农村的，在临下乡前的半个月里都奇迹般地失踪了，剩下来的大体上可分为3种人：一是除了下农村之外再无其他途径达到招工目的的无可奈何者，二是那些在校期间一直表现积极、红得发紫的学生干部，三就是那些天生爱做梦，把虚无缥缈的幻想看得比现实生活更为重要的理想主义者。

我就属于最后一类人。我从小远离父母，由外祖父、外祖母抚养长大，年逾古稀的外祖父、外祖母与我相依为命。根据当时的政策，我完全可以顺理成章地留城，到街道工厂中和那些婆婆妈妈们、残疾者们以及想方设法留在城里的毕业生们一样，去糊糊纸盒或者干点其他工作。但是我却受着一种浪漫情怀的驱使，在同班同学们纷纷“临阵脱逃”的情况下执意坚持要下农村。我从小学到中学一向都属于那种散漫、自命清高而又多愁善感的“小资产阶级”，学习成绩拔尖，政治表现却平平。我的外祖父是一个旧式的知识分子，学识渊博，为人正直，素来以中国传统的儒家道德规范对我进行熏陶教育，而不问外间政治气候如何变化。这种教育对于我人格的形成起了难以估量的作用，而且越是随着年龄的增长，我就越明显地感受到这种影响的重要性。在当时，促使我毅然迈出下农村这一步的，除了我从小养成的理想主义气质以外，一个很重要的因素就是深明大义的外祖父的赞许。至于毛主席关于“知识青年上山下乡，接受贫下中农的再教育,.很有必要”一类的教导，在我当时下农村的动机中，所占的比重却是微乎其微的。

至今我还非常清晰地记得当时的情景。那一天我从学校回到家里，忐忑不安地望着坐在沙发上摆弄纸牌的年迈体衰的外祖父（那些年里，他一直这样打发时光，这或许也是对“文革”的一种消极反抗），犹豫再三，终于还是把我准备报名下农村的决定告诉了他。我当时的心情很复杂，如果外祖父反对我的决定，我也许会像班里的许多同学一样，把户口转到街道，但是我的心里一定会充满了委屈和压抑。我记得他沉吟了片刻，然后抬起头来用苍老无神而又充满眷念之情的目光盯着我看了一阵，缓缓地说道：“你长大了，该到外面去走自己的路了……”

就这样，我带着一分恋恋不舍的惆怅和九分投身广阔天地的欢欣，登上了西去的火车，开始了我的为期不长的农村生活。就在我下农村期间，外祖父因突发脑溢血而病故，临终前亦未能见上从小由他抚养长大、当时却远在农村的外孙最后一面。每念及此，我就肝肠寸断。但是倘若时光能够倒流，让我重新做出选择的话，我想我仍然会像当年一样离开熟悉而乏味的城市，走向陌生却充满了神秘感的农村。原因很简单，因为18岁的心灵本身，就是一支渴望冒险和追求新奇的流浪曲。

坦率地说，我当时之所以坚持要下农村，并非像老三届们一样狂热地想去实现某种宏大的革命理想，而仅仅只是想变换一下环境，走出狭小的家庭和学校生活圈，去体验一种在想象中充满了浪漫色彩的新奇生活。用“文革”时代的术语来说，我当时的动机与其说是“无产阶级”的，不如说是“小资产阶级”的。我正是怀着这种“小资产阶级”的浪漫情调，走向了农村这个广阔天地。

二

数百名下乡知青，像沙丁鱼一样挤在一节货车的“闷罐子”车厢里熬了一夜，终于到达了目的地湖北省襄阳县。火车一到襄阳，各个学校的知青就开始分赴不同的区、公社和大队。我们学校（武汉市实验中学）的几十个下乡知青，又换乘了一列只挂有几节车厢的小火车，经过一个多小时的颠簸，到达一个名叫朱坡的小站。这个在全国交通图上很难找到的小站，后来就成为我们的情感转换站——每当我们走进这个没有围栏的小站时，心里总是充满了喜悦和轻松；而每当我们走出这个小站时，脚步却总是那样沉重和蹒跚。

当我们第一次到达朱坡车站时，所遇到的无非是那种例行公事的接待场面。在经过一阵既淳朴又略显滑稽的欢迎仪式之后，我们几十个同学就像羊群一样，被一个个赶着牛车来车站接知青的农民分头带走了。我分派的生产队离火车站大约有七八里路，一路上我和同队的几个同学都感到既新奇又兴奋。农村特有的清新空气和一望无际的宽阔田野，令我心旷神怡。我至今依然能够亲切地回忆起当时四周的景色和我所体验到的那种透心透骨的陶醉之情。道路两旁冬小麦正在灌浆，沉甸甸的一片金黄；芝麻秆亭亭玉立，摇曳着紫白相间的花朵；几只色彩鲜艳的小鸟追逐着吱呀作响的牛车飞舞嬉戏；头顶上蓝天如洗，白云悠悠。这幅诗情画意，如同一种不可抗拒的诱惑，激发起我的“小资产阶级”情调，我似乎感觉到世界蓦然变得广袤无垠和晶莹透亮起来。

七八里路很快就走完了，我们被带进一个几十户人家的小村庄，一位长着稀疏“丘八”胡子的红脸汉子（后来才知道他就是这个村庄的最高行政长官——生产队长）把我们领到一个“三居室”的土坯房前，告诉我们这就是我们的新家，据说这里曾经住过好几届知青，老一批知青返城了很快又有新知青补进来，到我们来时，连当地的农民们也记不清到底是第几批了。或许是由于一种潜在的“同是天涯沦落人”的知青情结的牵连，那些不知名的知青前辈们，在这个“老根据地”里给我们这些新来者留下了一些坛坛罐罐和其他生活日用品。房屋虽然破旧了一点，但是仍然比我们事先想象的要好得多。我们村紧靠着公路，交通便利，水源充足。听队长说，去年一个工合三毛五分钱，一年下来，一个壮劳力可以分红百十来块钱，在全大队的 8 个小队里属于中上等。这一切似乎都在昭示着希望。与那些一放下行李就抱头大哭的知青相比，我们的新环境算是很不错的。大家都感到很幸运，甚至有点喜出望外，没有一个人表现出想家的神情。两个男生忙着用小刀在土墙上刻字留念，4 个女生围着房子嬉闹，我却跑到离住房很远的田野里去寻找一块安谧同时又能激发灵感的净土，作为日后劳作之余写诗的场所——临下农村前我忽然发疯般地迷上了写诗。

10 年后的一天，我曾经专程回到下乡的地方——襄阳县太平区朱坡公社星光五队，想要寻找某些失去的记忆。当地的农民们已经不认识我了，尽管我仍然能够准确地叫出他们的名字。他们由简陋的土坯房搬进了堂皇气派的砖瓦房，然而脸上却依旧沾满了眼屎和灰土。我好不容易才找到了当年的故居，但是映入眼帘的只是一片荒芜。那座曾经毁灭了我童稚的梦幻的土屋，已经长满了枯草，半壁山墙已经坍塌。在摇摇欲坠的东厢房墙上，我依稀辨出了我们第一天来到这里时所刻下的字痕：

“1973年5月7日王太平、赵彦、赵林等七人来此插队落户……”

三

很多年以后，我在大学里读到卢梭的《忏悔录》，对他的“人性本善，但罪恶的社会环境却使人变坏”的观点感慨颇深。那时候我已经脱离了农村，参加工作，而后又进入大学读书，所掌握的知识和所具备的社会经验，都比当年在农村时要丰富得多，然而我也深深地感觉到自己身上染了更多的市井恶习和玩世不恭的颓丧。那种天真无邪的善良和纯净，已成为一种逐渐远逝的追忆，隐蔽于无动于衷的冷漠和逢场作戏的消沉中。未泯的良知与功利的圆滑厮咬着共存于心灵之中，我的两只耳朵恰如雨果所形容的，一只听从上帝的声音，另一只则听从魔鬼的声音。尽管我的生活环境、社会地位和物质条件都远远胜过了当年，但是我却很难再体验到那种痴迷的梦幻，那种童贞的单纯，那种劳累了一天以后斜倚在幽静的草地上远眺血红的夕阳余晖，吟咏着半是爱情半是友谊的诗句时的心灵震颤，以及在利用短暂的午休时间往返十几里路去公社邮局投寄头天夜里熬着灯油写出的厚厚一叠信件的途中，信手拈起路边的一支野花，追视着被吹飞的花絮时所产生的种种奇思异想……

现在从哲学的高度回溯当年的农村生活，我才发现在那短短的两年间，我的人生观发生了多么剧烈的变化。那段充满了劳累和平凡琐事的农村经历，从表面上看来似乎微不足道，然而在这些磨蚀性情的平凡小事后面，却掩饰着灵魂的扭曲和善良本性的迷失过程。在刚刚来到农村的头3个月里，我虽然仍旧顽强地守护着我的梦幻、我的诗魂和我的纯真本性，但是也已经开始感觉到现实与理想、单调繁重的农活与如泉奔涌的灵感之间的巨大反差。在最初的一段时间里，我几乎每天黄昏都要写一首诗，每夜都要写一封长信，每个中午都要往返十几里路去一趟邮局。那时候这些活动对于我来说恰如一座灵魂的栖息所，它们既是我解除疲劳的灵丹妙药，又是我保持纯真的力量源泉。然而到了3个月以后，当“双抢”时节夜以继日的紧张劳作使我终于明白了高玉宝等长工们为什么那么痛恨“半夜鸡叫”时，我就再也没有精力熬着油灯去写长信了，当数月不见油腥的伙食使我再也不能以一种审美的眼光去观赏大自然的飞禽走兽时（那时候，一只色彩斑斓的山鸡，在我眼里已经变成了一道热气腾腾的美味佳肴），我就再也没有情致对着晚霞去写诗了。再往后，我就心安理得地依据着“饥寒起盗心”的古训，加入了知青们偷鸡摸狗（真正意义上的）的行列，将与生俱来的善良本性和十多年所浸润的儒家道德规范置于爪哇国中。

从农村返城后，我对写信始终有着一种莫名的怠惰感，更不愿意通宵达旦地去写长信了。对于我来说，所有的写信热情似乎都在那3个月里被耗尽了，吟诗的激情和灵感更是如此。许多朋友都说我的气质像一个诗人，但是在将近20年的时间里，我几乎没有再写过一首诗！以至到今天我甚至连诗也不太读得懂了。

那时候我刚刚过18岁，18岁是一个最纯真、最富于幻想的年龄，同时也是一个最容易堕落的年龄。禁果一旦被品尝，我就开始把作恶本身当作一种令人兴奋的游戏来体验（我想这大概就是上帝之所以要把亚当、夏娃逐出伊甸园的真正原因。令上帝不安的并不是亚当夏娃已经犯过的罪，而是他们在犯罪的过程中所体验到的那种兴奋感）。凭着“知识青年”的聪明才智和十八九岁的矫健身手，我们在偷谷子、偷油以及偷鸡打狗等方面的造诣，达到了极高的水平，并且把这些作恶的行为提升到一种艺术的高度。不久以后，我又学会了喝酒，而且酒量扶摇直上，从酣醉中所体会到的那种自我解脱的迷狂程度，远远超过了从诗歌中所体会到的幽深沉静。

到了下农村的第二个年头，我已经彻底地改变了自己的形象。当时农村人买卖货物都在集市上进行，朱坡的集市就设在公社所在地朱坡镇。每逢阴历双日赶集。一到赶集之日，衣衫褴褛的知青们就如同丐帮弟子一般成群结伙地出现在集市上，赶集成为知青聚首的同义词。一群群知青或坐在集市入口处的路边抽烟聊天，或混迹于集市上连偷带拿地"购买"农民们辛勤种植出来的瓜果蔬菜。那时候，我们并不以这种小偷小摸的行为可耻，而是竞相卖弄自己的"偷艺"。有时候我们并不需要一条黄瓜或者一把扁豆，但是为了表演自己的技能，还是去偷了。我记得每次赶集时，我总是背着一个又破又脏的军用书包，它的主要用途不是为了装在集市上购买的物品，而是为了在方便的时候塞进一只在路边觅食的鸡。当地的农民对于集市上的知青有一种天然的畏惧感，总觉得这些从城里来的游手好闲之徒，如同土匪一样惹不起（当时知青威胁农民的一句口头禅就是"烧房子"，而这一招对于视茅草房如命根子的农民尤其奏效）。因此即使有时候卖东西的农民明知道我们占了他的小便宜，也只是敢怒而不敢言。艰苦乏味而又毫无希望的农村生活，使人们丧失了同情心和羞耻感，我们把对命运的怨恨之情，倾泻到农民身上，用欺负农民的方式来顽强地维系已经所剩无几的城里人的自尊心和保持心理上的平衡，用道德沦丧的恶作剧来充实那失却了理想和健康情操的精神世界。

四

然而即使是在我最消沉颓丧的那些日子里，我的良知未曾全然泯灭。每当我完成了一件恶作剧后，在那种变态的兴奋之余，总不免会泛起一阵淡淡的愧疚。我知道那是我的未泯的诗情、我的纯真本性、我从小所受的教养在心中所发出的微弱呼唤。这呼唤是如此的微弱，以致它根本无法阻止我第二天继续去干恶事。然而它却始终顽强地存在着，不断地鞭笞着我的良心，撕扯着我的灵魂，令我不得安宁。在相当长的一段时间内，我一直过着一种极端矛盾的、自我分裂的生活，灵与肉之间的搏击、书香门第的教养与饥肠辘辘的欲望之间的抵牾、天真烂漫的理想与严峻残酷的现实之间的冲突，时时困扰和折磨着我。由于白天拒干农活，我又有精力在晚上读书了。当我白天在集市上或在其他知青点玩得昏天黑地归来后，晚上我就点起煤油灯开始读书。那时候，所能读到的书无非都是马恩列斯毛的著作。我当时对马克思的经济学尤其感兴趣，马克思《资本论》的前两卷我就是在白天偷鸡摸狗和游手好闲归来后于黯淡的煤油灯光下陆陆续续读完的。乃至到现在，每当我重温马克思的剩余价值理论时，头脑中总会不由自主地浮现出一群衣衫褴褛的知青聚在一起喝酒吃狗肉的情景。这两件风马牛不相及的事情如此奇妙地被我糅合在一起，这不能不说是一个奇迹，然而当我这样做的时候，我内心的巨大的撕裂感和痛苦也就可想而知了。

我就在这种白天是鬼、夜里是人的状态下度过了一年多的时间。犹如一个垂死挣扎的溺水者，我总是企图抓住一些能够代表我那纯真的往昔的东西。诗虽然不写了，但是彻夜读书的习惯却坚持了下来；

酒可以大碗大碗地喝，烟却是一支也不沾。坚决拒绝吸烟，在当时对于我来说具有一种极其重要的象征性意义，因为我过去一向认为吸烟的青年大凡都是地痞流氓。这样一种信念和决心，在维持我的心理平衡中起了重要的作用，尽管在上帝眼里偷鸡摸狗可能是比吸烟更为邪恶的行为，但是我却始终以不吸烟作为自己尚未堕落的证据，正如我始终以彻夜读书作为自己尚未变成农民的证据一样。这种象征性的行为现在看来显得非常可笑，然而在当时它却具有一种不可亵渎的神圣性，它成为我在日益深陷的泥沼中唯一能够紧紧抓住的心理稻草，成为逐渐破灭的昔日梦境——正直慈祥的外祖父、天真烂漫的童年理想、温馨宁静的诗意生活——的残存的碎片……

从农村返城后，我所干的第一件事就是学会了吸烟。

五

此时此刻，窗外淅淅沥沥地下着小雨，追忆的思绪把我带回到那交织着希望和失望的农村生活，我感受到一阵多年来未曾体会过的战栗和激动。那段生活虽然玷污了我童稚的纯真和浪漫的理想，但是它毕竟给我留下了许多难忘的回忆，使我懂得了许多人生的真谛。它粉碎了我粉红色的梦幻，却让我看到了充满了苦难和邪恶的赤裸裸的现实。它使我的梦被压在沉甸甸的现实下面痛苦地呻吟，然而，正是这苦难的现实，才引发了我超越现实的理想，正是这梦的呻吟，才坚定了我始终不渝地寻觅梦境的决心。深知我的朋友、听过我讲课的学生都称我为理想主义者，而我的理想主义正是建立在早年破灭的理想碎片之上的。真正的信仰只能从坍塌的神庙废墟上升起；只因失却了伊甸园，人们才会企盼着复归乐园。

与“文革”后生长起来的一代人（我习惯于把他们称为“天生的无神论者”）相比，我们有着过多的梦幻和过多的破灭、过多的希望和过多的失望。这些坎坷的心路历程增加了我们这代人的悲哀、痛苦和愧疚，同时也增加了我们这代人的坚强、自信和魅力。在眼下这个连梦都散发着铜臭味的时代中，追寻知青梦就如同堂吉诃德追寻骑士梦一样，显得有点不合时宜。然而，如果你注定了是一个寻梦者，那么任何残酷的现实都无法真正毁灭你的梦。梦的内容或许会不断地变换，梦中的那些闪光的星座和神像或许会不断地陨落，但是那虚无飘渺的梦本身、那遮蔽在有形的神像背后的无形的神龛，却是引导生命不停地超越自身的永恒的精神旌旗。

也许没有必要对那段天真的堕落进行过多的忏悔和自责，因为我们当年的邪恶也是真诚的。那是人生三段式的必由之路，唯有经历了恶的洗礼的善才是真正的善。但是对于那些淳朴善良的农民们，我却始终怀着深深的歉意。尽管他们有些自私、有些吝啬，偶尔还想从知青身上揩点油。但是在他们那质朴无华的眸子里，我看到更多的是善意和真诚。数千年来他们构成了中华民族宽厚的脊背，然而在“文革”期间，他们却成为知青这种时代的牺牲品脚下的牺牲品。

尽管有着那么多的瑕疵，那么多的人性弱点，知青生活仍然以它那慷慨激昂的理想主义精神，呼唤着日益陷入琐碎和慵惰中的心灵。无论是“扎根农村干革命”的“无产阶级”情怀，还是渴望异乡风情和冒险生涯的“小资产阶级”狂热，都抒发着那个时代的阳刚之气。即使在一百年以后，这种忘我的迷狂和开辟“新边疆”（地理上和心理上的）的豪情壮志，都是对疲软生活的巨大鞭策和无情针砭。社会需要理性，但是社会也需要激情；没有理性的社会是一个疯狂旋转的旋涡，而没有激情的社会则是一个萎靡不振的侏儒。同样的，人生应该面对现实，人生更应该弘扬理想。脱离了现实的人是一个堂吉诃德式的悲喜剧角色，虽然滑稽却不免令人肃然起敬，而丧失了理想的人则是一具没有灵魂的行尸走肉！

关于知识青年上山下乡运动的论文、报告文学和小说已经有过很多，而且以后还会有更多的回忆和总结。我在这里并不想谈论知青运动的时代背景和社会根源，那是一个太大的论题。我只想回首一下自己的人生，重温一下那段魂牵梦萦的青春年华，这或许能对未来有所裨益。世界如此广袤，历史如此悠远，而人生却是如此短暂。然而恰如一位哲人所言，每一个最简单的分子都是以自己独特的方式表象着世界。在每一段有限的人生中，都蕴涵着无限的启示。

知青生活已经成为一种朦胧的追忆，然而知青时代的梦幻却永远地融化在我们这一代人的血液中。

赵林：男，武汉市实验中学 1972 届高中毕业生，同年去襄阳县太平区朱坡公社星光五队插队。

三个女知青的故事

邓一光

1974 年 3 月，我从重庆第一中学高中毕业，那时我 17 岁。一个月后，我和几万同龄人一道，唱着《共青团员之歌》，坐着大卡车下了乡。我们在卡车上一路唱着："……再见吧亲爱的故乡，胜利的星会照耀着我们。再见吧妈妈，别伤心，别难过，祝福我们一路平安吧。"

我插队落户的地方是四川省开县铁桥区立新公社永合大队第三生产队，从此便在那里度过了 5 个年头的知青生活。在我下乡之前，开县已接受了 3 批数千名重庆市的知识青年，他们分别是 1966 年、1968 年和 1972 年下乡的，我们称他们为老知青。他们中间的大部分是老三届，同时又是有过辉煌经历的红卫兵。在我们一生中，他们给我的教益最多。我在这里记下的，就是他们中间 3 个人的故事。

邹　眉

邹眉是1968年下乡的高中毕业生。

邹眉长得眉清目秀，胖胖的，皮肤白细，剪短发，说话轻声细气，言行举止中透露着高雅的教养和书卷气。

邹眉不是我们大队的知青，我们只是一个公社，相隔有20里路，她同我们队一个名叫杜晓玲的女知青要好，常来，我们就熟悉了。记得我们第一次正式认识时，几个一同下乡的男知青正在打一个农村青年，邹眉坐在门口和杜晓玲说话，她当时就轻声细语地指责我们，我们几个男知青都是部队的孩子，从小在军营里长大，又见识过重庆武斗的枪林弹雨，崇尚武力，一群十六七岁想做英雄的小青年，被一个比自己大不了多少的女孩子指责，虽说指责是轻声细语的，总归是不高兴。但不知为什么，当时发誓要打遍天下的我们却没有发作。大家都坐在我的茅草屋前，一边弹六弦琴一边唱歌，先是我们唱，后来邹眉也唱。她会唱的歌很多，不仅仅限于知青歌和当时流行的歌。唱着唱着，大家都不唱了，听邹眉一个人唱，到后来连六弦琴和口琴都停了下来，因为无法为她伴奏，就听她一首接一首在那里唱美国的、法国的、德国的歌曲。那天晚上星星很多，月儿很亮，山脊上刮过一阵阵清风，我们谁也不说话，在地上坐了很久很久。

邹眉出身于书香门第。她的父亲是重庆钢铁公司的总轧钢工程师，一位留学德国的冶金专家，在中国冶金行业颇有名气，前后被毛主席、周总理接见过5次。本来是一个前程似锦的高级知识分子，不知为什么却去说江青的坏话，被抓了起来，关进了监狱，于是邹眉和她的3个哥哥便先后下乡当了知青。后来我们见过这位不会说话的冶金专家一次，那是我们都回城之后。有一次邹眉和她父亲一起到我家来玩，我的父亲请他们父女俩吃饭，饭是在馆子里吃的，其中有一道菜是炒嫩蚕豆，等大家都吃完饭准备起来离去的时候，冶金专家发现盘子里还剩着十几枚豆子，便又坐下，毫不拘泥地拿起筷子把豆子一颗一颗全吃完，这才起身离去。

邹眉是一位非常可爱也非常令人尊敬的大姐，在我们相识的几年中，她一直关心我、帮助我，给了我很多指点。她懂的很多，是那种少有的知识渊博的女知青。每当她到我们知青点来的时候，晚上我们总要坐着说很长时间的话。话题多是不限定的，她给我讲中外历史、讲天文地理、讲古代文学、讲中外名著、讲生命的奥秘、讲生活小常识……她总是慢声慢气地娓娓道来，一点也不急，语气中没有大跌大宕，如梦一般让人觉得美妙无穷。我们队离区里很近，每个星期邹眉都要到区里来赶场，她总是头一天收了工以后赶到我们队里来，于是每个星期我都能从她那里听到美丽的故事，这几乎成了我迷恋不已的必修课。我真是佩服她极了！我那时就想，她怎么会懂得这么多？她那个又黄又细的短发下的脑袋里，还会装着一些什么呢？

邹眉的与众不同，除了她的教养和渊博的学识外，还有她心态的平衡。上山下乡的知青中没有几个是自己选择的这条路，几乎没有一个人不抱怨命运，在我认识的知青中，不抱怨命运的只有邹眉一人。从来没有听她说过命运的坏话，也从来没见过她多愁善感，她总是给人一种博大和安宁的印象，和她在一起，你会老想着这个世界的好，你会觉得这个世界并没有什么不公平之处。

打倒“四人帮”以后，邹眉的父亲从牢里放了出来，冶金专家出来后的第一件事，就是在1977年春季招生时为女儿搞到一个重庆大学电子计算机专业的招生指标。那一年的老知青中通过招生招工回城的有不少，其中有一名男知青叫陈泽诚。陈泽诚和邹眉是一个知青点的，下乡前他们分属于不同的红卫兵组织，有很深的派性芥蒂。下乡 8 年当中，他们出入一个大门，在一个灶房里做饭，却从没说过话。陈泽诚的父亲是特殊钢厂的一名老技工，他给儿子弄到的是本厂技校的招生指标。本来政审体检过后就准备回城了，家当都送人了，谁知后来出了问题。按照招生规定，技校生年龄不得超过 25 岁，而陈泽诚刚好超过了，也就是说，他不符合招生规定，不能被招生回城。陈泽诚是条铁打的汉子，当年武斗时他冲锋陷阵，枪林弹雨中都没眨过眼睛，但知道因为超过了年龄不能回城时，他当场就哭了。在农村熬了 8 年，眼看有了一个回城的希望，却又破灭了，这个打击对谁都是致命的。邹眉知道了这件事，是她同派别红卫兵组织的一个战友告诉她的，那人说，活该他陈泽诚倒霉！邹眉听了这话，什么也没说，第二天跑了几十里路到公社，找到公社知青办民主任说，她愿意用她那个重庆大学的招生指标换陈泽诚的技校招生指标，她年龄不满 25 岁，而大学则不限定 25 岁，这样两个人都可以回城，但她不愿意和陈泽诚说话，所以请民主任做个中间人，帮助两个人互换招生表格。听到这件事，所有人都震惊了，不要说两个人因为观点不同整整 8 年没说过话，就算是再好的朋友，那个年头，谁又肯用一个大学指标去换一个技校指标呢？当然，最震惊的还是陈泽诚本人，我没有看到他当时的表情，但我能够想象，那份重庆大学的招生表，不仅改变了陈泽诚的命运，也改变了他的人生观。

事后邹眉非常平静地对我说：一张表就能改变一个人的命运，这种事谁都会做的。

邹眉回城后到技校读书，我们常有来往。第二年高考制度改革，邹眉报了名，她报的是一所重点大学，名字我记不得了，反正是名牌大学，在四川省也就招两三名。我们都知道，像邹眉这样底子厚实的人，考上大学几乎用不着费多大力气。高考一共两天，第二天，我正在家里看书，我那时白血球骤然减少，正在家里养病，邹眉来了。我很吃惊，问她怎么没有去参加考试。她说她耽搁了，早上去考场的路上遇上一场车祸，一位老太太被车撞了，躺在路上没人管，她看不下去，就把老太太送去了医院，从医院出来时，再赶到考场已来不及了。她还说，昨天考的那两门没考好，所以也不遗憾，等来年再考吧。我听了，也无话，总是有些替她抱屈。我们大院有一个老红军的家属是重庆市招生领导小组的，她也认识邹眉，这事过去一段时间后，有一次她告诉我母亲，说后来邹眉考过的那两门卷子找出来了，单科成绩是重庆考生的第一名，谁都不明白这个考生为什么不接着考下去，若考下去，只录取一名也会是她。我听了这话，良久说不出话来。后来把这事告诉邹眉，她却很平静，没有丝毫的失落感。

一年多以后我离开了重庆，从此与邹眉断了联系，只知道那个时候她已经放弃了考大学的念头，因为有规定，中专和技校生毕业后工作不满 3 年不得考大学，她打算直接考研究生。我离开重庆后，经常想起她，想她给我的那许许多多的教益，想她怎样从容平静地把握自己的命运。在我的想象中，如今她恐怕早已在国外读完了博士后，但不管如今她在哪里，在做什么，这个世界在她眼中，永远都是美好平静的。

鲜　玲

我是在下乡的第一天，生产队的老乡接我到队里去的路上见到她的。那时我们刚涉过一条小河，在河边穿鞋子，她背着一捆柴禾从小路上走来，柴禾很重，压得她气喘吁吁。她穿了一身很旧的男式咔叽布中山装，袖子和裤腿都绾了起来，长发盘在头顶，显得单薄而孤独。接我的老乡和她打招呼，叫她“老鲜”，她便站下来，和老乡说话。她脸上带着一丝麻木的、似有似无的微笑，那微笑很忧郁，从此便一直保留在我的记忆深处。

鲜玲是老三届初中毕业生，我下乡那一年，她已下乡 6 年了，年龄该是 20 出头。她是一队的，和我们三队只隔一条小溪，她那个队只有她一个知青，知青点在一座名叫七子梁的大山脚下，孤零零的，是两间干打垒的土墙茅草屋。

鲜玲是我们公社最漂亮的女知青，至少我是这么认为的。她的漂亮是一种忧伤的、孤独的、遭人非议的。她是独生女儿，没有兄弟姐妹。她的父亲是大烟鬼，新中国成立后被关了起来，后来被政府镇压了。我后来想，她父亲恐怕还有些别的什么问题，否则光是吸鸦片，怎么也不至于被弄到挨枪子的地步。她的母亲早年是怎么生活的不得而知，但后来丈夫被枪毙后，为了养活尚未长大的女儿，这个未亡人做了暗娼，为此“文革”期间在街道里遭过不少罪。这些事，都是后来我当上了基层干部从组织那里了解到的。

鲜玲不仅人长得漂亮，而且能歌善舞。她身材匀称，在中学读书时跳过“白毛女”和“吴琼花”，受过业余舞蹈训练，下乡以后，她便成了毛泽东思想文艺宣传队的骨干。公社每年都要组织文艺汇演，当时我负责抓大队的文艺宣传队，鲜玲因为有一技之长，就由她来编导节目和演主角。有一年，大队为了在公社汇演中夺魁，打算排一出大戏，当时的大戏，有8个样板戏放在那里，因为除了鲜玲，谁也不会跳足尖舞，伴奏也是问题，所以到后来就决定排《沙家浜》，鲜玲演阿庆嫂，我演刁德一，另一个男知青演胡传魁，其他的人，也各有分工。就演戏而言，鲜玲无疑是内行，她对排演非常认真，总是不厌其烦地一遍又一遍教我们，唱词如何，身段如何，台步如何，说得很详细。当时我们大队1968年下乡的知青只剩下她一人了，其他都是1972年和1974年下乡的。我们这些知青，大多不喜欢鲜玲，觉得她出身下贱，又有些清高（后来我想，原因应该还有一条，就是她长得太漂亮），所以排演起来，都不与她配合，大家都故意做出满不在乎的样子，有时候弄点小把戏来哗众取宠。这样排演起来，既不严肃，进度又慢。鲜玲很生气，但大家的故意她是知道的，纵有千般委屈也说不得，在那种气氛下显得很孤立。有一次，两个男知青恶作剧，故意把她教的身段变成痴残人状，逗得大家嘻哈乱笑，气得鲜玲流着泪一甩手走了。我当时有一种“叫你教戏是看得起你，你有什么资格拿捏”的想法，当即叫人撵上去通知她，如果她不立刻回来老老实实教戏，就扣掉她的工分，并且以阻挠和破坏宣传队工作罪处理。当时为了在公社汇演中夺得名次，大队给每个宣传队员每天10个工分的待遇，一般女知青在生产队干再重的活也只能拿到七八分，有的还只有五六分，没有工分，口粮分不回来，就得饿肚子。我这一招，无疑是杀手锏，不一会儿，鲜玲果然乖乖地跟着那人回来了，红着眼圈，又教大家排戏。

我们就这样排练下去，练得黑汗直流，到公社演出的时候，还是出了问题。公社汇演时，我们大队的《沙家浜》被排在头一场。演到“胡传魁的队伍进村”一场戏时，本来有这么一段：刁小三追一名村姑上场，两人围着春来茶馆的桌子追逐绕圈，刁小三欲夺村姑的包袱，村姑说：“你为什么抢包袱?”刁小三说：“抢包袱？我还要抢人呐!”便扑上去做抢人状，村姑惊呼：“阿庆嫂!”阿庆嫂便出来解围。这段戏是过场戏，不难，谁知演到这里的时候，扮演村姑的大队书记的女儿不知是太紧张还是假戏真做了，抱着包袱死也不肯松手，刁小三夺了几下硬没夺下包袱来，众目睽睽下有些慌了神，就小声对她说：“你快松手呀!”“村姑”仍不松手，还回头扯着喉咙朝后台喊了一句：“阿庆嫂，快来帮忙!”逗得台下的观众一阵哄笑。

好歹把这一段对付过去了，戏继续演下去。演到《智斗》一场时，其中有这样一段：刁德一命令手下人抓了一些渔民，逼迫他们下湖捕鱼，以诱使藏在湖中的新四军伤病员走出芦苇荡。阿庆嫂知道这是一个圈套，心里很着急，一个人在台上，有一大段表白心理斗争的唱词，最后阿庆嫂看到了墙上挂着的草帽，急中生智，将草帽丢进湖里，刁小三、胡传魁等人以为有人跳水送信，冲上台来朝水中开枪，枪声示警，打破了刁德一的计谋。当时鲜玲一个人在台上唱着她那一段很长的唱词，我们这些演刁德一、胡传魁、刁小三、刘副官的都站在台后，一边扯着喉咙喊“我们不去!”“我们不下湖!”“谁不去就毙了谁!”之类的后场效果，一边说笑着准备上场，负责管声响效果的是一位本地知青，他太紧张，当他看到“阿庆嫂”从墙上取下草帽时，鬼使神差地跳将起来，将几枚电炮砸在地上，电炮“砰砰”地炸响了，我们听到枪响了，也没弄清台上的情况，糊里糊涂地冲上台去，高喊着“有人跳水!”纷纷朝水里做射击状，而这个时候，

“阿庆嫂”人还在台上站着，正在唱“风声鹤唳，引诱敌人来打枪”。台下的观众立刻哄闹起来，有别的大队的知青，这时就站起来大喊：“抓住她！抓活的！她是地下党！”弄得我们在台上站也不是，退也不是，尴尬万分，就这样，一出好端端的样板戏，给我们演砸了。

我下乡的时候，在1968年下乡的知青中，有不少人在谈恋爱，生活困难，没有依靠，精神苦闷，看不到希望，这些都是恋爱的外在因素。特别是女知青，身单力薄，做不动活，大多还要受到性骚扰，处境都不佳，如果谈个对象，有个主子，有个依靠，生存就有了多半保障，也会少许多麻烦。我们大队有两个1974年下乡的知青，一下乡就“合并同类项”，可鲜玲作为1968年下乡的老知青，却始终没谈对象。据我所知，当时有不少别的大队或别的公社的男知青很想和鲜玲谈，也都试探过，可都被鲜玲拒绝了。那个时候选择对象，男知青的条件一是漂亮，二是能干；女知青的条件却几乎只有一个，那就是对象要能够保护自己，至于别的什么，都可以忽略不计。来打鲜玲主意的，多是一些在当地有点能耐的男知青，就鲜玲那种处境来说，找一个对象确实对她的生存状态有好处。但不知为什么，她就是不谈。鲜玲不谈对象，影响则更为不妙，在大家眼里，她身上总有一种不干净的神秘。关于她的传说也不少，说得最多的是每年春节回家探亲的事，当时知青春节回家，都要往家里带一些土特产，一来城市物质匮乏，这些东西带回家，能使家里的春节物资丰富一些；二来也能向家里表示自己生存环境的宽绰，让家里放心自己。老实点的知青，靠的是自己的勤扒苦做，差不多从家里一回乡下就开始攒这些东西了，比如鸡蛋，自己喂两只鸡（喂多了不行，一来没粮食喂，二来也不许，是资本主义尾巴），下了蛋舍不得吃，留着，到一定的时候拿去和老乡换成新鲜的，一点点集到年底。野一点的知青就偷，看着该回家过年了，找两个风高月黑夜外出收罗，叫“夜袭队”。总之都有办法。鲜玲穷，没有任何接济，挣工分连口粮都挣不齐，每年春节回家，她都背着一只旧军用挎包，挎包里装一套换洗衣物，就这么上路。当年从开县回重庆，得走一天山路，两天水路，路费大约得 20 来元钱。鲜玲分明是没有路费的，她不和大家一起走，独自背着挎包上路，也不知是靠什么回的重庆。有人就说，她是“混”回去的，还编了一些活灵活现的故事。那个“混”字，夹杂了许多暧昧的色彩。我当时是相信这个说法的，所以愈发瞧不起她。

1977 年我们县的 1968 年老知青大量回城，鲜玲也是其中的一个，但她既不是招生，也不是顶替父母，甚至没有回到重庆。她出身不好，家里只有一个没有工作又遭人鄙夷的老母亲，她不可能得到更好的回城机会，只是被招工到开县城里当工人。但不管怎么样，她毕竟是得到了一个逃离苦海的机会，可以想象，那些日子她是怎样的快乐。那一天晚上，两个招工的男人到一队去找她，敲她独自在山梁下的门。她不开门。两个招工的男人很生气，说，我们是来给你送表填的，你把我们关在外面像什么？你再不开门，我们可就走了。她在屋里不说话，就是不开门。等那两个人悻悻地离开后，她就开始放声大哭，一直哭到第二天早上，队里的农民叫不开她的门，怕她想不开，跑来找我，我跑去之后，才知道这件事。

鲜玲终于走了，终于到县里当了一名工人，那年她大约 24 岁，在农村已待满了整整 8 年。事情过了一段时间，她们一队有一个本地女青年告诉我一件事，说鲜玲在队里的时候，常叫她陪她睡。晚上知青点的大门用一个大木棒顶着，鲜玲晚上睡觉从来不脱长裤子，裤腰用一条结实的麻绳系得死死的，而且，她的枕头下一直放着一把菜刀，下乡8年，鲜玲一直是这么过来的。这件事给我的震动太大，我当时像是傻了一样，完全说不出话来。直到如今，我的脑海里仍不断出现一个为吸毒而被枪毙的父亲，一个为养活孩子而卖淫的母亲和一个用麻绳系死自己腰带整整8年的女儿的形象。我为我所做过的事忏悔。

从那以后我一直再没见过鲜玲，不知她如今生活得怎样。最近舞台上又开始重演样板戏了，也不知她是否会带着她的孩子——如果她有孩子的话——一道去看。她坐在台下，心里会想些什么，脸上是否还会带着若有若无的微笑。但是我想，如果上天公平的话，她从此该再用不着穿着长裤睡觉了，而且枕头下也该再没有菜刀的影子。这是一定的。

杜 晓 玲

杜晓玲是重庆印染厂的职工子弟，初中毕业生，1972年下乡，那年她16岁。

杜晓玲长得单薄清秀，有一条又粗又黑的长辫子，一双很大的眼睛，眼睛有些凹陷，都说她像印度女孩，我没有这种印象，只觉得她那双眼睛目光极深，看你一眼，你就会感到有两道冰一样的寒光穿透你的灵魂。

杜晓玲和我是一个知青点的，除了我们俩，还有一个叫邱义明的男知青。我们下乡的时候什么也做不好，记得第一次煮饭，不知饭该怎么煮，糊里糊涂在锅里放一碗米，加一碗水，架起柴禾就烧，结果饭成了炒煳米。后来杜晓玲不声不响地进来帮我们，教我们怎么舂谷，怎么筛糠，怎么做饭，以后索性做饭时多匀点粮食，我们两个男知青分下粮食就往她屋里一挑，在她那里搭伙，也就省却了做饭洗碗的麻烦。

杜晓玲不太爱说话，手却很巧，极会过日子。我们那里是山区，穷，没有几亩水田，大多是山区的瘦地，种小麦、红苕、豌豆、洋芋，全年全劳力的粮只能分到二百来斤，其中谷子和小麦最多只占三成，大多数时候是吃红苕和各种杂粮。杜晓玲会做很多种杂粮饭，如焖南瓜、焖胡豆、玉米面汤圆、豌豆窝头、红苕粥等。这些杂粮换着花样吃，倒也常有新鲜感。每次煮饭，她总是省了又省，而且吃饭的时候，她总是先让我们两个男知青吃，说我们的活重（其实她的活也不轻，而且还要负责做家务、做饭，我们只管挑水和去山上挑煤的事），说她的胃小，吃不了多少。她的单薄，大概与这种节省有关，可惜我那时没心眼，只知道胡撑傻吃，根本没想到她那是想替我们省下两口。1975 年，川东大涝，地里的庄稼全泡了汤。小春过后，青黄不接，农民断了炊，就组织起来到湖北讨饭。当时我接到任务，带一支农民队伍外出讨米，已经准备出发上路了，可县里召开三级干部紧急会议，没走成。当时知青大多有家里接济，每月寄个三块五块的，能买上十斤粮，日子好过些，但粮食仍然不够吃。我常外出开会，有不少会规定要带粮食，而且是细粮，这样没过多久，知青点那本来就不多的细粮就被我折腾光了。杜晓玲怕饿着我们两个男知青，就把洋芋种、红苕种这一类干粮做给我们吃，她自己到坡上去摘新鲜红苕尖回来就着玉米面煮糊糊吃，这样一直吃了 20 来天，把脸都吃绿了。我们看不下去，不让她吃那个，后来就和她抢着吃，她不让，说她胃不好，只能吃稀的，她管那种喝一口满嘴苦涩味和水腥味的野菜汤叫“黄金翡翠汤”，说皇帝想吃还吃不上呢。

杜晓玲只读了初中，那年头的初中生，水平大多不高，可她却非常爱读书，也许这就是她和邹眉关系要好的原因之一。她总是能弄到一些当时很难弄到的文学书籍来看，比如《牛虻》、《青春之歌》、《林海雪原》、《封神榜》、《铁流》等。队里的农活很忙，一般早上6点钟就要出早工，到9点才回家做早饭，夜里要干到天黑尽才收工。我们的地大多在山上，收工后打着火把下山，等做了饭，收拾好，大多是10点钟以后了。那时杜晓玲才抱着书在煤油灯下读，有时候一读就读到半夜。那时煤油一毛八分钱一斤，我也是个夜猫子，有我们两个吃煤油的，一个月得耗去好几斤油。这大概算是杜晓玲唯一的奢侈了。杜晓玲读了不少书，一旦读到她喜欢的书，就推荐给我，我下乡时也带了一些“私房”书，我们就调着看。后来我们队里又来了一个县里的女知青，叫毛丽明，是公社知青办主任的侄女，她父亲有不少藏书，她送了我不少，这样我们的“粮食囤”里就有了不少收入，让我们那段时间又费了不少煤油。记得杜晓玲回城后，还给我寄来一本她手抄的诗选，字是抄在派工单上的，密密麻麻有十来万字，那集子我读了好几遍。

在我认识的女孩子中，像杜晓玲这样与世无争的太少。我们队民风尚好，老乡大多对知青比较照顾，37户人家中，没有无赖和恶棍，大欺侮是不存在的，但是在利益分配上，老乡不喜欢知青在他们碗里争夺本来就不多的口粮，常爱计较。杜晓玲刚下乡时，生产队只给她评4个工分，我们队每个劳动日只值一毛三分到一毛四分钱，也就是说，她每天起早贪黑干十三四个小时农活，只能挣5毛钱。杜晓玲一点也不计较，默默地做活，一年到头从不请假，队里有别人不愿去干的活，一般采取包工分的办法，她便争着去做，到年头，她总能挣回全年的口粮款，还能分得三块五块钱的红利。队里看她一个孤零零远离家乡的弱女子，活干得不比别人差，心里过意不去，两年以后把她的工分升到五分半。我下乡后，当上了基层干部，为自己同一个战场的好友打抱不平，想把她的工分争到和别的农村妇女一样。那次队里闹得很凶，杜晓玲劝我别争，说只要能分回口粮就满足了。我那时年轻气盛，不听劝，闹到最后，差点和政治队长打了起来，后来还是把她的工分提到了七分半。为此我很得意了一阵。

和杜晓玲交往的时间长了，便知道她家里的一些事。杜晓玲父母都是重庆国棉厂的老工人，父亲是机修工，母亲是清纱工，父亲新中国成立前就入了袍哥组织，为人仗义，母亲也是姐妹伙的成员。家里有5个孩子，3个男孩，2个女孩，杜晓玲是老四，下面一个妹妹。她是家里5个孩子中最听话乖巧，同时性格又最温存的孩子，所以她父母最疼她。她父母关系不好，长年分居，她大哥不愿父母这样，从中调合，因此不被父母喜欢，15岁就单身外出找了一份工作。杜晓玲初中毕业后本来可以不下乡，当时有规定工人可以病退，她父母在一个厂，不管谁退，都可以让杜晓玲顶替。但是她父母积怨太深，想着对方都疼爱这个女儿，便把这看作向对方报复的机会，谁也不管她。她二哥三哥那时都参加了工作，都在谈恋爱，两个哥哥为了从父母那里弄房子和钱，都不愿得罪父母，对妹妹的事不闻不问。她大哥知道这事后，从泸州赶回重庆，苦口婆心地说服两个老人，劝他们能退一个，让妹妹顶替进厂。两个老人谁也不答应。杜晓玲跟着父亲住，有一天晚上，她睡在阁楼上，听大哥在楼下劝父亲，当时知青的问题很复杂，打死知青、强奸女知青、知青因疾病无人照料死在农村的事到处都是，而全国有关知青的恶性案子，以四川最严重。大哥把他知道的这些事都说给父亲听，大哥说着说着就哭了。大哥哭着说："妹妹她还小，不能让妹妹下乡呀！那个地方不是人待的地方，妹妹她会死在那里的！"大哥说着扑通一声就给父亲跪下了。可自始至终，父亲没说一句话。杜晓玲在阁楼上躺着，用被子捂紧嘴，生怕自己哭出声来。就这样，第二天，大哥带她去派出所下掉了户口，然后送她到了乡下。大哥在乡下陪了她十几天，直到嫂子拍来电报，说再不回厂，厂里就要开除他，他这才留下身上所有的钱和粮票，千叮咛万嘱咐地走了。

我后来在重庆见过杜晓玲的父母，他们都是很好的老人，待人热情，两个老人都要留我吃饭，而且说到杜晓玲时，两个老人的言语和眼神中都充满了疼爱之情。我始终弄不明白，既然这样，他们为什么又眼睁睁地看着自己疼爱的女儿去农村？

1976年春，我染上了一场恶性疟疾，病得不轻，当时医疗条件很差，大队赤脚医生给我开了几片消炎药，一点作用也不起，我躺在床上打摆子，时冷时热，好几次昏过去。大队有两个男知青爬拖拉机到70公里外的县城买奎宁，一去就没有回来，后来才知道他们参加了另一个公社知青抬尸游街的队伍，被抓起来关进牢里了。那些日子，全靠杜晓玲守着我，在我打摆子时为我生炭火，在我高烧的时候，又用红苕酒给我擦身子。我迷迷糊糊在床上躺了半个月，她就在床边守了我半个月，半步也不肯离开。队里的老乡开玩笑说："小杜，你们这么合宜，你干脆嫁给小邓做堂客算啰。"后来我的病渐渐好了，等到我的病好了，杜晓玲就病倒了。她是累病的。

我在农村5年中，有3次面对死亡，这是其中的一次。七队赤脚医生对杜晓玲说："小邓这回恐怕跑不脱啰。"所以说，杜晓玲是我的救命恩人。

杜晓玲1977年招工进了城，最终还是她父亲退了，让她顶替进了厂，当了名挡车工。我后来到了武汉，前几年重庆方面有朋友来，说她做了质检工，又做了统计员，当上干部了，还是劳模，人也胖了些，嫁了个司机，生了个很漂亮的女儿。我猜想她是过得很幸福的，她那么善良，那么能干，性格又好，没有理由不幸福，只是不知道，她如今还看书不？

邓一光：男，1974年毕业于重庆市一中高中，同年下放至四川省开县铁桥区立新公社永合大队。

放浪形骸为哪般

——怀念我的白螺矶知青老乡

钱鹏喜

我当年下放的湖北监利，不乏大名鼎鼎的知识青年人物，有“全省知识青年的榜样”，还有上过《红旗》杂志封面的红极一时的典型，他是一位铁心回乡务农的清华大学毕业生。我的第二故乡那时人少地多，广种薄收，先后接纳过不少武汉知识青年。我在县知青办工作过两年，接触过一大批形形色色的知识青年，我们知青老乡可谓多矣。20 年过去了，物换星移，往事依稀，至今难以忘怀的，还是几位监南白螺矶的知青老乡。

侠肝义胆怪僻客

难忘的第一个老乡自称老王，我和他攀乡亲却从未谋面。事实上当我将行李铺盖背到白螺时，他已走了。我记住他并尊重他，是因为他的行为举止、音容笑貌留在白螺，他的故事传遍了白螺的村庄。

老王极穷，他自嘲“穷得叮当响”。房东借他一口锅，他没有锅盖，便将洗脸又洗脚的搪瓷盆反扣在锅上焖饭，每到揭锅时，他龇牙咧嘴准备挨烫，倒抽一口冷气飞快地捧起盆子“哐当”一声摔在地上。砸得坑坑洼洼、千疮百孔的盆子，再捡起来当碗盛饭，之后挨家挨户去讨咸菜咽饭。

在贫下中农眼里，城里来的洋学生，父母月月拿工资，个个家里必定富得冒油。他们的这种印象，也是一些知识青年造成的。其实，一些知识青年家里的生活过得紧巴得很，父母心疼儿女在乡下受苦受累，从牙齿缝里省几个钱寄到乡下来。还有些知识青年利用父母的心疼牵挂，撒娇耍赖，甚至讲蛮向家里要钱，在贫下中农面前却摆阔装富，以城里来的上等人自居。老王却不同，贫下中农见他如此寒酸窘迫，便问他的父亲是干什么的。他说，收破烂的。母亲呢？扫大街的。他的回答惹得一些人窃笑，一些人将信将疑，他却是脸上一本正经，坦然得很。

老王固穷，却极有骨气。一般知识青年对普通贫下中农恶语相加，见了队长书记却如老鼠遇到猫，唯唯诺诺，拍马溜须，时常送礼巴结，生怕招工指标下来时不被推荐。老王却反其道而行之，敢对大小队干部冷嘲热讽，路见不平时，甚至破口大骂，全然不怕得罪他们；而对老实而胆小的贫下中农却格外客气，凡村里乡亲有求医问药的事，他一概应承。有一年春节前夕，他几乎是强制性地将孤寡的房东老爹带回城里医眼疾，并索性留老爹在城里过完年才送回乡下。这一趟房东老爹犹如刘姥姥进大观园，回村后逢人便绘声绘色描述在城里见的稀奇事，村里男女老幼将老爹团团围住，听得羡慕不已，啧啧哑舌。不过当有人问起老王家境到底如何时，房东老爹就支支吾吾，语焉不详。

就在这年开春不久，老王遭了殃。先是大队书记遭了殃，老王揍得他吐血。起因是，春耕大忙时，一个家庭出身不好体质又虚弱的女知青累得吃不消，大队书记假惺惺照顾她到小卖部当营业员兼保管员，她将铺盖搬到小卖部的当天夜晚，大队书记就强奸了她，并威胁她不准声张。风声传出后，知识青年们敢怒不敢言。老王仗义执言，动员女知青随他去公社和县里告状。谁知大队书记却抢先一步，指使民兵连长逼着女知青，强迫她写了"黑五类"子女引诱大队书记，拉干部下水的认罪书。老王怒不可遏，当众将大队书记踢倒，骑在他身上狠揍了一顿。民兵连长带人来，将老王五花大绑押到公社派出所，说是要押到县公安局关大牢。

正当知识青年和许多贫下中农为老王的安危担心时，一辆军用吉普车接走了老王。原来其父是某野战军部队的司令员。据说全县也只有公安局局长知道这位高干子弟的身份。是老王的父亲亲自来接他的，老王恳求父亲允许他回队与乡亲们和知识青年道别一声，那位老将军坚决不同意多耽误一分钟，只托人捎信给村里，将儿子的衣被等生活用具悉数留赠给照顾他的房东老爹。

房东老爹抖出老王那床撕扯得稀烂的棉絮给村里人看，说老王来此插队落户前父亲与他约法三章，其中一条就是不接济他一分钱。老王没钱抽烟，就掏棉絮捻成条状，蘸上辣椒粉卷成纸烟抽。

"一颗籽"的代价

白脸书生是69届知识青年，武昌某中学毕业生，其父当年是水院讲师，如今至少是副教授吧。我至今仍清楚地记得白脸书生的姓名，还是为尊者讳才好。在一大群知识青年中，书香人家的子弟家境毕竟宽裕一些，武汉常有汇款来接济白脸书生，可是他却成了个扒手。他几乎练就了神偷的本领。在那穷乡僻壤，一个强壮劳力出一天工的工分值才 9 分钱，哪怕就是神偷，哪怕技痒难忍，也找不着行窃对象。白脸书生就四处流浪，跑县城，跑与白螺矶一江之隔的城陵矶和岳阳，又到了武汉。

我下放半年以后，才有机会一睹白脸书生的风采，他果然脸色白皙，长相斯文，一副书生模样。只是他那双眼珠子滴溜溜透出一股贼光。那时我是大队小学的语文老师，有些课本知识，但我知其然不知其所以然，讲课前我心里有点发虚，想找白脸书生请教一下，也有试探他的雅号与他肚中真货有多大联系的意思。不料他只回队取了换季衣服又跑得没影了。

到了 1975 年，69 届知青多半已招工回城，白脸书生沉不住气了，回队老老实实出了几个月工，盘算走病转回城的路子。他四处放风说患胃病出血多年。办病转必须有县医院的诊断证明，他便每周一次去县城就诊。他本来无病，怎能弄假成真呢？办法还是偷。他偷了一摞空白化验单，又偷了一枚化验章，每周自填自盖印章，化验单上大便标本呈阳性反应的三个血红加号赫然入目。他首先轻易骗过了就在化验室隔壁的医生，为此积攒了厚厚一叠病历和诊断证明。那时我已调到县知青办工作，一天深夜他翻越县革委会的大门找到我的单身宿舍，托我代收他的病退申请和一应俱全的病历、诊断证明、复查结论。县知青办每半年讨论审批一次病转申请，眼看下半年的审批临近了，白脸书生很可能蒙混过关大功告成，这时他却因行窃失手被扭送至派出所。

白脸书生被关了半年，放他出来时已是1976年夏天了。这年秋天起，到监利招工的单位接踵而至。69届知青基本走光，已轮到70届至72届的知青填表体检了。白脸书生急了，改用行贿手段去求队里推荐他招工。他加紧行窃，将窃得的钱财打通大小队权势人物的关节，到了年底，终于填了报表，通过了体检，只等录取通知了。许是半年多的行窃每每得手使他得意忘形，他竟在一些有偷鸡摸狗恶习的知青中扬言：好事成双，凑足一颗籽回武汉过个痛快年！“一颗籽”是当年流行的黑话，意即100元人民币。按往年惯例，招工单位总是在春节前夕抓紧下达录取通知，派车接招收的知青回城进厂报到，春节后就上班。白脸书生的如意算盘是：既要搞到返城通行证，还要捞足一大笔钱以备春节花销。那天傍晚，他在县电影院门前成功“钓”了一条“大鱼”，当即买了一件流行的四兜新棉袄穿上，拎了一网袋水果酒菜去县招待所住宿，登记时引起服务员的怀疑。这时失窃人已报案，县公安局盘查到招待所，生擒了白脸书生。他是在县公安局备了案的惯犯，这次被从重判刑3年。几乎在招工单位下达录取通知的同时，公安局也通知了犯人家属。那位身为讲师的父亲匆匆赶到监狱，见了儿子一言不发，左右开弓掴了两耳刮，扔下五元钱五斤粮票，掉头就走。

那年底到翌年初，下放白螺矶的知识青年几乎招工走光，临走时高呼：胜利大逃亡！白脸书生却未能逃脱劫数，他是自己战败了自己。

刚返城的那几年，一些白螺知青老乡们聚会时，还常常谈起他，唏嘘不已。后来大伙渐渐遗忘了他。而我总忘不了他，一再揣测他刑满释放后的归宿。不忘的原因很简单，因为他曾是近在身边的白螺知青老乡。

柔肠寸断显真情

我第一次见识小林是课间休息时，她驾着一辆马车从学校门前的渠堤上急驶而过，一身红衫绿裤如当地年轻媳妇打扮，不同的是她脸上捂着一个大口罩。农村学生也调皮，朝她怪叫着起哄，她的回答是突然甩了一个响鞭，“叭”的一声令人心惊肉跳。学生们纷纷围拢来告诉我：这个男人一般剽悍的马车夫就是知青寡妇小林。

小林是1972年知识青年，下放白螺矶第二年，她与小队长恋爱。小队长虎背熊腰，声如洪钟，擅长唱民歌，小林对他很倾心。消息传到武汉，小林的父母大惊失色，发动亲戚六眷出面劝阻小林，又双双赶到农村来监督她。可是任凭软硬兼施，小林横竖不改初衷。小林的父母恼羞成怒，待她春节前夕返城过年时，将其拒之门外。小林也倔，掉头重回白螺矶，索性住到小队长家过春节。待家人闻讯赶来欲棒打鸳鸯时，小林和小队长已生米煮成熟饭，正月十五便趁元宵热闹时结了婚。

小林身怀六甲后，城里的父母毕竟于心不忍，将她接回武汉养息。不料小队长在水利工地死于塌方。报丧人找到小林家，其父千方百计对小林隐瞒此事。说也奇怪，小林硬是凭一种心灵感应猜测到丈夫遇难，她丧魂落魄赶回农村时，小队长已成坟地一抔黄土。小林一头扑上坟包歇斯底里嘶喊、嚎啕，哀恸之情是撼天动地。不仅如此，她的双手在坟头上发疯似的乱刨乱扒，死活要把丈夫挖出来看一眼。全村男女老幼一齐出动围观，连几里外的邻村人也闻讯赶去观看，黑压压一片人头形成悲壮的吊丧场面，唏嘘饮泣之声竟如天雨淅淅沥沥。

小林发誓不改嫁。为了显示她保住小队长一线血脉的决心，她剪发改装，不再与知青往来，专跟当地农妇一起出工。生下一个男孩后，她不顾婆家的苦苦劝阻，坚决要求队里分派她干挣工分多的赶马车活儿。赶马车艰辛劳累，从来都是男人干的活，她只怕是白螺矶一带女车夫第一人。

下放农村的女知青与当地农民结婚的事例，全国各地为数不少。而到后来知青大返城时，女知青多半选择了离婚之路。有许多男方不同意离婚的，在女方使尽了哀求打骂、要赖撒泼的招数仍不奏效后，一些女知青索性撇下丈夫儿女一走了之，于是又续演起丈夫抱子携女进城寻“妇”的故事……这些有关知识青年的悲剧，说起来、听起来都让人心里腻歪。而小林的故事让人心境全然不同。以她的情况完全可以带孩子返城，据说婆家不但不阻拦还鼓励她走这条路，但她断然不同意，她说她只有留在白螺矶才活得更自在。

如今小林大约已成了个地地道道的农家婆子吧？一辈子土里刨食养家糊口的百般艰难，可曾使她后悔？无论如何，我认为，她是将过于软弱的意志暴露无遗的女知识青年中难得的一个铁骨铮铮的好汉！

钱鹏喜：男，武汉市四中74届高中毕业生。同年下放到监利县聂河公社民主大队。

暴风雨中的孤舟

徐生华

1974 年，我高中毕业。从我们这一届起，下乡改为厂社挂钩。所谓厂社挂钩，就是知青下乡不分散插队，集中下到大队知青点，知青的住房由知青家长所在单位解决，劳动由大队集中安排。我父亲单位与汉阳县新农区铁铺公社挂钩。我们这批知青约一百多人，被安排到铁铺公社的 10 个大队。

当汽车把我们 6 男 4 女 10 名知青送到铁铺大队时，大队却把我们分散到了 7 个小队。我一个人被分到了七小队，并被队长安排住到了大队民兵连长的家里。

晚上，我躺在民兵连长家的后厢房里，窗外不时传来阵阵狗叫声，屋里几只老鼠，相互追逐争食发出刺耳的声音，初离家又胆小的我感到有些害怕，拉开电灯，灯光是那样微弱，昏暗发黄的灯光伴着孤独感笼罩着整个屋子。临下乡前，带队干部亲口对我们许诺的大队知青点集体生活成了一句空话，这在我天真而幼稚的心灵上蒙上了一层阴影，我心里有一种说不出的滋味。

第二天我就出工了，出工的人群里不时传出对我的议论，我则像离开母亲的小羊羔，尾随在人群的后面。白天日子还好过，一到晚上，那股凄凉的孤独感又陪伴我度到天明。

一天，下雨不出工，我趁机到邻队找知青玩。尽管我们只一面之交，分手也只两个多月，但我们好似多年不见面的老朋友。后来我们又分头把其他人找来了，这是下乡的第一次聚会，大伙有说不完的话，索性到餐馆里打平伙，不会喝酒的我第一次端起了酒杯，两个月来的孤独感顿消，下乡后我第一次从心底发出了欢笑。

这次聚会上，我们还为全大队知青集中生活做出了“决议”，并决定分头游说。我找民兵连长，五队的找大队支书，三队的找带队干部。果然我们的努力没有白费。

年底时，大队迫于其他9个大队知青都集中了的压力，把我们集中了。同时还集中了与我们同年下乡的4名投亲靠友的知青。

我们住在大队废棉厂一间仓库里，虽用砖隔成了4间房，但隔墙不到两米高，9个男知青住两间，5个女知青住一间，另一间堆放原仓库的杂物。废棉厂是大队主要的经济来源，大队部也设在废棉厂。

集中后，我被大队团支部任命为知青点团小组长，成了知青的“头”。

当知青的“头”不是件轻松的事。第一要安排好轮流做饭。第二要安排好14人的饮用水问题，水井又远，断水是经常的事，往往头天吃完，有心眼的人就把水缸里仅剩的一点水用脸盆、茶缸装好，以备第二天早上用。第二天起得早的人发现没水，脾气好点的就拿上毛巾、牙刷去井边洗，若遇上脾气不好的就要骂娘了，每每遇上这种情况，我这个“头”就会不声不响地去挑一担回来应急，常常是水不落缸就完了，不免又要跑第二趟。

知青点最愉快的就是晚上，除了我们，以前插队到这里的老知青也经常来玩，特别是在废棉厂做事的几个女知青来得更勤。这里无形中成了大队知青的中心。一到晚上，打扑克、看书、谈天，常常闹到深夜。男女青年在一起，也难免打情骂俏的，学校时森严的男女界限被知青点里生活所打破。没多久，还真产生了几对恋人，而且还有两个竟与废棉厂里的知青姐恋上了，关系由地下转入公开，不论干活，还是生活，俨然一家人，搞得其他人开玩笑也得注意场合。

春节一过，大队党支部为了贯彻“以粮为纲”的政策，提出了“向大寨学习，向什湖要粮”的战斗口号，把我们知青和7位农民组成了“铁铺大队什湖专业队”，主要任务是在什湖上“围湖造田”，由一位当过小队长的社员任队长。我们专业队里还有一位老地主。新中国成立前，这个地主在人均不足一亩田的地方比别人多了些田地，土改划成分时就被戴上了“地主分子”的帽子。尽管人不是很坏，我还是暗暗告诫自己：和地主分子一起干活，一定要保持清醒的头脑。

第一天进湖，我们带上搭棚子的竹竿、芦席等，来到湖汊边上船，因船装了不少东西，有几个人坐不下，队长让几个社员沿湖边小路步行走去，我们知青和老地主乘船。老地主很知趣，坐在用芦席挡成的角落里，低着头不说话。我们则像躲瘟疫一样避着他。在这种场合，我离他更远一点，以表明我的阶级立场最坚定。

船撑了一个多小时，到了围垦地，我们卸了船，队长分配我们每个人筑堤的任务后，就和老地主一起搭棚子。中午，我们第一次吃到了老地主烧的饭。吃饭时，老地主则独自端着碗到旁边埋头去吃了。

傍晚，我们收工了，21 人都上了船，队长撑着船回队里。我环视了一下湖的四周，偌大的什湖，只有我们的棚子起眼，老地主正弯着腰在收拾我们扔下的工具。“哦，难怪让一个老地主和我们一起进湖，原来他是来照场子兼我们的伙夫哇，大队真会安排。”我心里不由得佩服大队的领导们。

第二天中午，我们吃到了什湖的野藕，“真好吃”，我们知青几乎异口同声地赞叹。这是老地主昨晚在我们收工后到湖里挖的。后来我们还吃到了黄鳝鱼汤、黑鱼烧藕、大鲜虾，每天的伙食安排得很好。随着时间的推移，我们对老地主的警惕也放松了。我们由避着他慢慢变成接近他，知青们抽烟也忘不了递给老地主一支，高兴时有人也拍拍老地主的肩膀，称赞他烧的菜好吃。我们对他的称呼也由“老地主”逐渐改口为“李胡子”。尽管大队支书一再要求我们不能称地主为“李胡子”，但在我们专业队里没有一个人不这样称呼的，也包括队长和我这个知青团干部。

我们从 2 月份进湖，每天的工作就是筑堤起沟。刚到湖里，因为是旱季，我们对什湖还不了解，也没有意识到我们围垦的六七十亩田也是湖，雨季一到，湖面就阔多了，我们筑的大堤起了作用。

“五一”过后，我们的田用机耕船弄好了。插秧时，大队从各小队调来了一百多名妇女，各小队送来了秧苗，我们专业队的人只负责运秧、挑秧。好热闹的劳动场面，六七十亩田一天就插得差不多了，剩下的则由我们自己插，头天别人干，我们还没有什么感受，第二天我们自己插，才知湖中插秧实在不容易。湖田深浅不一，一到深处，整个大腿都陷进泥里，半天拔不起来，非要其他人拉一把才能脱身。

湖面越来越大，也越来越充满生机，昼夜蛙鼓阵阵，白色的水禽不时飞掠湖面，不久，荷叶也钻出了水面。“映日荷花，接天莲叶”，整个什湖成了一幅美丽的图画。

“偷莲蓬”成了我们一段时间的业余生活，湖里约五百亩藕塘是公社养殖场种植的。莲蓬对我们知青有很大的诱惑，每天我们船穿过这里，沿水道两边的莲蓬就成了我们的口中食，但每天个把莲蓬真不解渴，于是或是晚上或是中午收工，一次至少要偷几百个莲蓬。养殖场也有人值班，他们站在两头尖且仅能容一人的小船上，尽管湖里的荷叶有一人多高，如发现哪里荷叶有动静，他们竹篙一撑，小船像箭一样飞去。有一次我们 3 个知青正在偷莲蓬，真的被逮住了，望着嬉皮笑脸的知青，养殖场的人警告了一番，结果连“赃物”也没有收，就放人了。

什湖给我们带来了很大的乐趣，但同时也给我们带来了烦恼。汛期来临，雨下个不停，湖里的水一天天接近我们的大堤，堤内的秧苗也一天天受到雨水的威胁。湖水、雨水随时会吞没我们的劳动成果，大队投入的大量人力、物力、财力以及所寄予的期望都将化为泡影。“围湖造田”的成败对我们每个人都是一种严峻的考验。

大队及时调来了 4 台柴油机，日夜不停地抽水排水。可有 3 台柴油机漏油严重，但眼下湖里的情况紧急，也顾不了那么多了。在队长的眼里，只要能保住田，损失点机油也算不了什么。

终于等到这天没有下雨，午饭后还出了短时的太阳，3 点多钟时，队长上机油时才发现油没有了，必须马上派人到公社供销社去买。几个社员要值夜班，队长只好问我们知青：“你们准去呢?”队长问了一遍，大伙都默不做声，因为还有两三个小时大伙就要收工了，再说这几天大家也太疲劳了。队长环视了一下，把眼光落到我的身上。我知道非我莫属了，“还是我去吧”，我立即答应道。队长让我一定在供销社下班前赶到。

我挑起一担油桶，沿湖边小路飞快赶往公社。这条路约20多里，我是三步并作两步走，平时约两个小时的路程，今天必须用一个多小时赶到。我终于在5点前赶到了供销社，买了60斤机油，挑到湖汊口等船。因时间还早，我找一高处坐下休息，并不时向湖中眺望。什湖地处汉水和汉沙公路之间，约20余平方公里，东面是我们公社的唐河大队，东南角是我们大队，南面是我们公社的养殖场藕塘，西面是新农公社、三官公社，北面是县里的良种场，我们围垦的田就在良种场附近水域。

天渐渐暗下来了，约7点钟，知青们回来了，他们帮我把油搬到船上。轮上做饭的明春问我：“今晚回不回来吃饭?”我看天快黑了就说：“看情况吧!”我撑船上路了。突然起了风，看来就要下暴雨了，知青们大步往屋里跑，只有胡新启跑回来把手里的雨衣扔给我。

还没有出湖汊，满天乌云，黑压压的，好像要把整个大地吞了似的，一阵紧一阵的狂风，把船吹得左右摇晃。我撑船技术本来不高，再加上船摇晃得厉害，我好似在船板上扭起了秧歌，每撑一篙都费劲。

我真想退回去等暴风雨过了再走，但一想天本来就黑了，谁知这雨要下多长时间？这时我脑海里闪出一个个英雄人物，有《龙江颂》里的江水英，还有我们知青的榜样金训华，我是一个团员，又一贯要求上进，怎么能被眼前这点困难吓住呢？湖里正等着油，机油一断，水排不出，我们围垦的田不就泡汤了？再说，我能闯一回，若哪个报纸一宣传，不也成了英雄吗？于是我鼓起劲，坚持撑船往前进。

过了湖汊，来到藕塘区，这时天已完全黑下来了，怎么也辨不清方向，只能凭着感觉撑船。突然，“啪”的一下，我的头被什么东西打了一下，我感到一阵惊恐，当我定下神来一摸，原来是大荷叶，这才意识到偏离了水道。我在黑暗中调整船向，船却怎么也不听使唤，不是偏左就是偏右。一道闪电划破长空，把湖面照得如同白昼，这才使我辨清了方向，紧接着是一声炸雷。平时打雷我总要躲到屋里，雷声大了还要捂住两只耳朵，湖上遇雷，没有地方躲，只感到脑袋像炸开了似的。我扔下竹篙，双手紧紧地捂住两只耳朵。一个浪头打来，船一歪，我一屁股跌到船边上，差点没掉进水里。雷炸个不停，风不住地刮，豆大的雨点打在周围的荷叶上，发出震耳欲聋的响声，我才感到周围的一切是多么的可怕，刚才那股学英雄的劲头，早已消失得无影无踪。我真后悔当时没有叫一个知青陪伴一起来，如被雷打死在这湖上，连个报信的人都没有，况且被雷打死的人名声也不好听。我越想越害怕，一个念头又出现在脑海里，这里离湖汊不远，回去还来得及。我好不容易调过船头，刚撑几篙，我眼前又出现了这样一幕：

“我们的团小组长原来是个胆小鬼。”

“遇到困难连我们都不如。”

“要是我，死也要把油送到。”

……

我仿佛看到一群知青围着落汤鸡似的我，不停地取乐。还有远处湖里，队长和几个社员高举马灯，向湖中翘首眺望……

我浑身湿透，现成的雨衣却抛在了一边。我对着电闪雷鸣的茫茫苍天，发出心底的呼喊：“饶了我吧，老天爷！”于是我咬咬牙，横下一条心：“拼命也要闯过去！”

我又调转船头，迎着狂风暴雨，在波涛起伏的湖面上，撑着船艰难地向前……

好不容易穿过藕塘区。雨却越下越大，四周什么也看不清，我努力记忆水道，有些地方水深，竹篙打不到底，只能划水，站着划累了，索性坐着划。这时我什么也不想了，双手机械地划着水。也不知过了多久，雨渐渐小了，后来竟停了。湖面此时静得出奇。一阵风吹过来，身上阵阵发冷，越是冷越觉得肚子饿得咕咕叫，原来只在书本上见到的“饥寒交迫”几个字，现在才体会到其中的滋味。我用手抹了一把脸上的雨水，睁大双眼，寻觅着方向。在船的右前方好像有一点星火，我定睛一看，那不是我们工棚的马灯吗？啊，是它！我不由心头一热，泪水从眼里涌了出来，就是这点星火，它给了我无限的希望。

我鼓起劲，迎着灯火前进。尽管我用了比平时多几倍的时间，空着肚皮，顶着狂风暴雨；尽管我曾经害怕，也曾经想退缩，但我毕竟闯过来了。一种战胜困难的喜悦油然而生。

看到了工棚，我不由得大声叫喊：“队长，队长，我送油来了。”队长和几个社员也忙答道：“生华，生华来了！”“机油来了！”他们高兴地一边喊叫，一边欢呼。船还没有靠岸，队长激动地说：“你真是个好伢呵，下这么大的雨，要是别人这油恐怕就送不到哇！”“我说他保险要来吧。”老地主也在一旁插话。“湖里这么紧急，我怎么会不来呢？”我忙说道。另一个社员告诉我：“漏油厉害的两台机子已经停了。”

船一靠岸，几个社员急忙去搬油。队长一把拉住我的手，半天说不出一句话来，他见我浑身湿透，忙拿衣服给我换上。“你还没有吃饭吧？”老地主亲切地问道，说着端上一碗饭，我狼吞虎咽地扒着饭。老地主则在一旁给我烧洗澡水。

我的油送得及时，已经“哑了”的两台抽水机又发出了“突突”的响声。

我因惊恐和疲劳，吃了饭，洗了澡就靠在棚里睡着了。“到床上去睡吧，这里有蚊子。”老地主一把推醒我。让我和地主睡一床？要在平时怎么也不可能，但此时我实在支持不住了。老地主的床设在靠水边的小棚里，小棚没有一人高，进去只能弯着腰，小棚前还有百十只鸭子，一进小棚，一股鸭粪的臭味，使我实在难忍。我憋着气，好半天才吸一口，怎么也不适应。和地主睡在一张床上，并且住在鸭棚里，这在我有生以来是第一次，也是仅有的一次。只怨我太疲倦了。

第二天早上，我一觉醒来，老地主已在湖边放鸭了，见我起来忙问：“昨晚睡得好吧？”“还好。”我答着。再看我昨晚换上的衣服，竟是老地主的。在多年阶级斗争教育下长大的我马上意识到：“必须换下他的衣服。”我忙去取晾在竹竿上自己的衣服。“你的衣服还没有干。”老地主忙说。“不碍事的。”我还是坚持着，尽管我穿的是湿衣服，但在他人看来，我的阶级立场是坚定的。“湿衣服穿不得，会生病的。”老地主还在一旁说着。这时我才仔细打量了这个戴着“地主分子”帽子的老人，他 60 上下，中等个儿，背略驼，一身的黑衣服，长长的脸，满是皱纹，但他的双眼仍然炯炯有神，不是阶级斗争，他该是多么和蔼又多么慈祥的老人呵。

丰收季节，我们围垦的田总算还收了 3 万余斤粮食，这是我们用高于粮食的代价换来的，也是我们向大自然生态平衡挑战的结果。大队“围湖造田”的战略决策也取得了历史性的胜利。

20多年过去了，什湖又恢复了天然渔场的面貌，我们围垦的“田”又沉入了湖底……

“老地主”也早已摘帽成为了人民的一员，不知是否健在？

那天湖上孤舟黑夜搏风暴的精神将永远鞭策我在人生道路上不断向前。

徐生华：男，武昌实验中学74届毕业生，1974年9月去汉阳县新农区铁铺公社铁铺大队插队。

平淡中收获的哲思

樊　星

我只当过1年又7个月的下乡知青——1976年8月下乡，1978年2月通过高考拿到荆州师专外语系的录取通知书后，就离开了那片广阔的天地。

1976年，知青运动已近尾声。中国也正处在大变动的前夜。当时，“株洲经验”已获推广。知青下乡因为转入厂社挂钩、归口下放、集体安置、干部带队的新阶段，由轰轰烈烈转入平平淡淡。但当时“铁心务农”的宣传仍鼓动起我周身的浪漫主义热血。我渴望像邢燕子、侯隽、柴春泽那样到艰苦的地方去扎根、去改天换地、去建功立业。我联络了几位志同道合的同学，先是往陕北投石问路，得到一张“统筹安排”的公文后，转向红安老区。在学校领导的支持下，我们甚至去红安七里坪一带作了一次浪漫的考察。红安百姓对我们的热情欢迎更使我们兴奋无比。后来，我们紧锣密鼓地开始了大规模的游说——从串门做家长的思想工作到上访市知青办……我们的行动得到了团市委的关注。很快，我便被团市委和教育局团委确定为“学雷锋、学方和明”的先进人物。记者采访，到许多学校作报告，直至参加了团市委在青少年宫举办的一次先进人物事迹展览……一时手忙脚乱，好不风光！那时，我们并不知道知青运动已无可挽回地衰落下去，不知道一些条条框框已注定了我们的努力将化作泡影……

果然，家长的不同意使我们扎根红安之梦成了泡影。于是，我们挥泪分手，各归其口，随各自父母单位下乡了。

原以为“世上无难事，只要肯登攀”是颠扑不破的真理，失败后才顿悟人的雄心壮志会被现实打磨去许多锋芒。从那时开始，我由叱咤风云转入深沉思索。

无可奈何地随父母单位下放到了公安县杨家厂公社荆江大队三八生产队。当时，公安县是荆州地区 4 个“大寨县”之一，而荆江大队又紧邻县城斗湖堤，加上父母单位是物资系统，可以用物资换来许多优惠条件（例如招工时优先安排“好单位”），所以，一起下乡的朋友们都不为前途发愁。他们得乐且乐：打打牌，串串别的知青点，讲讲“荤”故事，偷点瓜菜……虽然也有苦闷，但基本上是快活的。

但我对玩牌、串点、讲“荤”故事、偷瓜菜这类事毫无兴趣。我被指定当知青组长，但我却无法与我的组员们打成一片。我只能和他们保持一般的朋友关系——一起游泳，一起看电影，一起出工。此外，当他们打牌时，我就一个人读书。在那盏油灯下，读《马克思恩格斯选集》，读《青春之歌》、《三家巷》、《虹》……尽管我在劳动中能吃苦，很快就得到了社员老乡们的赞赏，被评了知青中最高的工分，被评为大队的先进生产工作者和公社的“知青红旗”，但我还是发现了自我的真正兴趣所在：只有在读书和写作中，我才得到了最惬意的感觉……

一切都平平淡淡。我不曾体验过梁晓声在《今夜有暴风雪》中展示的那份悲怆，也不曾品尝过邓贤在《中国知青梦》里呈现的那份苦涩……

但我仍从平淡中收获了我的思想果实。

我不曾想到，刚下乡不久，农民就在工间休息时对我说：“你们城里伢下乡来受罪哟！上面都是说得好听，什么‘接受贫下中农再教育’哟，扯淡！是城里安置不下你们了，才让你们下来的！你们只怕还蒙在鼓里吧?”这些话绝不是信口开河。我是听我的舅父——他在县委宣传部当官——跟我说的。当时听了这话，我心里一震：如果真是这样，那……报纸上和广播里宣传的……我不敢多想。我像守护一个神话一样守护着上山下乡的神圣感，但我周围知青朋友的玩世不恭和农民有关“你们不来，我们全队人吃这么大一个粑粑。你们来哒，做不到么事，又多了几个人吃这个粑粑……乡里人也造孽哟”的感慨，却使我感到了莫名的悲凉。当初下乡前，我做好了狠抓阶级斗争的准备，却不曾想到，弥漫在我身边的，不是阶级斗争的紧张气氛，而是城乡差别导致的知青与农民对上山下乡的双向不满……

多年后，我读火木著的《光荣与梦想》一书，果然发现：“人口剧增以及由此而导致的就业危机，是文革前上山下乡运动的主要原因。”1973 年周恩来指出：计划生育，与知识青年上山下乡分不开。叶剑英也说：“城市人口太多了，特别是城市知识青年，不但要到农村去，还要改造自己……”就连张春桥也认为，只要计划生育搞得像上海一样，到1980年，知识青年就可以不下乡了。这说明中国领导人是清楚人口问题同上山下乡的关系的。

果然！

尽管我永远珍视下乡前那一段如火如荼的人生，永远珍视少年时代的浪漫激情，但在下乡以后，我还是感悟到了人生的严峻，从此多长了一个心眼，努力从口号中洞悉世态，由潮流中猜测人心。既不放弃对崇高人生境界的追求，又留意对世俗人生和阴暗人性的研究；既关注形势的发展、思潮的兴衰，又超越于口号与理论之外，寻找思潮深处的文化与人心的奥秘……

说到阶级斗争，现实中也是另一种风景：从小在书本和课堂上学到的道理是阶级斗争你死我活，是一旦忘记阶级斗争就会千百万人头落地，于是从小就绷紧了阶级斗争的弦。没想到下乡后……

每到开会时，老资格的队长都不会忘了先谈一通阶级斗争："地主分子王祖英，散布什么'蓄精神，养精神'的反动谬论，蓄意破坏抓革命、促生产。我们贫下中农坚决不上她的当！"——后来我才知道：这是多少年前的陈芝麻烂谷子事，每年都要翻出来晒晒的。而且，"人家王祖英也是一片好心"……一位社员告诉我。

渐渐地，我注意到：农民们最恨的不是地主，而是那些"土皇帝"。每当"土皇帝"在大会上唾沫横飞地斥责"偷懒耍滑、出工不出力，更有甚者，还头上长角、身上长刺"的"懒神"时，平时疲劳不堪的社员们，或者昏睡，或者横眉，大胆者甚至小声对我们知青说："莫看他说得涎水喷喷神，你看他养得几白净，几肥！狗日的，都拿着手电筒照别个！旧社会，跟地主帮工，每天还吃'四盘'。今日呢？狗屁都没得！回去还要烧火，又没得油水……"这样的大胆者总是那些肝火旺盛、牢骚满腹的人，而且，他们总是出身贫农，成分好。他们怒火中烧时，常常与干部发生争执及至冲突，然后便被强拉去住“学习班”（一种带有惩罚性的“集中营”，在大队民兵干部的管制下，无偿服苦役，少则一周，多达半月，有时遇上开大会，还被押去示众、游堤，以儆效尤）……

对于这种现象，我曾试图以当时流行的理论加以解释：阶级斗争形势已发生了重大的变化，被管制的地主分子暂时丧失了变天的能力。农村中广大农民与“土皇帝”的矛盾冲突充分证明了毛主席有关“资产阶级就在共产党内”伟大论断的无比英明……

当然，敢与“土皇帝”抗争的农民是极少数，而且，他们的极端方式也为广大农民所不取。人们一方面觉得“土皇帝”作威作福，可恨可咒，另一方面又感到没有必要抗争，“挨整划不来”。这样，大家都挺着，熬着。“人哪，一生下来就是在往火葬场爬！”这句话，我在农村多次听到。“你们知识青年造孽，再苦，滚钉板也就两年吧。我们呢？一辈子！”这话，我也多次听过。尤其有一次，一位农家少年也发出了这样的悲叹，就更令我感到了莫名的悲凉。

还有一次，一位农妇手指着公路上骑自行车的人们，愤怒地问我：“凭什么工人就比乡里人活得好？搞事轻省，工资也多，还有这票那票的，凭什么我们就没得？乡里人该死些?!”我不知该怎么回答才好。我并不知道这位农妇的不满揭示了严峻的人生差别。这位农妇的神情我一直忘不了。每当我享受到城里人的权利时，我都会想到她油汗渍渍的脸庞，咄咄逼人的目光……

有了这样的人生体验，阶级斗争的理论便渐渐淡忘了。我开始关注新的社会问题：官僚主义问题、城乡差别问题……我已经感受到了这一切社会问题正在积聚着可怕的能量。

农村苦，农民苦。

在乡下，听说过这么一件事：一农村青年，是家中长子，终年辛劳，无奈分值低下，加上兄弟众多，所以一直没能过舒服的日子。后来，有了对象，为了晚上约会时有件稍微体面的衣服，便斗胆想扯一条的确良裤子。这要求遭到父母的拒绝后，他便约了对象一同投河——后来，对象殉了情，他却获救……于是，又引出一场官司。真是：旧债未了，又添新愁。

就为了一条裤子！

这样的悲剧，那年月里太多太多……每一件在农民中传播开，都在大家的心头加上了一块沉重的石头。

但我也注意到：更多的时候，农民们都是苦中作乐的。而他们取乐的方式，又多与“赌”和“性”有关。

先说“赌”。有时是赌钱。上水利时，无论白天多累，到了晚上，大家也聚赌。由于穷，一次的赌注是两分钱。一夜下来，输赢也就一两包廉价的香烟。但大家那份狂热呵，真叫惊心动魄——常常通宵达旦，而且第二天不误出工！每当我夜半醒来，发现他们还在狂热地聚赌时，我常常为赌徒的热情而震惊：一晚上，拿健康去赌两包香烟，不可思议呀！分明是自戮，他们却如此狂热……除了赌钱，还赌“狠”。在榨坊里，劳作得乏味时，不知谁提议：“哪个敢喝一满杯刚榨出来的油?”——那热烘烘、黑乎乎的棉油！一下子，大家的兴头都起来了，于是有人应战：“老子喝！喝了赌个么事?”“一包‘圆球’（香烟，二角一包）!”“‘圆球’不行，老子要‘常德’（香烟，三角六分一包）！干不干?”挑战者似乎舍不得，却经不住众人的哄闹，于是咬咬牙："老子日你的姆妈！'常德'就'常德'！""空口无凭，拿钱来！"……唇枪舌剑中，挑战者摸出了皱巴巴的零钱，应战者豪气十足地饮下一满杯生棉油……一阵喝彩！无聊和沉闷便烟消云散了，榨坊里又充满了笑声和骂声……

赌"狠"时的争强好胜与平时"上工像牵线（形容其慢），下工像'标'箭（形容其快）"形成了鲜明的对比，也昭示了人性的奥秘。

再说"性"。在民间，"性"一直是生活的调味品。对于我们这些在禁欲主义教育中度过了学生时代的知青来说，下乡除了锻炼，还有了解民间的意义。使我们惊讶的是，农村中的"荤"玩笑是那样的普及——不说那些开口闭口的粗话了，单是那些大庭广众之下的"荤"游戏已是令人咋舌了。知青们本来已有不少"荤"故事了，但与乡间的"荤"游戏比起来，也是小巫见大巫了。而且，乡间的"荤"游戏常常是在光天化日之下、大庭广众之中进行，因此反而减去了不少"性神秘"的意味。有时，几位农村媳妇便因为某男的"嘴巴贱"而发一声喊，齐心协力扒下那"贱人"的裤子，赢得围观者一阵喝彩声；有时，男青年们会开展讲"荤"故事比赛；有时，闹洞房会发展成发泄兽欲的疯狂，闹出人命的事也有过；有时，"荤"笑话引发的爱情和未婚同居故事也令人惊叹。在禁欲的年代，欲火烧毁了传统的礼教。当我后来听说西方1960年代"性解放"的现象时，脑海里便浮现出民间那一幕幕"荤"游戏场景——那与"性解放"又有多少区别？……

不论"赌"与"性"多么粗俗丑陋，它们却实在是那个时代人欲不灭的证明，是贫困年代的人们苦中作乐、宣泄无聊与苦闷的基本方式。

该怎样评说这样的人生呢？粗鄙也率直，丑陋又可怜，快乐又空虚，疯狂亦猥琐。

同时，这一切也支撑着他们熬过了贫苦的岁月……后来，我还听说：实行分田到户以后，农民的生活水平提高了，空闲时间也增多了，赌博与性游戏也更加无所顾忌了。

苦闷也能转化为欢乐，而且是以这样粗鄙的方式。那些野草般泼辣的生命力啊……

下乡的生活不仅使我告别了阶级斗争理论，也使我对民间生活有了真切而非虚幻的认识。这一切，对于我后来研究文学、研究当代文化，都影响深远。我真诚地感谢那短暂却实在难忘的知青岁月，感谢那些朴实、泼辣的农民……

当我终于如愿以偿走上文学研究之路时，我便把自己的研究方向定在了“知青文学与知青文化”上。

而每当我在人生的道路上遇到麻烦时，想想艰难的知青生活，想想那些一代又一代在社会底层挣扎的农民，便觉得一切都算不了什么了……

樊星：男，1976年毕业于武汉市外国语学校，同年去公安县杨家厂公社荆江大队插队。

三十七年再回首，情谊依旧

——记黄石八中74届高二（一）毕业班同学聚会

运　委

人生的幸福感一部分是由一点一滴的回味凝聚而成的，而那些铭心的回味，可称之为人生的“精彩瞬间”。

2011年11月26日是我一生中又一个“精彩瞬间”的日子。这是我们高中同学毕业近40年后的首次重逢聚会，是由当年班里的学习委员毛鸣同学负责策划实施的。当年的班主任甘方林老师离开我们后一直音讯全无，毛鸣同学在偶然的机会得知他的消息，奔走相告。消息拨动了同学们早已淡忘的神经，点燃了彼此思念的火花。若忆当年，当数聚会为佳。于是，策划、组织、联络，一项项工作摆在了组织者的面前，最大难题是确定聚会日期。虽然我们已近花甲之年，但仍有一些身居要职的同窗，如要聚齐这些大忙之人相当不易。黄宏文是其中的一位代表，他是我班目前最杰出人物之一，是知名植物专家、中国科学院华南植物园主任。他长期奔波于国内外，时间不好定夺。感谢网络的方便与快捷，在与班级同学多方联络后，我们终于敲定了这个值得回味一生的日子。

聚会在黄石市的艳阳天酒楼举行，有幸邀请到的老师有：我们当年的校长、黄山市名人、书法家张德芳老师；我班当年班主任，后于武汉江夏一中退休的甘方林老师及师母。邀请到的同学有24位，占当年毕业人数的半数以上，实在难得。摄像机前，老师和同学们相继亮相，刹那间，场面沸腾了，握手的、相拥的、行礼的、鞠躬的、问候的、回忆的、摇头的、感叹的交融在一起，许多师生回忆往夕，不禁眼含泪花。光阴荏苒，岁月如梭，赫然摆在我面前的是一幅四季画卷！春天的花季定格在昔日的毕业照中，夏天的茂叶飘落在过往的蹉跎岁月中，秋天的菊花绽放在如今的脸庞，初冬的霜降凝结成现实的两鬓。我感叹：时间是印，烙下的是皱纹；时间是笔，写下的是沧桑；时间是绳，系下的是情分；时间是火，燃烧的是青春，奉献的是激情。

宴会开始，张校长首先献辞：“首先敬同学们一杯，今天见到你们格外亲，格外高兴。我在黄石四十七年，最大的欣慰是我的学生，最感自豪的是我的学生，书法成全了我一生，学生丰富了我一世，我以我的学生为骄傲!”寥寥数语，饱含激情，涵盖了他丰富的内心世界。77岁古稀之人，语言铿锵，鹤发童颜，目光炯炯，神采奕奕，从他的神态里，我看到了两个字：满足。在热烈的掌声中迎来了班主任甘老师的演讲，他74岁了，与原来我们记忆中的样子变化不大，还是那么精瘦，还是那么儒雅。他声音不大，但掷地有声，话语不多，然余音绕梁：“人生苦短太匆忙，雨露培滋果呈芳。喜看人间桃李笑，愚翁虽老兴高昂。”“人生易老恨秋风，扫尽红颜一老翁。岁月蹉跎情常在，天南海北喜相逢。”“执教生涯四十年，芬芳桃李满人间。年年岁岁春常在，岁岁年年人牵挂。”这些话既道出了他有生之年栽树育人的自豪，又寄托出他古稀之年满载而归的喜悦。老师言毕，同学们纷纷下座为老师敬酒祝贺，或同学间相互碰杯问候、畅谈往事。瞬间，杯盏声、谈笑声不绝于耳。期间，金冶同学的表现最令人忍俊不禁。天生的幽默，使他出口成“趣”；戏剧的天赋，让他卓尔不群。他浑身的细胞抖落着机灵，一举一动均让人捧腹。在热烈的气氛中，黄宏文同学建议，每位同学发表一分钟的演讲，按逆时针方向依次发言。同学们个个情绪高昂，激情满怀，说糗事的，说遗憾的，说欣慰的，说感激的，说愿望的；道往事的，道蹉跎的，道感慨的，道祝愿的，道希望的；有回忆的，有自嘲的，有自誉的，有插科的，有打诨的……好不热闹！是啊，难得一聚，多少回忆在这一刻倾泻，多少感慨在这一瞬间爆发。

我们的中学年代，是个极特殊的年代。我们这班同学大多是从初中至高中毕业时的同窗，一部分同学甚至还是小学时的同窗，我们相逢于1964年的黄石市广场路小学，不久适逢十年“文革”，小学毕业升初中时黄石市广场路小学“戴帽”成了黄石井冈山学校，初中毕业升高中时黄石井冈山学校又“戴帽”成了黄石第八中学。在这个特殊的年代，学工、学农是当时的主题，学文、习字则是那时的附加物，许多同学无奈上山下乡，在广阔天地炼红心，我们在本末倒置中度过了美妙的年华。老师用尽心血，也浇不出一园春色，营养的缺失导致我们先天不足，但风吹雨打让我们更加坚强。在座的同学成功者虽不算太多，但大都生活充实，身体健康，晚年生活无忧，这就足矣。人生苦短，当我们一齐奔向桑榆树下时，地位也罢，财富也罢，又算得了什么！

宴会结束，又拉开了卡拉OK的序幕。老师和同学们开怀而歌，相拥而舞。歌声时而悠扬，时而奔放，时而疯狂。情不自禁，抖落一身的羞涩；忘乎所以，重回少时的时光。大家此时好像忘记了年龄，忘记了时间，一曲又一曲，一舞又一舞。最后一曲节奏鲜明的迪斯科，把聚会推向了高潮，同学们手拉着手，肩并着肩，踏着强劲的节奏，扭动着欢快的身躯，掏空身上所有的能量，宣泄所有的激情！

再见了，敬爱的老师；再见了，亲爱的同学，聚会是短暂的，但师生情却是永久的。聚会后虽各奔东西，但聚会上友情的种子会在各位老师、同学心里生根发芽，每每触动这根神经，美好的回忆与眷恋就会油然而生。

运委：女，1974年毕业于黄石第八中学，该文是为纪念74届高二（一）毕业班同学聚会而写。

第四辑：长相思

——文化大革命前知青的回忆

欲买桂花同载酒
终不似
少年游

——刘过《唐多令》

青　春　恋

顾荷伯

朋友们多次要我写一点文字，可一直懒于提笔。现在又经朋友们敦促，我再也没法推托了。我是一个被人们称为“能活到今天是一个奇迹”的人。在人生的旅途上，我历尽磨难，能够活到现在，而且活得很好，这确实是个奇迹。我想我的生命是有限的，利用有限的生命将我的经历笔录成文，献给青年朋友们，如果能激励他们在人生的道路上更加奋勇前进，那将是我最大的欣慰。

千里迢迢落荒湖

1958 年 5 月 6 日是我一生中最难忘的日子。那天，我身佩大红花，居委会的干部将我这个瞒着母亲偷偷报名参加湖北农垦建设的小青年，送上了长江客轮。船起航了，不知是激动还是离别的痛楚，一串串泪珠止不住地往下流，沾湿了我的衣襟。从此，我这个刚满16周岁的少年，便踏上了新的人生旅途。

客轮载着我们溯江而上。“再见吧，妈妈！别难过，莫悲伤，祝福我们一路平安吧……”船舱里歌声时起时落。再见了，上海，我的故乡！我们要到“楼上楼下，电灯电话”的国营农庄去了，再见了……

抵达武汉后，我们住进了一个由军人警卫的招待所里，然后连夜换乘小火轮逆流而上，连当初安排我们参观武汉长江大桥的活动也被取消了。小火轮西行了一夜，终于到达了目的地。啊，那就是憧憬中旖旎富饶的土地——一片凉荒的芦苇塘。

几十名河南民工组成的欢迎队伍站在堤坡下招手，帮我们提箱子、搬行李，两台东方红拖拉机装着大件行李在荒湖滩上缓缓爬行。

天下着雨，荒湖滩上是泥泞不堪的道路，早先准备的到农村用的雨靴灌满了泥浆。我只得脱了雨靴光着脚，提着网兜，在雨中艰难地跋涉。在爬一个堤坡时，我不小心摔了一跤，只听“呼”的一声，随身携带的开水瓶报销了。随行的姑娘们三五成群，手拉着手，肩并着肩，碎花裙沾满了污泥。忽然听见“啊唷”一声，一个身材高大微胖的走在前面的姑娘滑倒了，身后一长排姑娘便一个接一个地被“拉下了水”。

走惯了柏油、水泥马路的上海知青啊！如何走得惯这乡下的“水泥路”哟。队伍中开始有人啜泣，先是一个，眨眼一片。但也有不哭的，有的在路上嬉闹，有的默默无语。时针转了两圈多，一个为我们带队的河南工人指着前面对我们说：“瞧，快到了。”不到三公里的路，竟走了两个多小时。

队伍到达了宿营地，出现在我们面前的竟是三排阴暗潮湿的茅草房，屋顶是薄薄的一层茅草，四周是漏光透风的芦苇墙，一排排泥块垒成的床架，上面铺着湿漉漉的芦苇，这就是我们要参加战斗的驻地。

5 月的天气不算很热，但蚊子却意想不到的多，天近黄昏，便成群地向我们发起了进攻。我用打包的绳子连接着挂起了蚊帐，在不足二尺宽的统铺上筑起了自己的小家。这天夜晚，由于连续几天的旅途劳顿，我很快进入了梦乡。

万亩荒湖谱新曲

刚到农场，领导安排大伙休息 3 天，于是这块沉睡千年的处女地上，便扬起了上海小伙子和姑娘们欢快的歌声和笑声。大家忙着埋桩、拉绳晾衣服；我在被称为“井”的泥坑里提了一桶混浊的井水洗衣服。当我将洗衣水泼掉时，却遭到一个姓李的炊事班长的训斥：“扯淡……这是吃水的井。”原来，我泼水时不小心，将一点残水泼到了井边。我自幼失去父爱，母亲一直对我们两儿一女十分怜爱，从未受过责骂，今天却尝到了人生第一次挨骂的滋味。从此，我再也不敢到井边洗衣服了。

短暂的几天，伙伴们便各自找到了情趣相投的伴侣。住在外队的姑娘们来到了小伙子们当中，使大家增添了几分快乐。男的拉起二胡、吹口琴，女的唱起越剧《梁山伯与祝英台》……小伙子们捧出了从上海带来的饼干、糖果，拉起“男耕女织”的乐曲，迷茫空荡的心胸，被大伙的温情暖意填补。

我这个从小喜爱越剧、沪剧的小戏迷，也结识了口琴吹得很好的同伴陈仲涣、会唱锡剧的仇金根，他们都对我很好，经常一起又拉又唱，有时晚上同睡一床被子。除了喜欢唱越剧、沪剧以外，我还喜欢唱《拉兹之歌》，直到今天，我还经常哼唱它：“命运叫我奔向远方……”

假日一晃而过，紧张的劳动开始了。以河南工人和上海知青组成的劳动大军，挥舞着镰刀，开动着机器，割芦苇、开荒地、种棉花。放眼望去，是无边的荒湖芦苇。嗨，不知哪天才能割完啦。连续几天的劳作使我的手掌磨出了一个又一个血泡，手一用劲就钻心地疼，只得眼巴巴地望着食堂边的旗杆，如果红旗升起来了，这就是队部发出的收工信号。

为了慰劳我们，食堂里专门杀了一头猪，我和伙伴们一起拿着瓷盆买饭，一人一碗大米饭外加一勺肉。肉的滋味虽然比不上母亲的“作品”，但是对我们这些很久不知荤腥味道的知青们来说，简直不逊于吃山珍海味。

不知过了多少天，生产队长宣布发放工资，第二天休息。这时我已成了一位“晒了一身黑，脱了一层皮、滚了一身泥”，实现了我报名参加农垦建设时的诺言的汉子了。发工资了，总共 14 元人民币，虽说不多，却是我平生第一次享受自己的劳动报酬。

第二天休息，我和几个同伴高高兴兴地起了一个早床，来到离队有 15 华里的小集镇，走进唯一的一家小饭馆，叫上几个炒菜，开了一瓶烧酒。我平常不喝酒，但由于异常的高兴，便和大家一起连干了 3 杯。酒足饭饱，当我站起来走上不到二米宽的街道时，便开始头晕目眩，一头栽倒在地上。同伴们吓坏了，连拖带拉驾着我进了卫生院，洗了胃后半个小时，我恢复了精神，像什么事也没发生一样，可惜我刚刚下肚的“营养品”却洗劫一空，连14元钱的工资也因医疗费而付诸东流了。

柳絮飞，蝉儿唱，棉桃吐白，我终于从老工人那里学到了棉花播种、整枝、打杈、打药治虫等一整套棉花种植技术，当上了新中国第一代有文化的农民。

光阴荏苒，大跃进的战鼓刚敲了一年，三年自然灾害的厄运降临了。1959年初，由于粮食紧张，上级停止了对农场的口粮供应。仅存的一点大米很快就吃完了，于是大米饭成了黄豆饭，黄豆饭成了豆饼饭，库存的一堆喂猪的豆饼成了我们唯一的口粮。同伴们开始一个个偷着逃走，志愿者成了逃兵。我的一个战友在逃跑途中被抓了回来，罚跪了一天，整整饿了一夜。为了生存，大家只有去挖野藕、找野菜。在休息时采上几个野茭白，点上一把野火烤着吃。姑娘们白天种黄豆时偷偷留下几粒，晚上在蚊帐里用针尖扎着一颗一颗在油灯下烧着吃，不过，这是冒着“犯罪”的危险的。

“一天吃一两，饿不了事务长；一天吃一钱，饿不了炊事员。”1960年7月的一天，我被队领导推荐当上了事务长，这是许多人向往的好差使。我接任的第三天被通知参加现场会，一斤大米煮出三斤二两米饭。我被搞糊涂了，不知那是米饭还是稀饭。

我手下的炊事班长是个河南籍单身工人，个子不高，人十分精明。幸亏有他的保驾，我在惆怅、迷惘中得到了他的指点，学会了煮“高产饭”、“藕饭”，做“麦拉馍”，烙“糠饼子”。清晨我赤着双脚，到荒草地中牵回早被放牛工人赶进去的两头水牛，四条麻袋放在牛背上当“鞍”骑，赶到离队里有5里路的分场加工厂领粮。为了改善职工生活，食堂里买了100多只鸭子，喂了两头猪。我除了记账、领米、领油、按指标分粮给家属外，还帮助炊事班干些杂活，切菜、喂猪、放鸭……

眼看春节将近，食堂喂养的两头猪已有300斤开外。全队工人都盼望着过年分上点肉，会上一顿餐。然而，这天我的厄运降临了。天快黑了，出去一天的肥猪没有回来，这可惹了大祸。我和炊事班长两人在寒冷的冬天赤脚跑遍了生产队附近的荒滩、芦苇丛和生猪经常出没的地方，但没有找到猪，急得我一个整夜晚都没有睡觉。这件事传到了队长耳里，我被狠狠地训了一顿，队长令我两天内将猪找回。我哭了，哭得很伤心。几个月来按时出入的牲畜不见了，茫茫大沙湖方圆100多平方公里，到哪里去找啊！炊事班长要煮饭，我只有一个人到处乱闯。队里好心的工人还劝慰几句，有的则背后指指点点："吃饱了撑的，过年把猪丢了。"整整两天，我不吃不喝，真想自己出钱买两头猪回来，可是钱从哪里来？我这个带"长"的官，一个月才18元的工资。不久我病倒了，高烧40摄氏度，时烧时退，在床上睡了一个多星期。好心的炊事班长煮了鸭蛋汤，烙了饼子安慰我，还请来医生为我治病。

由于长时间接触疫水，我患上了急性血吸虫病，被送进了医院。时隔不久，炊事班长来到医院探望我，告诉我两头猪找到了。原来，偷猪的竟是分场总支副书记和管后勤的副场长。他们经常和存放高档食品仓库的保管一起吃肉喝酒，而我却受惊挨骂，高烧住院一个多月。

青春无悔拓荒人

艰苦的岁月摧残着拓荒者的肉体，很多扎根农垦的知青们都英年早逝了。我的同伴朱高年烈士，在1969年7月20日为堵江堤溃口光荣献身，我的好友刘绪生刚刚担任一分场副场长，便在抢修机车的过程中不幸殉职，身患晚期血吸虫病的战友们一个接一个倒下去了……他们就像天上的流星过早地陨落了，然而他们都有着闪亮的人生，大沙湖的人民将永远也不会忘记他们。

艰苦的岁月也同样摧残着我的身体。1973年9月，由于我反复感染血吸虫病，病情突然恶化，肝左叶先肿后缩，超声波仪显示不出左叶的图影，右肋下疼痛，人骨瘦如柴，一餐只能吃一口饭。后又全身浮肿，大便拉脓水。农场领导为照顾我，将我从分场卫生院转到总场医院，后又转入武汉同济医院，治疗半年后施行脾脏切除手术，命总算保下来了。在30多年的农垦生涯中，我经历了多次生与死的考验。1968年胃穿孔、1970年胃切除、1973年晚期血吸虫病腹水、1974年脾脏切除，后又患上慢性胆囊炎、肺气肿、1989年遇车祸，4根肋骨骨折……

我终于活了下来，而且活得很好。今天千年沉睡的荒湖已是一个年创国民总值3.7亿元，利税一千万，拥有1.5万名职工的国营农场，一个新兴的小城镇耸立在长江堤畔。人生旅途的拼搏，使我懂得了活着的价值。回首往事，不禁感慨万千，那硕大的红花、那滚滚东流的黄浦江，那一望无垠的荒湖芦苇，那青春与汗水的火红岁月……这些都永远珍藏在我心间。

顾荷伯：男，1958年上海支援湖北农垦建设知青。

英　魂　颂

——记上海知青朱高年烈士

叶建国

滚滚长江东逝水，浪淘尽，多少英雄人物……

它养育了无数华夏儿女，灌溉了两岸万顷良田，孕育了源远流长的长江文化。然而，它暴躁时也会给两岸人民带来巨大的灾难。数千年来，长江两岸人民为了抵御洪水的侵袭，牺牲了多少英雄儿女！谱写了多少英雄赞歌！

在湖北省国营大沙湖农场东南部，江堤脚下、杉林之外、稻田旁边，有一个不很显眼的衣冠冢，其旁立一块石碑，刻着：“一九六九年朱高年同志在抢险中失踪。”这里便是1969年震惊全国的田家口溃口事件发生地，朱高年便是这次抢险中的唯一的一位失踪者。鉴于他的英雄事迹，大沙湖人民3次上报材料，1984年经湖北省人民政府批准，追认他为烈士。

朱高年（1939—1969），江苏省常熟县妙桥人。他学生时代品学兼优，1957 年 7 月在上海“五四”中学高中毕业，1958 年 5 月响应党中央上山下乡支援内地建设的号召，从上海来到大沙湖农场参加农垦建设。1959 年考入湖北农业机械专科学校。1962 年毕业后，先后到鄂城樊口拖拉机站、新洲县机械局工作。为了支援农垦建设，1964 年他主动要求回大沙湖农场修配厂，任旧件修复组组长，负责电镀工作。

1969 年 7 月，长江洪峰来临，农场组织抗洪抢险队，朱高年不顾自己身患疾病、眼睛近视，主动报名参加了危险很大的水手队。

这年 7 月 20 日的夜晚，天黑沉沉的，伸手不见五指。朱高年和往常一样在江边巡堤。时针刚过 20 点，由邻近公社监护的田家口方向突然传来嘈杂的叫喊声：“溃口了，快来人啊!”朱高年闻声不禁一惊，赶忙同抢险队的同志一齐向出事地点奔去。

来到溃口处，只见一米宽的水柱奔涌狂泻，江堤转瞬间被撕裂成几米、十几米的大口子，泥袋扔到水中一下就被冲得无影无踪。这时，抢险队开来一台东方红拖拉机堵口，然而口子越来越大，拖拉机已无用武之地。正在大家一筹莫展之际，上游驶来两艘满载芦苇的木船。农场防汛指挥部当即命令木船靠岸，准备沉船堵口。木船在靠近溃口处时搁浅，上百个抢险队员于是将粗缆绳一头固定在拖拉机上，一头固定在木船上，拽住向溃口处游放。这时堤外的江水与堤内的地面有 5 层楼高的落差，洪水排山倒海般向堤内倾泻，上百人扯拉不住，木船随时都有翻沉的危险。此时，指挥部当机立断，命令水手队上船解链抛锚。这时，朱高年的妻子金渭君来到堤边。朱高年将衣服迅速脱下交给忧心忡忡的妻子说：“你别这样，我参加水手队，为的就是保护江堤，即使牺牲了也是光荣的。”随后，他便义无反顾地登上了木船。

时间一秒一秒地流逝，朱高年和水手队的战友们全力以赴地解开锚链，如潮的江水却像死神般地与人们争夺生命之绳。缆绳一寸一寸缓缓地松动……终于，木船控制不住了，它像脱弦之箭直冲溃口，船身剧烈颠簸，水手们被甩入急流中，转瞬间不见踪影。

从此，人们就再也没有见到朱高年同志的身影了。然而，大沙湖人民没有忘记他，3 次上报他的英雄事迹，1984 年湖北省人民政府追认他为烈士。每逢清明时节、“五四”前后，那鲜红的红领巾，那熊熊燃烧的火炬，那高高飘扬的团旗便汇集到他的衣冠冢前……

万木肃立，芳草鞠躬，田野里低吟的是英魂的颂歌！

（此文系作者受本书编委会委派采写而成）

青春奏鸣曲《沙枣花》

——军垦生涯纪实

胡文娟

“喂！是文娟吗?”“是的。”“跟你讲一声，黄莉珍从新疆回武汉探亲了，蛮想见见你。”“好！好！我马上来。”自从接到柴瑛这个电话后的日子里，特别是见到黄莉珍本人后，我思绪久久难以平静。就像一石激起了千层浪，30 年来的往事历历在目。

突然的决定

1956 年的夏天我中学毕业了，同学们在一起叽叽喳喳，家长们也在考虑孩子们的前途。有一天，我听到一个消息，新疆农二师战士宣传队到武汉宣传演出，还说要召“兵”去守卫边疆、建设边疆。当时，我本身就是一个爱蹦爱跳又爱唱的小姑娘，于是赶紧弄张票去看看。嗬！这台节目真可谓热情、奔放、朝气蓬勃，使人心绪荡漾。特别动人心弦的是《送你一束沙枣花》的歌舞节目真是太棒了！我马上就迷恋上了从未听说过，从来也没有见过的沙枣花，当时，我要拥有一束沙枣花的心情，并不亚于当今的又一代青年“追星”的狂热。出了剧院的门，天真的我，边唱边想，新疆——多么远的地方啊，上地理课才知道它，有好几个湖北省大呢！

一回到家，我便受到父亲严厉的责骂：“到哪里去玩疯了，现在才回家?”我只有悄悄地跑到奶奶的房间坐下。吃过晚饭，爸爸向我招手：“咪咪（我的小名），过来，我要跟你说话。”父亲一贯对我管束严格，我只得极不情愿地走到他跟前，把眼睛瞪得老大老大，一动也不动地看着他。爸爸说：“孩子，父亲不能养你一辈子，更不能保你一生平安，因为我的成分不好，影响了你的前途，书读得再多也不会有用，但，前途是要靠你自己去奔的。现在新疆在招兵，我想让你去。咪咪，你表个态吧，行不行?”我心中在想：“哎呀！原来父亲这么严肃认真谈的是这一件事情。”我毫不犹豫地就答应了：“行！行！行！”随后，爸爸又提出一个要我们父女两人遵守永不告知别人的约定：对任何人，都要说到新疆去是我个人自己的决定，绝对不能露出是父亲的指引。接下来是报名啊！等待批准啊！终于穿上了绿军装啦！祖父知道后怒斥：“不能去!”奶奶劝阻说：“去不得!”母亲的眼泪流个不停，亲戚们的叹息一声接着一声。但这一切，都没有动摇我的决心。

我可以忘掉自己的生日，可是决不会忘记1965年9月5日那一天的场景。年迈的祖父母双双将我送出家门，口中喊道：“咪咪儿，出门听话，能转回来就马上回来，看看我们，爹爹太想着你!”（就是这句话，为后来的故事设下了伏笔）。我们穿着绿军装列队走过中山大道，两旁是亲人相随，一直走到汉口火车站。原定下午 3 点整开车，由于各种原因耽误了 20 分钟。我坐在列车窗边，拿着手帕，将其中一个角紧紧地咬在嘴边，看着下面站台上的每一个送行的亲人，父亲、母亲、伯父、姑父、叔父、表兄妹、堂兄弟、姨妈、姑妈、舅妈一大群，还有另外的好多好多人，正在送别我们这些穿绿军装而又没有戴领章、帽徽的“军人”。这时，乐曲高奏，汽笛和着哭声齐鸣，列车徐徐开动了，再见了，爸爸，我已看出了你深沉的眼中有明显的泪花翻滚，并且带着无限哀伤的神情。30 年后的今天，当写到此处时，我无声地哭了好几分钟。

艰辛的劳动

小时候，只有坐竹床纳凉，听别人讲鬼的故事时才有了“怕”的抽象概念，现实的“怕”一到十九团就表现出来了。我们坐了 7 天 7 夜的火车，终于由乌鲁木齐市经沙湾来到了驻地农七师十九团。沿途经人指点告知，公路两旁的林带，除了高高的白杨，就是沙枣树。沙枣花开在沙枣树上，多得很，要怎么摘，就怎么摘，要多少，有多少。我们一行 96 名武汉支边青年分到十九团，一到团部，首长们给我们训话，要求我们从此以后安心十九团的工作，树立保卫边疆、建设边疆的决心，做一手拿枪、一手拿镐的革命战士。政治部主任还连说几遍：“将来你们干得好，十九团的团长是你们的，各营连的干部位置都是你们的。”然后宣布分连队，我们分配到十九团离团部最远的沙包连——八连（也就是以后重新编号的一二二团九连）。其他男女知青已分到别的连队，只有我们连队全是女孩。又经过一个多小时的颠簸，终于到了目的地。我们也进入角色了。不是“战士”

吗？怎么没有枪！却给我们每人发了一个硕大的砍土镘，接着发了一床棉被，一个床单，还有一套棉军装。不是“军人”吗？怎么说“军垦”？什么是“垦”？第一次啃到了包谷馒头，接下来是下大田干活。这时，我才真正懂得了“垦”的含义。整齐划一的方块条田，四周环绕着层层白杨、沙枣树。在其间下棉籽、间苗、打顶尖、拾棉花；种玉米、摘包谷；春天平整条田土地；冬天给条田送肥运沙，改良土质，以利作物生长。一年四季，天天有安排，天啦！看似简单却又劳累的军垦工作，让我们这些来自大城市刚踏上人生旅途的小姑娘一生一世干下去，太可怕了！我是一个从小在家连碗都没有洗过的宝贝女儿，父亲对我的严厉管束，是要求学习成绩合格，不能顽皮、骂人、打架，不能放学后晚归家；至于家务劳动，上有奶奶，下有妈妈。现在好啦！远离亲人远隔家，十七八岁的我们，劳作时曾闹了不少笑话。秋天到农场，一开始的工作就是拾棉花，那可是弯腰活，别人一天下来拾几十斤，我才能拾6斤多一点，那个老军垦排长看着我直犯傻，可能她在想：看她这么精灵、这么乖巧的女孩连个棉花都不会拾。又一天，还是拾棉花，我和一上海知青算计好了一个办法，分棉花行垄的时候，我俩就故意磨到最后面，分给我们4行，一人两行，我和她赶忙走到垄中间，丢下地头边的一大段，下一轮分行的时候，排长就会认为这行未摘过，分给别人从头摘去了。我俩就假称上“1号”，然后就跑回集体宿舍睡大觉，害得排长、班长们收工时到处清点找人。晚上学习，他们批评我们不热爱劳动，思想不好，资产阶级情调。我不怕批评，实在怕劳动，没有办法，硬的不行，就来软的，拉沙子，运肥料，只装半筐。收玉米，把背篓下面挖个洞，永远只能装半小篓，装多了一压，玉米就从洞里往下掉。人们说，坏篓子总是发给文娟了。还有一怕的劳动项目就是“间苗”，一个直立的人非得像京剧十八罗汉中的短腿罗汉一样，在地里边蹲着，比武大郎还要矮，一边铲去多余的苗，一边向前挪动，继续铲。一天下来，两腿又胀又酸。这个工作，你怕也没有办法逃，因为苗只有十几公分高，人是溜不出大田的，只有双膝跪在地上干。不过办法总还是有的，个个连队有知青，武汉的，上海的，各地的，最能逃脱劳动的办法是这个连队的知青跑到另一个连队住上两三天，名曰看老乡。那才是最最开心的事，令人神往，又可以不劳动，还可以尽情地自编新疆舞跳起来，把“我的家在东北松花江上”词改为“我的家在武汉长江边上”或者“我的家在上海黄浦江畔”，并高声大喊唱起来。别人连队的干部管不了我们，只有请示派团部的武装战士将我们赶出来。就这样，我们三五成群又嘻嘻哈哈回到自己的连队来。

时间，是最能磨练人的意志的。渐渐地，天天要劳动，我也就习惯了；顿顿吃杂粮，反而长壮了，长高了。每天上工前，我们就放声唱歌！收工回到宿舍就恨不得马上洗了睡觉。这一阶段的辛苦、劳累，却培养了我劳动的能力，真可谓劳动锻炼人。可是，我永远也赶不上同去的武汉支边青年“牛拉车”——刘锡珍，她可以一天摘近百公斤棉花。当年我们喊她“牛拉车”，谁知她一拉30年没有回头。刘锡珍，我们武汉知青的好姐姐，现在还在石河子地区一二二团（也就是原来的十九团）。1994年，我回到新疆农场去看望了她，她还在那里劳动，侍奉公婆，养育大了3个孩子，仍然与丈夫老蒋（安徽进疆知青）共同支撑着农场的那个家。

清苦的生活

记得1965年中秋节是在列车上度过的，带队的有从武汉送知青的干部，有从新疆到武汉来接知青的领导，他们一路上对我们比较关照。车行了两天后，他们给我们每人发了大大小小几个月饼，要在往年，大人给我们月饼，都会拿到手吃个干净，因为那年月，中国整体生活水平不是很高。可是，这是在进疆的列车上过中秋，昨天刚离亲人，今朝怎吃得下这几个月饼呢？车厢那边，几个收到月饼的同伴触景生情已经哭出声来了。此情此景，我们懂得，这一去是不可能轻易地回来了。

新疆的冬天特别长，一直到来年四五月份，地上的雪才会慢慢化开。毕竟是边疆，又是军垦农场，我们每天的日程只是平凡的劳动。清苦的生活，仅有的几张白面馒头票，要留下给别的连队来的“老乡”知青们吃。吃玉米馍，吃烦了，就找连长闹，到食堂吵，要吃大米饭。连长是位四川籍转业军人，他告诉我们，新疆不能长水稻，所以没有大米饭吃。我们也就不抱希望。记得有天晚上，25个姐妹集体想家，喊爸爸，叫妈妈，哭爷爷，想奶奶的，大声喧哗，简直闹得不可收拾。连部领导劝阻不了，只有想法子派人下了一大锅鸡蛋面条，用两个大木桶送到我们宿舍。奇迹出现了，真是的，刚才还哭得要死要活，一看见面条，忽一下，坐着的，躺着的，都抢着下床吃面条去了，“鸡蛋面条!”这可是病号才吃得上的好饭。刚才想家的事也只有搁到一边去了。两桶面条，就这样一下子被吃得精光。这“抢面条”的故事，几十年后我们这些支边姐妹再相遇时，谈起来还津津乐道呢。

时间长了，我们讲的是河南腔的普通话，穿的是直筒裤，洗得发白的绿军装。为了听一曲《红灯记》选段，得穿上军棉大衣站在山墙边的高杆子喇叭下面欣赏，脚下还踏着雪。为了看一场电影《白毛女》，我和老军垦大姐夏兰英赶到团部来回骑了 3 个多小时的自行车。再后来要我们参加排演节目，宣传毛泽东思想，文娱生活才算有了一些生气。我与冯柴瑛、汪遵莉等支边青年组织排集体舞，跳《蝶恋花》，拉起二胡，打起手鼓，学唱“样板戏”。这就算有了文化生活，将我们以前的烦闷一股脑儿丢个干净。

风云骤起

“革命”两字，在学校受的教育是属于新中国成立前的战争年代那一代人用的，今天，却摆在了我们面前，要我们认识革命，理解革命，拥护革命。接踵而至的文化大革命，把我们全体军垦战士训练成了特殊的“兵”。这有快板诗为证：

早请示，晚汇报，
听到哨声莫迟到。
主席语录不离手，
到了大田要读报。
抓住鸡毛整材料，
晚上学习少睡觉，
时刻要把革命闹。

在这样的革命形势下，首先要认识谁是敌人，谁是朋友？当时新疆的人员情况复杂，什么盲流汉、转业军人、“二百五”、老军垦、新生员、支边青年、支边老年统统得站出来排队、表态。我年龄虽小，心中也不平静，知道自己家庭出身不好，不能瞎闹，又不愿跟在别人的后边把另外的别人打倒，更害怕有一天别人来抓我们去“思想改造”、办“学习班”。这时父亲的话在我耳边响起：“前途是要靠你自己去奔的。”可眼下怎么“奔”呢？同时奶奶的话“咪咪儿，出门听话，能转回来就马上回来”也在耳边震响，怎么办？怎么办？有了，找好友柴瑛商量，两人主意难定，急得团团转，最后相商，只有逃回武汉才会平安。

“密谋”之后，有4个人同走，为了减小目标，分成两路：黄莉莉、曾福芝先走，我与柴瑛随后，到约定的地方集合，然后一起跑。我与柴瑛开始向沙湾三道河子方向赶路，没有干粮，没有水喝，走到黄昏，心中骤然紧张，约定地点没有见到先来的人，我俩只有互相鼓励，只能进，不能退。天黑了，就在十五连的棉花地里蹲着，天亮再跑。正在相商，一抬头，看到林带边上的沙枣树，盛开沙枣花的树。来疆两年多，闻过你的香，吃过你的果，采来你的花儿唱过你的歌，仍然是那首《送你一束沙枣花》。可惜眼下沙枣花已开过，只有沙枣像羊屎蛋一样挂在树枝上。脑际浮想起，我是为什么到新疆来的呢？不就是为了一束沙枣花吗?！沙枣花呀，沙枣花！逃跑的路上遇见它，真是不可思议，在沙枣林下采不到沙枣花，只有摘沙枣果充饥。我俩边摘边走，边走边吃，突然，有人大喊一声：“干啥?”临近夜色的黄昏，这一声吓得我们魂不附身，原来是十五连的武装战士巡查碰到我们，双方都不把对方当好人，因为当时有派性。到连部后，指导员了解到我们是武汉知青，把我俩说服教育一顿，送回了八连知青宿舍的门口。谁知，一回来，大字报就上了墙，主题是批判我俩“开小差”的行为。我们也只有豁出去了，深夜，在大字报的边上贴上了“放屁”两个大字，接着就离开连队，向外又一次跑去。这次不从东走，而向西行，在团部一位老人好心的帮助掩护下，终于跑脱来到了奎屯师部，找到了武汉知青老乡。后来从奎屯直接就回到了武汉。

轶闻趣事

回汉以后，随着“文革”的深入，形势稍有稳定，我又回到了十九团，1969 年在奎屯结婚成家，之后调到奎屯市第四中学任教 10 年，直到调返武汉。军垦生涯近 3 载，边疆工作共 13 年，说起来，也有不少生活趣事，在这里，择几件与朋友们叙叙。

记得“逃跑”到奎屯时，我和柴瑛找到的那个知青老乡，实际上是街坊，还是同学，高我几届，只是以前并不认识。他毕竟比我们长几岁，沉着、机智，为我们开出了“通行证明”。奎屯到乌鲁木齐，要坐 6 个小时的汽车，他就陪我们到乌市火车站，为我俩送行。在站台上，列车就要开动，同样是火车站台，同样坐在列车窗口，只是站名不同，但我已经有了一种感觉，仿佛闪回到进疆那年 9 月 5 日汉口火车站亲人送行的情景，父亲的眼睛，哀伤，深沉……仔细再一看，不，他不是父亲，他是专程来送我们的老乡知青——杨华明。他的眼神有点异样，不是哀伤，也不深沉，分明是一种无法形容的锋芒，直射我的眼睛，并且一直盯着我一个人，连柴瑛与他道别讲话，他也没有听见。列车滑动了，我俩对他说：“再见了，谢谢你对我们的关心，感谢你跑这么远为我们送行。”我这才见他的眼睛回过神来，对着我俩招手道别。列车快速前进，他的身影越来越看不清，可是，他的眼神却越来越跟得紧，在我的眼前晃动，晃动……

怎么说呢？以后，华明就很快追到武汉，我们又一同返回新疆，他去了奎屯，我回到十九团，两年间书信的联系，频繁的交往，终于水到渠成，在奎屯市发电厂安下了我俩新婚喜庆的“营房”。想不到，在“逃跑”的路上竟意外地铺上了“桃花运”的地毯，柴瑛为我和他无意做了“红娘”。华明了解我从小不会做家务，在农场也经受不少磨难，婚后一直对我照顾周到。我俩的婚姻是人们戏称的那种“货郎与小姐”、“俏女配长工”，我们恩爱厮守，已度过银婚，有一子一女，并添了小外孙。

你听说过公鸡孵蛋吗？在我们的生活中，可不是听说，而是真正实践过。边疆小家庭生活没有双方老人指点，什么都靠自己去张罗。有一天，华明和华大（他们是弟兄俩一块支边，分到师部发电厂工作，没有下过农场）兄弟俩上东戈壁滩打柴，看到一只漂亮的野鸡蹲在红柳丛边，他们分头包抄，没有抓到机灵的野鸡，却捡了15个正在孵化的野鸡蛋，暖呼呼的。华明养过鸡，知道孵的蛋不能凉，立即将上衣扎进裤腰，把野鸡蛋放到贴身的内衣里，柴也不打了，立刻骑车赶回家中，他向同事们打听，有没有鸡借给我们孵蛋，回答统统是“没有”。我的这位先生情急之中不知听了谁的“良策”，把自己喂的公鸡灌醉让它发烧，伏在野鸡蛋上。我们和孩子看着公鸡的那种醉样子，开心得大笑，欢乐得大半个晚上都没有睡觉。第二天早上，公鸡酒醒了，一咕噜站起来跑掉，慌得我的那位先生又去抓另一只鸡灌酒。就这样，折腾了两天，终于有人送来一只母鸡。过了9天，小野鸡终于相继出壳了，小鸡娃的鸡毛都是一样的花纹，漂亮极了，它们满屋子乱跑乱叫。公鸡孵出了鸡娃，太妙了！

离疆情牵

边疆生活，工作十余年品尝的苦、乐、酸、甜，为我以后的生活工作打下了良好的基础，也是我后半生能在事业上有所成功的基础。所以我在调回武汉工作后，多少年也不能忘怀边疆的那些不平凡的岁月。正如调返武汉数年后，自己写的那首小诗一样：

别疆东去五余载，
西望天山叹情怀。
沙枣花开年年香，
黄鹤已去欲归来。
且盼一朝再相聚，
欢声笑语飘云海。

1987年夏，在离疆8年后，暑假之际，我曾返回新疆奎屯一次，实现了我的返疆愿望，探访了知青老乡。那种见面的欢乐，交谈的激情，把当年青春时代的感情全部表达出来了。我又一次闻到了沙枣花的香，品尝了“红元帅”的甜，大葡萄的“酸”，真是变化大。原来宁静的师部，已在改革潮流中成了一座具有相当规模的繁华的边疆新兴城市。

去年，1994年夏，我又一次返回新疆“探亲”，这次不但回到奎屯，还特意回到十九团农场，见到了原96名武汉知青中留下的所有人。他们有的在校任教，有的继续干“老军垦”，有的已退休。30年，岁月流连，各有千秋，各奔前程，如今相会，感慨万分。刚刚见面却马上又要分离，我再一次来到沙枣林边，心中向它们倾诉衷情，挥泪难舍地与“战友们”道别。写到此，真是提笔难收，只好借用某电视剧主题歌词来结束我的赘述吧！

曾经拥有过，曾经失落过。
曾经相爱过，曾经无奈过。
曾经艰难地选择！
谁能告诉我，什么是什么？
什么是什么……

胡文娟：女，1965年于武汉市向阳中学初中毕业，同年9月赴新疆生产建设兵团农七师十九团参加支边建设。

走上讲台

李大武

一名高中毕业生，读完大学4年课程，就可以理直气壮地走上高中讲台了。然而走完这一段通往讲台之路，我却花了将近29年的时间，用去了生命中最宝贵的年华。

1964年7月，我于武汉二中高中毕业。从小学、初中到高中，我一直是学生中的佼佼者，但由于家庭出身问题，这年考大学未被录取。这无异于晴天一声霹雳，我无法承受，只感到愤愤不平。我整整睡了3天，不想吃，不想喝，也不与人讲话。许多朋友、同学劝我都无济于事，倒是一句传闻，使我一下子振作起来："出身不好，到农村锻炼两年后，可以考大学。"此话不知是真是假，但我想即使是10年，只要能考，我也要跨入大学校门。这年9月，我便"自愿"到潜江浩口公社插队落户了。

这时，上山下乡还鲜为人知，我背负着委屈，背负着沉重的精神十字架下到农村，意欲完成从一个衣来伸手、饭来张口的“书呆子”，到成为一个“普通农民”的“脱胎换骨”的改造。

刚到农村，一切都陌生，一切都新鲜。农村的米真白，饭真香，可农活真累。这一个“冬闲”，我们要卖粮食、耕田、播种小麦、挖河、挑堤、积肥，都是重体力活。

初冬的早晨，小河的水很浅，上面结着薄薄的冰，9点多钟太阳已经老高，晒得人暖洋洋的。田野里，雾气缭绕，四处静悄悄的，空无一人，远处传来一两声鸡鸣。这时我们才将粮食装进船舱运往浩口镇。水很浅，靠拉纤，一个老农执篙撑船，我们便在岸上拉纤。不时，从河面传来船辗碎薄冰的声音。累了，我们便一路哼起《伏尔加船夫曲》。船一靠岸，100多斤的麻包压上肩，细弱的腰总是支持不住那个大麻包，走起路来歪歪扭扭。但是有一个信念支撑着我，那就是“考大学”。我咬紧牙关，一袋一袋，一趟一趟，送粮路上的草踩平了，腰也硬朗了。

12月，上了筑堤工地，天不亮就起床，匆匆吃完早饭，开始挑土，担子一压上红肿的肩，就撕心地疼。这时“大学”梦离我渐渐地远了，淡了，而土地和劳动却慢慢地离我近了。首先，我得像农民一样学会劳动，自食其力。

春节刚过，初五、初六就开始备耕、积肥，过一个“革命化”的春节。这里的积肥很特别，得把小河、池塘的淤泥，用脸盆一盆一盆运到田里。每天早晨，小河的冰还未化尽，队长总是头一个赤着双脚，卷起裤管，走进淤泥中。我们也学着他的样子下河，脚冻木了，两腿裂出一道道血口，一天下来，满身满脸的污泥，腰酸背疼。晚上背都不敢靠铺板，但不管多苦多累，总得咬牙挺过去。

刚下农村的那两年，苦虽苦，但农民的热情和关怀，使我们逐渐适应了农村生活和艰苦的劳动，我们感到踏实，心灵上的创伤逐渐平复。

这时，我仍然按时完成俄语作业寄回母校，吴莲枝老师批改后寄给我，她是那样的认真，那样的有耐心。

暗地里我仍没有放弃考大学的念头。

这年栽秧，我的脚被蚌壳划破，感染、流脓，疼痛难忍，但我还是默默地忍受着，白天去栽秧，一路留下一串带血的脚印，晚上在煤油灯下，自己一针一针地挑去脓血，包扎好，抱着脚坐在床上，疼得不能入睡，一直坐到鸡叫头遍。一听鸡叫，便翻身下床去扯秧。那种不顾一切的精神从哪里来？我也说不清，可能是那个时代崇拜英雄人物的激情，是学保尔，学雷锋，还是旺盛的年轻生命使然？但有一点是雷打不动的，就是每晚在煤油灯下要抄几段语录。这是革命英雄主义的驱动。

1965 年夏，不幸的事发生了，我每天低烧，拉肚子，到浩口卫生院一检查，诊断为“血吸虫”急性感染。住进浩口卫生院后，开始自己还觉得精力很好，每天照常读书。随着药的剂量加大，人变得虚弱了，不想吃东西。一个星期后，走路开始摇晃，两个星期后就卧床不起，人瘦得像一个衣架。各种思绪和痛苦折磨着我：难道我就此完结了吗？保尔不也病倒过吗？尽管病魔缠身，但我的意志像钢铁一样坚强，我想我一定会重新站起来。

当年轻的生命战胜病魔，重新拿起镰刀锄头时，我又经历了一件难忘的事。

1965年冬，湖北省安置办公室组团到各县检查安置工作，并拨款解决知青和下放人员的生活及过冬困难。这一举动充分体现了政府对知青工作的重视和关怀。潜江县抽两名知青协办此事。我接到上调通知后，便拖着病后未愈的身体赴任了。根据省安置办的要求，我们一行6人，分两个小组，历时一个月走访全县境内每一个下放的武汉人，每一个知青小组，摸清住房、劳力、收入、衣被、劳动工具、医疗等各方面情况，然后分配安置经费，并着手解决过冬房屋、衣被。在各区及公社的大力支持下，我圆满地完成了任务。这件事，我感觉到政府对待知识青年和城市精简下放的“闲散人员”是一视同仁的。

1966年5月的一天，我正在耕田，听说弟妹们来了，便顾不得洗去两腿泥，跑去迎接。当我突然看到疲惫不堪的弟妹4人，泪水不由得刷刷落下。原来父亲已到蒲圻“五七”干校，母亲进了“学习班”，家里剩下弟妹4人，衣食无着，只好投奔我这里。他们乘船到泽口，步行90里，已经是饥肠辘辘了。

这时的中国农村，农民勤劳、节俭、吃苦耐劳、民风纯朴。贫下中农待我们这些武汉伢，真像待亲儿女、亲兄妹一样。几个月的农村生活，弟妹们的心情慢慢平静下来，渐渐熟悉了农村生活，这便拉开了他们上山下乡的序幕。1969年、1970年他们陆续随学校下放到湖北各县农村。

1970年早春，乍暖还寒。一天夜里，公社履带拖拉机在“荒湖”里狂奔，准备把沼泽、泥潭开垦成肥沃的粮田。突然机声停了，队长来喊我，说是拖拉机掉入藕坑，要去抬。从睡梦中惊醒的我，不禁打了一个寒战。当夜我与另两人，上穿棉袄，下穿短裤，跳到齐腰深的泥潭中。正是春耕大忙季节，白天的劳作已使人疲倦不堪，腿上被风吹裂的一道道血口子，一遇冷水，钻心地疼，就这样一直干到鸡叫三遍，才把稀泥一盆一盆端出来。之后扛来几根大木料，搭成跳板，放上稻草，让拖拉机“爬”出来。这种“玩命”的经历只怕是多数知青都经历过，钢铁就是这样炼成的。

知青生活有苦也有乐。

1969 年，我已成家，取得自立门户的资格，种菜、喂猪、养鸡，过着男耕女织的田园生活。七弟、八弟投亲到我身边，加上邻近生产队的老三届，我们这里自然成了知青之家，周围十里、八里的知识青年，逢年过节，往返武汉，总要到我们这里歇脚、打尖，我们这里就成了武汉知青的“驿站”。大家经常聚在一起有说有笑，互相鼓励，也可以减轻思家之苦。

即使这样，我走上讲台的愿望也没有停止过。

1972 年早春，大队支书通知我到小学任教。这是我阔别学校 8 年之后，第一次走上讲台。农村的大伯、大爷们希望自己的孩子学知识的殷切之心时时鞭策着我，我把全部的热情和精力都投入到小学教学之中，并且搞起了勤工俭学。春天带学生到“十里八乡”打桑叶、养蚕，秋天到地里拾谷穗，所得款项为学生缴学费。为了让所有适龄儿童上学，我们在小学任教的几名武汉知青想了不少办法。记得我班有个小姑娘叫樊孝春，虽然聪明勤奋，但因要在家带弟弟，不能上学。为此我特许她在教室后面放一个小摇窝，边教书边当义务“保姆”。这时我明白，我是一个教师，也是一个农民，是农民养育着我，我所教的知识很浅显，但对这些农村的孩子的一生是一个启蒙。为此，我认真地上好每一节课，偶尔有学生生病，我便走上几里路去看望他，并补教他当天的课程。春季，只要连下几天雨，这水乡泽国便是一片汪洋，我总是自己撑船到各生产队去接我的学生，这是我走上讲台的第一个台阶，迈出的坚实的第一步。

1992 年秋天，一个熟人从沙市拖一车货回汉途径我曾经下放的地方。天已黑，汽车却陷入泥中，这时不少农民围拢来，货主急中生智，说："我是当年在这里教书的李老师的朋友，请大家帮帮忙！"众人一听"李老师"便一拥而上，一下把车推出泥潭，回来之后，这个朋友特意告诉我这件事（他也是当时下放在附近农场的一个知青）。一晃 20 年，我感慨万千……

1975 年 9 月，我顶替母亲之职回到武汉市，又当了小学教师，不久人们发现了我的数学才能，让我教小学"带帽子"的初中班的数学。这是我通往讲台的三级跳的第一步。我报名参加了"武汉职工业余大学"办的"高等数学师资班"。因自己所任课程一节也不能少，学习只能抽空，而且我是插班生，初进教室，如听天书。每天晚上，我在小学教室里的黑板上演算着一道道高等数学习题。经过一年半的刻苦学习，我拿到了"高数"的单科结业证。我想应该到中学去教书了。

1980 年，我走上了十三中的讲台，担任高一（六）班的班主任，教物理。我的学生们从小学到初中基础不一，每个星期天，我就给他们补数学。我记得，一次我带上 9 岁的儿子，他正上小学三年级，我另点 5 个学生上黑板，结果每次都只有我儿子能轻松地完成习题，这件事，对学生们的震动很大，也大大激发了他们学习的欲望。

1977 年，恢复高考，怎奈已有家庭拖累，难圆大学之梦，我只好考入武汉教师进修学院进修物理。3 个寒暑学完专科课程后，已是 1984 年，离我高中毕业已 20 载矣！

之后，我调入二中，又读完湖北大学物理本科，并破格获得高级职称，终于完成了“走上讲台”的艰难历程。

我曾经怨恨下农村，觉得耽误了我的学业，又吃尽苦头。然而在历尽沧桑之后，回首往事，我很庆幸经历过上山下乡的洗礼。可以说任何艰难困苦，我都能经受，对待人生的那一份从容，那一份淡泊，那一种韧性，那一种锲而不舍的精神，那种不畏惧任何困难的勇气，也许只有经历过上山下乡的知青们才能拥有这一份精神财富。我很庆幸自己经历了上山下乡的艰苦锻炼，炼就了钢铁一般的意志，不怕吃苦，不怕困难，不贪图享受，百折不挠。我庆幸我工作后有那么多进修的机会，就像栽秧一棵一棵，割谷一镰一镰，挑土一担一担，一分耕耘，一分收获，就是这样不停地攀登了 29 年，我终于走上了一所重点学校的高中讲台，又为一批批优秀学生“圆了大学之梦”。

在那种特定的历史时期，数百万知识青年像种子一样播撒在中国农村广袤的土地上，无论是肥沃，还是贫瘠，总是能吸收水分、养料而生长。对于知识青年来说，曾经度过自己蹉跎岁月的农村，就是魂牵梦萦的第二故乡。

二万五千里长征在战略上是大转移、大撤退，然而老一辈总是念念不忘。我想上山下乡运动，对我们知青这一代人来说，不也是一次锻炼意志的长征么？

李大武：1964 年于武汉市二中高中毕业，同年去潜江县浩口公社插队。

迟到的祭奠

董立群

今年是我们下乡插队30周年。当年同赴当阳县的近两千武汉知识青年，越过千难万险走到了今天，胜利地聚集在一起，心中五味俱全。此时格外思念的是我们的知青难友，那些再也回不来把自己留在那块土地上的难友们。追思踪迹，走入过去那段不堪回首的年代，心中隐隐作痛，然而不能不回首，不能不说。我谨以这铭刻在心底的文字，祭奠我们张沟联团的知青何泽仁，并借以祭奠不知名的知青难友们。

哀哉，何君！全大队90多名知青，高中毕业生仅一两位，可谓凤毛麟角，然而从第一次见到你这位高中毕业的高材生，便可感觉你的单纯与天真。我们下乡时正值1965年深秋，“文革”大劫难的前夕，一股“山雨欲来风满楼”的萧瑟，一股“黑云压城城欲摧”的咄咄气势，你似乎感觉不到。当然，我们是主动报名离开大城市，高唱“到农村去，到边疆去，到革命最需要的地方去”。下到农村想当革命者，可当得成吗？“血统论”、“知识越多越反动”是悬在我们这届知青，特别是你这样高中生头上的两把利剑。一些知青在狂热的同时，又本能地感觉到压抑甚至是恐惧，他们竭力使自己与当地农民在各方面相似起来，自觉不自觉地“傻大粗黑”。可你还是像在学校一样，你没掩藏起在学校当合唱队指挥的本事，在大队昏黄的马灯下，在大队干部们的注视下，你挥动着训练有素的指挥手势，指挥全大队知青合唱。你没在意人家用什么眼光看你，那是异样的蔑视：知识分子，肯定不是做工种田的料。

家里没有工人农民，这不仅是从你指挥的身姿手势看，还有你不合时宜的长相：浓密的卷发，高鼻凹眼，太洋气了啊！你父母是教师，1957 年双双被打成右派，母亲后来去世了，你是长子，下面有两个妹妹，这样的家庭谁能谁敢教你处世的韬略？所以，你是一味地天真善良。

大队有 7 个生产队，每个生产队安插十几个由知青组成的小组，你是三小队的知青组长。你们小组文艺特别活跃，我们不时在夜间可听到歌声、笛声、琴声。下乡两个多月后，张沟区召集各知青组长开会，夜间安排知青在大礼堂打地铺，男的住在舞台上。清晨，天刚刚放亮，一阵男高音传来，是你躺在舞台被子里唱《延安颂》。用你 18 岁的热情，18 岁美丽的幻想，用整个身心在唱。我们知道你为何唱这支歌，你不止一次地说，我们都是《延安求学记》的主角，应该像他们那样投奔革命。我还依稀记得你与一位女知青的争论，她看着一堆被人吃过的烂花生触景生情说我们就是被升学、招工、赴新疆一道道淘汰的渣滓，就像这堆烂花生。你立即反驳：“党是培养我们的，批准我们到这艰苦的环境磨练我们，我们将来会为国为民做出大贡献。”“那么，上大学的留城市当工人的是受毒害的，我们下农村的都是宠儿?”这种有力的反诘也不能使你迟疑，你那高昂的情绪与堂吉诃德何其相似。

少粮无菜的艰苦生活，沉重的农活也不曾使你有半句怨言，不曾使你消沉半分，或许这些正合你“磨练”的理论。接着“文革”开始了，你并不是“革命接班人”，连“红卫兵”也没当上。“四清工作组”在整改后期因你是高中生推荐你到耕读中学当教师，你背着背包去了，两天后又背着背包回来了，说是政审不合格。从此你身上有一块人人都看得见的黑色印记了。

接着，就有地头的批判会，我们下乡的地方是江汉平原丰饶之地，一马平川，地头批判会是多大的舞台？你不知所措，一转身跑了，但等着你的是更甚的批判。

意外地听说你通过你妹妹结识了农场的一位女知青，情投意合，你准备转到农场去了，但又意外地听说政审不合格，也即你这个“革命者”没资格进入一个农场。这一下恐是触动到你心底了，不多时就听说你在生产队前的公路上追汽车，狂奔不止，至此人们才知道你心底有多少狂风暴雨，它冲垮了你，你疯了。再见到你时你已完全改变了模样，精神病院的电疗、激素使你清癯的脸变得黄肿不堪，笑起来是一股傻劲。

不时有知青来告诉我，说是你的棉被、垫絮全没有了。我完全相信。你没病之时都不善料理自己，病后能不如此？特别是在那偷盗风盛行、人心灰冷的时候。知青一间屋角堆一堆稻草，那就是你的栖身之所。可你文明习性未泯，赤贫之中你有一支牙膏，但你又欠下人家几角钱，拿出这支牙膏，让别人用一次就抵一分钱的债，债还没了结，你又从破木箱的箱底拿出学生时代同学们送的书签、贺年片，让别人拣好看的拿，一张抵一分钱。我不知你欠下人家几角钱，可你是用你生命的辉煌来偿付给人家。我箱子里也有这些纸片，当时农村是没有贺卡的，知青也不兴送贺卡，那都是我与同学们平等坐在教室里编织美好未来的记载，是我明媚岁月的记载，在沉重甚至是绝望的日子里，夜深人静，将其取出来就着如豆的油灯回忆校园的一切，让一丝温暖照进心底。它们是你希望的实物，是你希望的翅膀啊！可你把这些书签、贺卡全丢了，你还剩下什么？是你彻底疯了、傻了，是你彻底地绝望了！

1969 年洪水肆虐，长江洪浪冲破了洪湖县长江堤，举国震惊。附近几个县的劳力一半涌向洪湖，你自然列入其中。上堤的前夜，你到大队医务室取药，我们见面闲聊了几句。谈及你农场的女友，你嘿嘿笑：我自己喂不饱自己，未必我爸爸养我这个儿子还要养孙子？说完又嘿嘿笑，谁知这是与你见最后一面、闻最后一言。不几天，从堤上回来的人带来消息：你死了，投水死了，投进巨浪齐天的长江巨澜之中。沙滩有你脱下的衣服，边走边脱，衣服散落一路。时值深秋，你还是以当年入游泳池的习惯脱衣入水，至死仍是副绅士派头。

大队的头深知人命关天，亲自赶到你家。你父亲哭了，得到的是一顿呵斥：你儿子失踪的时候有美蒋的飞机在天上飞来飞去，很可能是接他到台湾去当特务去了，你哭什么?！你的父亲，这位摘帽右派当即噤了声，唯唯诺诺送土皇帝下楼、出门。直至今天，对你没有一个说法，也无须什么说法了。你妹妹到生产队来了，想收你的遗物，收你脱在沙滩上的衣物，可什么也没有了。她临走时朝天大哭一声：

我的哥哥啊！

去年，我们大队知青重返故里。7 个知青屋都消失了，你三队知青屋基上另建了一农民住房，只好在人家外墙角祭祀你，那曾是你们知青组的厨房，那里有你的足迹。烧纸、鞠躬、泪洒一地。何泽仁，20 多年前一位 23 岁的生命就消失在这里，无墓无碑，无影无踪。

哀哉，何君！以我们的理想主义，以我们献青春献一生的热情，完全可以不管是在城在乡都能为国为民做出一些贡献，忘我的献身热情毕竟是可贵的，是祖国优秀儿女才具备的品质。可在那荒诞的岁月里，它被嘲弄了，落于泥淖被践踏了。你为此付出了生命的代价！

何君，可作慰藉的是每次知青大聚会，我们都想到你，惋惜你。你小组的伙伴们和大队的许多人不止一次为你流泪。同遭患难、同在泥淖里摸爬滚打的伙伴们，胜过亲兄弟姐妹，这清澈的泪水是至高的祭品。在这下乡 30 周年之际，谨写下此文纪念你，了结心头沉甸甸的未了之事。最后想告诉你，我们也反省过了，在你最艰苦的岁月，貌似无可奈何的沉默是不是自私的明哲保身？请你谅解，请你在天之灵一展笑容。

就此别了，何君！

董立群：女，武汉市一中 65 届高中毕业生，同年下放到沔阳县张沟区联团大队插队落户。

第五辑：惊回首

——文化名人谈知青

千古兴亡多少事
悠悠
不尽长江滚滚流

——辛弃疾《南乡子》

穷而后工　艰难玉成

冯天瑜

20世纪六七十年代，正值第二次世界大战后第二次国际产业结构调整升级的关口，一批发展中国家和地区，如东亚“四小龙”，南美巴西、阿根廷等，抓住机遇，迅疾推进现代化，并继19世纪的欧美和20世纪初叶的日本之后，实现农村人口向城市转移，被工业文明所吸收、所归化的城市化过程。然而，恰在此际，中华大地却展开了大规模的逆向运动，这便是本书从一个侧面记录的城市知识青年的上山下乡。

本书作者——昔日的武汉知青，从年辈论，是比我小五六岁到八九岁的弟弟妹妹。正因为自己比他们稍长几岁，便无缘直接经历这场与城市化趋势“反弹琵琶”的戏剧的酸甜苦辣，但毕竟目睹了知青们被敲锣打鼓、披红戴彩地欢送下乡的热闹；又体察过热闹冷却下来以后，他们每到年节回城探亲时流露的困倦与无奈，尤其曾经感同身受他们为争取招工回城的焦灼与骚动。

记得在70年代中期，大多数知青已先后招工、招生返城，而我的姨妹虽然在乡下一直表现不错，却因“家庭出身问题”一再被搁置，以至同去的知青小组仅剩下一两人，其凄苦之状可想而知。为了争取一个希望并不大的机会，我手持一份间接而又间接的“关系户”写的介绍信，奔赴天门县某公社，企图与武汉某厂招工人员接触，为姨妹讨得一个公道。但到达公社办公室，却听说招工人员已移往某村，而且马上便要结束招工事宜。其时已近黄昏，无车可搭，我便星夜步行数十里，于拂晓后赶至某村，叩门询问村中父老，得知该招工人员未行至此。当时的感觉真可谓“上穷碧落下黄泉，两处茫茫皆不见”。失望之余，只得又步行10余里，到另一村庄探望姨妹。见面后兄妹间说过些什么，早已失去记忆，但姨妹那一双幽幽的泪眼，却至今未能忘却。一年以后，姨妹才“病转”回城。那已是1976年岁末。

城市知青上山下乡，作为世界现代化进程中的一段反向性插曲，早已是不会重演的历史陈迹。今日展现在人们面前的，全然是另一番景象——试看广州、深圳、北京、上海、武汉的车站，那涌动着的人潮，十之六七是进城淘金的乡间青壮，他们正参演着城市化的悲喜剧——一个与知青上山下乡的意蕴恰成反照的新戏剧。每当看到这一新的景观，又忆及仍鲜明如昨的知青上山下乡的一幕，不免油然生出一种历史的沧桑感。

20多年前上山下乡的知青们，今日早已为人父母，他们大约都曾向自己的子女——新一代“知青”——一再讲述当年的慷慨激越和艰辛困惑。新一代“知青”对父母们的经历作何种理解，我无法论断，但作为曾经与昔日知青一起感受过的兄长，我们始终深深怀念着他们的那些并不遥远的故事。我们知道，那些故事的主人公们能够成为今日的社会中坚，颇得益于当年的历练。以我所熟悉的本书作者中的郭齐勇、周积明、方明诸君而论，都有一种既不同于前辈，又大异于后辈的特色：理想主义的光辉虽然有所退隐，却仍然在他们心灵的深沉处闪耀；而错综多面的生活的磨砺，使务实精神充溢着他们的身心；能屈能伸，胸怀抱负却又随遇而安，加上特有的干练，使他们无论走到哪里（包括远涉海外），都是一条又一条好汉。即以我的姨妹言之，她不如郭、周、方那么幸运，未能进入大学深造，也就谈不上教授、博士之类荣衔伴随，甚至只能在民办工厂和餐饮部门间辗转，但不管在什么单位，人们无不夸赞她的能干、勤劳和可靠。这也许是辩证法的铁律所使然吧——人们付出代价，必然得到补偿。欧阳修曾这样论及作诗心得："盖愈穷则工。然则非诗之能穷人，殆穷者而后工也。"岂止作诗是"穷而后工"，做人又何尝不是如此：横逆困境，正是锻炼豪杰的熔炉。"圣贤不能免厄，仙佛不能免劫。厄以铸圣贤，劫以炼仙佛。"诚哉斯谓也！

行文至此，本应打住，却忽然联想起去年在刊物上看到的一则报道：中日两国少年共同组队在野外拉练，几天下来，中国少年吃不得风霜之苦，其父亲母亲、爷爷奶奶也心疼不已，纷纷将儿孙接出队来；反观日本少年，却多能克服辛劳，坚持到底，随行长辈，则多加鼓励，少有拉后腿者。这则消息使我深受震撼，并沉思良久。我想，这些在艰难困苦面前败阵的中国少年，正是昔日吃过万般苦头的知青后裔。可见这两代人在耐劳苦方面大有退化趋势。对此，社会上流行一种解释：老辈人吃苦耐劳，是环境逼迫，今天生活条件改善了，孩子们难免娇生惯养。我们都曾服膺这种解释，起码是无以批驳。然而，前述报道却给我们一个当头棒喝。试看东邻日本，其生活水平高过中国何止十倍，但别人的孩子却如此耐劳苦，足见物质生活水平提高，并非必然导致娇生惯养。

曾经在艰苦环境中历练过的国人，在环境有所改善之后，千万不可抛却那“饿出来的见识，穷出来的聪明”。这是在纪念武汉知青上山下乡时派生出来的一点感想，但也许算得本书题中应有之义吧。

冯天瑜：武汉大学历史学院教授，博士生导师。当代著名思想文化史专家。主要著作有《中华文化史》、《中国元典精神》等多部。

我与知青

刘道玉

60年代后期，在毛泽东“知识青年到农村去，接受贫下中农的再教育，很有必要”指示的动员下，全国近两千万知识青年（主要是中学生）分期分批地被送到农村，形成了中国历史上持续十年的一场特殊的政治运动。

其时，我已过而立之年，不属于上山下乡之列，而我的长子尚是幼儿，所以我们都没有赶上那个让人躲避不及的运动。但是，在那“既触及灵魂又磨炼肌肤”的时代，又有谁能够置身度外呢？作为从“旧”大学毕业，“世界观基本上是资产阶级的知识分子”，我也曾下厂下乡，接受工人贫下中农的再教育。从广义上讲，这也是变相的上山下乡运动，我也是实践者。作为当时分管武汉大学知青工作的党委副书记，我又目睹了部分知青上山下乡的情况，所以我又是那场运动的见证人。今天，回顾那段历史，感情是错综复杂的，但无论如何，回忆在任何时候总是有益的。

一

武汉大学知青下乡插队始于 1975 年，地点是湖北省钟祥县东桥人民公社。它位于县城以东 30 多华里，是丘陵地带，东北面是大洪山，西南毗邻石门水库。这里以种植水稻和棉花为主，经济状况在全县居中。为了安排好知青的生活，国家拨了专款，当地政府也提供了必要的生活物资，虽然谈不上好，但也勉强过得去。

对待知青的管理，地方政府与学校共同负责，但以地方政府为主。为了加强对知青的管理，学校还指派带队干部，和广大知青“同吃、同住、同劳动”。加强学校与地方政府的联系与合作，是管理好知青的重要保证。学校在力所能及的条件下，还要向公社支援农机、化肥、建筑材料等，目的是改善知青的生产劳动条件，同时也是感谢地方政府对知青的关怀。

平心而论，在那时，无论是知青或是他们的家长，真正出于自愿下乡的，几乎是没有。因此，每一批知青下放以前，学校知青办公室和附中的领导，都要给学生家长举办学习班，采取大会动员和个别家访的方法，目的是说服家长们送子女下乡插队落户。当然，例外的也有，例如参军、艺术团体招生，或者病残等，经领导部门批准，可以免除下放。情况是真真假假，有些人正是利用了这些规定，侥幸地使自己的孩子逃避了下乡。

每批知青下放时，我要亲自跟车送他们到知青点，即使我不能去，至少也要为他们送行。因为这些孩子们毕竟还未成人，不仅家长们不忍心他们离去，我亦十分不放心。每当逢年过节，我和知青办的工作人员还要到知青点上去慰问那些“新式的小农民”们。去的时候，家长们总是托我们带去一些衣物、食品，嘱咐我们一定要去看看他们的孩子。回来的时候，又捎回他们的家书，有时还带点农村的土特产或他们自己制作的小玩意儿。分别时，他们围着我们依依地不肯离去，那场面，属实令我动情，他们真像是一群落荒的小燕儿，令人同情和放心不下，但又爱莫能助。我默默地为他们祈祷，愿菩萨保他们平安无事！

二

1987年11月，我应邀去参加日本创价大学建校17周年庆典，并接受由池田大作先生给我颁发的“日本东洋哲学研究奖章”。随后，我又应邀去京都大学访问。郑重小姐是校方为我配备的向导和翻译，她是由北京自费到日本留学的，正在攻读日本文学博士学位。

在访问期间，她向我提了一个问题：“校长，你认为全面彻底否定文化大革命的提法对吗?”我一时不知如何回答，于是反问道：“那你怎么看啦?”她像是打开了话匣子似的，滔滔不绝地说：“我认为这个提法不科学，缺乏辩证法。全面彻底否定，就意味着‘文革’中的每一件事，每一种做法都错了，没有一丝一毫的合理的东西。如果是这样的话，那么反对特权、反对官僚主义、精兵简政、破除迷信、干部参加生产劳动，等等，是不是也都错了呢？难怪现在以权谋私风行，官僚主义愈演愈烈，机构有增无减，干部劳动观念淡薄……”她接着说：“我提出这种看法，似乎是不可理解的，也许有人会说我是文化大革命的既得利益者，其实我们全家是‘文革’的受害者。爸爸原是北师大的教师，1957 年被打成右派，一直是被改造的对象，‘文革’中，又重新被戴上右派分子帽子。全家被赶到青海最僻远的山沟当农民，一家人受尽了苦难。我是靠勤奋、拼搏才考上了大学，后来又自费到日本留学，没有任何的特殊背景。”她最后说道：“为什么会提出这样的口号？因为有些领导干部，‘文革’挨了整，吃了苦头，一旦他们被解放以后，于是就把全部的怨恨集中到‘文革’上。从总体上说，否定‘文革’是应该的，但完全可以做得更科学、更好一些，不至于‘像泼洗澡水那样把婴儿也抛弃掉’。”

听了小郑的一席话，我深感当时大家对全面否定灭绝人性、惨绝人寰、斗争至上、祸国殃民的“文革”还存在着认识上的差距。当然，如果作具体分析，小郑的话也不无借鉴意义，它对于我们如何多侧面多视角地判断、评价一个历史事件是有所帮助的。郑重本人也是下乡插队的知青，是从最艰苦的条件下成长起来的优秀人才。到底如何看待知青上山下乡，这又是一个众说纷纭的问题。有人说，上山下乡是“文革”极“左”路线的产物；也有人说，耽误了一代甚至几代人……从整体上讲，知青上山下乡是国家处在一种极端困难条件下，是在对形势错误分析的基础上，所采取的一条错误政策。虽然不排除政策制定者主观上的某些良好的愿望，但从根本上说，其效果是不好的，以致在拨乱反正中用很长的时间去解决大量的遗留问题。

依我之见，做出知青上山下乡的决策，开展一场旷日持久的运动，从指导思想上是消极的、倒退的路线，至少有以下几点是错误的：

（1）知青下乡参加一段时间的生产劳动，是必要的，但让大批的知青长期扎根农村则是错误的。“兴国之道，教育为本。”然而，大批知青上山下乡，对教育特别是高等教育，是极大的冲击。不让适龄青年接受高等教育，而把他们赶到农村，造成十几年高等知识人才的断层，这对安邦治国是何等的罪过！这是历史倒退之一。

（2）从60年代后期起，由于“文革”对经济造成的破坏，我国潜伏着严重的就业危机。解决就业的正确方法，应当以城市带动农村，兴建工业，发展经济，创造更多的就业机会。然而，把大量知青赶到农村，这是与现代化的方向背道而驰的。表面上好像可以缓解就业的矛盾，但却不能真正解决问题。这是历史倒退之二。

（3）根据马克思关于消灭三大差别的观点，正确的方向应当是逐步实现农业现代化、乡村城镇化、体力劳动者知识化（由蓝领向白领转变），这是时代进步的表现。然而，知青上山下乡是压缩城市人口，增加农村人口，让知青当农民，从事体力劳动。这是历史倒退之三。

尽管大批知青下乡是一项错误的决策，而且也造成了某些不良的后果，但是事物总是一分为二的，任何好的事物也会存在不完善的东西，一切错误的东西也总会包含着一些积极的因素。正如前述郑重同志分析文化大革命一样，对知青下乡也不能全盘否定。事实上，通过知青下乡，向农村传播了科学文化知识，一些扎根农村的老知青已成了农村各级领导或文化教育战线上的骨干，而更多的通过下乡磨练的老知青们则已经成了时代强人，正从各个战线上冒出来！

三

在我的自传《生命六十始》中，我作为恢复统一高考的策划者，曾披露其内情。机遇是重要的，有时候它可以改变一个人的一生。恢复高考对于广大知青来说，特别是对那些无后门招工回城的知青来说，无疑为他们提供了一次平等竞争的机会，使他们看到了实现人生价值的一线希望。

知青中的一部分人，决心抓住统考的机遇不放。他们丢掉了锄头把，又重新拿起了已经生疏了的笔杆子，通过挑灯夜读，参加了粉碎“四人帮”后的前几届统考，决心把失去的机会找回来。他们之中的一些人获得了成功，成了恢复高考后统招的大学生。据分析，在全国各大学的七七、七八、七九级大学生中，知青占了很大的比例。而且，他们以高度的自觉性、刻苦精神、优异的学习成绩和丰硕的研究成果，赢得了老师和社会普遍的赞誉。

1979 年 5 月，我辞去教育部高教司司长职务，回武汉大学担任党委副书记、副校长，不久又出任校长。由于感情共鸣和工作关系，我与七七、七八级中的知青接触比较多，他们不仅是品学兼优的学生，而且也是武汉大学教学改革的生力军。他们之中的不少人，如郭齐勇、邓晓芒、赵林、於可训、王小凡、王小村、柴晓涌、向前等，不仅读完了本科，而且又先后获得了硕士、博士学位；有的出国留学，在学术研究上取得了重要的成果；有的晋升为教授，成为博士生导师。仅就武汉大学而言，一批由知青成长起来的中青年学者，已成为学科带头人，中兴武汉大学的使命，历史地落到了他们肩上。每思及此，我都激动不已，也使我感到最大的慰藉！

我认识的知青很多，优秀人才也不少，但是我还要特别提到 3 个人。我之所以特别记叙他们，是因为他们都有一部不平凡的经历。头一个叫李明儒，是下乡知青，回城后在湖南当了 8 年锅炉工，之后以优异成绩考取了武汉大学中文系硕士生。他不仅以优秀的成绩获得了硕士学位，而且后来又到美国留学，先后在著名的耶鲁大学、斯坦福大学学习，获得博士学位。第二个叫郑国和，从农村回城后，在武汉市环卫所当了8年的环卫工人。他先考入武汉水电学院英语专业学习，毕业后分配到武汉水电学校教书，后又考入武汉大学英语系研究生，并以优秀的成绩获得硕士学位。后来，我推荐并批准他去美国俄亥俄大学学习，获文学博士学位。第三个叫张彦，是美国匹兹堡大学自费留学生。他从农村回城后，在食品店做了8年的卖肉工。他是研究知识工程学的，研究成果颇丰，也以优异的成绩获博士学位。我是在访问匹兹堡时认识他的，后来相互通信，成了忘年交的朋友。

真是无巧不成书，以上3位洋博士都曾是土知青，回城后都曾从事过所谓最低贱的工作，而且都是干了8年。同样的，他们通过刻苦努力，又都出国留学，都获得了美国著名大学的博士学位。他们的成功说明了什么呢？说明“梅花香自苦寒来”。他们是强者，没有因下放而沉沦，没有为从事社会最下层的所谓“低贱”工作而懊丧。他们善于自我设计，充满自信、自强精神，不放弃每一个成功的机遇，努力实现自我、超越自我。这不禁使我想起了我们民族伟大的史学家司马迁的有名格言：“古者富贵而名磨灭，不可胜记，唯倜傥非常之人称焉。盖文王拘而演《周易》；仲尼厄而作《春秋》；屈原放逐，乃赋《离骚》；左丘失明，厥有《国语》；孙子膑脚，《兵法》修列；不韦迁蜀，世传《吕览》……此人皆意有所郁结，不得通其道，故述往事，思来者。”社会、人生，坎坷、困厄都是大学，它可以锤出国家的栋材、民族的脊梁。

总之，他们的成功是因为他们具备了一个成功者必备的素质。然而，这些素质又是如何培养的呢？我认为，艰苦的知青生活无疑为培育这些优良的素质起到了催化的作用。苦难也是一把双刃剑，它可以使弱者颓废，也可以使强者更成熟，并引导你走向成功。从这个意义上说，知青上山下乡也有积极作用的一面，它造就了一代人，一代强人，也许这是大学教育所不可能起到的作用！

1995年7月10日

于寒崴斋

刘道玉：武汉大学化学系教授，武汉大学前校长。当代著名教育家、化学家。

历史的记忆

刘富道

历史总是给人一些光荣的记忆。历史在创造自己本身的同时，也创造了一些光辉灿烂的名词儿。老红军，老八路，老儿童团员，老土改根子，一串闪光的老字号。

还有老什么？还有老知青。

知青是什么？知青是知识青年，是有知识的青年。大学毕业算不算知青？好像不算，好像只有中学生才算。现在中学生算不算知青？好像也不算，好像只有当年的中学生才算。你可以说现在的中学毕业生是知识青年，但你绝对不能说他们是知青。只有当年的中学生才算知青，界定当年的一个词儿，叫做老三届。老三届是1966年、1967年、1968年三年毕业的中学生的统称。也有少数1969届初中毕业的小萝卜头子，混在下乡的行列之中，文化大革命结束以后理所当然地享受到下乡知青的美名和同等待遇。要说待遇，真还有一点儿，当知青下乡的时间，可以连续计算为工龄。也就是说，下乡之日，就是“参加革命”之时。

如果是回乡知青，如果并没有被招工进城参加什么工作，只有农龄而没有工龄可言，那也就没有这份待遇，白白当个老知青了。这就有点儿像当年的红军，回到乡里当了农民，久久地被遗忘一样。

伟大领袖毛主席教导我们说：“知识青年到农村去，接受贫下中农的再教育，很有必要。”当年这么一条最新最高指示，鼓动成千上万的知识青年下乡插队落户，的确是一个伟大的创举。就在前些日子，几位知青在一起谈论当年下乡的种种趣事，局外人发问：“有这个必要吗?”老知青们异口同声回答：“有这个必要。”对于这么一种毛式运动方式，今天是不会有多少人能够理解的。人们还可以用钻牛角尖的方式提问：毛泽东说过，严重的问题是教育农民，怎么让有知识的青年去接受应该接受教育的农民的再教育呢？如果用这种方式研究这个问题，不会有什么成果。而只要用模糊的方式一想，就觉得实在有这个必要。不把知青赶到农村管束起来，天下怎么得了？

知青到农村去，肯定可以接受农民的纯朴的影响，可以认识盘中餐粒粒皆辛苦，同时，也接受一些负面的影响。有一位记者当着他母亲面给我回忆说，那时每年我还要踩几个鸡子回家过年。“踩”，是个动词，即用脚捕鸡的动作。一个小青年，能够用脚把一只奔跑的鸡踩到，不下乡插队落户是绝对练不出如此高超的本事的。农民对知青们的这些恶作剧，一般采取宽容的态度，无可奈何的态度。听了这样的传统故事，我说，你今天是个名人，这些故事讲起来就成了名人轶事，有滋有味。还有一句话我没有说，如果不是名人，也就只能算是偷鸡摸狗的营生。

如何估价知青运动？今天，我们可以用知青中出了几位优秀作家，出了几部描写知青生活的优秀文学作品，来肯定知青运动是正确的；也可以用知青中出了些偷鸡摸狗的事情，来判断知青运动是错误的。这两种认识方法，都有失偏颇。既然是一场运动，它就是一个客观存在，无论世人喜欢不喜欢，它都是已经发生了的一段历史。最好别说它正确或错误吧。

知青生活显示出来的最高价值是文学价值。

（而不是创造了别的什么价值）。

知青生活，在老知青的人生中产生了影响，这种影响可能是重要的，是深远的，我相信。

（而知青运动却是国家灾难中的一幕。）

就在前天，我到医院看望一位当过知青的朋友，问及哪年出生，他说 1949 年。再问：是 10 月 1 日前，还是后？他答是 10 月 1 日前，6 月出生。我笑说，算新中国成立前的，离休干部。他说，是从旧社会过来的，算老干部。谈笑间，他已经是 46 岁的中年人了。老三届如今都是他这个年龄上下的人了，无疑进入了爱回忆的年龄。那么，想回忆就回忆吧，老知青哥们姐们！

1995 年 7 月 29 日写于武昌东亭

刘富道：男，当代著名作家。小说《眼镜》、《南湖月》作者。曾获 1978 年、1980 年两届全国优秀短篇小说、报告文学奖等。

试说知青

刘纲纪

在中国近代以来苦难的历史中，青年经常和祖国的未来与希望联系在一起。每当发生重大的历史变故或转折之际，就会在青年中引起反响，形成一些有共同的思想倾向的青年群体，参与到历史变革的潮流中去。“知青”这一青年群体，大体上也是这么形成的，但又是在新中国成立之后，在“文革”这一重大历史变故中自然形成的，因此具有与新中国成立前各种青年群体不同的特点。他们原先的思想与他们同时代的青年并无什么不同，他们也没有在某种思想旗帜下组成为一个青年群体的要求，是“文革”使他们集合到了一起，共同的生活经历与遭遇，又使他们产生了某种共同的思想特征。再加上他们人数众多，于是就使他们成为中国当代青年中一个有其鲜明特色，并且发挥了不可忽视作用的青年群体。如今，不论是在文化界或其他各界，知青都是一支重要的力量，其中不少人已在各自的不同岗位上做出了重要的成绩，取得了显著的成就。

知青亲身经历了“文革”的种种磨难，其中一些人倒下去了，更多的人生存了下来，并把他们经历的磨难变成了精神的财富。就总体而论，这使得知青身上产生了一些很可贵的思想特征。

知青由于亲历了“文革”的磨难，因此更能理解改革开放的必要性与正确性，绝大多数人是积极拥护改革开放的。他们对中国现实问题的观察比“文革”后出生的一代更有历史感。

在上山下乡的过程中，知青曾经长期与下层人民生活在一起。他们目睹了人民生活的贫困与落后，同时也感受了存在于普通人民中的纯朴真诚的感情。因此，他们中的不少人是热爱人民、关怀人民的疾苦与命运的。在他们与人民之间有一种很难割断的联系。

知青由于对人民及人民生活的土地有一种爱恋，再加上他们在“文革”中曾受过反对帝国主义的教育，这使他们中的多数人具有相当强烈的民族意识和爱国精神，很难容忍任何外国势力对中国人民的歧视与欺凌。

世界上任何一个群体的情况都不是单纯的。像知青这样一个在错综复杂的历史条件下自然形成的，而且人数众多的青年群体，当然更是这样。有的人因经历“文革”的磨难而走向对人生和历史的虚无主义，极个别的人甚至不再认同于自己的民族和国家，有的还受到“文革”极“左”意识及农民小生产观念的束缚与扭曲。在“文革”结束之后的改革开放的历程中，知青所选择的人生道路和价值取向，是多种多样的。

时间在不断飞逝，当年的知青也快要进入老年了。我对知青的了解很少，但因为我们都经历了“文革”的磨难的缘故，所以我对知青有一种特别的感情。我很爱看描写知青经历的小说和电视剧，或不是描写知青经历，但由知青创作的作品。我往往感觉其间或多或少有一种历史的深度。我对知青暗自怀有一种热望，希望这经历了人生的艰难与考验的一代，保持发扬从历史深处汲取得来的种种宝贵的思想与品质，为永远结束中国历史上的深重苦难和贫困落后状态而不懈地奋斗，成为建设中国特色社会主义的坚强无畏的力量。

刘纲纪：武汉大学哲学系教授，博士生导师，当代著名美学家。主要著作有《中国美学史》、《周易美学》等。

和知青共度的日子

杨书案

1969 年秋天，我被以“五七”干校学员的名义，遣送到随县草店公社插队落户。大卡车把我从武汉拉下乡，随身一个铺盖卷，几件换洗衣服，一篓子书。15 岁参加革命，工作了十七八年，这就是我的全部财产。

听说，刚下去还保留每月五十几元工资，但过一两年，就要取消工资，在农村自食其力了。武汉的户口已经下了，由带队干部携带，转往落户的山村。

几十年生活在大城市，城市户口一下就像一根草一样被一只无形的巨手平地拔了起来。人被一种失魂落魄、命运无定之感笼罩。

我被分配到桐柏山区一个僻远的山村。生产队腾出一间宽狭刚可卧一头牛的牛栏土屋，清出牛粪，垫上干土给我住，生活算是安定下来。

慢慢知道，草店公社有一批武汉知识青年比我们早一年半载下放在这里，但实际接触却是草店区和草店公社组织文艺宣传队的时候。

草店区原下放有一批武汉知青，加上新下放一批武汉教师、干部，文艺人才大增。那时，正是普及样板戏的时候，区革委会、公社革委会便从下放知青和下放干部中抽调一批文艺骨干，组成文艺宣传队。排演样板戏片段，及编演其他的文艺节目，到各队各村巡回演出。

那时候，我不到35岁，也还是青年。他们有的初中毕业，不过十几岁，有的高中毕业，也不过近20岁。在宣传队里，大家是平等的成员。我是每次宣传队当然的总编剧，几乎所有新创作的节目都由我执笔。另外，我还参加乐队伴奏，虽不算精，但手风琴、二胡、三弦都粗通，能上场。

当年曾红极草店公社的“女明星”，扮演过铁梅及许多小节目的女主角，便是一位武汉知青。她现在是武汉一家刊物的编辑部主任，每次，我们在文化人的聚会中相遇，心头总有一份特殊的温馨。

“五七战士”已经够清贫了，但每个月还维持着几十元的工资。知青呢？处境更艰难，完全靠自己和社员一样挣工分为生。那时，草店公社的工分不值钱，好的队，一个最棒的劳动力，一个工10分，年终结算，也不过二三角钱，差的队，一个工10分，年终才角把钱。知识青年一个工能挣6分的，算强劳力了，一般只能挣三五分。

就算一年出一百几十个工，年终把队里预分给的口粮钱一扣，也落不到钱，甚至要倒找队里的口粮钱。

因此，常常听到，有些知青连买盐的钱也没有，几个月没有油下锅，不算稀奇。菜呢，自己不会种，上集市买菜更没有钱，便常常吃白饭。

知青的生活比“五七战士”的生活更苦。

在我干过的农活中，我以为挑一百多斤重一担的稻捆，上谷垛，是最重最苦的活。

晚稻不插“八一”秧。七月酷暑，一年中最热的时候，是早稻收割的季节。摄氏三十七八度至四十度的高温，顶着火辣的太阳，怕稻草豁人，还得穿上长袖长裤的棉布衣服以保护皮肤。一个久居大城市没挑过多少重担的文化人，一下子挑起一百多斤重的稻捆，走几里崎岖不平的羊肠山路。这中间是不能放下歇息的，因为稻捆落地歇息，黄熟的稻谷便会脱撒遍地。必须一口气挑到稻场，还得挑着捆子上梯子，码到一二丈高的稻垛上去，一担稻捆的运输过程才算完毕。

汗如水淌，咬紧牙关，忍着肩膀的剧痛，默念着“下定决心，不怕牺牲，去争取胜利”的口号，从稻垛上空身荷着冲担走下，到地几乎浑身瘫软，抱着水罐（里面是河沟打来的水），咕噜猛灌。稍缓过劲来，又荷起冲担，去挑新的一担。至今，我的肩膀上还留着很大的鼓包。

一个此前已经过一些磨练的成年男子，尚且如此；那些此前没受过什么磨练，尚在少年，一向生长在大城市的知识青年，猛然投身到农村那种繁重的体力劳动中，其艰苦情形可想而知。

完全没有乐趣的生活，便会毁灭。

草店区那支以武汉下放干部和知识青年为主体，加上当地知识青年联合组织起来的文艺宣传队，经常被集中起来排练，到各个生产队、山村巡回演出。在给偏僻的山乡带去文化，带去欢乐的同时，也给自己平添了许多生活乐趣，给艰苦的生活抹上了润滑剂，使生活能够流动下去。

淮河，这条常使安徽一带变为泽国的大河，源出桐柏山区。在草店区的淮河公社、出山公社，它不过是潺潺细流、牵裳可涉。

我们的文艺宣传队在桐柏山区、淮河源头演出。这里的农民说，他们从来没看过文艺演出。听说文艺宣传队来了，他们打着火把，走几里，以至十几里山路，赶到队部场地。几把大水壶装满柴油，壶嘴塞条棉捻作为灯头，点起火来，火光昏黄，伴着浓烟。就这样，他们仍如过重大节日，乐不可支地看着草台上一群并非专业，只是业余爱好者的文艺演出，一遍又一遍地鼓掌，欢迎这些青年人再演。

一次，区文艺宣传队在出山公社（淮河由此出山，进入平原?）演出。这里十分偏僻，农民没见过汽车，没见过电灯，也从没看过文艺演出。武汉知青扮演的铁梅，武汉下放女干部扮演的阿庆嫂，使他们如痴似醉。一遍又一遍地热烈鼓掌，欢呼再来一次，时已深夜一二点，节目已经演完，观众坐着鼓掌，不肯散场。要求演通宵，演《红灯记》全本，或《沙家浜》全本。

区革委会带队人几次出面解释，要群众散场，群众仍不肯散场。区革委会带队人急了，以为有人故意捣乱，便在场上厉声大嚷：革命群众，要警惕阶级斗争新动向，谨防一小撮阶级敌人破坏捣乱！真正的革命群众，要听指挥散场，阶级敌人胆敢捣乱，我们一定把他揪出来示众！

群众的热情被一盆冷水泼熄，这才嘟嘟囔囔，不欢而散。

这些鲜活的生活场景，都是亲历其事的知青、农民等很难忘怀的。

明朝洪应明著有《菜根谭》一书。“嚼得菜根，百事可做。”当年的知识青年都是嚼过菜根，并嚼得菜根的人。这段不寻常的磨练，不管最终应如何评价，有志者终将把它化为精神财富。

当年的知青，现在正处于三十几岁至四十几岁的年龄段，他们有过正反两方面的体验，经历了不寻常的生活磨练，他们逐渐成为国家的脊梁，民族的脊梁。世纪之交，有这样的脊梁支撑着我们的国家和民族，将是国家、民族的幸事。

杨书案：男，当代著名作家。著有长篇历史小说《孔子》、《老子》等多部。

心灵的对白

——致知青电视剧《年轮》《孽债》的主人公

陈美兰

致刘振兴

虽然在你戴着红领巾与你的伙伴们稚气地走进小学课堂时，我已经完成了大学的学业走向了社会，但我始终觉得我与你们这代人的心是相通的，特别是经历了那场影响着我们每个人命运的民族劫难后，更加重了你们在我心中的位置，不知是历史的缘分还是人生的偶合，总之，你们的命运总是紧紧地攫住我的心。正是这种难以道明的情感，使我时时急切而又专注地在屏幕上追寻着你们生命“年轮”的轨迹。

北大荒的冰雪，没有把你和伙伴们的理想和真诚浇熄，相反，严寒的日子、危难的境遇，使童年时代在你身上埋下的优良种子发育得更饱满、更壮实。它给你的生命带来了更顽强坚韧的素质，给你的精神品格培植了一种神奇的张力。当你从那荒漠的边陲重新返回现代化城市的中心时，这一切在你身上发出令人炫目的异彩。

尽管你从小就是城市的公民，可是，当你重新返回它的怀抱时，你却遇到了可怕的世俗冷漠眼光，它使你几乎难以找到立足之地。我承认，当你这个被人称作“臭苦力”的大小伙子站在冰冷的街头边流泪边啃着那个混账司机像扔给狗一样扔过来的冷包子时，我也流了泪。我知道，你咽下的是一种什么样的屈辱！但你不低头，更不沉沦，能屈能伸的精神品格使你敢冒风险、敢抓机遇，终于你从一个最粗鄙低微的职业环境中，迅速地成为一个城市中最显赫的大企业的老总，借助经济大潮的驱动，你扶摇直上，到达人生最辉煌的境界。

你不因富有而忘了情义，没有忘记和你一起在风雨征途中付出过青春热血的知青战友。青少年时期的苦难经历和彼此扶持，使你深深懂得“情义无价”。也许这正是历史对你们这一代人的特殊赋予，它成了你今天一直恪守的人生准则。尽管屏幕前有人用陌生不解的眼光看着你，但请相信，你对韩德保、郝梅、许克他们所做的一切，却使人敬重并温暖着人心的，特别是在这金钱泛滥、人情淡薄的时代。

你在我眼前消失时，是带着惆怅的心情离去的，你想暂时离开一下你果断创建的企业。确实，高速发展的现代科学技术和越来越复杂的经济贸易网络是无情的，而初中文化水准却限制了你，你虽有浑身的精力，却无法在现代化的激流中舒伸自如。你不得不让后来有机会进大学深造并有国外商业经验的王小嵩替代你，这对硬汉子的你来说是无奈的。但你正当盛年，应该还有力量走出那个不幸年代留给你的阴影。

致沈若尘

比起北国的刘振兴，你带有更多的南方知识分子的阴柔气质，并且命运又使你这个上海知青落户于西南边陲。西双版纳的迷人景色和傣族少女的浪漫柔情，暂时掩盖着你们这群来自大上海的青少年经受文化落差所产生的惶惑。青春的躁动与渴求，无疑是美妙的。然而，天籁般的纯情欲望的融合，却孕育着文化差异的苦果。一旦人为的政治屏障消除，各自的文化向往就显露出它的残酷性。而你，正是为了你的文化选择而离开了你的天籁纯情的。

如果你是一个“粗人”或“俗人”，这一段浪漫而苦涩的经历也许不显得怎么重要，拿得起放得下，过去的就过去了，或者来点钱财补偿也就了结一切。而你偏偏又是个知识分子，而且一直从事着文化工作，你不可能不在自己精神领域内反复徘徊，青春失误的沉重负疚感，远远超过了青春失落的慨叹。自我责备超过了对那错误年代的责备，你活得太累了。

美霞的到来更使你的生活失去平衡，一切都打乱了：家庭、工作以及好不容易建立起来的生活信心。你又一次在情感的旋涡中不能自拔。

你想以牺牲今天的一切：妻子、孩子、生活秩序和囊中所有来弥补过去情感上留下的“孽债”，这有必要吗？你怎么不明白，即使你抛掉了今天的一切，那失去的东西是永远无法弥补的。责任应该由历史来担负，而不应该由你和你这一代人来担负。如果说你有责任，那就是从现在起，你应该用你的全部精力，脚踏实地地去参与未来的开创，让你们和你们后一代人的命运变得更美好，这样，你才会真正活得轻松些。

致思凡和美霞

你们在那遥远的边寨中默默地成长，当作家深邃的目光注视到你们的时候，你们已经是十多岁的少男少女，健壮挺拔和亭亭玉立地站到人们面前。你们的汉傣结合的父母给你们留下强旺的血脉和美丽的体态，同时也留下了难以弥合的心灵创伤，当你们和几位伙伴千里迢迢自西向东穿越大半个中国来到大上海寻找你们的“知青”父辈并开始人生的拷问时，我感到，电视屏幕前每一个观众的心几乎都被震慑了。还有什么比受到下一代的严厉精神拷问、严厉的感情威逼更令人痛楚呢?!

我佩服作家具有如此犀利的眼光，能够把已经让人们嗟叹不已的“知青”命运延伸到他们的下一代，从而继续把人们带往历史深处。

也许你们还不曾想到你们这一生命的跃动，会给父辈已趋平静的生活带来多大的动荡。但也正是这一跃动，才使你们的生命真正地来到这个复杂的世界。即使你们最后又回到生命的诞生地西双版纳，但你们是成长了，你们和伙伴们毕竟亲自尝到了亲生父亲真诚的爱、苦涩的爱，甚至是扭曲的爱。同时，更重要的是，你们懂得了复杂的社会承认和接受了你们的复杂方式。

在我看着你们天真可爱的面庞时，我更多地担忧的不是你们的生身父亲接受还是不接受你们，而是更多地忧虑现实社会中那种邪恶势力对你们的侵扰，由于你们家庭的残缺和心灵的阴影，邪恶势力往往会更轻易地得逞，你们懂吗?

让你们的上辈和上上辈，让你们将成为它未来主人的社会，给予你们更多关怀和温暖吧，你们可以理直气壮地发出期求，而不必像思凡那样只期求佛爷和上天。

陈美兰：女，武汉大学中文系教授，博士生导师，当代著名文学评论家。主要著作有：《中国当代长篇小说创作论》、《文学风雨四十年》等。

创作衍变、历久弥新的知青文学创作

黄曼君

我爱读当代作品，尤其是新时期文学，其中知青题材的作品就是很感兴趣的一种。记得在“文革”中读过小说《征途》、长诗《金训华之歌》，激动过，也留下了遗憾。80年代中期，以反思态度读《今夜有暴风雪》，流着泪读《桑树坪纪事》、《桑塬》，心情沉重地读《血色黄昏》，品着超然的韵味读《棋王》……90年代社会和文学“转型期”仍在看知青作品，如《荒路》、《情满珠江》《中国知青梦》、《曼哈顿的中国女人》、《十四岁的森林》、《厨》、《晕血》、《年轮》、《孽债》等，有小说、电视，也有散文和纪实作品。知青文学不仅作为历史文本，素材本身须具有它诞生时特定话语情境下丰厚的内涵，而且作为文本创作，又随着时代发展与文学观念的变革，充分发挥主体作用，不断地进入多义的新的话语境地，从而使它成为作家的长期喜爱的热门话题，不断写出优秀作品，产生了强烈的社会反响和心灵震撼力。

在文学素材上，知青文学内涵独特、丰富，外延复杂、宽广，这一特点为它的长远发展提供了张力很大的历史文本。从政治功利和意识形态特征看，知青题材在很大程度上凝聚着新中国成立后政治舞台的风云变幻。知青运动作为“文革”中产生的一个“怪胎”，是“左”倾顽症恶性发展的一次荒谬运动，它反映了“左”倾路线对知识分子成长道路和中国社会发展道路的错误逆向设计。这场运动与整个“文革”灾难一起，在对青少年身心的摧残，对知识和知识分子价值的否定，对城市文明、工业文明和现代化的阻滞等重要方面造成了极其严重的政治后果。知识青年返城同样依靠政治的力量，返城运动获得胜利是从中央领导到知青群众同错误的“既定方针”进行反复斗争的结果。邓贤的纪实文学作品《中国知青梦》，对此有着出色的记载和描述。如上所述，正是这场映纳着政治风云的知青运动，给曾经投身于其中的知青作家以强烈的震撼。正如梁晓声所说：“60 年代末铺天盖地而来，70 年代末又卷地而去的北大荒四十余万知识青年大返城，在我心中造成的震撼，是远远超过我所经历的任何一场暴风雪的。”事实正是如此，知青文学不仅在 80 年代初“伤痕”、“反思”文学中充盈着政治反思的独特内容，而且在以后长远的连续变异发展中，也始终离不开浓烈的政治因素。也正是在这一点上，它与中国新文学历来形成的重视文学内涵而又有着强烈政治功利性和意识形态性的总体特性是一脉相承的。从文化积淀和社会心理内涵看，知青文学泛意识形态化、泛政治化的特征很突出，这与中国古代文化传统有关，而更重要的则与中国 40 年代以来，特别是新中国成立以来的革命文化有着明显的传承关系，这是一种非个体重群体、非物质重精神、非文化重政治实利的文化。再则，知青文学作为一种文化现象，既与乡村文化、农业文明、传统价值观念存在着深刻联系，又与城市文化、工业文明、现代价值观念紧相衔接。这两个系统的文化，往往以对立冲突又相互融合的独特形态，体现在知青文学中，它为我们提供了颇为独特的城市文化的话语情境。从生命意识和生命存在形态上看，由于知识青年生活和劳动在穷乡僻壤的各个角落，物质生活极端艰难、困乏，精神生活极其荒芜、空虚，经过红卫兵运动的他们，当其英雄主义内核被历史无情阉割之后，不得不在布满荆棘与炼狱之火的崎岖路径上挣扎；返城后又无所依傍，要在新的经济时代竞争、图存，一切又从零做起。他们在城乡间往返大迁徙，在政治的大波大澜中为多次新的创业而拼搏，实际上是对整整一代人生存形态应变能力的全面检索，也是对中国近百年来民族生存境遇和政治遭际的浓缩显现。知青文学的视角正是对准了一代人的心灵世界和民族的命运变迁，着眼于生命与精神个体，摄下了最为敏锐、强烈的生命存在形态图卷，揭示了来自精神主体深层的雄劲律动。以上政治的、文化的、生命意识的三个层面的综合，交融显示出知青文学素材在特定“话语—权力”情境下的丰厚内涵，为知青文学在独特方式和思路、途径和形象中形成其动态开放系统奠下了基础，准备了可资充分发掘把握的历史文本。

在文本创作上，以强烈的主体意识，对历史文本进行解构，并在新的文化情境和文学思潮中发展自己，显示出知青文学的动态开放特征。知青文学作为特定时期“话语—权力”所形成的文化力量的表达，它受历史文本所决定，又反作用于历史文本。正是在历史文本与新的生活和生命形态之间，在知青题材与多种文学思潮和其他题材之间，通过消解它们之间的对立关系，知青文学创作才得以进入不断更新的多义的话语境地。在知青文学的发展中，由“文革”时期对“左”的政治的歌颂，对乡村文化、农民群众的全盘肯定，对知识青年“弱点”的批判、改造，对其改造自身、扎根农村等“英雄主义”的讴歌，到新时期对“左”的政治的批判，对乡村文化、农民群众的分析批判态度，对知青苦难遭遇和社会恶果的探索和反思，这是一种重要的解构和大的发展。新时期由对知青伤痕的表现、对知青运动的政治反思到知青题材的多元化发展，又是一种消解和重构，如或者写在无法解脱的“知青情结”和苦难中造就的悲怆人生；或者将知青生活与农民大地般的坚韧交融成民族精神的交响曲；或者将知青作为普通人的超然生存的品格等。从知青文学对多种文学思潮、题材类型的渗透和解构来看，知青文学不仅在“伤痕”、“反思”文学中可以找到它的代表作，在“寻根”、“改革”文学中可以看到它的侧影，在文学世俗化的潮流中为“新写实”贡献了最初的成品，而且在90年代文学转型期，又在“商战”文学、“迷惘”文学中扮演了重要角色。从乡土文学与城市文学两大类型看，知青作品也有着强烈的构设和改造作用。知青文学中有知青怀念、反映农村生活和思绪的乡土作品，也有写知青在城市各个领域拼搏、奋斗并具有城市人文特征的城市文学，但由于知青题材特殊文化和审美精神的渗透，已经赋予了原有的乡土文学和城市文学以独特的内涵：乡村，作为知青长期生活，将自己的青春、汗水和热泪深深渗入其间的第二故乡，他们返城后往往留下了挥洒不去的“知青情结”，为那片热土的浓重的历史氛围所包裹、所感染其间的悲与欢、离与合、生与死、失望与希望、迷惘与奋进、悲凉与昂扬，较之传统的乡土小说有着更大的历史跨度、心灵幅度和情感浓度。写知青的返城生活，知青又以一种新的“乡下人”的眼光来观照五光十色的生活，方便于从人和城市、作家和城市的角度去写城市，更能揭示出竞争、创造、拼搏、骚动、焦虑、困惑等都市心态，写出知识青年为新的创业而奋斗的动人情景，也更能深层地揭示出知青作家关于个人、历史和国家相互关系的沉重思考和深沉的反思。像《桑树坪纪事》、《桑塬》这样从知青眼光看农民的贫困生活和人性本色，写滞重、僵化的农业文化而且创造了实实在在的农民形象的作品，在过去的乡土小说中是十分罕见的；像《年轮》这样写知青在城市中创业奋进而且具有震撼人心力度的作品，也与那些从乡村和农业文明的观点看城市并批判城市文明的作品不同，而且更接近于新型的城市文学；又如《孽债》，是海味很浓的都市作品，它将知青家庭的悲欢离合与上海都市的生态、心态、人文景况、文化特征融为一体，悲怆忆念的情感渗透到世俗化的生活形态中，也与一般城市题材的作品大异其趣。再从雅俗文学的关系看，长时期在高雅文学、严肃文学范围内活动的知青文学也曾进入通俗文学、大众文学的文化圈内，一曲《小芳》，一批知青题材的纪实文学作品便使知青题材无形中进入千家万户，而且提高了通俗文学、大众文学的品位。我们欣喜地看到，知青文学、老插文化还在海外华人作品中显示了生命活力，如周励的纪实性小说《曼哈顿的中国女人》、谭绿屏的散文《厨》等。周励下放北大荒 10 年，因在 17 岁时向《文汇报》投信反对“文革”而遭到“左”的路线的迫害，甚至在严冬季节放逐到中苏边界的一个荒僻养猪场，一个人独自放猪。在艰苦的劳动、人性的压抑中，她偶然在一张破损了的《人民日报》上看到美国总统尼克松的就职演说，其中有一句话：“自由的精髓在于我们每一个人都能参加决定自己的命运。”正是这种对自我价值的追求使她度过了临近死亡的危机，后来她在曼哈顿置身于激烈的商战旋涡中，也正是凭着自我实现的信念奋斗不息。因此，她在自己的作品的扉页上写道：“此书谨献给我的祖国和能在困境中发现自身价值的人!”还有一位德籍华人谭绿屏，内地还不太知道她的名字，但她的散文与绘画作品已经蜚声海外华人圈内。她也曾是一位在苏北下乡8年的知青老插，她到德国后于1990年写了散文《橱》并因此获得文学大奖。知青生活也是该文构思的中心。她的父母均为大艺术家徐悲鸿、黄君璧的高材生，她家曾有一个黄君璧赴台时送给他们的大红橱，但“文革”中被当作“敌产”毁于红卫兵手中。到苏北插队后，在那全大队一千多社员仅有一件毛衣、仅共用一个木盆（还是谭下乡时带来的）的村子里，她请人做的泥橱成了全大队唯一的一个橱。返城后无法解决住房的她，一次又一次地自己设计出大橱图样，却只能“画饼充饥”，调侃着说大橱只能绑在大街上的电线杆旁。她是抱着“已经饱尝千辛万苦”不怕“资本主义地狱”黑暗，以后再回“社会主义大家庭争作贡献”的心情去德国的。在德国，经过奋斗、成家和美术事业的发展，她先后用七十、七百、七千马克买了三个一个比一个实用、美观、豪华的大橱；而当她看到垃圾堆里被摒弃不用的一个个完好的橱的时候，惋惜着，“无法把它们送给我那远道的乡亲、姐妹们”，而且祝愿“改革”后的苏北农民能“每家每户都有橱”。谭女士在给笔者的来信中曾说：“知青经历一言难尽，不知从何说起?”又为自己这浪迹海外的“知青老插的命运造化”能与内地“知青文学新潮相契合”而兴奋，疾呼：“好一个知青文学，不堪回首的知青生涯！”事实正是这样，从海外华人作品中可以看到，知青作家作为海外游子，无论是无边的乡愁、无根的悲哀，还是“中国心”、“民族魂”的追寻；无论是海外工业文明带来的精神失落、人性扭曲，还是拼搏中的激情、奋进中的焦虑，都不能不与在苦难中前进、在沉重中腾飞的祖国命运联结在一起，不能不与像古老的黄土地一样默默地承受苦难、默默地甘于奉献、默默地崛起奋斗的炎黄同胞的心联结在一起，不能不与不堪回首又常忆常新、在沧桑经历中不断赋予新的人生真义的知青生涯联结在一起。由上所述，可见知青文学历史文本的独特丰厚为其文本解构提供了条件，而通过文本解构，知青文学的新文本被不断发现和创造，它的艺术世界的多元性与开放性也鲜明地呈现出来。在这里，还应该看到，知青文学之所以能够借助历史文本与文本解构的互动关系使自身处于多元、开放的系统中，还必须探究其深层的多方面的形成机制。首先，是时代条件、文化情境与文艺美学观念的因素。过去，长时期以政治、精神取代经济、物质，社会意识政治化的现象普遍显见，个体服从群体、文化服从政治、物质服从精神、感性服从理性，成为遍及社会的“话语—权力”现象，群体、政治、精神、理性的片面影响，造成文学一元单质文化环境。在文学思潮和创作方法上，以机械反映论和庸俗社会学为基础的阉割了主体能动性和文化心理因素的简单化文艺观念，以政治意志为指导的现实主义，或称革命现实主义、社会主义现实主义，成为一统天下的创作原则。在这种情况下，知青文学或者作为阶级斗争、路线斗争的工具和武器，成为“左”的政治文化的一个组成部分；或者在错误路线纠正过来以后又在政治反思、配合改革等方面赋予了它以新的政治品格。而从 80 年代中期起，随着经济时代的到来，经济体制逐步转型，社会意识走向个体化、多元化，文学主体意识增强，文艺美学观念、文学生存环境及文学本身形态都发生了多元异质的变化。如文艺美学观念出现了文艺社会学、文艺哲学、文艺心理学、文艺文本学和文艺文化学等多种重视文艺的角度，文学环境和文学形态上出现了现实主义、现代主义乃至后现代主义多种文学思潮，出现了“新写实”、“新历史”、“新体验”多种文学派别，出现了俗文学与雅文学、港台文学与大陆文学并存共荣的多向格局，正是在上述传统和现代、外国和本土纵横交错所形成的文学的多元格局和空间结构中，知青文学处于个体与群体、历史与道德、物质与精神、悲剧和崇高、完美与功利等多种矛盾关系所形成的错位、冲突和张力中，显现出它前所未有的独特性、包容性和开放性特征。例如，它的形象内涵既有自主的自我，张扬自我价值和创作个性，又时时流露出依存的自我特征，将自我价值与“代”意识结合起来；既有紧随现代化的历史进程勇敢而痛苦地迎接工商型社会的挑战，汇纳各种新潮信息的内容，又有钟情于传统，包括儒、道文化的“远传统”和现当代中国新文化“近传统”的内容。作品中的知青曾经为最起码的生存物质条件而拼力奋争，也曾为争得较优厚的现代物质文明而欣喜，但他们始终不忘高举自己的精神旗帜，开始是狂热地崇拜领袖、崇拜英雄、渴望无私奉献、渴望以死献身的旗帜，后来是饱经患难和沧桑之变后将个体、群体和国家的价值交融为一体的精神旗帜。作品的形象世界里既容涵着深沉的自身意识、忏悔意识和悲剧意识，往往可见一种挥洒不去的强烈的命运感和世纪末的迷惘情绪，又表现出理性精神和崇高意识，渗透着强烈的社会责任感和历史使命感。知青作品既有着上述共同的精神境界和矛盾内涵，呈现出主导倾向鲜明的多义丰厚的形象世界，又有着或者博大深沉（如张承志），或者厚实雄劲（如梁晓声），或者自然质朴（如孔捷生），或者超逸拙实（如阿城），或者清丽机智（如铁凝），或者冷静细腻（如王安忆）等异彩纷呈的多种艺术风格。正因为知青文学的艺术世界呈现出如此的独特性、复杂性和多义性，因此，它不仅能解构多种题材，使之与己交融，而且能在某种“时髦”的文学思潮和流派“走红”文坛时，保持和发展自身的独立品格和价值体系。例如在文学转型期大众文学和通俗文学冲击精英文学、严肃文学的浪潮中，《年轮》、《孽债》等知青题材的小说和电视出台，既对文学世俗化潮流中注重独立个体、生命存在形态和再现农村和城市的生态、心态、人文景观等方面的长处进行了吸纳，又在青春生命的搏击、圣洁情爱的执著和平凡崇高事业的追求中，或者呈示出悲壮的英雄主义的颂歌，或者呈示出都市生存百态图，从而通过电视传媒，获得严肃文学多年来少见的“轰动效应”。知青文学动态开放系统的形成，也与知青作家主体的“代”文化特征分不开。知青作家作为一个群体，他们是整整一代人在艺术文学创作上的代表。“文革”前，他们是为毛泽东思想塑造的政治参与意识很强的一代，在“文革”中，他们中的大多数人曾投身于红卫兵运动，成为极“左”路线的工具。整整历时十年的上山下乡运动，使他们痛苦地接触了中国的实际，经历了布满荆棘和炼狱之火的人生道路，造就了他们这一代特殊的“农民”或“垦荒战士”，而后又经历了投身于城市改革开放事业的震撼心灵和重新确定人生价值的巨大变化。作为整整一代人，他们的经历是特殊而多变的：社会意识形态发展更迭、运动大起大落、原始再造式的生活困苦、中世纪式的封建强制约束、命运的沉浮变化、情感生命世界的剧烈冲击、生存形态文化形态的严峻检索，这一切使他们如钢铁的熔铸，受到强行淬火，打磨出坚韧，熔掉脆弱。在经历回城迁徙和被撕裂的阵痛之后，他们在执著于新的现实搏斗并选择未来时，又不忘他们精神和肉体的根所深植并吸吮了它的乳汁的那片土地。这些知青，包括后来成为作家的一批人，不论他们是否创造过伟业，但作为整个一代人曾经为之献身的神圣事业，他们却播种了青春，收获了苦难和责任，失去了口号和旗帜，却获得现实的人生。他们深入到了民间，充分体味到来自民间文化的生命力，看到了老百姓种种属于自己的活法，从而从中国民间文化中重新度量我们民族的自我，并在理想主义和人类精神的生动化身处创造了生命的辉煌。对知青作家来说，这正是他们超越功名利禄，保持内心一片文学净土，重建人文精神，从而真正在文学写作中潇洒起来的重要原因；也是他们的作品既形而下执著于人生，表现了强烈的时代精神，又形而上展示了人类美好理想和精神的重要原因；还是他们的作品在纷繁的文学思潮中解构吸取又坚持自身独立的重要原因。此外，从读者接受角度看，知青文学之所以创化衍变、历久弥新，还与它有相当大的读者面和丰富的反馈信息分不开。一般地说，知青一代人作为承前启后的一代，他们的政治命运、人生经历和文化心态的变迁起伏，牵扯了好几代人，他们所代表的特定的“话语—权力”深层文化意识圈与好几代人的文化意识圈相交织并部分地叠加，因而使好几代人的文化心理、审美意识与知青文学产生共振共鸣，而且他们作为知识青年，他们的命运、遭际和成长道路，其间的经验教训、失败与成功之路，又特别为知识分子广大阶层所关注。具体地说，知青文学的读者、观众，仅知青这一代人本身就有约一千万，加上他们几千万个家庭牵涉到的城乡人际关系约两亿人，这一切几乎构成了一个比较固定的知青作品接受者的巨大网络。

总之，知青文学从历史文本出发，不断地解构又重构，既打破了精神、文学领域里许多藩篱，又在民族化、现代化的双向选择中重建人文精神，重构文学主体。它是新时期文学园地里一朵长开不败的奇葩，它最富有中国特色，同时也正在走向世界。

黄曼君：华中师范大学中文系教授，博士生导师，当代著名文学评论家。

家有知青

方 方

因为家里有两个老三届哥哥当过知青下了乡，因此，对于老三届知青我总是有一份亲近的感情。所有关于老三届知青的事情，我都格外留意。那些一部又一部关于老三届知青的小说和电视剧，我也如同他们一样，以非常关注的目光一点一点地看下去。

家里下乡的是我的二哥和我的小哥。二哥是武汉二中的高中生，小哥是武汉十三中的初中生。他们都是第一批下乡的。二哥去了随县，小哥去了监利。二哥走时，我没有去送，因为二哥在家里一直都是一副大人模样，一向显得成熟、持重而且能干。对于他所有的一切，父母都十分放心。而小哥却不同了。小哥才 14 岁多，在家里除了淘气，什么事也做不来，更谈不上什么生活自理能力。在父母的眼里，他只不过是一个顽劣的小孩。对于他只身下乡，父母都担心得要命，不知道他到了乡下会怎么生活。而小哥却一腔豪情，全然不理解父母的心态，成天在日记本里以高昂的革命浪漫主义热情描绘着他的未来，把他将要下去的乡下称为他的“第二故乡”，并且号称要在那里扎根一辈子。小哥走的那天，天很冷。我和母亲一直把他送到船码头。当他洋溢着兴奋同他的同学汇在一起，然后又淹没在人群中时，母亲像别的一些不太坚强的母亲一样哭了起来。

下了乡的哥哥们很快就一封封给家里来信了。作为高中生的二哥很有自己的一套思想，他对下乡绝没有小哥那样的热情，所有的豪言壮语他从来没有说过一句。他的情绪从一开始就很低落。下乡使他再也没有上大学的机会了，而二哥却很想像大哥一样，能够到一所如清华那样的好大学去读书。二哥在乡下待了近 7 年。其间有一次，他几乎已经得到通知，被抽到汉阳钢厂，并且用他仅有的一点钱请了客，喝了告别酒。但是，他却被后门挤了下来。二哥一方面很愤怒，另一方面也很好地调整了自己。他在乡下自学《高等数学》，自学英语和日语，并且还精读了一些人文方面的书籍。他就农村存在的问题写专题论文，同时他还进行文学创作。一度时间，他成为湖北省作家协会重点培养的文学青年。农村的生活使他变得十分成熟和坚强。他在乡下待了几近 7 年后，被抽到襄樊铁路上，做了一名钳工。但很快，他就以当地高考第一名的成绩考到了东北工业大学自动控制系，继而大学毕业又到华中工业大学读了研究生。他现在已经是东北工业大学的一名教授兼博士生导师了。他对自己生活过将近 7 年的农村有着深厚的感情，他曾经在读大学期间还回到乡下一次。但是他对当年下乡的做法却是持以平静而理性的态度。除了为他的几个同时下乡但早于他抽上来、极有才华而后却并没有去考大学的同学惋惜外，他很少很少谈到那里的事情。他从不认为那是“青春无悔”的岁月。

与我二哥理性的作风不同的是，我的小哥却总是一副浪漫的情怀。初到农村他以他的革命激情，逢信便抒发他对农村的感慨和自己的决心。但很快，江汉平原上一场汹涌的大洪水冲掉了他所有的热情和幻想。小哥和他的同伴几乎是逃难般地回到武汉。到家后两三天，几个同学都说不能让行李被水冲掉，应该把行李拖回来。于是小哥亦不顾母亲再三阻止，和同学一起冒着大雨和生命危险，扒车转船，几经艰难地返回乡下，把那一点可怜的行李又肩挑人扛地弄了回家。然后，他得了疟疾，打摆子打得一家人都目瞪口呆。一忽儿见他高烧不退，一忽儿又见他冷得无处躲藏，令母亲急得六神无主。这个病折磨了小哥很多年头。要命的是小哥下乡的监利县突然间开始了大招工，同小哥一组下乡的同学全都招了回来，却只单单剩下成分不好的小哥一人。而那时的小哥才 16 岁出头，听到招工被刷下来的消息时，他曾经放声地大哭了一场。然则命运如此，哭也无法。当他的疟疾一次次发作，小小的年纪却一个人孤独地住在房东家里养病时，那种感觉的确让人想象着都难受。小哥的革命浪漫主义理想便在那些残酷的现实面前完全破灭了，来信便不再有激情。后来的日子，小哥每年都要面临招工的折磨，一次又一次，几乎全公社的知青都走完了，只剩下了小哥和其他大队几个成分不好的知青。迫于生存，小哥也懂得了要和干部搞好关系，所以，我印象中总记得母亲帮小哥买东西送给一些要害人物。坏事有时也能变成好事。监利的知青走得太多，几乎都走空了，以致后来大学招生时，名额居然也派到了小哥他们这些成分不好的人身上了。终于，在小哥下乡 5 年后的某天，他有幸被录取到西北工业大学航空系上学。小哥在填表时根本就没有报这所大学，但据说是录到那里的一个干部子弟见到“西北”二字以为那里苦得不得了，非要换所学校，于是西北工业大学的招生者只有重新挑人，他们在许多表格中挑选了我的小哥。令小哥走运的原因乃是小哥小时候曾经在西安上过小学和中学，他上的学校都是那里第一流的学校。一个害怕大西北的干部子弟的退却，从而结束了我的小哥的知青生涯，也改变了他一生的命运。小哥在西安生活过多年，十分清楚西北工业大学是一所什么样的学校。拿到通知书后，他如同范进中举，整个人都乱了套。写给家里报喜的信封上，也到处写满了“毛主席万岁”字样！他的浪漫主义随着境况的改变一下子就死灰复燃。小哥在乡下经历的坎坷和磨难要比二哥多得多，此后，他的命运也曾一波三折。及至近年，小哥才相对安定了下来，并做了武汉市一家大公司国际合作部的部长。小哥喜欢谈当年下乡的事，他似有一种“无悔”的情结。他觉得这段人生经历锤炼了他的性格和意志，也使他懂得了很多东西。有了这一段生活垫底，也才能使他在后来的种种挫折中不致气馁和倒下。相反，如果不下乡，他再在城里游游荡荡、衣食无忧地生活下去，充其量也只能成为一个纨绔子弟。而一个纨绔子弟的未来会是什么样的呢？那可就真难说了。为此，我在小哥的言谈中常听得出小哥对他的知青生活是大有感激之意的，甚至这些年来他一直在做着重返监利看看的计划。

我作为一个旁观者，将我的两个哥哥下乡的经历从头至尾地“看”了一遍，可以写成文章让大家读的东西实在是太多了。我很赞同我二哥对知青下乡问题的那种理性的认识，但我也相当欣赏我小哥怀念知青岁月并将那段磨难作为生命财富的心态。为此，我一方面庆幸自己没有下过乡，另一方面也深为自己没有机会做知青而遗憾。

方方：女，原名汪芳，当代著名作家。著有《方方文集》及小说、散文集多部。作品曾多次获奖。

后　记

与我们生命同在的20世纪已经过去，历史在回眸之际，又一次将目光投向当年的知青们。从1990年开始，“知青文化热”在全国各地升温并产生强烈的社会反响。首先是北京的知青们在军事博物馆举办了“魂系黑土地——北大荒知青岁月回顾展”，接着天津、成都、昆明、广州、南京等地的知青们，先后举办了“青春无悔”、“春华秋实”等知青岁月回顾展，一部部知青生活纪实专集也纷纷问世。

1994年春节后，武汉地区的一批知青由武汉市公关协会领衔，经过几个月的筹备，在武汉展览馆举办了“武汉知青岁月回顾展”，参观的人数逾万，省、市新闻传媒及时作了报道。由于这次展览筹备较仓促，资料与实物展品收集不易，所以难以较真实、全面地反映武汉地区近50万知青的人生足迹与奋斗风采，不少参观者提出许多宝贵的建议。为此，我们一些参与这次回顾展筹备工作的知青们，出于一种强烈的社会责任感，经过多次协商，决定编写一部知青生活纪实专集，以填补在全国知青文化热中，反映武汉地区知青生活的书籍尚属空白的缺憾，为武汉地区近50万知青那段共同的岁月留下一点历史的记录。

“文革”期间，武汉地区的上山下乡知青总人数约为43万，加上“文革”前去省内一些地、县插队和去新疆、云南支边的知青，总计人数为50万左右，差不多占了全国上山下乡知青总人数近2000万人的四十分之一。武汉知青上山下乡的形式以“插队落户”为主，这明显有别于北京、上海、天津的兵团知青们，从某种意义上说，插队知青比兵团知青的经历更艰难，命运更多舛。这些涉世不深的中学生，一下子插到中国社会的最底层，与广大农民同甘苦共命运，相濡以沫，在物质生活与文化生活贫困的严酷生存状态中，对国情有了切肤的体察与认识。

我们在1995年元月《长江日报》上刊登了《知青岁月》征稿启事，欢迎广大的武汉知青（包括现在外省工作的武汉知青和现在武汉、湖北工作的外省知青）踊跃来稿。从征稿即日起至1995年8月，我们编委会先后收到数百位知青的来稿，足有80多万字，来稿还附着一封封热情洋溢的信，感谢我们出面来编写这本反映武汉知青生活的纪实专集，“这不仅为社会留下一份份知青的人生档案，也是为一代人立言，不是由局外人，而是由我们自己来评说自己的历史，同时也为我们的下一代留下一份份生活教材，因为我们的子女也到了我们当年上山下乡的年龄”。

来稿几乎篇篇是饱含热泪写成的，因为那段岁月是那样刻骨铭心，影响并决定了每个人的人生道路。来稿或击节高歌，或绵绵细语，或侃侃而谈，或冷峻调侃，多数作者并不刻求文学手法，看重的是写自己的昨天的真实和昨天历史的真实。因为历史的真实是通过细节的真实再现的，所以写实事、抒真情，不溢美、不隐恶，尽可能保持当年生活的原汁原味，将历史的原生态和自己的心灵赤裸裸地解剖给读者看。

一位下放在汉阳索河至今仍未返城的老知青，带着妻儿寻到家在武昌的一位编委家里，将淤积在胸中20多年的悲欢恩怨及其细节倾诉出来，一吐为快，否则便觉得难以安宁。一位当年去麻城插队的女知青，现在已从工厂提前下岗，她将自己的文章修改了4遍，写出了昨天的艰辛，以及今天处于转型期的这一代人面临的角色重新定位，在再择业的尴尬面前如何克服失落，旷达对待人生，读之令人感动。几位旅居在美国、澳大利亚和德国的武汉知青，也寄来了他们的征文。

在我们的征稿过程中，了解到在当年的武汉知青中还有两位烈士：一位是1969年7月20日长江田家口溃堤时在抢险中献身的上海知青朱高年，另一位是原华中农院附中68届高中毕业生、下放在房县宝石公社的陈寓平，在1974年元旦他见义勇为，为保护战友和群众，不屈地与杀人凶手搏斗而献身。我们几位编委先后深入到烈士当年战斗生活的大沙湖农场和房县去采访，将他们的事迹编入本书，以告慰烈士的英灵及他们的亲人。

我们非常感谢几位武汉地区的文化名人冯天瑜、刘道玉、刘纲纪、刘富道、黄曼君、陈美兰、杨书案、方方为本书撰稿，他们从各自的视角，阐述了对中国知青运动的认识，和对知青一代人的理解，他们是深受我们知青尊敬的师长和朋友。

最后，需要说明的是，本书的编委全部由当年的知青中的作家、学者、企业家和机关干部组成，基本上是“业余闹革命”。由于征稿的时间短促，信息还不灵通，肯定有许多武汉地区的知青还来不及提笔成章，特别是“文革”前去新疆、云南支边的知青来稿太少，引为憾事。我们谨向未被选用稿件的知青朋友表示歉意，向所有关心、支持本书选编工作的同志们和朋友们表示衷心的感谢！

本书曾于1996年在武汉出版社出版，17年后，武汉大学出版社决定再版该书，武汉知青辉煌事迹得以再一次流传，在此，对武汉大学出版社的领导及本书策划者、责编，深表谢意！

《我们曾经年轻》编委会

二〇一三年四月